누군가 내 몸에
빙의했다

누군가 내 몸에 빙의했다 vol.4

신솔라 장편소설

초판 1쇄 찍은 날 | 2023년 7월 14일
초판 1쇄 펴낸 날 | 2023년 7월 21일

지은이 | 신솔라
발행인 | 이진수
펴낸이 | 황현수

펴낸곳 | 주식회사 카카오엔터테인먼트
등록번호 | 제2015-000037호
등록일자 | 2010년 8월 16일
주소 | 경기도 성남시 분당구 판교역로 221 6(일부)층

제작·감수 | KW북스
E-mail | paperbook@kwbooks.co.kr

ISBN 979-11-385-8943-7 04810
       979-11-385-8939-0 (set)

누군가 내 몸에 빙의했다 VOL 4

신슬라 장편소설

Post-Possession Damag Control

CONTENTS

chapter 21

칸나는 눈을 깜박였다.

'이곳은……'

익숙한 구조의 방. 선희가 갇혀 있었던 감옥이었다.

'과거로 돌아온 건가?'

그런데 왜 이곳으로 떨어졌지?

팔을 움직이자 차가운 금속의 감촉이 느껴졌다. 두 팔이 긴 쇠사슬에 묶여 있었던 것이다!

'내가 왜 이러고 있지?'

멀거니 내려다보다가 서둘러 몸을 획 돌렸다. 벽에 걸려 있는 거울이 보였다. 멍하니 그 얼굴을 들여다보다가 그것이 지금 자신의 얼굴임을 깨달았다.

'이게 뭐야?'

이건, 선희다. 20대의 젊은 선희.

'잠깐, 잠깐, 잠깐.'

잠깐만.

혼란스러웠지만 힘겹게 머리를 굴렸다. 그러니까. 과거로 돌아오는 건 성공했는데, 엄마의 몸에 들어와 있는 건가? 과거 선희의 몸에?

대체 왜?

그때, 그녀의 기록이 머리를 스쳤다.

<누군가 내 몸에 빙의했다.>

'설마 그게 나야?'

그때, 창살 밖에서 인기척이 느껴졌다. 칸나는 화들짝 놀라 고개를 돌렸다.

"이 감옥에 있는 검은 사도들이 전부입니다."

대신전의 사제가 키가 훤칠한 남자를 상대로 말하고 있었다. 상대는 붉은 머리 남자였다. 칸나는 그 남자의 등을 빤히 바라보았다. 우람한 어깨, 강직해 보이는 등.

어디서 많이 본 뒷모습인데……. 시선을 느꼈는지 남자가 몸을 획 돌렸다. 매서운 눈과 마주쳤다.

순간 전율이 흘렀다.

'저 사람은…….'

알렉산드로 아디스였다.

그녀가 아는 알렉산드로와 똑같은 외모였지만, 동시에 완전히 달랐다. 다가가면 베일 듯한 폭압적인 눈빛, 신경질적인 미간. 눈앞의 남자는 언제나 무미건조했던 알렉산드로가 아니었다.

청년 시절의 알렉산드로였다.

"……"

알렉산드로는 그녀를 쏘아보더니 이윽고 무관심하게 고개를 돌렸다. 다시 사제의 이야기에 집중한다. 칸나는 망연히 그의 뒷모습을 지켜보았다.

그 순간, 선희의 기록이 또다시 머리를 스쳤다.

<지난 며칠의 기억이 아예 없다.>

<그 며칠 동안 누군가가 빙의해서 내 몸을 쓴 것 같다.>

<내 몸에 들어온 누군가가, 저 재수 없는 빨간 머리의 도움을 받아 대신전에서 탈출한 것이다.>

재수 없는 빨간 머리. 분명히 알렉산드로다.

'아버지가, 아니, 알렉산드로가 날 구한 거야.'

그리고 그가 선희를 구하는 과정을 보고 듣고 지켜보는 것은 선희가 아닌 자신이었다. 그리고 지금부터 며칠. 짧은 시간 동안 자신이 선희의 몸에…….

"아."

그 순간 기억이 밀려왔다. 선희의 기억이, 지식이, 조각조각 날아들어 뇌리를 가른다. 해일처럼 몰려오는 막대한 양의 정보에 숨이 콱 막혔다.

마침내 깨달았다. 선희의 기억 속, 신령의 계획을.

'맙소사.'

신령은 정말 미친 계획을 세우고 있었다. 아주 미친 계획을.

거대한 혼란 속에서 칸나는 간신히 정신을 붙잡았다. 지금은 패닉에 빠질 때가 아니었다.

'그리고 난, 선희는 내일 오전이면 다른 곳으로 옮겨질 계획이야.'

선희가 미리 입수한 정보들이 획획 지나간다.

지금, 대신전에 알렉산드로 아디스가 방문했다. 그는 내일 떠날 예정이고, 그 후 신령은 선희를 아무도 볼 수 없는 공간에 가둘 생각이었다.

세계수의 뿌리 안. 그 이공간 속으로 옮겨질 거다. 지금보다 더 철저한 감시를 받을 거다.

'그러니까 그 전에 알렉산드로가 날 구하게 만들어야 해!'

가슴이 초조하게 타들어 갔다. 칸나는 다시 알렉산드로의 뒷모습을 응시했다. 잠시 마주쳤던 시선이 전부. 그는 선희에게 아무런 흥미가 없었다.

'저렇게 무관심한데 내일이 오기 전에 선희를 구한다고?'

게다가 그는 선희가 검은 사도인 줄 알고 있을 텐데? 절대로 구하려 들 리 없을 텐데?

"야!"

그것은 거의 본능이나 마찬가지였다. 칸나는 그를 향해 외쳤다.

"알렉산드로 아디스!"

그가 고개를 돌린다. 그러나 잠시 바라본 것이 전부. 다시금 무관심하게 몸을 돌렸다.

"알렉산드로 경, 이제 밖으로 나가시죠. 공기가 탁합니다."

"그러지."

그러고는 사제와 함께 떠나기 시작했다. 칸나는 안절부절못하며 그 뒷모습을 바라보다가 외쳤다.

"일렉신드로!"

관심을 끌어야 한다. 그게 뭐든, 어떻게든.

"기다려, 알렉산드로!"

그러나 알렉산드로는 이제 뒤조차 돌아보지 않았다. 성큼성큼 걸어간다. 멀어진다.

철컹!

창살로 달려가고 싶었지만 쇠사슬이 팔을 잡아당겼다. 그는 점점 멀어졌다. 사제와 함께 감옥을 빠져나가려 하고 있었다.

아니야, 이대로 가면 안 돼.

"알렉스!"

어떻게든, 그게 뭐든⋯⋯!

"야, 당근!"

우뚝. 그가 멈춰 섰다.

"⋯⋯."

놀랍게도, 먹혔다.

멈춰 선 알렉산드로는 아주 천천히 뒤를 돌았다. 그리고 정확히 그녀에게 시선을 던졌다.

순간 가슴이 섬뜩해졌다. 물어뜯기 직전의 육식 동물 같은 눈이었다. 진짜, 너무너무 무섭다. 그래도 바라본 게 어딘가. 어떻게든 흥미를 이끌어야만 했다.

"나는 네 당근의 비밀을 알고 있어!"

더, 더 이상한 소리를, 그가 반응할 만한 소리를, 헛소리여도 좋으니까⋯⋯.

칸나는 자신의 배를 짚었다.

"그리고 내 배 안에는 네 애가 있어!"

겉으로는 거의 표가 나지 않지만 지금 선희는 임신 중이다. 그리고 이 안에는 칸나가, 자신이 있다. 그러니까 틀린 말도 아니지. 미래에 알렉산드로의 딸로 자라게 될 아이니까!

"알렉산드로 경, 무시하십시오. 미친 여자입니다. 신경 쓰실 필요 없습니다."

사제가 긴장한 목소리로 말했다. 그러나 알렉산드로는 대답 없이 칸나를 빤히 응시했다. 마침내 입술을 열었다.

"저 여자가 내 아이를 가졌다는데?"

"미, 미쳐서 그럽니다. 무시하십시오."

"이상하군. 난 쟤랑 뒹군 기억이 없는데 말이지."

"저 여자는 제정신이 아닙니다. 그러니까……."

"저러다가 헛소문이라도 나면 책임질 건가?"

그러고는 비스듬히 고개를 기울여 철창 너머 칸나를 훑었다.

"실제로 뭐라도 해야 헛소문이 퍼져도 억울하지 않겠지."

그가 웃었다. 아주 잔인해 보이는 미소였다.

"씻겨서 내 침실로 데려와."

뭐라고? 칸나는 당황했다.

저게 지금 알렉산드로의 입에서 나온 대사란 말인가?

"그, 그건 곤란합니다."

"왜."

"저 검은 사도는 아주 위험합니다. 집행관들도 특별히 주의를 기울여 경계하고 있습니다."

"설마 저 여자가 나를 위험에 빠뜨릴 수 있다고 생각하는 건가?"

"그런 건 아니지만, 어쨌든…… 저 여자는 안 됩니다, 알렉산드로 경."

그런데 사제의 반응이 오히려 알렉산드로의 관심을 끈 것 같았다.

"사제들이 이렇게까지 죄수를 보호하는 건 처음 보는군. 그렇게 대단한 여자인가?"

"아뇨! 그런 건 아닙니다. 그저 아직 얻어 내야 할 정보가……."

"내가 심문하지. 침대 위에서 말이야."

어디서, 뭘 해?

그러나 그 말은 진담이라기보단 사제에게 건네는 일종의 위협처럼 들렸다. 사제도 그것을 느낀 걸까? 그는 애원하듯 호소했다.

"경, 저 여자는 대신전이 특별히 관리하는 검은 사도입니다. 경께서는 부디 관심을 거두어 주십시오."

알렉산드로는 이제 사제에게 시선을 옮겼다.

"관심을 거두어 달라?"

그리고 사제가 한 대사를 그대로 읊었다.

"검은 사도에게서 관심을 거두어 달라고?"

"그, 그것이……."

"내가 관심 가지면 안 될 이유라도 있나?"

"아닙니다! 그런 게 아닙니다!"

사제는 말실수를 했다. 알렉산드로를 말리다 보니 저도 모르게 본심을 내뱉은 것이다. 그리고 알렉산드로는 짐승처럼 그 위화감을 알아차렸다.

"뭐…… 좋아. 그렇게 하지."

그러나 순순히 수긍했다. 비꼬듯 한마디를 덧붙였다.

"대신전이 특별하게 관리하는 검은 사도인데."

그러고는 미련 없이 감옥을 빠져나갔다.

'됐다.'

그러나 칸나는 알았다. 알렉산드로는 칸나에게, 선희에게 흥미를 가졌다. 사제의 태도가 그의 호기심과 호승심에 불을 지핀 것이다. 그러니 곧 자신을 찾아올 거다.

'그리고 그때 어떻게든 날 구하게 만들어야 해.'

대체 어떻게 해야 할까? 칸나는 머릿속으로 계획을 세웠다.

'그런데…….'

칸나는 조금 전 그를 떠올렸다. 다소 저속한 말투. 지금의 알렉산드로에게서는 상상도 할 수 없는 모습이다.

'지금 몇 살이지?'

스물한 살? 스물두 살? 그 정도밖에 되지 않았을 것이다.

'정말로 저 때의 얼굴로 몇십 년을 살았구나.'

최근 들어 몇 년 정도 나이가 든 것처럼 보이긴 했지만, 그럼에도 여전히 젊은 청년의 얼굴이었다. 아마 죽을 때까지 그러하겠지. 아니, 아예 죽지 않겠지.

'엄마가 저주를 내렸으니까.'

벌써 한숨이 나왔다. 이제는 선희가 왜 그런 행동을 했는지 대충 알 것 같았다. 선희의 기억들, 경험들이 머릿속에 깃든 지금은 알 수 있다.

선희는 미쳐 있다. 온전한 정신이 아니었다. 주위의 모든 이를 적으로 인식했다. 아무도 믿지 못했다. 모든 이들을 죽이고 싶어 했다.

'하기야 이렇게 지내는데 미치지 않을 리가.'

그때 인기척이 들려왔다. 고개를 들자 어느새 창살 앞까지 접근한 사람과 눈이 마주쳤다.

"……."

칸나는 침을 삼켰다.

자신과 똑같은 얼굴. 현재의 신령. 아르제니안이라는 이름을 가진 남자였다.

검은 눈동자와 시선을 마주하자 심장이 쿵쿵 뛰기 시작했다. 순식간에 식은땀에 맺히고 현기증이 일어난다. 이것은 선희의 감정이었다. 이 몸에 각인처럼 새겨진 거대한 공포였다.

"선희야."

아르제니안이 창살을 열고 안으로 들어온다. 그 접근에 숨이 콱 막혀 왔다.

"왜 그랬어?"

그가 다가와 머리를 쓰다듬는다. 그 손길에 구역질이 치밀었다.

"왜 그런 이상한 말을 했어?"

토할 것 같다.

'미친 새끼.'

선희의 기억이 있는 지금, 칸나는 신령 아르제니안이 얼마나 미쳐 있는지 알고 있었다. 그동안 선희에게 얼마나 잔혹하게 굴었는지도. 마치 직접 겪은 것처럼 생생해서 손끝이 경련했다.

그는 처음에는 다정했다. 처음에는.

아름다운 얼굴과 막강한 지위의 신령. 그런 남자가 상냥하게 사랑을 속삭이자 선희는 그에게 마음을 열었다. 한때는 애정을 느끼기도 했다.

낯선 세계에 홀로 떨어진 그녀에게는 의지할 곳이 절실했던 것이다. 그에게 속아 검은 사도들에게 협조하기도 했다.

그러나 선희가 그의 계획을 알게 되고 거부하며 떠나려 하자 돌변했다.

"알렉산드로의 아이라니. 서운하게 말이야."

아르제니안은 한숨을 내쉬며 그녀의 옆에 앉았다. 그리고 손을 뻗어 그녀의 배를 어루만졌다.

"이건 내 아이인데."

닿은 기점을 시작으로 온몸에 소름이 오돌토돌 돋았다.

"아이가 들으면 서운하겠어."

"……닥쳐."

"고운 말 써야지. 아이가 들어."

아르제니안은 사근사근하게 말했다.

"이제는 네 운명을 받아들여. 거부하면 너만 힘들어져."

아르제니안이 입꼬리를 올려 웃었다.

"나는 네가 포기할 때까지 너를 설득할 거야. 알다시피 난 시간이 많거든."

"그래, 많겠지. 넌 안 죽으니까."

칸나는 떨리는 목소리를 내뱉었다.

"지금 네 나이가 몇이지?"

"1218년에 태어났어. 대강 오백 살 좀 넘었네."

아르제니안. 오백여 년 전 사람이나 쓸 법한 옛 이름. 세기가 바뀌는 동안 그 시간을 고스란히 지내 온 사내.

그는 이미 미쳐 있었다. 어쩌면 미칠 수밖에 없는 시간일지도 몰랐다. 그러니까 그런 말도 안 되는 계획을 세우고 있는 거겠지.

"미친 새끼."

"미친 게 아니야."

아르제니안이 미소 지었다.

"내가 해마다 정화 의식을 펼치는 것 알고 있잖아, 선희야. 나는 이 세계를 위해 존재해. 이 세상을 위한 일이 무엇인지 마침내 깨달은 거지."

그가 다시 한번 칸나의 배를 쓰다듬었다. 이 안에 잉태된 생명을 느끼며 속삭였다.

"우리의 아이는 세상을 구할 거야."

그날 밤. 칸나는 알렉산드로를 기다리고 있었다.

'빌어먹을, 졸려.'

하지만 임신한 상태여서인지 잠을 참을 수가 없었다.

'왜 이렇게 딸기가 먹고 싶지?'

게다가 평생 가져 본 적 없는 식탐이 맹렬히 끓어올랐다. 결국 칸나는 딸기를 중얼거리며 저도 모르게 깜빡 졸고 말았다.

그렇게 얼마나 잠들었을까?

"야."

순간 들려오는 음성에 칸나는 눈을 번쩍 떴다.

'왔다.'

알렉산드로였다.

그가 창살 너머, 어두운 그림자 속에 묻혀 그녀를 노려보고 있었다.

"너."

그녀를 관찰하던 알렉산드로가 성큼, 한 발짝 가까이 다가왔다. 그러자 어둠에 묻혀 있던 그의 얼굴 반쪽이 달빛에 드러났다.

"왜 날 유인했냐?"

역시. 그 헛소리들이 그를 만나기 위한 개수작임을 알고 있었다.

'이제부터가 중요해.'

알렉산드로 아디스를 뜻대로 움직이는 건 아주, 아주, 아주 힘든 일이다. 하물며 검은 사도로 알려진 자신의 탈출을 돕도록 조종하는 건 극악의 난이도겠지.

'여기서부터는 심리전이다.'

칸나는 그를 빤히 바라보다가 웃었다.

"당신이야말로 나에게 관심이 있는 것 같은데."

"관심?"

그 말에 알렉산드로의 입술이 삐뚜름하게 비틀렸다.

"개소리하는군. 설마 내가 정말로 너 따위를 침대로 끌고 가길 바라는 것 같나?"

"물론 아니겠지. 당신은 그냥 대신전에서 행패를 부리고 싶었던 것 아니야?"

그 말에 알렉산드로가 입을 다물었다. 예상외의 답인 듯했다. 그리고 아마도 정곡이겠지.

"대신전을 싫어하면 안 되지, 알렉스. 신께서 노하실걸."

"……알렉스?"

"아, 그 애칭 싫어했던가?"

알렉산드로는 대답하지 않았다. 그러다 불시에 손을 뻗어 창살을 움켜잡았다. 우드득, 옆으로 잡아당겨 단번에 구부렸다.

'미친.'

그 엄청난 괴력에 칸나의 간담이 서늘해졌다. 오르시니의 부친 아니랄까 봐, 그 녀석이 했던 짓을 똑같이 하고 있다!

"그것만 싫어하는 게 아니지. 너 따위 죄수가 신을 찾는 것도, 아주 싫어해."

온몸의 근육이 바짝 굳기 시작했다. 창살을 넘어와 천천히 다가오는 그는 등골이 저릴 정도로 위압적이었다.

"내가 여기서 네 목을 부러뜨리면 신께서는 천벌을 내릴까?"

그의 입술 끝자락에 잔혹한 웃음이 서렸다.

"신이 아닌 내 자비를 구하는 게 좋을 거다, 검은 사도."

"……나는."

칸나는 주먹을 꽉 움켜쥐며 간신히 태연한 목소리를 짜냈다.

"검은 사도가 아니야."

다음 순간 그가 그녀의 목을 움켜잡았다. 그대로 거세게 밀어붙여 쓰러뜨렸다.

"……!"

뒤통수가 베개 위로 거칠게 처박혔다.

그가 흉흉한 눈으로 덤덤하게 중얼거렸다.

"검은 사도가 아니야? 내가 지금 그딴 개소리를 듣기 위해 여기까지 온 건가?"

목이 터질 것 같아!

그러나 알렉산드로는 몸부림치는 상대를 보는 일에는 아주 익숙한 것처럼 평온했다.

"잘 생각하고 말해. 네 다음 말이 내 흥미를 끌지 못하면……."

그의 입꼬리가 올라갔다.

"신에게로 보내 주지."

마침내 목에서 손이 떨어졌다. 칸나는 거칠게 숨을 몰아쉬며 기침했다.

정말, 죽는 줄 알았다.

'저 난폭한……!'

설마하니 알렉산드로 아디스에게 목이 졸릴 줄이야. 오르시니가 젊은 시절의 알렉산드로와 닮았단 말을 듣긴 했는데, 진짜였다!

"넌 뭐기에 대신전이 이렇게 싸고도는 거지? 그리고……."

그가 잠시 말을 삼켰다.

"당근 얘기는 어디서 들은 거냐?"

하여간 그놈의 당근! 칸나는 원망의 눈으로 그를 노려보며, 아픈 목을 쓰다듬었다.

"나는 미래의 당신이 입양해서 키운 수양딸이야."

"……."

"미래에서 왔어."

"……."

"이 여자 몸에는 잠깐 빙의한 거고."

그가 또 목을 조를까 봐 칸나는 수갑 찬 두 손으로 목을 가리며 빠르게 말했다.

그러나 소용없는 방어였다. 무슨 일을 당한 건지 깨달을 새도 없었다. 그가 그녀의 멱살을 움켜잡고는 거세게 밀어붙여 또다시 침대 위로 쓰러뜨렸다. 그리고 몸 위로 오르는 묵직한 무게감.

순식간에 벌어진 일에 칸나의 얼굴이 새하얘졌다.

"이게 무슨……!"

그러니 그의 기다란 손이 그녀의 입을 틀어막았다. 귓가에 얼굴을 내려 속삭였다.

"얌전히 있는 게 좋을 거야."

귓불에 입술이 스치자 칸나는 소스라치게 놀라 파드득 떨었다. 온몸에 소름이 돋았다.

'미쳤어!'

그렇게 소리치고 싶었지만, 그 찰나에 다리가 얽히자 잠시 이성적 사고가 마비되었다. 너무 놀라 비명마저 목구멍 안으로 틀어막혔다.

알렉산드로 아디스가 이런 짓을 한다고? 어떻게 죄수를 상대로 이런 짓을, 이 짐승 같은, 이, 이 쓰레기……!

"알렉산드로 경!"

심장이 터져 죽을 것 같던 그 순간에 사제의 비명이 들려왔다. 오늘 오전, 알렉산드로를 안내했던 사제가 뛰어들어 오고 있었다.

"지금 뭐 하시는 겁니까!"

알렉산드로는 그녀를 여전히 짓뭉갠 채로 고개만 돌렸다. 그리고 악당처럼 웃었다.

"들켰군."

"지, 지금 대체 뭘 하시는 겁니까! 왜 그 여자를……!"

"말했잖아. 내가 직접 심문하겠다고."

그의 손바닥에 완전히 짓눌린 칸나의 입술이 바들바들 떨렸다. 꼼짝도 할 수 없었다. 그저 난폭하게 밀려오는 그의 체향만 맡을 뿐.

"그만두고 밖으로 나오십시오, 그 여자는!"

"이 여자가 뭐? 대신전이 각별하게 지켜 줘야 할 이유라도 있나?"

순간 사제의 말문이 턱 막혔다.

"죄수에게 그런 세심한 관용을 베풀고 있는 줄은 몰랐군."

"……알렉산드로 경."

"이런 새벽에, 고위 사제가 직접 살피러 오고 말이야."

그가 웃었다.

"굉장한 특별 취급인데?"

"……."

사제는 맹렬하게 알렉산드로를 노려보다가 비난했다.

"여자의 미색에 홀려 신성한 대신전에서 분탕질을 하시다뇨! 하물며 상대는 검은 사도입니다! 경께서 이런 호색한인 줄은 몰랐습니다!"

"이제 알게 된 것 같으니 그만 나가 보지 그래?"

알렉산드로가 심드렁하게 덧붙였다.

"계속 볼 생각이라면 거기 있든가."

침묵이 내려왔다. 치열한 갈등 끝에, 사제는 결국 한숨을 내쉬며 중얼거렸다.

"……서두르십시오. 밖에서 대기하고 있겠습니다."

"서두르라니, 어려운 주문을 하는군."

"알렉산드로 경!"

"기다리지 않는 게 좋을걸. 몇 시간 내내 서 있는 게 취미라면 말리지 않겠지만."

결국 사제는 자포자기한 듯 두 손을 들어 올렸다.

"날이 밝기 전까지는 나가 주셔야 합니다. 그래야만 이 일을 비밀에 부칠 수 있습니다. 아시겠습니까?"

"알았으니 빨리 나가."

그렇게 사제가 나가자, 알렉산드로가 그녀에게서 확 떨어져 나갔다. 더러운 오물에 몸을 문개기라도 한 듯한 태도였다. 그것이 어이가 없었다. 아니, 깔린 사람은 이쪽인데, 놀라서 죽을 뻔한 사람도 이쪽인데 저 반응은 대체 뭔데!

"빌어먹을."

알렉산드로는 칸나를 보더니 욕을 내뱉었다. 그녀의 웃옷이 반쯤 찢어져 있었다. 알렉산드로가 그녀를 잡고 거칠게 밀칠 때 찢어진 것이다.

그는 셔츠를 벗어 그녀에게 획 던졌다.

"……."

입으라는 건가? 칸나는 무릎 위로 던져진 셔츠를 멀뚱멀뚱 보다가 두 팔을 들어 올렸다.

"끊어 줘. 이렇게는 옷 못 입어."

"……."

"싫으면 당신이 입혀 주든가."

뚜둑! 더 설득할 것도 없이 알렉산드로가 손으로 수갑을 끊어 주었다. 그러자 처참하게 뭉개진 손목이 드러났다.

'불쌍한 엄마.'

칸나는 강렬한 동정심을 느끼며 알렉산드로가 던진 셔츠를 주섬주섬 주워 입었다. 옷을 양보한 탓에 정작 알렉산드로는 탄탄한 근육질의 상체가 적나라하게 드러났지만 조금도 개의치 않았다.

그가 질문했다.

"마지막으로 묻는다. 넌 대체 뭐냐?"

"……."

"대체 뭔데, 대신전에서 이렇게 예민하게 반응하는 거지?"

아마도 정말 마지막일 것이다. 이번에도 그를 움직이지 못한다면, 다음 기회는 없을 것이다.

"신령의 아이를 임신했어."

순간 알렉산드로의 얼굴에서 표정이 사라졌다.

"신령이 나에게 집착하고 있어. 그래서 이렇게 납치당해…… 원치 않는 아이를 임신했지."

"임신?"

그는 아주 괴상한 단어를 들은 것처럼 얼굴을 구겼다.

"신령의 아이를 임신했다고?"

"그래."

"신령이 남자였나?"

"……"

"여자인 줄 알았는데."

……의외로 얼빠진 면이 있네.

하긴, 자신도 신령의 얼굴만 봤을 때는 여자인 줄 알았지.

"남자야. 아주 건강하고, 아주 미친 남자지."

칸나는 침대에서 몸을 일으켰다. 그러나 곧바로 풀썩 쓰러졌다. 너무 오랜만에 두 다리로 서는 거라 힘이 잘 들어가지 않은 것이다.

'신령, 개자식.'

칸나는 힘겹게 몸을 일으켰다. 비틀비틀 걸어 책상 앞에 앉았다. 서랍을 열어 선희가 숨겨 놓은 반지를 찾았다. 선희는 분명히 미쳤지만, 단 한순간도 삶을 포기하지 않았다.

'역시, 내 엄마야.'

칸나는 반지를 손에 끼며 한숨을 내쉬었다. 그때 또다시 딸기가 먹고 싶다는 뜬금없는 欲望이 치솟았으나, 짓눌렀다. 지금은 호르몬의 노예가 될 때가 아니었으니.

"그래서 대신전 사제들이 나를 감시하는 거야. 신령의 아이를 가진 여자니까."

"그걸 지금 나보고 믿으라는 소리인가?"

"믿지 않을 거면 묻지 마."

"좋아, 그건 그렇다 치고."

알렉산드로의 눈이 다시 매서워졌다.

"내가 당근을 차라리 멸종하는 것이 나은 끔찍한 채소라고 생각하는 건 어떻게 알았지?"

아니, 거기까진 몰랐는데…….

"편식이 심하네, 알렉스."

"입 닥치고 묻는 말에나 대답해."

"닥쳤는데 대답을 어떻게 해?"

칸나는 반항적으로 말대꾸하며 휘청휘청 걸어갔다. 금방이라도 기절할 것처럼 약해 빠진 모습이었다. 줄곧 수갑에 묶여 지낸 여자, 제대로 걷지도 못하는 여자를 경계하는 남자는 있을 리 없었고. 알렉산드로 역시 마찬가지였다.

"앗!"

칸나가 알렉산드로의 앞에서 또다시 넘어지자 그가 인상을 찌푸렸다.

"힘이 안 들어가. 부축 좀 해 줘……."

"가지가지 하는군."

그가 한숨을 내쉬며 그녀의 팔을 붙잡았다. 그 순간.

'미안해요!'

칸나는 그의 손등을 반지로 꽉 눌러 찍었다.

"……!"

알렉산드로의 눈이 커졌다. 그는 단숨에 그녀를 뿌리친 후 뒤로 물러났다. 무언가, 아주 따끔한 감촉이 손등을 찌른 것이다!

"너, 무슨 짓을 한 거냐?"

"무슨 짓을 한 거냐면."

칸나는 으스스하게 몸을 일으켰다. 언제 휘청거렸냐는 듯 반듯한 자세였다.

"당신의 몸에 독을 주입했어."

"……뭐?"

"물론 당신이 어지간한 독에는 끄떡조차 안 한다는 거 알아. 하지만 그 독은 신도 죽일 수 있는 독이거든."

실제로, 알렉산드로의 눈이 혼란스럽게 일렁였다. 벌써 현기증이 일기 시작한 것이다!

"나를 이 감옥에서 데리고 나가, 그럼 해독제를 만들어 주겠어. 그렇지 않으면."

칸나는 웃었다.

"신에게로 보내 주지."

"너……."

"위협할 거면 일단 감옥 밖에서 하는 게 좋을걸. 당신에게는 시간이 별로 없으니까."

칸나는 조용히 선고했다.

"그리고, 그 독의 해독제는 나만 만들 수 있는 거야."

괜한 협박이 아니었다. 저 독은 선희가 신령을 죽이기 위해 몰래 만들어 놓은 극독 중의 극독이었다. 이미도 이 독으로 그의 형제 라르고스를 죽였겠지.

"못 믿겠으면 그냥 날 죽여. 함께 신을 만나러 가자고."

"네가 감히."

알렉산드로가 지금 당장 달려들어 찢어발길 듯이 노려보자 등골이 서늘해졌다. 그러나 멈출 수 없었다. 신령의 계획을 깨달은 이상, 도저히 멈출 수가 없다.

칸나는 단호하게 말했다.

"내 말 잘 들어, 알렉스. 신에게 맹세컨대 나는 검은 사도가 아니야."

물론 선희는 검은 사도다. 신령에게 속아서 검은 사도들과 수많은 연금술을 행했으니까.

'하지만 난 아니니까.'

"내 상태를 봐. 수갑을 차고 사는 것 치고는 때깔이 좋지 않아?"

"……"

"사제들이 매일매일 영양 가득한 음식을 주거든. 검은 사도들에게는 원래 감자만 주는 거 알고 있지?"

잠자코 듣고 있던 알렉산드로가 차갑게 대답했다.

"그래서 지금 내게 도움을 요청하는 건가?"

"부탁이야. 너라면 날 이곳에서 데리고 나갈 수 있잖아?"

"넌 부탁을 이딴 식으로 청하나?"

"내 목을 조른 사람에게 하는 부탁치고는 정중하다고 생각하는데."

칸나는 그에게로 한 발짝 가까이 다가갔다.

"자, 선택해. 여기서 나랑 같이 죽든가, 아니면 같이 살아남든가."

"네가 날 치료해 준다는 보장이 어디 있지?"

"나야말로, 널 치료한 후에 네가 날 살려 준다는 보장이 없어."

알렉산드로가 입을 다물었다. 치열한 계산 끝에 그는 선택했다.

"넌 반드시 내가 죽인다."

수락이었다. 일단, 살았다. 칸나는 안도의 한숨을 참으며 손을 내밀었다.

"내 이름은 선희야. 잘 부탁해."

⊱✿⊰

그러나 감옥 밖에는 집행관과 신관들이 대기하고 있었다.

"알렉산드로 경, 그 여자를 내려놓으십시오!"

"비켜."

"그 여자는 대신전에서 특별히 관리하는…… 아아악!"

알렉산드로는 사제의 목을 잡고 그대로 벽으로 집어 던졌다.

"알렉산드로 아디스 경!"

"지금 뭘 하시는 겁니까!"

집행관들이 검을 꺼내 든다. 알렉산드로는 한숨을 내쉬며 지끈거리는 머리를 짚었다.

"네놈들 눈에는 내가 뭘 하는 걸로 보이지?"

"대신전에 반기를 드시는 겁니까!"

"그래, 그럼 그렇다고 하지."

잠깐, 너무 막 나가잖아! 칸나가 질겁하자, 그가 때마침 그녀를 노려보았다.

"뭐 하는 거냐?"

"뭐?"

"붙어."

알렉산드로는 칸나를 끌어당겨 등에 짐처럼 짊어졌다.

"제대로 잡아라. 떨어져도 안 주울 거다."

그 말에 칸나는 잽싸게 그의 목에 팔을 휘감았다. 그 즉시, 알렉산드로가 움직였다.

'악!'

칸나는 비명을 삼키며 이를 악물었다. 이건 마치, 안전 바 없이 롤러코스터를 타는 기분! 그야말로 엄청난 속도에 칸나는 두 팔다리에 힘을 줘 있는 힘껏 달라붙었다.

그렇게 얼마나 지났을까? 알렉산드로는 집행관들의 추적을 피해 대신전 너머의 숲까지 도달했다.

"떨어져."

알렉산드로가 매정하게 그녀의 몸을 떨쳤다. 칸나는 풀밭 위로 힘없이 쓰러졌다. 팔다리가 후들후들, 속은 울렁울렁, 토할 것 같다.

'아, 데자뷔.'

과거 오르시니에게 붙들려서 대신전을 탈출했을 때도 분명 이랬지. 그러나 이 정도로 힘들지는 않았다. 지금 선희의 몸은 미래의 칸나보다 훨씬 더 허약했던 것이다. 아무리 좋은 음식을 먹었어도 묶여 지낸 몸이었다. 기초 체력이 바닥일 수밖에 없었다.

"웁."

심지어 임신 초기. 컨디션이 가장 최악일 때였다.

"됐나? 감옥에서 꺼내 줬으니 이제 해독제를……."

그때 칸나가 우욱, 헛구역질했다. 그러자 알렉산드로가 재빨리 뒤로 물러났다.

'죽을 것 같아. 선희의 몸, 엄청난 약골이야.'

세상이 빙글빙글 돌고, 속에 있는 모든 것이 입 밖으로 쏟아질 것만 같았다. 그런데 놀랍게도, 이런 와중에도……

"……딸기."

"뭐?"

"딸기가 먹고 싶어."

아까부터 줄곧 참았던 본능적인 욕구를 저도 모르게 뱉으며, 칸나는 스르륵 눈을 감았다.

"뭐 이딴 여자가……."

알렉산드로의 허망한 목소리를 마지막으로 칸나는 정신을 잃었다.

알렉산드로는 이 현실이 믿기지 않았다. 해독제를 얻으려고 기껏 대신전과 척지고 탈출했더니, '딸기 먹고 싶어!'를 마지막으로 졸도해 버리다니.

알렉산드로는 심각하게 고민했다. 차라리 버리고 가 버릴까? 이런 골치 아픈 여자는 내버려 두고 의원에게 가서 해독제를 만들어 달라고 하는 거다.

하지만 독이 뭔지도 모르는데 해독제를 만들 수 있을 리 없다. 그러니까 이 여자가 필요했다.

'빌어먹을 여자.'

알렉산드로는 이를 갈며 여자를 품에 안았다. 일단은 여자가 깰 때까지 인진한 장소로 이동해야 했다. 그렇게 걷던 와중, 산딸기가 주렁주렁 맺힌 작은 나무를 발견했다.

"……."

잠시 고민하던 알렉산드로는 여자를 한 손으로 둘러멘 채 다른 손으로는 산딸기를 따기 시작했다.

"제길."

그러다가 문득 화가 치밀어 산딸기를 거칠게 내던졌다.

'딸기 냄새.'

번쩍. 눈이 절로 떠졌다.

칸나는 몸을 벌떡 일으켰다. 아니나 다를까, 옆에 막 따온 듯한 산딸기가 한가득 쌓여 있었다! 칸나는 그대로 손을 뻗어 산딸기를 집었다.

그 순간, 경멸 어린 눈과 마주쳤다. 칸나는 멍하니 그 눈을 마주 보다가, 확 밀려오는 현실감에 화들짝 놀랐다.

'내가 왜 이러지?'

일어나자마자 딸기부터 찾아? 평생 식탐을 모르고 살아왔기에, 이런 행동이 충격이었다.

'임산부란 힘든 거였구나.'

이 정도까지 호르몬의 노예가 되다니. 임신은 보통 일이 아니었다. 칸나는 자괴감과 안타까움을 동시에 느끼며 몸을 일으켰다. 그러나 꿋꿋하게 산딸기를 입안에 넣어 오물오물 삼켰다.

그제야 말했다.

"딸기 고마워. 의외로 상냥하네."

"너, 미친 여자였나?"

"말했다시피 나는 임산부라서. 가끔 참을 수 없을 때가 있어. 나라고 해서 이런 상태가 편한 줄 알아? 한 생명을 잉태했는데 이 정도 배려는 당연히 해 줘야 하는 거 아니야?"

말하다 보니 서러워져서 마지막엔 신경질적으로 말하고 말았다. 그 적반하장 격의 태도에 알렉산드로는 기가 막힌 듯했다.

"내 애도 아닌데 뭔 상관이지? 그리고 왜 나한테 짜증을 내는 거냐?"

"……미안. 나도 모르게. 어쨌든, 딸기 고마워."

칸나는 주위를 둘러보았다. 그들은 거대한 나무 그늘 아래 몸을 숨기고 있었다.

"검은 사도가 아니라고 했던가?"

알렉산드로가 창백한 얼굴로 그녀의 짐가방을 툭 던졌다.

"가방 안의 기록은 뭐지?"

"……."

"알아볼 수 없는 문자로 적혀 있던데."

그의 말이 옳았다. 칸나는 선희가 한국어로 적은 일기장을 챙겨왔다. 그리고 알렉산드로는 그녀가 기절한 동안 짐 검사를 마친 상태였다.

"그뿐만이 아니지. 잠꼬대로 이상한 말을 중얼거리던데. 검은 사도의 암호인가?"

"아니. 그냥 외국어야."

"거짓말하지 마라. 이 대륙에 내가 모르는 언어는 없다."

알렉산드로가 날 선 눈으로 그녀를 노려보았다.

"닌 대체 누구야?"

"다른 세계에서 온 사람. 이곳에 기록된 건 내 세계의 문자야."

툭 진실을 던지자 그의 눈에 살기가 맴돌았다.

"계속 개소리를 지껄이는 걸 보니 죽고 싶은가 보군."

"너 말이야, 믿지도 않을 건데 왜 물어?"

이 일기장은 일부러 가져왔다. 그가 보도록. 수상한 문자에 의심을 품을 수 있도록.

'분명히 이 기록이 어떤 내용인지 알려고 들겠지.'

그는 검은 사도의 대적자다. 수상한 것을 못 본 체할 리 없다. 그러나 그녀가 해 주는 말은 아무것도 믿지 않을 테니, 스스로 이 일기장을 해석하려고 들 것이다.

다행히 이 일기장에는 별다른 정보 없이 선희의 고통만이 기록되어 있다. 슬프다, 힘들다, 신령 개자식, 집에 가고 싶다, 김치 먹고 싶다, 남편과 딸이 보고 싶다, 힘들다, 이런 것들.

그가 이 고통뿐인 기록을 읽게 된다면 일말의 연민 정도는 품게 될지도 모른다.

'어떻게든 알렉산드로가 선희에게 호감을 품어야 해.'

우정이든 동정이든. 그게 뭐든 좋으니 호감에 가까운 감정을 품어야 한다. 그래야만 '칸나 아디스'. 선희의 아이를 지켜 줄 테니까.

'대신전이 나를, 칸나를 손에 넣으면 모든 게 끝나.'

그때는 파멸이다.

'그러니 알렉산드로가 나를 데리고 있도록 만들어야 해.'

칸나는 마른 입안을 축였다.

그건 아마도, 성공할 것이다. 그러니까 알렉산드로가 자신을 키웠겠지. 그는 대신전과 검은 사도의 끈질긴 요구와 공격을 받아 가면서까지 칸나를 아디스에 두었다.

'내가 그렇게 만든 거였어.'

알렉산드로가 칸나를 키울 마음이 들게 하는 것. 그것이 이곳에서 자신이 해야 할 일이었다.

'그런데 며칠 안에 그게 가능해?'

지금도 죽여 버리고 싶다는 눈으로 노려보고 있는데?

그때, 알렉산드로가 미간을 꽉 좁히며 머리를 짚었다.

"제길."

칸나는 그제야 그의 얼굴이 식은땀으로 가득 젖어 있음을 눈치챘다.

"기다려 봐. 지금 당장 해독제를 만들어 줄게."

선희의 몸이 이 정도로 약골일 줄은 몰랐다. 그녀가 기절하느라 시간이 지체된 것이다. 칸나는 서둘러 짐 꾸러미에서 도구를 꺼내면서 말했다.

"죽으면 안 돼, 알렉스."

"……닥쳐."

그가 힘겹게 입술을 달싹였다. 칸나는 손가락에 피를 내어 바닥에 연금술 진을 그렸다. 재료를 하나하나 만들어야 했기에 시간이 꽤 걸릴 듯싶었다.

"지금 만드는 중이니까 한 시간만 버텨."

"……."

"알렉스?"

숨소리가 들리지 않는다. 칸나는 불길한 예감에 사로잡혀 몸을 돌렸다.

그가 고개를 숙이고 있었다. 붉은 머리카락이 짙푸른 새벽에 잠겨 축 늘어졌다. 그의 미동 없는 얼굴은 시간이 영원히 멈춘 조각상 같았다. 마치.

마치, 죽은 사람처럼.

칸나의 손끝이 떨렸다. 설마, 그럴 리가. 공포에 질린 칸나는 천천히 손을 뻗었다. 땀으로 젖은 그의 뜨끈한 목덜미 위로 가져갔다.

두근. 두근.

'살아 있어.'

다행이다. 아직 살아 있다. 칸나는 안도의 한숨을 내쉬었다. 그리고 해독제 만드는 일에 집중했다.

그때였다.

"선희 님."

순간 유리병을 쥔 칸나의 손이 굳었다. 이 목소리는…….

"그자에게서 떨어지십시오."

칸나는 몸을 일으켜 뒤를 돌아보았다. 저 멀리 한 무리의 사내들이 다가오고 있는 것이 보였다.

선두에 선 자는 아는 남자였다.

'제롬…….'

누구보다도 연금술을 숭배하는 검은 사도. 그가 동료들을 이끌고 서 있었다.

"오랜만이네요, 선희 님. 거의 몇 개월 만이지요?"

몇 명이지? 칸나는 빠르게 눈으로 숫자를 세었다.

"선희 님이 대신전에 갇힌 이후로는 처음 보는군요. 안색이 많이 상하셨어요."

총 열다섯 명. 그들 모두가 선희가 아는 얼굴들이었다.

그때 제롬이 제안했다.

"이리 오세요, 선희 님. 신령과 함께하길 원치 않으신다면, 저희가 보호해 드리겠습니다."

물론 진심이겠지. 제롬은 신령이 아닌 연금술을 숭배했으니. 연금술의 좋은 재료가 되는 선희의 피만 얻을 수 있다면 언제든 신령을 배반할 준비가 되어 있는 사나이였다.

"싫어."

칸나는 뒤로 물러나며 알렉산드로를 흘끗 내려다보았다. 그는 여전히 정신을 잃은 상태다.

"난 당신들과 안 가."

"그래요. 그러실 줄 알았어요. 그럼 도망가세요. 잡을 테니까."

제롬은 그럴 줄 알았다는 듯 태평하게 고개를 끄덕였다.

"단, 혼자 가세요. 그 남자는 거기 그대로 내버려 두고."

그의 눈에 적의가 깃들었다.

"알렉산드로 아디스의 몸이 안 좋은 모양입니다."

알렉산드로는 검은 사도에게 천적이나 마찬가지였다. 그런 알렉산드로를 해치울 기회. 제롬이 이런 기회를 놓칠 리 없다.

"……싫어."

"예?"

"이 사람을 너희에게 넘겨주는 일은 없을 거야. 그러니까 돌아가."

그 말에 제롬이 피식 웃었다.

"여전히 마음이 약하시군요, 선희 님. 아니면 알렉산드로의 잘생긴 얼굴에 반하신 겁니까?"

그러나 칸나는 더 듣지 않았다. 재빨리 뒤를 돌았다. 짐가방을 어깨에 멘 후, 곧장 알렉산드로의 팔을 끌어당겼다. 어서 그를 부축해 도망을……!

"악!"

쾅! 칸나의 몸이 그대로 엎어졌다. 알렉산드로의 무게감을 견디지 못한 것이다. 그녀는 그의 육중한 몸 아래에 짓눌려 버둥거렸다.

"하하하하!"

"맙소사, 지금 뭐 하는 겁니까!"

검은 사도들이 배를 잡고 웃음을 터뜨렸다.

'빌어먹을!'

이 남자, 왜 이렇게 무거운 거야!

그러나 칸나는 포기하지 않고 간신히 몸을 일으켰다. 끙끙거리며 그의 팔을 잡아당겨 앞으로 나아갔다. 그런 그녀를 향해 제롬이 즐겁게 소리쳤다.

"그래요, 어디 한번 도망가 보세요. 꽤 재미있겠습니다!"

그러고는 동료들에게 외쳤다.

"다들 들었지? 알렉산드로는 죽이고, 선희는 목숨만 붙여 와! 어차피 필요한 건 피가 흐르는 몸뚱이뿐이니까!"

커다란 웃음소리가 폭죽처럼 터져 나왔다.

"자, 사냥을 즐길 시간이다!"

"허억, 허억."

칸나는 숨을 헐떡였다. 검은 사도들은 정말로 사냥을 즐기고 있었다. 여기저기서 화살이 날아왔고, 아슬아슬하게 칸나를 스치고 지나갔다.

'카실 같은 놈들 같으니라고!'

세상에, 또 이 더러운 경험을 하게 될 줄이야. 심지어 이번엔 혼절한 남자를 지켜야 하는 문제까지 있었다!

'빨리 해독제를 먹여야 하는데!'

더 시간을 지체했다가는 정말 위험해지고 말 거다.

"알렉스, 죽으면, 안 돼, 알겠지!"

그를 어깨에 둘러메고는 낑낑거리며 한 발 한 발 나아갔다. 다행히도 그의 숨결은 여전히 목덜미에 닿고 있었다.

아직은 살아 있다.

아직은.

'빨리 안전한 장소를 찾아야 해.'

이대로 무작정 도망칠 생각은 없었다.

다만, 알렉산드로. 독에 중독되어 사경을 헤매는 이 사람을 안전한 곳에 두고, 그때 반격에 나서야 했다.

"죽으면, 절대로 안 돼, 진짜, 죽으면, 내가 죽여 버릴 거야!"

말도 안 되는 소리를 횡설수설 지껄였다. 그리고 그 순간.

'아.'

그것은 거의 본능적인 직감이었다. 목덜미의 솜털이 쭈뼛 곤두선다. 무언가가 맹렬하게 달려드는 위화감을 느꼈다.

칸나는 알렉산드로의 몸을 빙글 돌려 끌어안았다.

"……!"

다음 찰나, 강렬한 격통이 팔뚝을 파고들었다. 알렉산드로를 노린 화산이 팔뚝에 꽂힌 것이다.

"으……."

눈물이 핑 맺혔다. 칸나는 이를 악물었다. 생살이 찢어지고, 살갗

안에 불이 활활 타오르는 통증이었다.

"아, 으, 빌어먹을."

아파 죽겠네! 하지만 아직 죽지 않았으니까. 칸나는 다시 알렉산드로를 끌어당겼다.

"……져."

그때, 알렉산드로의 입술이 움직였다. 희미하게 정신이 든 걸까? 칸나는 그의 목소리에 귀를 기울였다.

"응? 뭐라고? 다시 말해 봐!"

"꺼……."

"어?"

"꺼져."

"……."

이게 진짜! 순간 확 열이 뻗쳐서, 칸나는 그의 팔을 콰득 움켜잡았다.

"잘 모르는 모양인데, 당신 지금 죽기 직전이거든! 내가 이대로 두고 가면 당근이 아니라 당신이 멸종하거든!"

쏘아붙이며 말하는 순간, 칸나의 눈이 번뜩였다.

'저기다!'

넝쿨 진 바위 아래로 작은 동굴을 발견했다. 칸나는 있는 힘껏 그를 끌어다가 안으로 구겨 넣듯 처박았다.

이제 됐다. 이제, 반격의 시간이었다.

칸나는 천천히 뒤를 돌았다.

"뭐 하시는 겁니까?"

"왜 도망 안 가십니까?"

"겁먹으신 겁니까?"

검은 사도들의 놀리는 음성이 숲 안에서 메아리처럼 울렸다.

그들은 선희를 아주 잘 알고 있었다. 몇 개월 전의 선희를. 신령에게 배신당하고 대신전에 감금당하기 전, 미치기 전의 선희를.

선희는 뼛속까지 의사였다. 목에 칼이 들어와도 남을 해칠 생각을 하지 못했다. 그런 여자였다. 검은 사도들이 아는 것은 그때의 선희였다. 타인을 살생하느니 차라리 죽음을 택할, 불타는 신념의 여자.

'그러니까 저런 여유를 부리는 거겠지.'

칸나는 고개를 내렸다. 팔뚝에 화살이 꽂혀 뚝뚝 피가 흐른다. 마침 잘됐다. 그녀는 손가락으로 피를 훔쳤다. 그리고 피 묻은 손가락을 들어 올려 허공에 진을 그렸다.

핏방울은 떨어지지 않았다. 무중력 상태의 물방울처럼, 허공에 맺혀 손가락의 궤적을 따라간다. 순식간에 원이 그려지고, 그 안에 수십의 선과 도형이 가득 찬다. 칸나는 선희의 기억 속 또렷한 술법진을 빠르게 그렸다.

그리고 마침내, 핏방울로 맺힌 술법진이 완성되는 순간.

"잠깐만, 지금 선희가 뭘 하는……."

검은빛이 터져 나갔다. 파도처럼 몰아쳐 해일이 되어 숲을 왈칵 집어삼켰다. 새벽녘의 숲이 더 짙은 암흑 속으로 파묻혔다.

"자, 잠깐! 이게 대체!"

"도망가!"

그리고 어둠 속에서 들리는 비명, 신음, 당황한 음성들이 울려 퍼진다. 칸나는 그저 고요히 그 어둠을 지켜보았다.

"허, 허억, 몸이, 몸이 얼고 있어!"

"살려 줘!"

그리고 기다렸다. 모든 것이 끊기기를.

역시나, 얼마 가지 않아 모든 소음이 뚝 끊겼다. 아우성치는 신음과 흐느낌도 더는 들리지 않았다.

"하아……."

칸나는 한숨을 내쉬었다. 그렇게 얼마나 지났을까? 천천히, 아주 천천히 검은 안개가 옅어지기 시작했다. 그리고 마침내 드러났다.

은빛으로 반짝이는 얼음의 숲. 숲은 모조리 얼어붙어 있었다. 풀 한 포기, 나뭇가지의 잎사귀 한 잎까지도, 새하얗게 얼어 매끈하게 번쩍였다.

칸나는 그 비현실적인 광경을 망연히 응시했다. 몸부림치거나 도망치던 검은 사도들은 얼음 동상처럼 그 자리에 굳어 있었다.

'제롬은 아마 도망에 성공했겠지.'

그러니까 훗날 자신과 마주칠 수 있었던 거겠지. 칸나는 암담한 눈으로 자신이 만든 광경을 응시하다가, 다시금 손을 들어 올렸다.

피 묻은 손으로 또다시 술법진을 그렸다. 완성한 순간, 이번엔 광풍이 몰아친다. 거친 바람이 날카롭게 숲을 휩쓸었다. 얼음이 깨지고 조각조각 부서졌다. 부서진 얼음이 눈가루처럼 휘날렸다. 달빛에 반짝거리며 휘몰아쳤다.

마치 별빛이 내리는 것처럼 황홀했다. 실상은 끔찍한 살육의 현장인데도.

칸나는 그 빛 가루 속에서 멍하니 서 있었다. 그러다가 문득, 뒤를 돌았다.

"……."

언제 동굴 밖으로 나온 것일까? 나무에 힘겹게 기대어 서 있는 알렉산드로가 그녀의 뒷모습을 뚫어지게 바라보고 있었다.

눈부신 광채 속에 파묻혀, 검은 머리칼이 흩날리는 그 뒷모습을.

"너……."

한동안 그 광경에 사로잡혀 있던 그의 입술이 떨렸다.

"너, 대체 뭐야?"

그러고는 또다시 졸도했다.

"죽지 마."

알렉산드로는 깨달았다. 지금 자신은 사경을 헤매고 있다는 것을.

"죽지 마."

혼미해질 때마다 단호한 음성이 그를 다잡았다.

"죽으면 안 돼."

정작 여자는 제 부상을 치료할 생각조차 못 하고 있었다. 팔뚝에 여전히 화살이 꽂힌 채 해독제를 만든다. 그의 입안으로 조금씩 조금씩 흘려보내 주었다. 본인은 피를 줄줄 흘리고 있으면서.

'그러다가 과다 출혈로 죽는다.'

그렇게 말해 주고 싶었지만 지금 그가 할 수 있는 것은 아무것도 없었다. 그녀가 주는 해독제를 얌전히 받아 마시는 것 외에는.

지금 이 순간, 오로지 여자에게 달린 목숨이었다.

"죽으면 안 돼, 절대로, 죽으면 가만두지 않을 거야……."

희미한 정신 너머로 연신 목소리가 들려온다. 알렉산드로는 힘겹게 눈을 떴다. 초조한 얼굴의 여자가 보였다. 눈이 마주치자 그녀가 애원하듯 말했다.

"죽으면 안 돼요. 응? 알겠죠?"

"……."

"버텨요. 견뎌야 해요."

그 목소리가 기도 같다고 생각했다.

알렉산드로는 눈을 감았다. 밤이 깊어 갔다.

알렉산드로는 눈을 떴다.

동굴 안으로 아침 햇살이 비스듬히 쏟아지고 있다. 새하얀 빛의 얼룩을 바라보며 그는 깨달았다.

'살았군.'

천천히 고개를 돌렸다. 바로 옆, 검은 머리칼의 여자가 엎드려 잠들어 있었다.

"죽지 마."

"절대로, 죽으면 안 돼."

주문 같은 속삭임은 그의 새벽을 가득 채웠다. 그래서일까, 지금도 그 음성이 들리는 것 같았다.

'이 여자는 뭐지?'

알렉산드로는 미간을 좁히며 그녀의 얼굴을 노려보았다.

자신을 죽이려 했던 여자.

그러나 자신을 살린 여자.

이 여자의 독에 중독되어 내내 사경을 헤맸지만, 그동안 일어난 일은 기억하고 있었다.

'왜 날 검은 사도에게 넘기지 않았지?'

더는 자신에게 아무 용무도 없었을 텐데. 혼자 도망가는 것이 더 빠르고 안전했을 텐데. 그러나 이 여자는 그런 일은 상상도 할 수 없다는 듯, 단호하게 거절했다.

"이 사람을 너희에게 넘겨주는 일은 없을 거야. 그러니까 돌아가."

결국 자신까지 업고 도망가다가 화살까지 맞았지. 거기까지 생각이 이르자 그의 시선이 저절로 여자의 팔로 향했다. 그녀의 팔은 대충 찢은 셔츠 조각으로 칭칭 묶여 있었다. 혼자 한 것치고는 수준급의 지혈이었다.

'저런 팔로 날 끌고 왔다고?'

저 가느다란 걸로?

믿기지 않는 것은 그것뿐만이 아니었다. 어둠 속에서 새하얗게 빛나던 은빛 숲, 진주 가루처럼 부서진 얼음의 결정체들, 그 안에서 흩날리던 검은 머리칼.

태어나 그토록 아름답고 비현실적인 광경을 본 적이 없었다.

알렉산드로의 눈이 점점 차갑게 가라앉았다. 수상한 여자다. 생각보다도 더. 검은 사도들에게서 보호해 준 건 고맙지만, 그렇다 해서 이 여자를 완전히 신뢰하는 건 아니었다.

'아디스로 데려가야겠군.'

아디스에서 조금 더 조사해 볼 필요가 있다. 그렇게 결심을 굳힐 때.

"으."

그때 여자의 입에서 신음이 흘렀다.

"으음."

그러고는 아주 천천히 눈꺼풀을 들어 올렸다.

눈이 마주쳤다.

알렉산드로에게 해독제를 먹인 후, 칸나는 이를 악물며 팔뚝에 꽂힌 화살을 제거했다. 그러고는 연금술로 약을 만들어 상처를 어느 정도 치료했다.

마침내 모든 일을 끝내고 기절하듯 잠들었는데…….

'그러니까 이건 꿈이겠지?'

눈을 떠 보니 그곳에 있었다. 마지막으로 라파엘과 헤어진 곳. 분홍색 복숭아 꽃잎이 하늘하늘 내리는 아름다운 정원, 세계수의 뿌리 안이었다.

'라파엘이다.'

라파엘의 뒷모습이 보였다. 맹세한 대로, 그는 술법진을 지키고 있었다. 칸나는 그에게로 가까이 다가갔다.

아니, 다가갔나?

'난 어디에 있는 거지?'

문득 의아해져서 시선을 내렸지만 몸은 보이지 않는다.

'역시, 이건 꿈인가 봐.'

그때였다. 세계수의 뿌리, 검은 입구가 일렁였다. 그러고는 한 사내가 걸어 들어왔다. 새하얀 머리칼의 남자였다. 남자가 양손에 쥔 거대한 장검, 그 날카로운 끝에서 핏물이 뚝뚝 떨어져 내렸다.

"여기 계셨습니까?"

칼렌 아디스였다.

"온갖 곳을 다 뒤져도 없더니, 이런 곳에 숨어 있었군요."

칼렌은 마지막으로 보았을 때와는 다른 모습이었다.

언제나 단정하게 정돈되어 있던 머리칼이 흐트러져 있고, 기장도 꽤 길어 어깨 위까지 내려오고 있었다. 그리고 무엇보다, 눈빛. 지금 이 순간 칼렌의 눈에는 오로지 짙은 살기만이 가득했다.

"누님은 어디에 있습니까?"

이성을 반쯤 놓은 듯한 광기 어린 눈은 그녀가 알던 칼렌 아디스가 아니었다.

"누님이 어디에 있는지 말하십시오."

라파엘이 칼렌을 향해 천천히 몸을 돌린다. 칼렌이 말을 이었다.

"누님이 사라진 지 오래됐습니다. 그리고 누님의 마지막 행적은, 대신전이었죠."

오래됐다고? 그 말이 이상했다. 과거로 돌아온 지 고작 하루밖에 지나지 않았는데, 오래됐다니?

"대신전을 이 잡듯이 뒤졌지만 누님은 어디에도 없더군요."

그의 칼끝에서 핏방울이 또다시 떨어져 내렸다. 잔디밭 위로 산산이 부서졌다.

"대신전뿐만이 아니지. 어디에도 없어. 누님은, 어디에도……."

문득 궁금해졌다. 저 검을 흠뻑 적신 피는 누구의 것일까? 칼렌은 어떻게 이곳, 사제들조차 감히 접근할 수 없는 세계수에 접근한 걸까?

"누님이 어디에 있는지 당장 말하십시오. 말하지 않으면 당신도 죽일 겁니다."

그러나 라파엘의 눈은 고요했다. 짧은 침묵 끝에, 칼렌은 상대를 위협할 수 없음을 깨달은 듯했다.

"그래요, 허세였습니다. 당신이 누님을 마지막으로 본 사람인데. 마지막 단서인데, 죽일 수 있을 리가 없지."

쨍그랑! 그가 검을 떨어뜨렸다. 축 늘어진 어깨 위로 묵직한 절망이 내려앉았다.

"제발, 누님이 어디 있는지 알려 주십시오."

"……."

"흔적도 없이 어디로 증발한 겁니까, 누님은……."

그때 칼렌의 눈에 물기가 고였다. 뺨 위로 굵은 눈물이 흘러내렸다.

"살아 있긴 합니까?"

"……!"

눈을 뜨는 순간, 터질 듯한 압박감이 목을 짓눌렀다. 숨이 막혔다. 벼락처럼 내리꽂힌 고통에 칸나는 눈을 크게 떴다.

그리고 보았다. 자신의 목을 짓누르고 있는 알렉산드로를.

'뭐지?'

컥, 간신히 호흡 한 줌을 삼켰다. 그게 전부였다.

'이게 뭐야?'

왜, 숲 한복판에 누워서, 그에게 목을 졸리고 있는 거지? 칸나는 있는 힘껏 발버둥 쳤지만 양 손목은 알렉산드로의 한 손아귀에, 발은 그의 다리에 짓눌려 꼼짝도 할 수 없었다.

"언제까지 이럴 거지?"

그때 알렉산드로가 말했다. 분노로 짓눌린 음성이었다.

"아직도 네가 날 죽일 수 있을 것 같아?"

그게 무슨 소리야? 지금 날 죽이려고 하는 건 당신이잖아! ……라고 생각하는 순간, 기억이 밀려왔다.

어제 하루의 기억이.

'아.'

어제. 이 몸에, 선희가 다시 돌아왔다. 어제 하루, 선희가 이 몸으로 다시 들어온 것이다. 예상대로 선희는 칸나가 빙의했던 동안의 일을 기억하지 못했다.

그렇기에 갑작스러운 상황에 당황했고, 놀랐으며, 그만큼 알렉산드로를 경계했다. 당연한 반응이었다. 그녀의 마지막 기억은 대신전이었는데, 갑자기 숲에 낯선 남자와 함께 있었으니까. 심지어 그 와중에 대신전 집행관들이 추적해 와 도망까지 쳐야 했다.

모든 것이 혼란스러웠던 선희는 알렉산드로에게 공격성을 드러냈고, 여러 번 다퉜으며, 그를 다섯 번이나 죽이려고 들었다.

바로 조금 전에도 그랬다. 그를 향해 연금술을 쓰려다가 제압당한 거였다!

"어떻게 해야 얌전해질까?"

종일 괴롭힘당한 알렉산드로의 눈에 지긋지긋함이 서렸다. 알렉산드로는 제 손아귀에 잡힌 그녀의 손목을 응시하며 중얼거렸다.

"차라리 잘라 버릴까."

그건 안 돼!

그때, 알렉산드로가 그녀의 목을 짓누르던 손을 떼었다.

"쿨럭, 쿨럭!"

그제야 호흡이 탁 트였다. 변명이나 설득을 할 정신도 없이 칸나는 기침했다. 그리고 그 순간 버클을 푸는 소리가 들렸다. 칸나는 소스라 치게 놀라며 아래로 시선을 내렸다. 알렉산드로가 바지 벨트를 풀고 있었다. 한 번의 손동작으로 버클을 풀고, 꽉 움켜잡고는 거칠게 잡 아당겼다.

"아!"

그러고는 벨트로 인정사정없이 그녀의 손목을 동여맸다. 뼈가 끊길 것처럼 강한 압박에 비명이 절로 튀어나왔다.

"아, 아파!"

"아파?"

알렉산드로가 단조롭게 물었다. 칸나는 미친 듯이 고개를 끄덕였 다. 손목이 떨어져 나갈 것 같다. 저절로 눈물이 맺혔다. 생리적인 반 응이었다.

"그래서?"

그러나 그녀가 울든 말든, 알렉산드로의 손은 잠시도 멈추지 않았다.

"먼저 시작한 건 너야. 이 정도는 감당해야지."

네가 한 짓이 있는데. 짧게 덧붙인 그는 그녀의 신음을 무시하며 눈 하나 깜빡하지 않고 손목을 결박했다. 그리고 나서야 그녀의 몸 위에 서 물러났다.

"허억, 허억."

칸나는 숨을 헐떡였다. 정말이지 죽을 것 같다.

"꼴좋군."

알렉산드로가 그녀를 내려다보며 빈정거렸다.

"그러게 말로 할 때 알아듣지 그랬나?"

그녀는 엉망진창이었다. 헝클어진 검은 머리, 눈물 맺힌 눈꼬리, 목덜미에 붉게 남은 손자국, 흐트러진 옷차림, 힘없이 널브러진 다리까지.

온통 흙과 풀로 지저분했다. 그 꼴을 감상하고 나서야 알렉산드로는 자신도 같은 처지임을 깨달았다. 그는 팔꿈치에 붙은 풀을 털어 내며 말했다.

"또 허튼짓하면 묶어 놓을 거라고, 분명히 말했을 텐데."

그녀가 네 번째 살해 시도에 실패했을 때, 그는 경고했다.

"한 번만 더 나를 죽이려 들면 대신전에 있을 때처럼 묶어 놓겠다."

그러나 선희는 포기하지 않았다. 알렉산드로만 죽이면 그토록 바라던 자유를 마침내 찾을 수 있을 거라 생각한 것이다. 그래서 죽이려 했다. 무려 다섯 번이나.

'아니지. 내가 대신전 감옥에서 독을 주입한 것까지 합하면, 총 여섯 번이네.'

즉, 알렉산드로는 지금껏 여섯 번이나 살해 시도를 참아 준 거였다. 평소 그의 성품을 생각하면 굉장한 자비였다.

'망했어.'

욕지거리가 입안에서 뭉개졌다. 신뢰를 살 기회였는데 다 날아가 버렸다. 이 몸으로 돌아온 선희가 모든 것을 망쳐 버렸다!

'기껏 화살까지 대신 맞으면서 구했는데, 이게 뭐야!'

그러나 선희를 탓할 수 없었다. 당연히 그녀도 패닉이었겠지. 게다가 그녀는 지금 반쯤 미친 상태니까.

그렇게 몇 분이나 더 호흡을 골랐을까? 간신히 숨결이 진정되자 칸나는 힘겹게 허리를 들어 올렸다. 처연한 얼굴로 부탁했다.

"이제 정말 얌전히 굴게. 그러니까 풀어 줘."

"싫다."

"내가 그동안 힘든 생활을 해서 정신이 오락가락해. 공격성이 강해질 때가 있는데, 지금은 괜찮아."

"역시 미친 여자였군."

알렉산드로는 그 말에 납득했지만, 이해해 주지는 않았다.

"언제 또 제정신을 잃고 달려들지 모르니 묶어놔야겠다."

칸나는 울컥 짜증이 나서 소리쳤다.

"나 팔 다친 거 안 보여? 아직 아프단 말이야!"

"그러니까 손목을 묶었잖아, 팔뚝이 아니라."

알렉산드로는 가차 없이 거절한 후, 그녀의 앞에 무언가를 던졌다.

"……."

선희의 일기장이었다. 한 권을 꽉꽉 채워 쓴 고통의 기록들.

"역시 넌 믿을 수 없어."

잇따른 살해 시도에 알렉산드로는 그녀에 대한 불신을 굳혔다.

"이 기록이 무엇을 뜻하는지, 아니, 이 문자가 뭔지 알아야겠어."

"……."

"날 속일 생각 하지 마라. 거짓으로 가르쳤다가는 해석하는 과정에서 다 들통날 테니까."

그러고는 그가 발끝으로 그녀의 무릎을 툭 건드렸다.

"일어나. 바로 출발할 거다."

"……날 어디로 데려갈 건데?"

반쯤은 예상하면서 물었다.

"아디스로."

머리가 지끈거렸다. 그곳에는 선희에게 집착했다는 라르고스가 있다. 후에 선희의 손에 죽는 알렉산드로의 형제이지 않은가.

'만나고 싶지 않았는데.'

아디스로 향하는 길은 순탄했다. 다행히 선희와 다시 몸이 바뀌는 일은 일어나지 않았던 것이다. 그러나 알렉산드로는 칸나의 손을 풀어 주지 않았다.

"지금의 나는 제정신이야. 그때처럼 미치는 일 이제 없을 테니, 어서 풀어 줘."

"그걸 내가 어떻게 믿지?"

"벌써 잊은 모양인데, 검은 사도들에게서 당신을 구해 준 건 바로 나야."

"애초부터 네가 독을 쓰지 않았더라면 내가 위험해질 일도 없었다."

칸나는 이를 갈았다. 저 인정사정없는 인간 같으니라고. 물론 알렉산드로에게는 당연한 행동이겠지만 칸나는 억울할 수밖에 없었다.

"이럴 거면 차라리 검은 사도들에게 당신을 넘길 걸 그랬어."

알렉산드로는 골치가 아픈 듯 관자놀이를 문질렀다. 그렇게 잠시 침묵하다가 입을 뗐다.

"곧 마을이 나온다."

"그게 뭐?"

"마을에서 장갑을 사 주지."

"……?"

갑자기 웬 장갑?

'아, 설마?'

칸나는 곧 그의 의도를 알아차렸다. 알렉산드로는 그녀가 고대의 연금술을 펼치는 것을 목격했다. 피로 술법진을 그려야 한다는 것을 눈치챘을 것이다.

'장갑을 끼면 내 손에 피를 낼 수 없으니까.'

물론 다른 부위에 상처를 낸 후 피를 묻혀 술법진을 그릴 수도 있지만, 과정이 길어지다 보니 자연히 눈에 띌 수밖에 없다. 알렉산드로의 감시하에서는 불가능하겠지.

"그러니까 그때까진 참아 봐라."

"……."

알렉산드로가 이런 제안을 하다니. 솔직히, 입에 재갈 물 각오로 땍땍거린 건데.

'심지어, 몇 번이나 저를 죽이려고 한 여자에게 이런 제안을 해?'

만약 선희가 그를 죽이려 들지 않았다면 지금보다 더 대우가 좋았겠지. 그리 생각하자 아쉬움이 밀려왔다.

'그때는 왜 몸이 바뀐 걸까?'

짚이는 점이 딱 하나 있다. 최악이었던 몸 상태. 화살을 맞은 채로 오랜 시간 방치한지라 출혈이 심했다.

'설마 몸 상태가 악화되면 내가 튕겨 나가기라도 하는 건가?'

만약 그렇다면. 선희가 돌아온 동안 자신의 혼은 어디에 있었던 걸까?

'설마……'

그때, 칸나는 꿈을 꿨다고 생각했다. 복숭아꽃이 눈처럼 내리던 그 순간. 칼렌이 라파엘을 향해 검을 들다가 눈물을 뚝뚝 흘리던 장면을 보지 않았던가?

그러나 칸나는 곧 고개를 저었다.

'칼렌은 내가 몇 년은 사라진 것처럼 굴었어.'

게다가 그녀는 대부분 꿈에서 그러하듯, 전지적 시점에서 지켜보고 있었다.

'그러니까 꿈일 가능성이 높아.'

하지만 마음 한구석에는 불길한 예감이 꾸물꾸물 기어올라 왔다.

'만약에 시간의 흐름이 다른 거라면?'

시간의 속도가 달라, 미래에서는 이미 몇 년이나 훌쩍 지나 버린 거라면?

순간 불안함이 왈칵 덮쳐 왔다. 그러나 칸나는 호흡을 가다듬으며 마음을 가라앉혔다. 설령 그렇다 해도 어쩔 수 없다. 지금 이 일보다 중요한 것은 어디에도 없으니까.

"알렉산드로 경!"

그로부터 며칠 후, 마침내 아디스에 도착했다.

"대체 이게 어떻게 된 일입니까?"

저택에 들어오자마자 금발의 기사가 서둘러 다가왔다.

"대신전에서 집행관들이 찾아왔었습니다!"

"그래?"

"예. 알렉산드로 경께서 검은 사도를 납치했다고 하던데……."

금발 기사의 눈이 칸나에게 슬쩍 향했다.

"이 여자는 검은 사도가 아니다."

"예?"

"자세한 것은 나중에 설명하지. 집행관들은 어떻게 됐지?"

"어떻게 되긴요? 라르고스 가주 대리님께서 내쫓다시피 돌려보냈죠. 이제 아디스와 대신전은 끝입니다, 끝."

그가 목을 긋는 시늉을 해 보였다.

"라르고스 형님을 뵈어야겠다. 지금 집무실에 계시나?"

"아뇨. 지금 발렌티노 공작과 함께 황실로 입궁하셨습니다. 늦어도 일주일 안에는 돌아오신다고 하셨습니다."

그 말에 칸나는 내심 안도했다. 다행히 라르고스가 없다.

'라르고스가 돌아오기 전에 일이 끝났으면 좋겠는데.'

어차피 죽을 사람과 안면을 터 봤자 찜찜하기만 할 테니까.

그때, 집사가 다가왔다.

"어서 들어오십시오, 알렉산드로 경."

"그래."

알렉산드로는 칸나의 팔을 잡아끌었다.

"이 여자는 내 손님이다. 당분간 머물 테니 그렇게 알도록."

"그러십니까? 그렇다면 손님방으로 안내를……."

"아니."

알렉산드로가 그의 말을 잘랐다.

"내 방에서 지낼 거다."

"……."

짧은 침묵이 흘렀다. 집사는 표정 관리에 성공했고, 금발의 기사는
실패했다.

"그러니 내 침실에 침대 하나를 더 들이도록 해."

"꼭 이렇게까지 해야겠어?"

잠시 후, 알렉산드로의 침실에는 침대 하나가 더 들어와 있었다.

"아무리 감시가 목적이라지만 이건 너무 심한 거 아니야? 나처럼 연
약한 여자가 해 봤자 뭘 한다고?"

"숲을 부순 것처럼 저택을 부수겠지. 내가 방심할 거라고 기대하지
마라."

"……."

"원한다면 너에게 방을 하나 따로 내주지."

"원해, 당연히."

"다만 24시간 내내 쇠사슬 수갑과 쇠그물 장갑 착용 필수. 널 감시
할 기사들을 열 명 이상 붙일 거다."

흘끗. 그녀에게 시선을 흘리며 고개를 까닥였다.

"원해?"

"……."

"대답이 없는 것을 보니 원치 않는 것 같군. 상호 합의한 것으로 알

겠다."

합의는 무슨, 이건 협박이라고!

그는 칸나의 사나운 시선을 무시하며 천장에 달린 금줄을 잡아당겼다. 곧이어 하녀가 들어왔다.

"부르셨습니까, 알렉산드로 님?"

칸나는 그 하녀를 빤히 바라봤다.

처음 보는 여자인데도 낯설지 않았다. 저 얼굴, 분명히 어디서 본 것 같은데…….

'루시?'

보랏빛의 머리칼과 수수한 이목구비. 루시와 닮은 얼굴이었다!

'루시의 모친이 알렉산드로의 하녀였다는 말은 들었는데.'

이때부터 옆에서 시중을 들었던 걸까? 칸나의 망상이 무럭무럭 자라났다. 무슨 사이지? 숨겨둔 정부인가? 아니면…….

"이 여자, 데려가서 씻겨."

그렇게 명령한 알렉산드로는 무구함에서 무언가를 꺼내 던졌다. 쇠사슬 수갑이었다. 갑작스러운 도구의 등장에 하녀의 눈이 흔들렸다.

"묶어 놓고 씻겨라."

칸나가 굴욕적인 목욕 시중을 견디는 동안 홀로 여유롭게 씻고 나온 알렉산드로는 소파에 앉아 서류를 읽고 있었다. 최근 검은 사도의 행적을 조사한 보고서였다.

"아까 그 여자, 신령의 아이를 임신한 여자라고 했죠?"

보고서를 전달한 금발의 기사, 테오도르가 말했다. 품에는 곤히 잠든 어린 아기를 안은 채였다.

"침방까지 같이 쓰시면서 감시할 필요는 없지 않습니까? 그깟 깡마른 여자가 뭐가 위험하다고?"

"외양만으로 판단하지 마라."

"그렇게 걱정되시면 온몸을 결박해 지하 감옥에 가두는 건 어떻습니까?"

비정하지만 효율적인 제안이었다. 확실히 그렇게 하면 편하긴 할 거다. 더 안전할 테고. 그러니까 신령도 그 여자를 그렇게 다뤘던 거겠지.

그러나 알렉산드로는 말없이 궐련을 꺼내 물었다. 무언의 거절에 테오도르는 한숨을 내쉬었다.

"혹시 반하신 건 아니죠?"

"미쳤군."

"알렉산드로 경 취향의 외모는 아니던데. 예쁘긴 했지만."

"저속한 말 할 거면 나가."

"이상하니까 그렇죠. 저는 알렉산드로 경을 소년 시절부터 모셔 왔지만, 이런 자비로운 모습은 처음 봅니다. 혹시 빚이라도 졌습니까?"

테오도르가 성냥으로 불을 붙여 주려 했으나, 알렉산드로가 갑자기 손을 들어 막았다.

"됐다. 치워."

"왜요? 설마 임산부와 같은 방을 쓸 예정이라 안 피우시는 겁니까?"

"아니."

"그럼 뭔데요! 대체 뭔데 잘 피우시던 궐련을 마다하십니까!"

"네 아들 때문에. 소리 줄여."

그러나 이미 때는 늦어 있었다. 반짝. 어린 아들이 눈을 뜨자 푸른 눈동자가 별처럼 빛났다.

"깨, 깼다……."

아기가 방긋 웃는다. 그리고 입을 벌려 힘차게 숨을 들이마시더니.

"우아아아아아아앙!"

"오구, 클로드? 아빠가 잘못했다, 응? 아빠가 뽀뽀……."

"크아아아아아아앙!"

테오도르는 허둥거리며 아이를 달래다가, 장난감을 찾아 서둘러 방을 떠났다.

'목청 하나는 여전히 굉장하군.'

역시나 장래가 기대되는 아기였다. 알렉산드로는 관자놀이를 주물렀다. 그때, 문이 열렸다. 인기척이 들리더니 다시 문이 닫힌다.

그 여자다. 굳이 보지 않아도 알 수 있었다. 알렉산드로는 서류를 한 장 펄럭 넘기며 말했다.

"잠시 기다려라. 내가……."

그 순간 짙은 향기가 코끝을 스쳤다. 달콤하면서도 서늘한 향기. 척추까지 찌르르 울리는 듯한 관능적인 향에 알렉산드로는 고개를 들었다.

여자가 앞에 우두커니 서서 그를 바라보고 있었다. 수갑 묶인 손을 들어 올렸다.

"열쇠 내놔. 빨리 풀어 줘."

"……."

"알렉스?"

알렉산드로는 대답 없이 그녀를 빤히 바라보다가 서류를 탁상 위로 내려놓았다. 이마를 짚으며 낮은 한숨을 내쉬었다.

그뿐이었다. 다시금 손을 내리자 반듯한 얼굴이 드러났다. 그는 줄을 당겼다. 하녀가 들어오자 냉랭하게 명령했다.

"다시 씻겨."

"예?"

"그런 여자가 아니다."

"……아. 죄송합니다."

하녀는 눈치 빠르게 자신의 실수를 알아차리고는 서둘러 칸나를 다시 끌고 갔다. 마침내 여자가 사라지자 알렉산드로는 다시 종이를 들어 올렸다. 무표정한 얼굴로 계속 서류를 읽어 내렸다.

그러나 반듯한 미간 사이. 미세한 균열이 생겼다가, 곧장 없어졌다.

'제대로 잔 것 같지도 않네.'

칸나는 찌뿌둥한 목을 주물렀다.

'잘 때는 감시를 못 하니까 묶어야 한다니.'

목욕할 때, 그리고 잘 때. 칸나는 수갑에 묶여야 했다. 불편한 수면 탓인지 온몸이 불편했다.

'지하 감옥에 갇히는 것보다는 낫긴 하지만…….'

칸나는 알렉산드로를 힐끔 쳐다봤다. 그는 지금 선희의 기록, 일기장을 해석하는 중이었다. 알렉산드로는 칸나가 알려 주는 문자를 곧이곧대로 믿지 않았다. 그녀가 제대로 알려 주는 게 맞는지 계속 의심했으나, 한 권 가득 쌓인 기록을 해석하며 문맥에 오류가 전혀 없자 조금씩 믿는 기색이었다.

그는 한번 알려 주는 것은 잊는 법이 없었다. 추론 능력도 좋아서 하나를 알려 주면 열 가지를 파악했다. 놀라울 만큼 머리가 좋았다. 즉, 재수 없는 인간이었다.

<신령에게 속았다. 나를 사랑하는 척했지만, 모두 다 연기였다. 이 세계의 사람들은 아무도 믿을 수 없다.>

<내 세계로 돌아가고 싶어.>

그 부분의 기록을 읽던 중 알렉산드로가 조용히 물었다.

"그 아이 낳을 건가?"

"응?"

"원치 않은 임신인 듯한데."

"……."

"너라면 충분히 아이를 지울 수 있을 것 같은데, 아닌가?"

칸나에게서 대답이 없자 알렉산드로가 말을 이었다.

"스스로 하기 꺼림칙하다면 테오도르의 누이를 소개해 주지. 그녀 역시 뛰어난 연금술사다. 아이를 지우는 약쯤은 금방 만들 수 있을 거다."

"아니……."

칸나는 아주 조심스럽게 말했다.

"필요 없어."

그 대답에 알렉산드로는 한숨을 내쉬며 일기장을 넘겼다.

"잘 들어. 나는 지금 네 뒷조사를 하고 있다."

당연히 그렇겠지. 그가 순순히 '난 검은 사도가 아니야!'라는 말을 믿어 줄 거라고는 기대하지도 않았다.

"조만간 네 지난 행적들이 내 귀에 들어올 거다. 만약 그때 아무런 문제가 없다면, 너의 새 시작을 돕겠다."

그것은 아마도 굉장한 배려였을 것이다. 알렉산드로 아디스가 도울 수 있는 부분은 아주 광범위했으니까.

"신령의 아이를 가진 채로 새 시작을 할 수 있을 것 같나?"

칸나는 쓴웃음을 지었다. 어차피 아이가 있든 없든, 알렉산드로가 그녀를 도울 일은 없을 것이다.

'선희가 검은 사도였던 것이 들통날 테니까.'

그때가 되면 알렉산드로는 더는 그녀의 이야기를 진지하게 들어 주지 않겠지. 그러니까 이런 대화가 가능한 것도 지금뿐일 수도 있다. 언제 그녀의 보고서가 날아올지도 모르니까.

부딪쳐야 한다면 바로 지금이었다.

"알렉스, 나는 다른 세계에서 왔어."

갑작스러운 말이었다. 일기장을 읽던 그가 그녀를 흘끔 바라본다. 당연히 믿는 눈이 아니었다.

"그 세계에는 내 남편도, 딸도 있지. 그러다가 어느 날 이상한 현상에 휘말려 이 세계로 왔는데……."

칸나는 잠시 말을 멈추었다가, 웃었다.

"신령을 만나서 보호받았지. 그가 날 이곳으로 끌어들인 장본인이란 건 몰랐거든. 그리고 그가 원하는 대로, 사랑에 빠졌어."

그러고는 자신의 배 위를 어루만졌다.

"이게 다 이 아이를 만들기 위한 신령의 계획이었지. 신령은 이 아이를 이용해서……."

"이용해서, 세계라도 멸망시킬 생각인가?"

뻔한 동화 속 이야기를 듣듯, 그가 비웃었다. 노골적인 조롱이었다.

"비슷해."

"……."

"두 개의 세계를 하나로 합칠 생각이야."

칸나 아디스는 제물이었다.

두 세계의 피가 섞인 칸나는 이쪽 세계에, 그리고 동시에 '다른 세계'의 벽에 균열을 만들 수 있는 유일한 존재였다.

신령이 노리는 것이 바로 그거였다. 양쪽 세계의 벽을 부수고 완전히 깨뜨리는 것. 두 세계의 벽이 깨지고, 맞닿은 세계의 힘이 한 점에서 부딪치는 순간, 검은 안개가 폭발하듯 터질 것이다.

'그렇게 되면 결국 모든 벽이 허물어지고, 두 세계의 경계가 사라지는 거지.'

칸나의 세계, 그리고 주화의 세계. 두 세계의 벽이 없어지고 하나로 합쳐져서 전혀 다른, 새로운 세상이 만들어지는 것이다.

다만 그 세상을 누릴 수 있는 자들은 몇 되지 않겠지. 검은 안개의 재앙에서 살아남을 자들은 극소수일 테니. 당연히 제물로 바쳐질 자신도 죽게 될 거다.

'난 죽고 싶지 않아.'

신령, 아르제니안. 몇백 년간 대신전에 갇혀 세상을 정화하는 도구로만 기능해 온 신령은.

"선희야, 정화 의식, 고통스러운 거 알고 있어? 정화 의식 때 말이야, 내 혼

과 육신은 세계수와 결합한단다. 그건 정말 끔찍하게 아파."

끝없는 고통에 몸부림쳤고.

"그런데 해도 해도 끝이 안 나."

끝없는 공포에 질려 있었으며.

"날 사랑하는 사람들을 생각하면서, 날 숭배하는 사람들을 생각하면서, 정화 의식을 견디고 또 견뎌도, 그들은 모두 결국 죽어. 나는 여전히 이 자리에, 이 고통 속에 있는데, 그들은 시간이 흘러 죽어 버리면 그만이야."

끝없는 상실에 지쳐 있었다.

"사실, 나는 이미 죽고 지옥에 떨어진 게 아닐까? 이곳은 지옥이 아닐까?"

그리하여 마침내 미치고 말았다. 반복되는 고통과 공포와 외로움에 마모된 아르제니안은 살점이 다 뜯겨 나간 뼈다귀였다.

"이 세계는 지옥이야. 우리는 모두 지옥에 갇힌 거야."

그렇게 오백여 년. 신령이 이 세계를 지옥으로 믿기에 충분한 시간이었다. 그는 이 지옥을 파괴하고, 새로운 세계로 만들고자 했다. 검은 안개도, 세계수도, 정화 의식도 없는, 그에게 '천국 같은 세계'와 하나가 되는 것이다.

칸나는 이 일을 알렉산드로에게 모두 털어놓았다.

"그러니까 네가 이 아이를 지켜 줘. 너라면 대신전에서 이 아이를 지킬 수 있잖아?"

"……."

"네 아이로 키워 주면…… 아니, 거기까진 바라지도 않아. 이 집의 고용인으로 들여 줘. 허드렛일 하는 하녀라도 좋아. 그러니까……."

"그만."

알렉산드로가 손을 들어 올려 그녀의 말을 끊었다.

"그걸 지금 믿으라고 하는 소리인가?"

"……알렉스."

"설령 그 말이 다 진실이라고 할지언정, 내가 왜 네 아이를 지켜야 하지?"

그는 무표정한 얼굴로 신랄하게 진실을 말했다.

"그 아이가 그런 위험한 존재라면 차라리 죽이는 게 나을 것 같은데."

칸나는 부정할 수 없었다. 맞는 말이었다. 차라리 죽여서 위험의 싹을 없애는 것이 더 안전했으니까.

그렇기에 도저히 이해할 수 없었다. 왜 미래의 알렉산드로는 자신을 살려 준 걸까? 선희와의 의리 때문에?

'아니, 의리 같은 건 없어. 둘 사이는 분명히 틀어진다.'

이렇게 제대로 된 대화를 하는 것도 칸나가 빙의했을 때가 전부다. 선희가 돌아오면 두 사람 관계는 돌이킬 수 없이 악화한다.

그럼에도 불구하고 알렉산드로는 칸나를 지켰다. 대신전의 끈질긴 추적과 검은 사도의 저주까지 받아 가면서도 끝내 칸나를 내놓지 않았다.

"나는 죽고 싶지 않아."

"네가 죽으라는 게 아니다."

알렉산드로가 약간은 누그러진 얼굴로 말했다.

"아이를 지워. 그러면 해결될 일이다."

"……."

"네가 원해서 가진 아이도 아니잖아. 그러니 너에게는 낳지 않을 권리가 있다."

칸나는 아주 답답해하는 알렉산드로를 물끄러미 바라보다가 진실을 말했다.

"내가 이 아이야."

"……."

"내가 말한 적 있지? 사실 나는 미래에서 온 당신의 수양딸이라고."

그는 그 말에 대답조차 안 했다. 당연히 헛소리, 혹은 농담이라고 여겼으니까.

"그 이야기 사실 진심이었어. 나는 선희…… 이 몸 주인의 딸이야. 이 배 안에 있는 생명이 바로 나야."

칸나는 알렉산드로의 손목을 낚아챘다. 순간 그가 움찔 놀랐지만, 칸나는 그의 손을 강제로 끌어당겨 자신의 배 위로 올렸다.

"이게 나야, 알렉스."

그가 미친 여자 보듯 그녀를 응시했다.

"당신, 내 힘 봤지? 그 힘을 이용해서 과거로 잠시 온 것뿐이야."

"……."

"난 죽고 싶지 않아. 그러니까 당신이 날 지켜 줘. 그렇게 해 주면……."

그렇게 해 주면?

그다음은?

순간 칸나의 말문이 막혔다. 알렉산드로가 그녀를 위해 험난한 가시밭길을 걸어 준다면 그에게 무엇을 줄 수 있을까?

언제나 자신보다도 강하고 많은 것을 가진 사람에게 줄 것이라고는…….

"나는 당신을 사랑할 수도 있을 것 같아."

고작, 이 알량한 마음뿐인데.

"당신을 다시 사랑할 수 있을 거야."

예전처럼. 어린 시절, 당신의 뒷모습을 훔쳐보며 동경하고 경애했던 순간처럼.

"부탁이야."

칸나는 그의 손을 들어 올려 두 손으로 포개었다. 이 손이 자신을 구원할 수 있다. 이 손이 자신을 구원할 것이다.

오직 이 사람뿐이었다.

"나를 지켜 줘."

"이것 놔."

알렉산드로가 칸나의 손을 뿌리쳤다.

"그딴 개소리를 내가 믿을 것 같았나?"

그렇게 말한 알렉산드로는 몸을 벌떡 일으켰다. 선희의 일기장을 벽난로 안으로 획 내던졌다.

"같잖은 개수작에 휘말렸군."

화르륵, 불길이 단숨에 일기장을 집어삼켰다. 그 장면을 바라보며, 칸나는 깨달았다. 실패했구나.

"이것을 보여 준 건 네 의도였겠지. 넌 내 동정을 살 계획이었어."

알렉산드로 역시 깨달았다. 이 여자가 자신을 이용하기 위해 접근했다는 것을.

"처음부터 네 아이를 기르게 할 목적이었군. 검은 사도에게서 날 구한 이유도 그건가?"

질문이었지만, 대답은 필요치 않았다. 이미 알아차렸으니까. 뭐라고 변명해도 믿을 수 없을 테니까.

알렉산드로는 실소했다. 이런 하찮은 수작질에 속아 놀아날 뻔하다니. 그는 탁자에 손을 짚으며 허리를 숙였다. 가증스럽기 그지없는 여자, 그녀에게 얼굴을 바짝 가져다 댔다. 씹어뱉듯 내뱉었다.

"네가 선희든, 아니면 그 개소리대로 선희의 딸이든 중요하지 않아. 둘 다 나에게는 하등 가치 없는 존재……."

다음 순간, 그의 말이 뚝 끊겼다.

"……."

입술이 굳었다. 칸나가 그의 소매를 조심스럽게 움켜쥐었다. 눈앞에 내려온 단 하나의 동아줄을 잡듯, 그렇게.

"당신이 그렇게 화내는 것 이해해. 하지만 나에게는 당신밖에 없어서……."

"……."

"나에게는 당신뿐이야. 그러니까 당신의 자비를 바라는 수밖에 없어."

그러고는 옷을 놓았다.

"……."

알렉산드로는 대답하지 않았다. 입을 단단히 다물고 주먹을 꽉 말아 쥐었다. 굵은 핏줄이 손등 위로 험악하게 불거졌다.

그렇게 한동안 침묵이 흘렀다. 칸나는 얌전히 그의 처분을 기다렸다.

"……너."

마침내 그가 입술을 열었다. 칸나는 시선을 올려 그의 입을 주시했다. 그가 무언가를 말하려고 할 때.

똑똑, 노크 소리가 들렸다.

"알렉산드로."

칸나는 순간 인상을 찡그릴 뻔했다. 이런 중요한 순간에 방해하다니!

"들어가도 될까?"

알렉산드로는 그녀를 노려보다가 한 박자 늦게 대답했다.

"들어오십시오."

곧이어 문이 열리고 남자의 목소리가 이어졌다.

"알렉산드로, 네가 특별한 손님을 모셔왔다고 들었는데."

그러고 보니, 상대는 알렉산드로에게 반말을 하고 있다. 편하게 이름을 부르고 있다.

'누구지?'

순간 칸나의 등골에 힘이 바짝 들어갔다. 아디스에서 그럴 수 있는 사람은 공작 부부를 제외하고 단 한 명뿐.

"소개해 주겠어?"

그 남자다. 칸나는 주먹을 꽉 틀어쥐었다.

그 남자. 라르고스 아디스가 왔다.

"일어나지 않고 뭘 하는 거지."

알렉산드로가 조용히 경고했다. 순간 강렬한 충동이 솟구쳤다. 이대로 확 도망가 버릴까.

'아니야, 늦었어.'

정말이지, 만나고 싶지 않았는데. 칸나는 한숨을 꽉 참으며 의자에서 일어났다. 그리고 느리게 몸을 돌렸다.

"……."

다음 순간 남자와 눈이 마주쳤다. 즉시 남자의 발이 멈춰 섰다. 마치 벼락을 맞은 사람처럼 뻣뻣하게 굳는다.

'반했네.'

떨리는 초록색 눈동자를 마주하며 칸나는 쓰게 웃었다.

'첫눈에 반한 거였구나.'

지금 이 순간, 라르고스 아디스가 선희에게 첫눈에 반했다.

그리고 그것을 알아차린 것은 칸나뿐만이 아니었다. 지켜보던 알렉산드로 역시 제 형제의 낯선 반응에 눈살을 찌푸렸다.

"……이름이 뭐지?"

잠시 얼어붙어 있던 라르고스가 입술을 열었다.

"선희라고 합니다."

"선희."

라르고스가 그 단어를 냉큼 삼켰다. 단 사탕을 빨듯 입안에서 굴렸다.

"선희, 선희……."

그러고는 씩 웃었다.

"예쁜 이름이네."

라르고스의 등장에 모든 것이 바뀌었다.

"내 침실로 옮겨."

그녀의 감시 역할을 본인에게 돌린 것이다.

"걱정하지 마라, 알렉산드로. 널 대신해서 내가 선희를 감시할 테니까."

알렉산드로는 잠시 고민했다. 안 될 이유가 있나? 아니, 없다.

"그러죠."

더없이 평온한 알렉산드로와는 달리 칸나는 불길한 예감에 젖었다.

'가만히 내버려 두지 않을 것 같은데……'

그리고 예감은 적중했다.

"이리 와. 와인 한잔하면서 얘기 좀 하지."

라르고스는 그녀를 바로 재울 생각이 없는 것 같았다.

"죄송하지만 저는 임산부라서."

'임산부'라는 단어를 강조하며 거절했으나 그는 즉시 하인에게 탄산수를 내오게 했다.

"이건 괜찮지?"

"……예."

아무래도 순순히 물러나지 않을 것 같다. 칸나는 그냥 빨리 해치우기로 결심하며 물을 왈칵 들이마셨다.

"장갑을 끼고 다니는 거 불편하지 않아?"

"괜찮습니다."

"당분간만 고생해. 당신의 무고가 증명되면 더는 이런 대우 받지 않아도 되니까."

그런데…….

'대체 저건 뭐지.'

계속 신경 쓰이던 것.

'왜 당근을 쌓아두고 있지?'

테이블 위, 바구니 안에는 잘 다듬어진 주홍색 당근이 쌓여 있었다.

'보통은 과일을 넣어놓지 않나?'

포도라든가 바나나, 사과 같은 것이 준비되어 있는데 왜 당근인 걸까.

"저거 진짜인가요?"

"아, 이거?"

라르고스는 당근을 잡아 내밀었다.

"확인해 봐."

칸나는 당근을 쥐고 살폈다. 진짜였다.

"내가 당근을 굉장히 좋아해서."

"……"

"어릴 때 동생 것까지 몰래 먹어 주다 보니까 좋아졌어. 알렉산드로가 어울리지 않게 편식이 심했었거든."

이렇게 말한 라르고스가 입술 위로 검지를 세웠다.

"이거 비밀인데 너에게만 알려주는 거야."

그 말이 섬광처럼 머리를 스쳤다.

그거 검은 사도만 알고 있는 정보 아니었나? 그래서 알렉산드로가 아르곤 황자를 검은 사도로 확신하지 않았던가?

'아니지, 그때 라르고스는 이미 죽고 없었으니까.'

당연히 '알고 있는 자'에서 배제되는 거겠지. 그때, 라르고스가 일어나 그녀의 옆자리에 앉았다.

'뭐야?'

칸나의 눈이 휘둥그레졌다. 지금 뭐하는 짓이지?

"선희라고 했지."

그의 얼굴이 가까이 다가온다. 그가 황홀한 눈으로 그녀의 뺨을 쓰다듬으며 중얼거렸다.

"가까이서 보니까 더 신비롭네. 도자기 인형같……."

좍악! 라르고스의 얼굴이 획 돌아갔다. 칸나가 들고 있던 당근으로 냅다 후려친 것이다.

"……."

라르고스는 어안이 벙벙해져서 붉어진 뺨을 어루만졌다. 자신이 겪은 일을 믿지 못하는 기색이었다. 그러나 곧 현실임을 깨닫고 중얼거렸다.

"당근으로 따귀 맞아보긴 처음이네. 그런데 왜 때렸지?"

"왜 때리긴……."

미친 새끼, 그렇게 말하고 싶은 것을 참으며 칸나는 그의 어깨를 밀쳤다.

"비켜요."

그러나 라르고스는 여전히 이 상황을 이해하지 못하고 있었다.

"혹시 내가 싫어?"

"그럼 이게 좋아하는 걸로 보여요?"

"……."

라르고스는 눈을 깜박이다가 마침내 그녀가 진심임을 깨달았다.

"미안. 싫어할 줄 몰랐어."

약간은 민망한 듯, 뺨을 긁적였다.

"살면서 거절당해 본 적이 없어서. 날 싫어하는 여자는 처음 봐."

굉장한 자의식 과잉이었다. 그러나 거짓말 같지는 않았다. 하기야, 아디스 공작가의 후계자를 거절할 여자를 찾는 건 아주 힘들 것이다.

"지금이라도 보셨으니, 앞으로는 주의하시죠."

차갑게 말하며 몸을 획 일으켰다.

"어디가?"

"알렉스에게 돌아가겠어요."

"알렉스? 내 동생을 그렇게 부르나?"

라르고스가 고개를 기울였다.

"알렉산드로는 그 애칭 끔찍이 싫어하는데."

칸나는 그의 말을 쌩하니 무시하며 문 쪽으로 걸어갔다.

"가 봤자 소용없어, 선희. 내가 널 감시하겠다고 했으니 알렉산드로는 널 받아 주지 않을 거……."

라르고스의 말끝이 흐려졌다. 그는 씩 웃으며 문을 향해 고갯짓했다.

"마침 찾아왔군. 직접 물어보든가."

무슨 소리야? 그러나 곧 그의 말뜻을 깨달았다. 다음 순간 문이 벌컥 열리고 알렉산드로가 걸어 들어온 것이다.

"……."

그의 눈길이 흐트러진 그녀의 검은 머리칼에 얼마간 머물렀다가 라르고스에게 향했다. 라르고스는 태연하게 맞이했다.

"알렉산드로, 무슨 일로……."

"비명이 들리더군요."

알렉산드로가 그의 말을 끊었다.

"건드리셨습니까?"

순간 라르고스는 할 말을 잃었다. 그러나 곧 어설프게 웃으며 인정했다.

"그래. 하지만 실패했지."

"이 여자가 임산부인 걸 모르십니까? 금수처럼 굴지 마십시오."

적나라한 비난이었다. 그 말에 라르고스의 얼굴에서 웃음이 사라졌다. 화가 났다기보다는, 너무 놀라서 말문이 막힌 듯했다.

"형님께서 판단력이 흐려지신 듯하니 당분간은 제가 이 여자를 맡겠습니다."

"……그래."

라르고스는 알렉산드로와 충돌하고 싶지 않았다. 평소에는 자신의 말을 거스르지 않는 아우였지만, 실은 마음만 먹으면 그의 모든 것을 빼앗아 갈 수 있음을 알았던 것이다. 라르고스는 동생을 존중해야만 하는 형이었다.

그리고 그것과는 별개로, 그는 여자에게 사과했다.

"선희, 아까는 놀라게 해서 미안해. 다시는 그러지 않을게."

그건 그의 진심이었다.

"용서해 주겠어?"

칸나는 고개를 저었다. 명백한 거절이었다. 그러자 라르고스가 눈을 접어 웃었다.

"그렇다면 용서해 줄 때까지 기다릴게."

그리고 덧붙였다.

"미인을 기다리는 거, 좋아하거든."

"내가 훼방을 놨나?"

칸나는 알렉산드로의 침실로 돌아갔다. 그리고 문이 닫히자마자 알렉산드로가 말했다.

"……뭐?"

"방해를 한 것 같아서 말이지."

무슨 말을 하는 거야? 칸나는 피곤한 얼굴로 그를 올려다보았다. 자신을 내려다보는 알렉산드로의 눈이 아주 어둡게 가라앉아 있었다.

"형님을 이용할 기회였을 텐데."

지금 뭔가 굉장한 오해를 하는 것 같다. 그러니까, 알렉산드로를 꼬드기는 데 실패했으니 라르고스로 표적을 바꿨다고 여기는 걸까?

"그런 거 아니야."

한숨이 절로 나왔다. 칸나는 지끈거리는 머리를 부여잡으며 중얼거렸다.

"그런 거였으면 거부하지도 않았겠지."

"글쎄."

알렉산드로는 그녀의 말을 믿지 않았다.

"그것도 네 계획의 일부였을 수도 있지."

"뭐?"

"넌 내 신뢰를 사기 위해 화살까지 대신 맞을 정도로 지독한 여자니까."

순간 울컥 화가 치밀었다.

'물론, 날 계획적인 여자라고 생각하는 건 이해하지만.'

계획이 들통난 지금, 알렉산드로가 그렇게 생각하는 것도 당연했다. 하지만 이건 정말 억울했다. 게다가 화살을 대신 맞은 것은 거의 본능적인 움직임이었다. 어떤 계산도 생각도 없이 나온 행동이었는데!

그 속을 알 리 없는 알렉산드로가 차갑게 경고했다.

"혹여라도 허튼짓할 생각하지 마라."

이어지는 알렉산드로의 말에 칸나는 주먹을 꽉 쥐었다. 도저히 한마디 하지 않고서는 못 참겠다!

"글쎄, 네 형님은 아무래도 나에게 반한 것 같던데. 어쩌면 내가 원하는 걸 들어줄 수도 있겠어."

어쩌면, 실수였을까. 그 말에 알렉산드로의 눈에 불이 확 붙었다. 그가 그녀의 멱살을 잡아채 끌어당겼다.

"지하 감옥에 처박히고 싶나 보지?"

위협적인 음성이 얼굴 앞에서 울렸다.

"계속 그렇게 머리 굴려 봐. 대신전에서의 삶이 그리워질 정도로 잔혹하게 다뤄줄 테니."

칸나는 가까워진 그의 얼굴을, 분노로 타오르는 그 눈을 응시하다가 허탈하게 웃었다.

'정말 가능할까?'

정말로 이 남자, 알렉산드로가 자신을 키워 준다고?

그런 기적 같은 일은 대체 어쩌다가 일어난 걸까?

'몰라. 난 모르겠어. 못 하겠어.'

차라리 다른 세력을 찾는 게 낫지 않을까. 신령의 손에서 자신을 보호할 수 있는 가문은 아디스뿐만이 아니다.

발렌티노. 마지막 선택지가 남아 있었다.

"알렉스, 네 형님이 날 돕는 게 싫다면……."

칸나는 지친 눈으로 제안했다.

"날 발렌티노로 보내는 건 어때?"

알렉산드로의 눈꺼풀이 꿈틀거렸다.

"나는 내 아이를 신령의 손에서 지켜줄 사람이 필요해. 굳이 네가 아니어도 딱히 상관없어."

한마디 한마디, 이을수록 알렉산드로의 눈이 사나워졌으나 칸나는 말을 멈추지 않았다.

"나는 이 아이를 지울 생각 전혀 없거든. 네 형님에게 접근하는 것이 싫으면 날 발렌티노로 보내 줘. 그들에게 협조를 구할 거야."

자신이 이 배 속 아이라고 말한 건 큰 실수였다. 그건 누구도 쉽게 믿을 수 없는 이야기였으니까. 그는 그것을 완전한 거짓으로 여겼고, 불신을 키웠다.

"그래서."

마침내 그가 입술을 열었다.

"보내주면, 발렌티노 공작이 순순히 네 아이를 키워줄 것 같나?"

"그러도록 노력해 봐야지."

"노력? 네까짓 게 발렌티노 공작을 움직일 수 있을 것 같아?"

"알렉스."

칸나는 픽 웃었다. 마치 아주 순진한 말을 들은 사람처럼.

"네 형님은 내가 바라는 대로 움직여 줄 수 있을 것 같기도 한데."

"……"

"내가 열심히 노력하면 발렌티노 공작님도 그렇게 될 수 있잖아?"

당연히 허세였다. 그저 지금 그에게 짜증이 나서, 그래서 같잖은 도발을 한 것뿐이었다. 그러나 조금 전 라르고스의 휘청거림을 본 알렉산드로에게 허세로 들릴 리가 없었다.

"……그래?"

알렉산드로의 손아귀에서 힘이 풀렸다. 툭. 그의 손이 아래로 떨어졌다. 알렉산드로는 두 팔을 늘어뜨린 채 문에 등을 기대었다. 고개를 푹 숙이자 붉은 머리칼이 가볍게 흔들렸다.

"해 봐."

"……뭐?"

"그 노력이라는 거."

칸나는 당황했다. 지금 무슨 소리를 하는 거지?

"나에게 해 봐라."

그가 느리게 고개를 들었다. 비스듬히 기울여 올렸다. 눈이 마주쳤다.

"날 움직여 봐."

그의 시선이 창살 같았다. 순간 심장이 푹 꿰뚫리는 듯하여, 칸나는 숨을 멈추었다. 움직일 수 없었다. 속이 화끈거렸다. 그것은 아주 긴 눈맞춤이었다. 안까지 관통당한 듯, 깊었다.

"알렉산드로 경!"

그렇게 얼마나 지났을까.

쿵쿵쿵, 문을 두드리는 소리가 울렸다. 그 소음에 팽팽하게 당겨진 줄이 뚝 끊겼다. 칸나는 멈추었던 숨을 내뱉었다.

"테오도르입니다. 들어가도 되겠습니까?"

마치 꿈에서 깨어난 듯했다. 알렉산드로는 그런 표정이었다. 그는 한 손으로 마른세수를 하더니, 대답했다.

"들어와."

벌컥, 문이 열렸다. 테오도르가 신이 나서 들어왔다.

"알렉산드로 경, 제가 아주 좋은 와인을……."

심상치 않은 분위기를 느낀 걸까. 테오도르가 말을 멈추었다.

"무슨 일이지?"

"아, 제가 아주 귀한 와인을 구해 와서."

그가 칸나의 눈치를 힐끔 살폈다.

"중요한 얘기 중이신 듯하니 일단은 돌아가겠습니다."

"그럴 필요 없다."

알렉산드로가 빠르게 그를 잡았다.

"있어도 된다."

필요 이상으로 단호한 말에 테오도르는 고개를 갸웃했다.

"좋습니다. 그럼 한잔할까요?"

결국 이렇게 됐군.

칸나는 자조적으로 웃었다. 정말이지, 힘들다. 대체 여기서 뭘 더 어떻게 해야 알렉산드로를 움직일 수 있을까. 애초에 가능한 일일 리가…….

'……?'

문득 코끝을 스치는 향기에 칸나는 고개를 돌렸다.

어느새 테오도르가 알렉산드로의 잔에 와인을 따르고 있었다. 칸나는 그 적포도빛 액체를 응시했다.

'이 향기는?'

선희의 몸이 기억하고 있는 향기였다.

'이 향기는 분명히…….'

확신하는 순간, 알렉산드로가 잔을 들어 올렸다.

'안 돼!'

칸나는 한달음에 달려가 그의 손을 후려쳤다.

쨍그랑! 와인 잔이 날아간다. 벽에 부딪쳐 유리 파편으로 산산이 부서졌다. 알렉산드로는 갑작스러운 행동에 놀란 듯했다. 그는 곧 사나운 얼굴로 그녀를 노려보았다.

"이게 무슨 짓이지?"

무슨 짓이긴, 당신을 살렸지!

이걸 어떻게 설명해야 할까? 칸나는 잠시 고민하다가 한숨을 내쉬었다. 이번에도 사실을 말하는 것이 최선이었다.

"안에 독이 들어 있어."

"뭐?"

"검은 사도가 만든 독이야."

저것은 제롬이 개발한 독이었다. 특징은 지금 방 안에 진동하는 짙은 향기. 선희가 옆에서 직접 제조를 도왔기에 똑똑히 알고 있었다.

"지금 뭐라고 하신 겁니까?"

테오도르가 즉시 불쾌한 얼굴로 따졌다.

"그 말은, 제가 지금 알렉산드로 경을 독살하려 했단 말입니까?"

"그건 모르죠."

"와, 정말 웃긴 여자네."

테오도르는 헛웃음을 터뜨리며 알렉산드로에게 억울함을 호소했다.

"경, 지금 이 여자 얘기 들었습니까? 저를 검은 사도로 몰아가고 있습니다!"

알렉산드로는 칸나를 빤히 응시하다가 물었다.

"지금 그 말 책임질 수 있나?"

"알렉산드로 경!"

그때, 테오도르가 제 앞에 놓인 잔을 들어 단숨에 털어 마셨다. 꿀꺽, 꿀꺽, 목울대가 흔들렸다.

"자, 보십시오!"

그리고는 입술을 닦으며 텅 빈 잔을 내밀었다.

"다 마셨습니다! 하지만 보십시오, 아무 일도 일어나지 않았습니다. 그리고 아무 일도 일어나지 않을 거고요! 이 와인에 독 같은 건 없으니까요!"

칸나는 코웃음을 쳤다.

"당연히 해독제를 미리 마셨겠지."

"뭐, 뭐라고요?"

"아니면 입안에 넣고 있다가 같이 넘겼을 수도 있고."

"맙소사. 알렉산드로 경, 저 말을 믿으십니까?"

알렉산드로는 당연히 테오도르의 편이었다.

"테오도르 아젤은 내 친우나 다름없는 존재다. 검은 사도들과 싸울 때 내 등을 믿고 맡길 수 있는 존재지."

순간 칸나의 귀가 쫑긋했다. 테오도르 아젤? 아젤이라면, 분명히 클로드의 성인데······.

"십수 년 동안 함께 지내며 신뢰를 쌓아 왔지. 너와는 다르게."

"······."

"혹시 나와 테오도르의 사이를 이간질하는 건가? 무슨 목적으로?"

알렉산드로의 눈이 위협적으로 번뜩였다. 일찍이 가라앉혔던 의혹이 수면 위로 튀어나왔다.

"너, 무슨 속셈이냐?"

지켜보고 있던 테오도르가 얼른 끼어들었다.

"알렉산드로 경, 아예 연금술사를 불러 독성을 검사하죠. 이런 일일수록 분명하게 채야 합니다."

그 말에 칸나의 의혹은 단단하게 굳었다.

'분명히 알고 하는 말이야.'

와인을 검사해도 독성은 검출되지 않을 거다. 저 독은 아주 독특해서 공기에 노출된 후 1분, 길어도 2분이면 독성을 잃는다.

즉, 어디에도 증거를 남기지 않는 무서운 독이었던 것이다.

'그 전에 증명해야 해.'

만약 와인의 독성이 사라지면 자신은 거짓말쟁이에 이간질쟁이가 되어 버린다. 그렇게 되면 온갖 의혹을 사게 될 테고, 결국에는……

'정말 알렉산드로와는 끝인 거야.'

절대로 나를, 칸나 아디스를 키우지 않을 거다.

'지금 코르크 마개를 딴 지 얼마나 지났지?'

30초, 아니, 40초는 분명히 넘었다. 50초? 60초?

아니면…….

'빌어먹을.'

칸나는 자포자기하듯 한숨을 내쉰 후 손을 뻗었다. 와인 병을 집어 올렸다. 독을 증명할 방법이 있다. 단 하나의 방법이.

예상치 못한 행동이었을까? 알렉산드로의 안색이 굳는다. 칸나는 약간 당황한 듯한 그의 눈을 보며 방긋 웃었다.

"해독제는 당신이 알아서 구해. 당신의 그 절친한 친우의 몸을 수색하든, 방을 털든, 고문을 하든."

분명히 여분을 가지고 있을 테니까.

"너……!"

알렉산드로가 만류하려는 듯 손을 뻗었으나, 한발 늦었다. 칸나는 단숨에 와인을 마셨다. 꿀꺽, 꿀꺽, 꿀꺽.

효과는 즉각적으로 나타났다.

쨍그랑!

'으, 역시, 제롬, 솜씨 좋아……'

배 속에서 용암이 들끓는 듯했다. 우글우글 뜨겁게 부풀어 올라 단번에 폭발했다.

"쿨럭!"

칸나는 손으로 입을 틀어막았다. 그러나 뚝뚝 떨어지는 피를 막을 수는 없었다.

'속 아파.'

그러다가 깜빡, 눈을 감았다가 떴다. 의식하지 못하는 사이 몸이 아래로 고꾸라져 있었다.

'내가 언제 쓰러졌더라?'

그때 강인한 힘이 몸을 들어 올린다. 알렉산드로였다.

"……!"

그가 창백해진 얼굴로 무언가를 외친다. 그러나 뭐라고 하는지 안 들린다. 귀가 안 들렸다. 칸나는 힘없이 입을 열었다. 목소리는 나오지 않았기에, 입술만 달싹였다.

무조건 살려 내. 나 죽으면, 죽여 버린다.

그것을 마지막으로 정신을 잃었다.

'또 거기네.'

다시 눈을 떴을 때, 그녀는 그곳에 있었다. 분홍색 복숭아꽃이 꽃비처럼 내리는 그 정원, 세계수 나무의 틈.

칸나는 또 그 꿈에 들어와 있었다.

'이거 정말 꿈 맞아?'

이것으로 몸 상태에 따라 영혼이 튕겨 나간다는 가설은 증명됐다. 방금은 독을 먹었으니 튕긴 거겠지. 그렇다면…….

'선희가 그 몸에 돌아갔겠지?'

그러나 이번에는 안심이다. 아무리 해독제를 찾는다고 할지언정 독 후유증으로 당분간 시름시름 앓을 테니까. 아마 누군가를 공격하거나 저주할 체력도 없을 것이다.

'저 사람은 누구지?'

라파엘을 찾아 주위를 두리번거리던 칸나는 낯선 뒷모습을 발견했다.

'칼렌인가?'

백발을 늘어뜨린 뒷모습. 그러나 새하얀 법복을 입고 있는 것을 보니 칼렌 같지는 않았다. 칸나는 백발의 사나이에게 가까이 다가갔다. 그 얼굴을 보는 순간.

영혼까지 통째로 얼어붙는 것만 같았다.

"……."

백발의 사나이는…… 노인이었다.

여든 살, 아니, 아흔 살쯤 되었을까? 백발로 희게 센 머리칼, 고요한 보랏빛 눈동자, 노인임에도 불구하고 준수한 얼굴…….

'라파엘?'

라파엘이 노인이 되어 있었다.

"아!"

눈을 번쩍 떴다. 허억, 허억. 칸나는 숨을 몰아쉬었다.

이곳은…….

'침실이야.'

칸나는 머리를 부여잡았다.

'방금 그건 뭐지?'

심장이 미친 듯이 뛰었다. 불안함에 가슴이 짜릿하게 저려 온다. 방금 그건 뭐였을까?

'꿈?'

아니. 평범한 꿈이 아니다.

칸나는 확신했다. 두 번, 몸 상태가 최악일 때마다 튕겨 나갔다. 그 장소로. 미래로. 자신의 현실로. 라파엘이 노인이 되어 있는 순간으로. 그 얼굴이 떠오르자 눈가에 눈물이 글썽 맺혔다.

'어떻게 그럴 수 있지?'

라파엘은 그 자리에서 계속 기다린 건가? 술법진을 지키며? 몇십 년이나? 오지 않는 여자를 기다리며?

노인이 될 때까지? 평생을?

"정신이 들었군."

칸나는 고개를 획 돌렸다. 알렉산드로가 침대 옆에 의자를 끌어와 앉아 있었다.

"괜찮은가?"

"……."

칸나는 젖은 눈으로 그를 바라보다가 한숨을 내쉬었다.

'정신 차리자.'

일단은, 이 일부터 마무리해야 한다.

그것이 꿈이라면 좋겠지만, 만약 꿈이 아니라 현실이라면 더더욱 이 순간에 집중해야 했다. 기껏 그런 희생을 치르면서 왔는데 아무것도 얻지 못하고 갈 수는 없으니까.

'그래, 정신 똑바로 차려야 해.'

칸나는 금방이라도 무너질 듯한 마음을 다잡았다. 그리고 이 몸의 기억을 검토했다.

'역시 선희가 돌아왔었어.'

하지만 지금까지 사경을 헤매서인지 그녀는 제대로 정신을 차리지도 못했다. 다행인 일이었다.

"해독제는 어떻게……?"

"네 말대로."

알렉산드로의 목소리는 아주 낮았다. 거의 쉬어 있었다.

"녀석의 몸에서 찾아냈다."

칸나는 그를 물끄러미 응시했다.

때는 밤이었고, 방은 어두웠다. 그럼에도 불구하고 칸나는 그의 얼굴이 부서질 듯 위태롭다는 것을 알아차렸다.

'테오도르 아젤이라고 했던가?'

십수 년을 함께해 온 친우 같은 존재라고 했지. 그런 존재가 그를 죽이려고 했으니 당연히 충격이 크겠지.

알렉산드로는 피식 웃었다.

"하마터면 죽을 뻔했다."

"……"

"네 덕분에 살았군."

알렉산드로는 며칠 전의 기억을 떠올렸다.

"죄송합니다. 하지만, 알렉산드로 경을 죽이면 제 아내를, 제 죽은 아내를 살려 줄 수 있다고 했어요."

테오도르의 몸에서 해독제를 발견하자 그는 결국 진실을 토로했다. 그의 아들 클로드를 낳고 죽은 아내. 그 아내를 살려 줄 수 있다는 허무맹랑한 말에 속아 알렉산드로를 배반한 것이다.

"이게 다 그 여자 때문입니다. 알렉산드로 경이 그 여자를 데려가서 이런 일을 벌이는 거라고 했습니다."

테오도르는 눈물을 줄줄 흘리며 말했다.

"알렉산드로 경이 저 여자와, 여자의 아이와 함께하는 한 멈추지 않을 거라고 했습니다. 시도 때도 없이 저주할 것이며, 저 같은 배신자를 끊임없이 만들어 등에 비수를 꽂을 거라고 했습니다."

그의 입에 거품이 올라왔다. 숨이 막히는 듯, 목을 부여잡으며 컥컥 호흡했다.

"아, 빌어먹을, 어쩐지, 그 자식들이, 내게도 뭔 짓을 했나 봅니다."

테오도르의 눈이 시뻘겋게 충혈됐다. 마지막까지 고통스럽게 몸을 떨며 발작했다.

"죄송합니다, 알렉산드로 경. 염치없지만 제발…… 죄, 죄 없는 제 아들과, 여동생을 잘 부탁……"

그것이 유언이었다. 그의 오래된 친우는 그렇게 죽었다.

알렉산드로는 눈가를 문질렀다. 어쩌다가 이런 일이 생긴 걸까? 깊게 생각하지 않아도 알았다. 선희를 데려와서다.

대신전, 그 감옥에서 저 여자를 데려와서.

"선희."

"응?"

"너는 내가 지킬 거다."

그렇기에 알렉산드로는 결심했다.

"너의 아이도 내가 지킨다."

그러나 후회는 그의 적성에 맞지 않았다. 선희를 데려온 것을 후회하느니, 그 이유로 저를 공격한 자들을 때려 부수는 것이 그의 성미에 맞았다.

'그래, 그것이 옳아.'

그들은 아마도 자신이 선희를 미워하거나 원망하길 바라겠지만, 알렉산드로의 시야는 언제나 또렷했다. 슬픔으로 일그러지는 일 따위는 없었다.

테오도르는 스스로의 욕심 때문에 배신했다. 선희 때문이 아니라. 그를 공격한 것은 검은 사도였다. 선희가 아니라.

'오히려 선희는 나를 살렸다.'

두 번이나 본인의 목숨을 걸어 가면서까지 살렸다.

칸나는 놀란 눈으로 그를 보았다. 방금 들은 말을 믿을 수 없었다.

"……정말?"

"그래."

"약속할 수 있어?"

"약속하지."

놀랍게도 알렉산드로가 미소를 지었다.

"너와 너의 아이는 내가 지킬 거다."

그 순간에 칸나는 두 눈이 머는 듯했다.

아주 잠시 시야가 하얗게 타오르고 온 세상에, 온 우주에 오직 이 남자만 존재하는 듯했다.

'이 사람이 나를 보호해 줄 거야.'

나를 지켜 줄 남자. 나를 구해 줄 남자.

'역시 당신이었어, 알렉산드로 아디스.'

그 이름을 입안으로 속삭이자 따뜻한 온기가 부드럽게 차올랐다. 가슴이 뜨거워졌다.

알렉산드로는 절대로 모를 것이다. 지금 그의 결심이, 그의 약속이 그녀에게 얼마나 사무치는 감동을 주었는지…….

아마도 평생 모르겠지.

"고마워, 알렉스."

내가 당신에게 할 수 있는 말은 고작 이 한마디뿐이니까.

도저히 그를 오래 보지 못하고 시선을 내리는 순간, 칸나는 그제야 눈치챘다.

더는 장갑을 끼고 있지 않았다. 아마 쓰러져 있는 동안 알렉산드로가 벗긴 모양이다. 즉, 연금술을 허용한 것이다. 그에게 이보다 더한 믿음의 표현은 없겠지.

'……하지만 곧 깨질 믿음이잖아.'

목 끝까지 솟구쳤던 감격이 물거품처럼 사라졌다. 마음이 아주 깊게, 아주 낮게 가라앉았다.

'곧 선희가 검은 사도와 한 패거리였던 것이 들통날 텐데.'

그리고 선희가 이 몸에 돌아오면 알렉산드로를 죽이려고 몇 번이나 발악하겠지. 지금의 선희는 정상이 아니었다. 반쯤은 미쳐 있다. 대화나 설득 따위는 절대 통하지 않을 것이다. 그저 모두를 죽여 없애고 집으로 돌아가고픈 욕망으로 가득했다.

'하지만 내가 평생 이 몸에 있을 수는 없어.'

여기까지다. 더는 할 수 있는 것이 없다.

그녀의 시간에는 자신을 기다리고 있는 사람이 있다. 라파엘은 아마도 죽는 순간까지도 자신을 기다릴 것이다. 그리고 칼렌, 그에게도 금방 돌아간다고 약조하지 않았던가?

'나는 내 시간으로 돌아가야 해.'

그 세계에서 해야 할 일이 있다. 신령에게는 주화가 있다. 신령이 주화를 상대로 무슨 일을 벌일지, 이제 칸나는 너무나도 잘 알고 있었다.

'신령은 곧 미친 짓을 벌일 거야.'

그때 알렉산드로가 몸을 일으켰다.

"푹 쉬어라. 난 이만 가 보지."

"아……."

순간 치미는 아쉬움에 칸나는 저도 모르게 그의 손목을 잡았다. 그러자 그가 그녀를 돌아보았다.

"할 말이 남아 있나?"

칸나는 그를 물끄러미 응시했다. 그러다가 웃었다.

"내가 이 몸 주인의 딸이고, 당신이 나를 키울 거라고 했던 말 기억해?"

"독의 후유증인가? 또 개소리를 하는군."

역시 안 믿네. 칸나는 쓴웃음을 지었다.

'하긴 지금은 무리겠지.'

하지만 언젠가는 당신도 눈치채는 날이 올 거야.

"알렉스."

"왜?"

"다시 만나자."

알렉산드로는 영문을 모르는 눈으로 내려보다가 그녀의 손등을 톡톡 두드렸다.

"같이 잘 생각이 아니라면 이제 놓는 게 좋겠군."

칸나는 그의 손목을 놓아주었다.

손가락이 떨어지고, 그는 멀어졌다. 그 찰나 시린 공허함에 손끝이 아려왔다.

"잘 자라."

문이 닫혔다.

그것이 끝이었다. 이별이었다.

이것은 긴 헤어짐이 될 터였다. 그들이 다시 만나게 되는 건 아주 긴 시간이 흐른 후겠지.

그러나 미련을 가질 때가 아니다. 칸나는 감정을 가라앉히며 즉시 몸을 일으켰다. 더는 지체할 수 없다. 이제 떠나야 할 때였다. 하지만……,

왜, 이대로 떠나기가 싫은 걸까.

칸나는 손을 만지작거리다가, 결국 서랍에서 양피지와 만년필을 꺼냈다.

<알렉스에게.>

그래, 이렇게라도 해야겠다.

그들의 우정은 선희가 돌아오는 순간 깨진다. 알렉산드로는 곧 배신감에 몸서리치겠지. 그래서 이렇게라도 편지를 남겨 놓고 싶었다.

<내가 예전에 말한 적 있지? 나는 정신이 가끔 오락가락해서 성격이 변한다는 거.>

<아마도 나는 네가 알던 여자가 아닌, 전혀 다른 여자처럼 변할 거야. 널 하루에 다섯 번이나 죽이려 들었던 그 여자처럼 변하겠지.>

<그때의 나를 조심해. 절대 믿지 마. 또 널 죽이려 들 테니까. 특히나 네 형님에게는 접근하지 못하도록 막는 게 좋겠어.>

칸나는 양피지 여러 장 가득 온갖 주의 사항을 써 놨다. 선희의 기억을 더듬으며 그녀의 약점을 썼고, 대응 방법을 안내서처럼 주르륵 늘어놓았다.

<그러니까 나를 조심해야 해.>
<선희로부터.>

조금 망설이다가, 양피지 한 장을 더 가져왔다.

<알렉스에게.>

또 다른 편지를 썼다. 이번에는 오로지 그녀의 진심만을 담아서.

<언젠가는 꼭 이 빚을 갚을게요.>
<지금의 나를 기억해 줘요.>
<나를 기다려 줘요.>

그래, 그러니까 부디······.

<우리가 같은 과거를 추억할 수 있는 미래에서.>
<다시 만나요.>

chapter 22

칸나는 천천히 호흡했다. 그리고 아주 느리게 눈을 떴다.

'……성공한 건가?'

눈꺼풀을 들어 올리자 눈부신 빛살이 달려든다. 칸나는 여러 번 깜빡이며 빛에 적응했다. 그곳이었다. 분홍색 꽃잎이 휘날리는 아름다운 봄의 정원, 그녀는 풀밭 위에 서 있었다.

'이번엔 몸이 있어.'

칸나는 자신의 두 손바닥을 내려다보았다. 주먹을 쥐었다가 펴 보았다. 움직인다.

'내 몸으로 돌아왔어.'

안도의 한숨을 내쉰 후, 주위를 둘러보았다. 그가 보이지 않았다.

"라파엘!"

크게 소리쳐 보았다.

"나 돌아왔어!"

그러나 들려오는 것은 바람에 나부끼는 잎사귀 소리뿐. 라파엘은 어디에도 없었다.

'어디 있는 거지?'

칸나는 주위를 둘러보다가, 문득 발에 무언가가 툭 걸려 고개를 숙였다.

"······."

그곳에 백골이 있었다.

오래전에 죽은 사람의 육신이.

성스러운 법복을 걸친, 새하얀 뼈다귀가.

쿵. 쿵. 쿵. 쿵. 심장이 빠르게 뛰었다. 순식간에 머리부터 발끝까지 식은땀이 맺혔다. 눈앞이 노래지는 것만 같았다.

'아니야.'

그럴 리가 없어. 칸나는 천천히 주저앉았다. 그럴 리가 없어. 그럴 리가······.

문득, 백골의 옆에 판판한 형태의 돌이 있는 것을 발견했다. 그곳엔 문자가 새겨져 있었다.

<돌아오셨습니까?>

울컥, 눈물이 터져 나왔다.

"아니야. 그럴 리 없어. 그럴 리가 없어······."

<부디 다친 곳 없이 무사히 돌아오셨기를 바랍니다.>

<당신이 돌아올 때까지 기다리지 못했습니다. 약속을 지키지 못해서 죄송합니다.>

"아니야······."

<부디 당신이 돌아온 세상이 평화롭기를. 안전하기를.>

<당신이 살아갈 세상이 행복하기를.>

라파엘의 백골 앞에서 칸나는 한참 눈물을 흘렸다.

"이 바보야……."

진짜, 죽을 때까지 기다리면 어떡하라는 거야! 눈물을 뚝뚝 흘리던 칸나는 풀을 쥐어뜯어 그의 백골을 향해 냅다 집어 던졌다.

"이 멍청아!"

뜯어서 던지고, 또 뜯어서 또 던지고.

"너 돌대가리니? 새대가리도 너보다는 똑똑할 거야. 적당히 기다리다가 밖에 나가서 네 인생을 살았어야지. 미련하게 끝까지……!"

문득 그의 얼굴이 떠올랐다. 노인도 백골도 아닌 아름다운 젊은이였던 라파엘의 얼굴이.

"진짜 잘생겼었는데……."

지금은 뼈만 남았어.

"돌아오실 때까지 기다리겠습니다."

그것이 라파엘의 마지막 말이었다. 그는 정말로 그 말을 지켰다.

"라파엘, 라파엘."

칸나는 두 손으로 눈물을 훔치며 울었다.

"내가 미안해. 잘못했어. 돌대가리는 나야. 더 빨리 왔어야 했는데."

그렇게 얼마나 울었을까? 칸나는 지쳐서 혼절했다. 그리고 다시 눈을 떴다.

"……."

꿈이길 바랐는데, 현실이다.

칸나는 멍하니 라파엘의 백골을 바라보다가 자리에서 일어났다. 비틀비틀 몸을 일으켜 정원을 걸었다. 세계수의 바깥으로 빠져나갔다.

"……."

앞이 보이지 않았다. 잘못 나온 걸까? 칸나는 도로 뿌리 안으로 들어갔다.

'아닌데, 여기가 출입구 맞는데.'

다시 한번 구멍 밖으로 빠져나갔다. 역시나 이번에도 온통 시커먼 어둠이었다. 보이는 것은 아무것도 없었다. 아무것도.

아름다운 정원이 보여야 하는데, 대신전의 웅장한 건물이 보여야 하는데, 맑은 하늘이 보여야 하는데.

아무것도 보이지 않았다.

마치…… 세계가 끝난 것처럼.

칸나는 다시 세계수 안으로 들어가 한참 동안 생각에 잠겼다. 그리고 하나의 결론에 도달했다.

'신령은 성공했어.'

주화와 아이를 만든 후 그 아이를 제물로 바쳤겠지. 그의 계획은 성공했지만, 원히는 결과를 얻지는 못했다.

'신령 개자식.'

아무래도 세계가 멸망한 것 같다.

<부디 당신이 돌아온 세상이 평화롭기를. 안전하기를.>

칸나는 라파엘의 유서와도 같은 비석을 뚫어지게 응시했다.

'그래. 평화와 안전을 언급했어. 이것을 쓸 당시에도 아마 멸망했거나, 혹은 멸망 직전이었을 거야.'

시간이 얼마나 흘렀는지는 알 수 없다. 대강 어림잡아 백 년은 넘게 흐른 듯했다.

"멸망하지 않았더라도 다 죽었겠지만."

키득키득, 웃음을 흘렸다.

"칼렌 녀석, 반쯤 돌았겠는걸."

그렇다면 그 꿈에서 봤던 칼렌도 진짜겠네. 머리가 길어서는 혈안이 되어 자신을 찾아 헤맸었지.

"오르시니도 죽었겠고, 알렉세이도, 로렌초도……."

다 죽어 버렸어. 그러면 알렉스는 어떻게 됐을까?

"라파엘, 어떻게 해야 할까?"

칸나는 백골을 향해 질문을 던졌다.

"응? 생존자는 나 혼자인 것 같은데, 어떡해?"

당연히 돌아오는 답은 없었다.

그로부터 시간이 얼마나 흘렀을까?

세계수의 뿌리 안에서는 자지 않아도, 먹지 않아도 아무런 문제가 없었다. 그 덕에 칸나는 연금술 연구에만 몰두할 수 있었다.

"후우……."

정원의 흙바닥이 온갖 술법진과 문양들로 가득했다. 술법진은 마치 수학 공식과도 같아서 무엇 하나 잘못되거나 새로 기입하면 전혀 다른 결과를 가져왔다.

'그러니까 과거로 돌아가는 완벽한 술법진을 만들어 내면 돼.'

일전의 것, 선희의 몸에 빙의한 술법진은 불완전한 것이었다. 그래서 오류가 난 것이다.

'그걸 고치면 돼. 어떻게든 정답을 찾아내서 시간을 아예 되돌리면 되는 거야.'

그리다 보니 바닥이 모자랐다. 결국 칸나는 풀을 다 뽑아낸 후 평평한 평지를 만들어 냈다. 그리고 그곳 역시 꼭 채울 때까지 연구에 매진했다.

"한번 해 볼까?"

그렇게 또 얼마나 시간이 흘렀을까? 그럴듯한 술법진을 만들어 냈다. 칸나는 피를 내어 새로운 술법진을 그렸다.

"내가 있어야 할 시간으로 돌아가는 거야."

"뭐야?"

오르시니였다.

"뭘 쳐다봐?"

"……."

눈을 깜빡였으나 여전히 오르시니였다. 그러니까, 어린 소년이었던 오르시니.

"오르시니?"

"뭐?"

오르시니가 인상을 확 구겼다.

"너 지금 내 이름 불렀냐?"

열 살…… 아니, 열한 살? 그쯤 되었을까? 아직 젖살이 통통한 어린 소년이 그녀를 향해 사납게 눈을 부라렸다.

"내 이름 불렀냐고!"

"……."

칸나는 대답하는 대신, 자신의 손을 내려다보았다. 어린아이의 자그마한 손.

'내 몸이야.'

그러니까 어린 소녀 시절 그녀의 몸이었다.

'여긴 어디지?'

칸나는 주위를 둘러보았다. 이곳은 아디스 저택의 정원이었다. 오르시니는 공놀이 중이었는지 공을 들고 그녀를 바라보고 있었다. 그러니까 결론은.

"성공했어!"

순간 웃음이 확 터져 나왔다.

"이번엔 다른 사람의 몸이 아니야. 내 몸으로, 과거로 왔어!"

"뭐?"

"성공했어, 오르시니!"

칸나는 오르시니를 와락 끌어안았다. 그러자 소년의 몸이 뻣뻣하게 굳는 것이 느껴졌다. 맙소사, 오르시니가 반갑게 느껴지는 날이 올 줄이야! 칸나는 울먹이며 외쳤다.

"이 재수 없는 녀석아, 쓰레기 같은 너지만 그래도 만나서 반가워!"

"뭐, 뭐?"

"이 귀여운 녀석, 이리 와!"

"야!"

오르시니가 새빨개진 얼굴로 그녀를 노려보았으나, 너무 놀라서인지 꽁꽁 얼어붙어 뿌리치지도 못하고 있었다.

"이, 이것 놔! 이 못난이가!"

"못난이? 너, 나 그렇게 불렀다가는 나중에 후회한다?"

칸나는 깔깔 웃으며 그에게서 떨어졌다.

"나중에 후회하기 싫으면 나한테 잘해, 이 꼬마 쓰레기야!"

칸나는 그대로 등을 돌려 달려갔다. 아무도 없는 후원으로 갈 생각이었다. 그러다가, 쿵. 딱딱한 것에 부닥쳐 뒤로 넘어갔다.

"……."

알렉산드로였다. 칸나는 멍하니 그를 올려다보았다.

'알렉스다.'

조금 전에 본 것 같기도 하고, 오랜만에 본 것 같기도 하고…….

'이 시기에 원래 이랬던가?'

알렉산드로의 얼굴이 몹시 퀭했다. 특히나, 그의 눈 어둠에 찌든 듯한 눈이었다.

"알렉스?"

"……."

"알렉산드로?"

"……."

"아디스 공작님?"

"……."

"아버지?"

"……."

"아빠?"

뭐라고 불러도 대답이 없다. 아무것도 들리지 않는 것 같았다. 아니, 애초에 그는 다른 것을 듣고 다른 것을 보고 있었다.

'당근이라고 불러볼까?'

그런 고민을 하고 있을 때 불시에 그가 눈을 콱 감았다. 그리고 혼자서 중얼거렸다.

"조용히 해. 귀가 터질 것 같다."

"네 아들은 내가 잘 키운다고 했잖아. 여전히 목청 좋게 자라고 있다."

"배신자 주제에 말이 많군. 꺼져라."

"그 여자애는 내가 알아서 해."

"빌어먹을, 네 아내 입 좀 닥치라고 해. 여기저기서 떠들고 지랄들이군. 미칠 것 같아."

……악령을 보고 있구나. 칸나는 침을 꿀꺽 삼킨 후, 슬그머니 뒤로 물러났다.

'어릴 때는 전혀 몰랐는데.'

제정신이 아닐 때가 꽤 많은 듯했다. 그런데 어떻게 남들 앞에서는 멀쩡한 척 연기했던 걸까? 칸나는 기분이 묘해져서 자리를 피했다. 더 보면 안 될 것 같았다.

'저런 정신으로 어떻게 살아온 거지?'

칸나는 홀로 있을 수 있는 공간으로 간 후 또다시 술법진을 그렸다.

'조금만 더 하면 시기를 맞출 수 있을 것 같아.'

지금은 너무 어릴 때로 왔다.

"으음……."

몸이 묵직했다. 온몸이 물에 젖은 솜처럼 둔하고 무거웠다. 칸나는 깨질 듯한 두통을 느끼며 눈을 떴다.

"누님, 사랑해요."

칼렌의 목소리였다.

"사랑해요, 사랑해요."

아, 빌어먹을.

'그때잖아.'

칸나는 속으로 욕을 내뱉었다. 이건 그때였다. 칼렌의 광기가 미친 종마처럼 질주했을 때.

그녀를 리벤섬에 가두고 감금하려 하지 않았던가? 보아하니 지금은 수면제를 먹이고 강제로 잠재웠을 때였다.

"누님, 누님……."

칼렌은 잠든 칸나의 손등과 손가락에 정신없이 키스하며 연신 사랑을 속삭이고 있었다.

'어휴, 저 미친 변태 새끼.'

내 손 가지고 놀았구나, 저 폐기물 쓰레기 자식.

'넌 나중에 보자. 죽었어.'

칸나는 욕설을 삼키며 그를 흘끗 살폈다. 다행히 칼렌은 지금 칸나의 손에 몰두한지라, 뒤에서 살인이 일어나도 모를 것 같았다. 그녀는 슬쩍 반대쪽 손을 이빨로 깨물었다. 침대 시트에 술법진을 그렸다.

칸나는 눈을 떴다. 여긴······.

"응애?"

순간 칸나는 소스라치게 놀랐다.

응애라니? 지금 이 입에서 응애 소리가 나온 건가? 칸나는 두 팔을 들어 올렸다가 소스라치게 놀랐다. 이 짧고 통통한 팔은 뭐란 말인가! 이 단풍잎 같은 손바닥은!

"아, 아우우!"

입에서 혀 짧은 소리가 튀어나왔다. 소름이 쫙 돋았다.

'나 지금 아기가 된 거야?'

말도 안 돼!

'여긴 어디지?'

칸나는 짤막한 목을 힘껏 뻗어 공간을 확인했다. 그리고 확신했다.

'여긴 아디스 저택이 아니야.'

대충 지은 막사쯤 될까. 막사의 구석에 칸나는 덩그러니 누워 있었다.

'내가 왜 이런 곳에 있는 거지?'

명색이 공작 영애인데 왜 이런 추레한 곳에 혼자 있단 말인가?

'어떻게든 되겠지. 빨리 제대로 된 시간으로 돌아가자.'

여기가 어딘지는 대체 모르겠다만, 미래의 자신은 모르는 일이니 별일 아닐 것이다. 아마도.

칸나는 술법진을 그리기 위해 허리를 일으켰다가 그대로 뒤로 벌러 덩 넘어갔다. 머리의 무게를 생각하지 못한 것이다.

'빌어먹을 아기 몸!'

칸나는 또 한참 버둥거리다가 간신히 몸을 뒤집었다. 그러고는 겨우 손을 들어 올렸다. 오동통한 소시지 같은 손이었다. 깨물어서 피를 내야 하는데…….

'이빨이 없어!'

그때였다. 천막 밖에서 찢어지는 듯한 비명이 울렸다. 칸나는 깜짝 놀라 동그랗게 몸을 말았다. 위기감이 경보를 울렸다.

'여기 대체 어디야!'

그 순간 천막이 확 젖히고 열리고 한 남자가 뛰어들어 왔다.

"다가오지 마! 더 다가오면 네 딸을……!"

그것이 끝이었다. 남자의 몸이 그대로 반으로 쭉 갈라진 것이다. 칸나는 끔찍한 광경에 고개를 휙 돌렸다. 비명조차 없이, 남자는 그렇게 죽었다.

다음 순간 천막이 한 번 더 펄럭였다. 알렉산드로였다.

그는 칸나에게 저벅저벅 다가와 앞에 섰다. 칸나는 순간 넋을 놓았다. 그는 온통 피범벅이었다. 평소라면 다른 사람의 피라고 생각했겠지만, 지금은   .

'다쳤어?'

털썩. 그녀의 앞까지 도착한 알렉산드로가 무릎을 꿇고 주저앉았다. 칸나는 그의 배에서 울컥울컥 혈액이 흐르고 있음을 눈치챘다.

'왜 이렇게 다친 거야?'

이게 정말 과거에 일어났단 일이란 말인가? 알렉산드로 아디스가 이렇게나 크게 다친 적이 있단 말인가?

그때, 알렉산드로가 축 늘어뜨렸던 고개를 들어 올렸다. 칸나를 노려보았다. 녹색 눈에 열기가 이글거렸다.

"빌어먹을 계집애."

"으, 응애."

"내가 너 때문에 왜……."

씹어뱉듯 중얼거린 그가 몸을 일으켰다. 그러고는 그녀의 허리를 덜렁 잡아 올렸다. 빠르게 걸어 천막을 나섰다. 칸나는 하마터면 비명을 터뜨릴 뻔했다.

'여긴 어디야!'

끝없이 펼쳐진 사막 한복판에 그들이 있었다.

더 놀라운 것은, 모래 위에 가득한 시체였다. 셀 수 없을 정도로 많은 마물과 사람의 시체가 뒤엉켜 피비린내를 풍기고 있었다.

칸나는 그제야 참상을 알아차렸다.

'검은 사도가 날 납치했구나.'

그리고 알렉산드로가 홀몸으로 그녀를 구하러 왔다.

'어떻게 저걸 혼자…….'

칸나는 눈을 감았다. 도저히 보고 있을 수가 없었다. 그러다가 어느 순간 깜빡 잠든 것 같다.

'아기의 몸이란.'

일어나보니 그녀는 아기 침대 위에 곤히 잠들어 있었다. 알렉산드로가 그녀를 무사히 저택으로 데려온 모양이다.

'알렉스는 괜찮을까.'

부상이 심각해 보였는데.

그러나 아기의 몸으로 뭘 할 수 있겠는가. 칸나는 거의 한 시간 가까이 온갖 자학 끝에 손가락에 피를 내는 데 성공했다.

'빌어먹을, 다음에는 어느 시기로 가게 될지 무서워 죽겠네.'

칸나는 조그만 손가락으로 술법진을 그렸다.

⚜

'또 실패했어.'

이번에는 아디스 저택이었다. 칸나는 침대 옆, 달력의 연도를 보고는 한숨을 내쉬었다. 그녀가 14살 때였다.

'이대로는 안 돼.'

원하는 시기로 갈 때까지 연금술을 남발할 수는 없다. 칸나는 몸을 일으켰다.

'이 술법진에도 오류가 있는 게 분명해.'

일단 연구실에 가서 지식을 정리하며 다시 술법진을 보완할 생각이었다.

그때, 문이 벌컥 열리며 하녀가 들어왔다.

"일어나 계셨군요."

세숫물을 들고 온 하녀가 칸나의 팔을 우악스럽게 잡아끌었다. 그러고는 대뜸 얼굴을 씻겼다.

"얼른 준비하셔야 해요. 아디스 공작 각하께서 곧 오신다고요."

"……뭐?"

칸나는 얼굴을 씻기는 하녀의 손을 거칠게 쳐냈다.

"아버지가 날 불렀다고?"

"예."

왜? 아니, 그게 아니라.

'이런 기억은 없는데?'

알렉산드로가 소녀 시절의 그녀에게 일대일 만남을 요구하다니? 이런 일은 한 번도, 일생 단 한 번도 없었는데! 그러나 곧 납득했다.

이 몸에 미래의 자신이 들어와서 기억이 없는 거겠지.

그러고 보니 선희도 그랬다. 선희도 자신이 그 몸에 빙의했을 때를 기억하지 못했다. 잘려나간 조각처럼, 텅 빈 순간으로 남아 있었다.

'주화에게 빙의했을 때와는 달라. 그때는 서로의 기억을 훤히 가지고 있었는데.'

칸나는 하녀의 손에 치장을 맡기며 곰곰이 생각에 잠겼다.

'아마 시간이 달라서일 거야.'

선희도, 그리고 14살의 칸나도.

미래의 자신과는 존재하는 시간이 달랐다. 다른 시간에 존재한다는 것, 그것이 중대한 영향을 끼친 것 같았다.

칸나는 알렉산드로의 집무실로 향했다.

"들어와라."

막 문을 열고 들어가던 찰나, 칸나는 자리에서 우뚝 멈춰 섰다.

그곳에 숨 막히게 아름다운 소년이 있었다. 매끄러운 은발 하며 유리 인형 같은 얼굴 하며, 순간 깜짝 놀랄 정도로 인상적인 소년이었다.

17살의 실비엔 발렌티노였다.

"손님이 오셨군요. 저는 이만 가 보겠습니다, 아디스 공작님."

"그러십시오."

몸을 일으킨 실비엔이 문득 생각난 듯 잠시 멈췄다.

"그 소년 말입니다. 아르제니안의 아들."

순간 칸나의 귀가 배로 커졌다.

'지금 뭐라고?'

아르제니안의 아들? 아르제니안이라면 분명 신령의 이름일 텐데?

"위치는 대강 파악했습니다. 찾아내는 건 시간문제일 겁니다."

실비엔이 생긋 웃었다.

"그 소년, 발렌티노가 관리해도 되겠습니까?"

"뜻대로 하십시오. 아디스는 관여하지 않을 겁니다."

알렉산드로가 일말의 감흥 없는 목소리로 말했다.

"대신전의 사람과 연을 맺는 일은 없을 겁니다. 그것이 무엇이든."

"좋습니다. 그렇게 알고 있죠."

실비엔은 다시 몸을 돌렸다. 칸나의 앞에서 한 번 멈춰 서더니 정중하게 허리를 숙였다.

"처음 뵙겠습니다, 아디스 공작 영애. 실비엔 발렌티노입니다."

칸나는 머뭇거리다가 무릎을 굽히며 치맛자락을 들어 올렸다.

"이제 몇 년 후면 사교계에 나오시겠군요. 영애의 데뷔탕트에서 뵙길 기대하고 있겠습니다."

딱 그 정도. 예의에 어긋나지 않을 정도의 인사를 한 후 그녀를 지나쳤다. 그 정중함이 어색했다.

'하긴 원래 예의 바른 사람이긴 했지.'

그러고 보니 실비엔도 처음부터 자신을 무시하지는 않았다. 점차 그렇게 변해 갔을 뿐.

"어디에 넋을 놓고 있는 거지?"

그때 알렉산드로의 날카로운 목소리가 칸나를 상념에서 꺼냈다.

"이리 와."

칸나는 그의 맞은편에 앉으며 그의 얼굴을 살폈다.

'진짜 똑같네.'

어느 시간 때를 가든 단 하나, 똑같은 게 있다면 바로 알렉산드로의 얼굴이었다.

"칸나 아디스, 내 경고를 잊었나?"

"……네?"

"네 연금술, 남에게 보이지 말라 했을 텐데."

그는 품 안에서 작은 유리병을 꺼내어 탁상 위로 올려놓았다.

"이게 뭔지 알고 있겠지?"

"……."

알고 있다. 이건 얼마 전, 14살의 칸나가 마구간지기에게 준 치료약이었다. 마구간지기는 아디스에서 그나마 칸나에게 상냥하게 대해 주는 사람으로, 만성 복통을 앓고 있다기에 선물해 준 건데…….

"순진하긴."

쯧, 알렉스가 혀를 찼다.

"그놈은 건강하다. 네 약의 가치를 알고 아픈 척을 한 거지. 상인에게 비싼 값을 주고 팔았더군."

"……."

"암시장에서 고액에 거래되고 있었다."

몰랐던 진실에 칸나는 깜짝 놀랐다. 이런 일이 있었단 말인가?

알렉산드로가 엄격하게 경고했다.

"다시는 이런 짓 하지 마라."

칸나는 머쓱해져서 고개를 숙였다. 그가 왜 그런 말을 하는지 이제
는 너무 잘 알고 있었다.

'예전엔 이유를 몰랐는데…….'

그때, 그가 손을 획 뻗어 그녀의 턱을 잡아 올렸다. 강제로 시선을
올려 맞췄다.

"대답해, 칸나 아디스."

"……."

칸나는 그의 눈을 빤히 응시하며 생각을 정정했다.

그때의 알렉스가 아니었다. 혈기로 이글거렸던 그의 눈이 아니었다.
그는 끔찍할 만큼 무거운 피로에 묻혀 질식해 가는 사람처럼 보였다.
무엇이 그를 이렇게 만들었는지 칸나는 알고 있었다.

"알겠어요. 저, 그런데 잠은 좀 주무셨어요?"

순간 알렉산드로의 미간에 주름이 잡혔다. 그러나 잠시일 뿐, 칸나
는 턱을 놓아준 후 몸을 뒤로 물렸다.

"그래."

거짓말.

지금의 칸나의 눈에는 보였다. 지금의 그는 아주 위태롭다는 것을.
젊은 시절의 알렉스를 보고 왔기에 알 수 있었다.

'지금 이미 불면의 저주에 걸린 상태인가?'

칸나는 잠시 고민하다가 입을 열었다.

'말해야겠다.'

길게 설명할 필요 없다. 알렉스. 이 한 단어면 충분할 것이다.

그녀가 입을 열려는 찰나.

"알렉산드로 경. 들어가도 되겠습니까?"

그때, 목소리가 그녀의 말을 끊었다. 허락도 받기 전에 문이 벌컥 여렸다.

'아…….'

또래의 소년 클로드가 심각한 얼굴로 걸어 들어왔다. 그러고는 알렉산드로의 귀에 무언가를 속삭였다.

"……그러니 어서 가 보셔야 할 것 같습니다."

"알겠다. 바로 가지."

알렉산드로가 몸을 일으켰다. 그러고는 문득 생각난 듯, 칸나에게 몸을 돌렸다.

"내 말 명심해라, 칸나."

그러고는 클로드와 함께 나가 버렸다.

"……."

가 버렸네.

그리고 아마 당분간은 돌아오지 않겠지. 알렉산드로는 몇 개월간 저택을 비우기 일쑤였다. 원래 그랬다. 몇 달에 한 번씩 돌아와 반나절만 머물다가 다시 떠나는 일이 비일비재했다.

'왜 이렇게 바빴는지 그때는 몰랐는데…….'

칸나는 한숨을 내쉬었다. 두 손으로 얼굴을 감싸며 요동치는 마음을 진정시켰다.

'미안해. 빚은 반드시 갚을게.'

일단, 해야 할 일부터 하고. 칸나는 자리에서 일어났다.

'라파엘에게 가자.'

기억에 없는 친절.

한 사람의 삶을 구했음에도 불구하고, 그로 인해 무서울 만큼 맹목적인 충심을 얻었음에도 불구하고 칸나는 그 순간을 단 1초도 기억하지 못했다. 다른 사람의 일처럼 아무런 감흥이 없었다. 그래서 감당할 수 없는 부담으로만 느껴졌다.

이제야 그 이유를 알 것 같았다.

그건 그때의 칸나가 한 일이 아니었다.

'지금의 내가 한 일이었던 거야.'

열네 살의 칸나는 소심하고 순했지만, 가출을 결심한 순간에는 독해졌다. 그래서 처음으로 연금술을 악용했다. 잠시 의식을 날아가게 하는 약을 문지기에게 사용해 몰래 저택을 빠져나온 것이다.

그것은 수면향과는 달랐다. 잠드는 게 아닌, 자리에 서서 눈을 뜬 채로 의식만 깜빡 잃는 거였다.

그렇기에 다시 의식을 되찾았을 때도 뭔 일이 일어났는지 알지 못했다. 그저 '뭔가 조금 이상한데?' 정도로만 생각할 뿐.

'나도 어릴 때는 참 착했지. 이런 건 진자 쓰고 다녔다면 당하고 살지 않았을 텐데.'

그렇게 빈민가로 향하는 중 문득 알렉산드로의 경고가 떠올랐다. 연금술을 남에게 보이지 말라는 그 말. 이제는 그 이유를 알 것 같았다.

'그럴수록 검은 사도들이 내 피를 탐낼 테니까.'

칸나는 한숨을 내쉬었다.

'처음부터 자세히 설명을 좀 해 주지.'

……하긴 그건 좀 무리인가? 워낙 설명하기 어려운 일이긴 했다. 실상을 알게 된 지금, 속이 쓰린 것은 어쩔 수 없었다.

잠시 후, 도착한 빈민가는 텅 비어 있었다.

'왜 아무도 없지?'

문득 실비엔의 말이 스쳐 지나갔다.

"그 소년 말입니다. 아르제니안의 아들."

"위치는 대강 파악했습니다. 찾아내는 건 시간문제일 겁니다."

설마 벌써 실비엔이 낚아채 간 걸까?

'그럼 나랑은 언제, 어디서 만나는데?'

칸나는 빈민가를 샅샅이 살폈다. 하지만 아무리 돌아다녀도 보이는 것은 쥐 새끼 몇 마리뿐이다. 본래라면 이 골목 저 골목에 빈민들이 가득할 텐데.

'모처럼 음식도 많이 싸 왔는데.'

이 시절의 자신은 동정심이 넘쳐서 빈민들에게 먹을 것을 나눠 주고는 했다. 그래서 오늘도 겸사겸사 챙겨 왔는데 아무래도 괜한 수고를…….

"……."

칸나의 발걸음이 멈춰 섰다. 거의 다 무너져 가는 건물 옆, 비좁은 골목의 끝.

그곳에서 그를 발견했다.

더러운 벽에 기대어 고개를 툭 떨구고 앉아 있는 그는…….

그는 쓰레기 같았다. 스스로를 버린 쓰레기.

"끝까지 안 가겠다는 거냐?"

그리고 그의 앞에는 한 사내가 있었다.

"너는 죽어서도 대신전을 벗어날 수 없다."

집행관이잖아! 칸나는 서둘러 라파엘을 살폈다. 그는 저항할 생각이 조금도 없어 보였다.

"그래, 차라리 죽겠다는 거군. 좋다. 그렇다면 널 여기서 처단하겠다."

집행관이 검을 들어 올렸다. 그것은 장난도 협박도 아니었다. 칼끝에 어린 살기, 저것은 진심이다. 곧장 라파엘의 목을 향해 내리칠 것이다……!

"야!"

집행관이 깜짝 놀라 뒤를 돌아본다.

"넌 누구!"

다음 순간, 거대한 불기둥이 집행관의 배를 꿰뚫고 지나갔다. 털썩. 그는 비명조차 지르지 못하고 절명했다.

'빌어먹을.'

칸나는 숨을 헐떡였다. 피가 떨어지는 손끝이 얼얼했다. 몇 번이나 해도 익숙해지지 않지만, 라파엘이 죽도록 내버려 둘 수는 없었다.

"괜찮아요?"

칸나는 라파엘의 앞까지 다가갔다.

"이봐요?"

대답이 없다. 그녀가 바로 앞까지 다가왔는데도 꿈쩍도 하지 않는다. 그는 집행관의 죽음에도 관심이 없는 것 같았다.

"저, 많이 다친 것 같은데…… 그러고 있으면 죽을지도 몰라요."

"……."

"많이 다친 것 같으니까 제가 치료해 줄게요."

칸나는 조심스럽게 옆에 앉았다. 그러고는 그의 팔을 잡아 셔츠 소매를 걷었다.

'으…….'

상처가 굉장했다.

'라파엘은 왜 항상 이래?'

집행관 한 명 정도는 쉽게 제압할 수 있을 텐데. 보아하니 저항조차 하지 않은 것 같다.

'바보, 멍청이. 그러니까 그렇게 죽었지.'

그렇게 허무하게, 평생을 한 자리에서, 절대 돌아오지 않을 여자를 기다리다가.

기다리고 기다리다가, 백골이 되어서도 기다리다가…….

<돌아오셨습니까?>

문득 눈시울이 붉어졌다.

칸나는 코를 훌쩍이며 그의 상처를 치료했다. 마지막으로 붕대를 감으며 고개를 들 때.

"……!"

언제부터 보고 있었던 걸까?

퀭한 보라색 눈동자가 그녀를 응시하고 있었다. 순간 칸나는 할 말을 잃었다. 눈앞의 소년은 마치 새까맣게 타버린 장미 같았다. 검게 개화한 꽃잎에 절망하며 차라리 꺾이길 갈망하는 눈이었다. 죄악에 찌들어 괴로워하는 얼굴. 그 지독한 고통에 칸나는 완전히 압도되었다.

그때 그가 갈라진 목소리로 속삭였다.

"가."

"……어?"

"저리 가."

가라고? 기껏 한다는 말이 저리 가야? 칸나는 놀란 마음을 삼키며 차갑게 대꾸했다.

"지금 치료하고 있는 거 안 보여? 이상한 소리 할 거면 차라리 입 다물고 있어."

소년은 그녀의 말을 따랐다. 즉, 입을 다물었다.

'역시 라파엘. 말 잘 듣네.'

칸나는 붕대를 마저 감은 후 가방에서 빵과 우유를 꺼냈다.

"자, 먹어. 보아하니 며칠은 굶은 것 같은……."

다음 순간, 그의 손아귀가 번개처럼 번뜩였다. 그녀의 목을 잡아 벽으로 쾅 밀었다.

"……!"

등이 기칠게 부딪혔다. 그러나 너무나 놀라서인지 아프지도 않았다. 라파엘이 내 목을 조르다니!

"저리 가."

소년의 커다란 손아귀가 소녀의 가느다란 목을 쥐었다. 금방이라도 찢어질 듯 얇은 종잇장 같은 얼굴로 중얼거렸다.

"나에게 다가오지 마."

"……."

"날 건드리지 마. 날 치료하지 마. 나를……."

"……."

말끝이 흐려졌다. 그의 보라색 눈이 잘게 떨렸다가, 깊은 늪처럼 가라앉았다.

그렇게 얼마나 흘렀을까? 그의 손에서 힘이 스르륵 풀렸다. 다시금 벽에 툭 기댄다.

"쿨럭, 쿨럭."

칸나는 잔기침하며 목을 쓰다듬었다.

'뭐야, 성깔 있잖아.'

칸나는 한숨을 내쉬었다. 그러고는 눈을 가린 앞머리를 뒤로 완전히 넘겼다.

"……."

라파엘의 눈이 흠칫 굳었다. 한눈에 아르제니안의 딸임을 알아본 모양이다.

'하기야, 못 알아볼 수가 없지.'

아무 일도 없었다는 듯, 칸나는 미소 지으며 우유를 내밀었다.

"마셔. 이 우유, 굉장히 맛있어."

대답이 없다. 그러나 아까처럼 공격하지도 않았다.

"며칠째 굶었지? 그러다가 정말로 죽어."

이건 농담이 아니었다. 지금 그의 상태는 아주 나빴다.

팔을 치료하면서 확인했던 맥박은 정상치 이상으로 빨랐고 체온은 몹시 높았다. 껍질만 드러난 입술, 초점이 흐릿한 눈을 보니 지금 그는 중증의 탈수를 겪고 있는 것이 분명했다.

'오랫동안 물 한 방울 안 마신 게 분명해.'

어지간한 사람이었으면 탈수로 진작 죽었거나 사경을 헤매고 있을 것이다.

"정말 죽을 거야? 내가 기껏⋯⋯ 살인까지 해 가면서 살렸는데?"

집행관의 시체를 흘끗 눈짓했지만, 라파엘은 여전히 요지부동이었다.

'누가 죽도록 내버려 둘 것 같아?'

하지만, 지금은 설득이 통할 리 없지.

칸나는 어깨를 으쓱인 후 우유를 입안으로 흘려 넣었다. 그러고는 라파엘의 멱살을 끌어당겨 입술을 맞추었다.

"⋯⋯!"

라파엘의 눈이 커졌다. 칸나는 그 보랏빛 눈동자를 가까이에서 쏘아보며, 노려보며, 입술을 짓눌렀다. 다음 순간, 그의 목울대가 크게 울렁였다. 우유를 삼킨 것이다.

그제야 칸나는 얼굴을 뗐다. 씩 웃었다.

"이걸로 며칠은 더 살겠네. 미안하다고 해야 할까?"

할 말을 잃은 그의 반듯한 턱을 타고 흰 액체 한 줄기가 흘러내렸다.

"기왕 목숨이 연장된 거, 더 마셔."

"⋯⋯."

"이니면, 이번에도 먹여 줘?"

"⋯⋯."

"싫으면 말하고."

반응이 없다. 그래서 칸나는 또다시 우유를 입에 머금었다. 그를 목덜미를 잡고 끌어당겼다. 미약한 힘이었으나, 라파엘은 가볍게 이끌려왔다. 어찌나 무력하던지 순순하게 느껴질 정도였다.

그리고 살이 맞붙었다.

칸나는 그의 속눈썹이 짧게 경련하는 것을 보았다. 이번에는 밖으로 새어 나가지 않도록 단단히 겹치고, 마지막 한 방울까지 샅샅이 긁어 그의 안으로 흘려보냈다.

꿀꺽, 꿀꺽, 꿀꺽. 목구멍 너머로 삼키는 소리가 울렸다. 그녀는 슬쩍 고개를 아래로 내렸다. 눈을 내리깔았다.

그의 입술이 불투명한 액체로 젖어 있었다.

"당분간 죽기는 글렀네."

"……."

"빵도 먹을래?"

라파엘은 더는 그녀를 어쩌지 못했다. 모진 말을 내뱉지도, 그녀의 목을 조르지도 못했다.

'신령의 딸이어서 그런가?'

그리고 어쩌면…….

'혈육일 수도 있으니까.'

그 가능성은 생각하지 말자. 칸나는 새삼 돋아 오는 소름을 문질렀다.

'어쨌든 마음이 약한 건 확실해.'

그러니까 지금 칸나의 행동을 용납하고, 또……. 죽음을 바라는 거겠지.

선희의 기억이 있는 지금, 라파엘이 왜 죽으려 하는지 대강은 눈치챘다.

라파엘과 신령은 연금술로 만들어진 존재였다. 그 재료는 생명과 성력. 수많은 사제의 생명과 성력을 흡수해 만들어진 존재인 것이다.

라파엘은 그런 자신에게 혐오를 느끼는 듯했다.

'나는 라파엘을 잘 모르지만, 이것만큼은 확신할 수 있어.'

라파엘은 본인을 위한 삶을 원하지 않는다.

그에게 필요한 것은 다정한 말도 따뜻한 미소도 아니었다. 오로지 절대자의 명령만이 필요할 뿐. 그렇기에 섬길 신을 잃은 성직자에게는 새로운 절대자가 필요했다.

'그러면서 상대를 고르는 데는 까다롭다니까.'

누구에게나 복속될 존재라면 대신전에 남아 신령의 뜻대로 살았겠지만, 그는 거부했다. 하지만 칸나는 알고 있다. 라파엘의 새로운 신은 자신이라는 걸.

이유는…… 솔직히 모르겠다.

'신령의 딸이라서?'

그런 이유라면 애초부터 신령을 따랐을 것이다.

'사랑일 리도 없을 테고.'

아니면, 욕정?

'아니지. 동굴에서 다 벗고 있었는데도 아무 일 없었잖아.'

라파엘은 욕망이란 게 아예 없는 수도승 같은 인간이니까.

'뭐, 이유는 라파엘만 알겠지.'

분명한 건 그가 그녀를 선택할 거라는 사실이다. 그러니 그녀가 해야 할 일은 단 하나뿐이었다. 먼저 손을 내미는 것.

"소개가 늦었지? 나는 칸나라고 해. 혹시 너 죽고 싶어?"

그가 천천히 고개를 끄덕였다.

"그러면 죽어."

칸나는 상냥하게 말하며 그의 입술에 맺힌 우유 방울을 닦아 주었다.

"하지만 죽는 건 언제든 할 수 있잖아?"

"……."

"어차피 넌 조금 전에 죽을 목숨이었어. 내가 살렸지. 그러니까."

칸나는 환하게 웃었다.

"네 목숨을 나에게 줘."

라파엘은 칸나를 물끄러미 바라보다가 시선을 내렸다. 그녀의 손가락 끝, 그의 입술에서 훔쳐 간 불투명한 액체가 맺혀 있다.

불현듯 그는 젖은 아랫입술을 혀끝으로 핥았다. 마치, 또다시 갈증이 이는 것처럼.

"그렇다면 넌……."

마침내 라파엘이 입을 열었다.

"내게 뭘 줄 거지?"

"네가 원하는 게 있다면, 뭐든 줄게. 말만 해."

"뭐든?"

"그래."

라파엘이 해 봤자 뭘 하겠어, 그런 생각에 뱉은 답이었는데……. 말이 떨어지는 순간, 라파엘이 그녀의 손목을 붙잡았다. 고개를 숙였다.

"잠깐, 지금 뭘……?"

라파엘이 붉은 혀를 내어 그녀의 손끝을 느리게 핥았다. 그러고는 촉촉하게 젖은 손가락을 입안으로 넣었다. 쪽, 가볍게 빨았다.

칸나는 완벽하게 얼어붙었다. 지금 라파엘이 무슨 짓을……?

"이게 우유라고?"

그가 잠긴 목소리로 중얼거렸다.

"맛이 있네."

묘한 반응이었다. 마치 우유를 처음 맛보는 사람 같지 않은가?

그러나 놀라운 것은 그것뿐만이 아니었다. 라파엘의 다음 시선은 그녀에게 올라왔다. 정확히 말하자면, 그녀의 입술로.

"……."

칸나의 얼굴이 확 달아올랐다. 믿기지 않았다. 저렇게 노골적인 눈으로 바라보는 사람이, 라파엘이라니.

그때 라파엘이 그녀의 허리를 붙잡아 무릎 위로 올렸다. 몇 번이나 먼저 겹친 주제에, 단단한 가슴이 맞붙어 오자 칸나는 그 위압감에 짓눌렸다.

상대가 라파엘이기 때문이다. 이런 라파엘을 꿈에서도 상상해 본 적이 없기 때문이다. 라파엘이, 이럴 리가…….

혼란에 빠진 그녀를 무표정하게 응시하며, 라파엘은 다시 한번 입술을 겹쳤다. 그것은 의심의 여지 없는 이성 간의 키스였다. 인공호흡이나 다름없었던 좀 전의 행위와는 완전히 달라서, 칸나의 호흡이 멈추었다. 머리가 새하얘지는 것만 같았다.

그는 지그시 눌렀다가, 떼어 냈다가, 핥았다가, 머금었다가, 살짝 깨물어도 보았다. 그 간지럽고 부드러운 감촉을 참기가 힘들어 칸나는 그의 옷깃을 꽉 움켜쥐었다. 그의 움직임은 너무나 느릿느릿했다. 마치 낯선 것의 정체를 확인하듯 느려서, 스치는 궤적과 짓뭉개지는 감촉들이 적나라하게 느껴졌다.

그래서일까. 열기가 달아올라 정수리까지 뜨거워지는 것만 같았다.

생각을 이어 가는 것이 힘들었다.

"나는……."

라파엘은 젖은 살을 붙인 채로 속삭였다. 그의 숨결이 입술 안으로 흩어졌다.

"이런 건 처음이야."

그의 손이 그녀의 허리를 움켜잡았다.

"이렇게 부드러운 것도 처음이야."

헉, 칸나는 숨을 들이켜고는 재빨리 그의 어깨를 밀쳤다. 딱딱한 허벅지에서 몸을 번쩍 일으켰다.

'이럴 수가.'

금욕의 상징인 줄 알았는데! 그러나 그의 태평한 보라색 눈과 마주친 순간, 칸나는 확신했다.

라파엘은 전혀 모르고 있다. 지금 이 행위의 의미를, 그의 몸이 반응하는 이유를.

"잠깐……."

요란하게 뛰는 가슴을 진정시키며 간신히 물었다.

"지금 네가 하는 게 뭔지 알아?"

그가 고개를 저었다.

'맙소사.'

어떻게 모를 수 있지? 지금 열일곱 살일 텐데?

신령이 되기 위해 실험을 당하는 건 알고 있지만, 세상과 단절되어 산 것도 아닐 텐데…….

아, 설마.

'설마 단절되어 산 건가?'

신령을 만들기 위한 실험에는 사제들의 목숨이 필요하다. 즉, 절대 알려져서는 안 될 기밀인 것이다. 아주 끔찍한 비밀이니 은밀한 장소에서 했겠지.

예를 들어…… 세계수의 뿌리 같은 곳에서.

'설마 어릴 때부터 지금까지 세계수의 뿌리 안에서 자란 걸까?'

생각만 해도 끔찍했지만 그럴듯한 가설이었다.

'그러고 보니 우유도 처음 먹어 본 것 같았어.'

어쩌면, 지금 이 탈출은 그가 진짜 세상을 만나는 첫 순간일 수도 있다.

"저기…… 이건 말이지."

그렇게 생각하니 기분이 이상해졌다. 혈기왕성한 남자와 순진무구한 어린아이를 동시에 대하는 기분이었다.

"아무나와 하면 안 되는 거야. 사랑하는 사람들끼리……."

아, 내 양심. 그런 교과서적인 말을 하기엔, 지금까지의 언행과 심각하게 불일치하지 않는가? 칸나는 이 세계로 돌아온 이후부터 줄곧 자신의 모든 것을 무기처럼 쓰고 있었다.

'그 덕분에 지금까지 살아남은 거지만.'

라파엘은 우물거리는 칸나를 조용히 기다렸다.

칸나의 추측은 옳았다. 그는 세계수의 뿌리 안, 이공간에 갇혀 17년을 살았다. 그곳에서 한 것이라고는 사람의 생명과 성력을 흡수하고, 괴물처럼 무럭무럭 힘을 키우는 것뿐.

그것이 그의 삶에서 일어난 일의 전부였다.

그렇기에 제 또래의 소녀를 가까이에서 본 것도, 만져 본 것도 이번이 처음이었다. 모든 것이 그에게는 지나치게 과한 자극들이었다.

평생을 나무뿌리 안에서 살았던 소년에게, 오늘은 천지가 개벽한 듯한 충격의 날이었다.

게다가 저 소녀는 어쩌면 그의 혈육일지도 몰랐다. 소녀가 앞머리를 넘겨 제대로 얼굴을 보이는 순간 깨달았다.

아르제니안의 딸이다.

"너에게는 혈육이 있단다, 라파엘. 귀여운 여동생이지. 칸나라고, 예쁜 이름이지?"

"사실은 거짓말이란다. 실은 넌 내 아들이 아니거든."

"농담이고, 둘 다 내 자식이야."

"어느 쪽이 진짜일까? 맞혀 봐."

그의 부친은 오락가락 말을 번복했다. 이유는 뻔했다.

심심해서. 반복되는 삶이 무료하고 지루해서 멋대로 구는 것이다.

'나는 역시 신령의 아들이 아니야.'

줄곧 의심하고 있던 점이었다. 그래서 라파엘은 이번 기회에 그렇게 확신했다. 그쪽이 더 마음에 들었다.

"내 말 듣고 있어?"

칸나의 말에 라파엘은 고개를 끄덕였다. 그녀가 한 말을 대충 정리해 보면 함부로 입 맞추지 말고 아무 데나 만져서는 안 된다는 뜻이었다.

라파엘은 진심으로 궁금해져서 물었다.

"그렇다면 내가 왜 너에게 내 목숨을 줘야 하지?"

"……"

"나는 살기를 바라지 않아. 누군가에게 인생을 주느니, 차라리 지금 죽고 싶어."

한 톨의 거짓 없는 진심이었다.

"입술과 혀를 섞는 행위는 기분이 좋은 것 같기도 한데, 그걸 하게 해 주면 모를까."

그는 키스라는 단어도 몰랐다.

"네 부드러운 걸 만지지도 못하게 하는데, 내가 왜?"

칸나는 입을 쩍 벌렸다. 저런 말을 라파엘이…….

'내가 아는 라파엘이 아니야.'

칸나는 지금까지의 생각을 완전히 뒤엎었다. 새로운 신? 섬길 주인? 손만 내밀면 잡아? 그래, 분명 미래의 라파엘은 자신을 그렇게 여긴다. 하지만 지금의 라파엘은 완전히 다른 사람이나 마찬가지다!

라파엘은 심지어 그녀의 반응도 이해하지 못하고 있었다. 감정의 폭이 남보다 좁고 공감 능력이 현저히 떨어져서, 그녀의 마음을 조금도 느끼지 못하는 것이었다. 이걸 보니 미래의 라파엘은 정말 발전한 거였다.

"여기서 죽으면 너는 쓰레기나 다름없는 거야."

"상관없다."

"하지만 날 위해 살면, 날 위해 죽을 기회가 생기지."

순간 라파엘의 입술이 굳었다.

"이곳에서 쓰레기처럼 죽는 건 정말이지 무가치한 죽음이야. 아무런 의미도 없어. 아니, 오히려 유해하지. 누군가는 네 시체를 거두는 수고를 해야 하니까. 하지만."

칸나는 단호하게 말을 이었다.

"날 위해 살고 날 위해 죽는 것은 아주 가치 있는 일이지. 네가 원하지 않았다고 할지언정 난 네 생명의 은인이거든."

"……."

"은인을 돕고 은혜를 갚는 것은 아주 고귀한 행위야."

"……."

"즉, 네 삶을 나에게 준다면 넌 가치 있는 삶을 살고, 가치 있는 죽음을 맞이할 수 있어."

그 말은 라파엘의 심장에 꽂혔다. 정중앙에, 아주 깊게.

정곡이었다.

'가치 있는 죽음?'

그는 언제나 죽음을 꿈꿨다. 아주 오랫동안 이 삶을 혐오해 왔기에, 죽고 싶었다. 가치 있는 삶은 꿈도 꾼 적 없다. 그러나 가치 있는 죽음은…….

어쩌면 가능하지 않을까? 그 정도는 꿈꿔도 되지 않을까?

그는 이 소녀의 말이 옳다고 생각했다. 어차피 죽을 거라면 이 소녀를 위해 죽는 게 더 나을 것이다.

라파엘은 많은 것을 몰랐다. 하지만 타인을 치료하고, 살리고, 음식을 주는 행위가 선량하다는 것쯤은 알았다. 그러니 선량한 소녀를 위해 죽는 것은, 그가 맞이할 수 있는 최고의 죽음이 아닐까?

'그렇게 죽을 수 있다면 좋을 거다.'

이런 생각은 지금껏 해 본 적이 없다. 처음으로 해 보았다. 가치 있는 죽음. 그것은 그가 태어나 처음으로 품은 꿈이었다.

"……."

칸나는 숨을 죽이며 라파엘의 반응을 기다렸다.

'설마 안 내키는 건가?'

결국 칸나는 조심스럽게 협상을 시도했다.

"만약 그 행위가 그렇게 좋았으면…… 언젠가는 보상으로 해 줄게."

"보상?"

라파엘이 고개를 기울였다. 처음 듣는 단어인 듯했다.

"그래, 보상. 뭔가를 아주 완벽하게 잘해 냈을 때, 대가로 상을 주는 거야."

"내가 너의 완벽한 종이 된다면, 언젠가는 보상이 주어진다는 소리인가?"

"그래, 완벽하게. 완벽의 뜻이 뭔지 알지?"

굳이 설명해 주지 않아도 라파엘은 종의 의미만큼은 아주 잘 알고 있었다. 그것만큼은 배웠으니까.

모든 성직자는 신의 종이다.

"알겠습니다."

어? 칸나는 당황했다. 갑자기 존댓말인가? 그뿐만이 아니었다.

"저는 죽으려 했습니다. 하지만 당신은 저를 살고 싶게 만들었습니다."

갑자기 국어책을 읽는 듯한 대사를 뱉다니……. 그러나 라파엘은 뻔뻔할 정도로 진지하게 말을 이었다.

"제 삶을 당신에게 드리고 싶습니다. 그리고 언젠가는 이 은혜를 갚겠습니다. 반드시."

라파엘은 칸나가 주장했던 요구를 매끄럽게 다듬어 돌려주고 있었다. 마치, 그녀의 비위를 맞추듯이.

'지금 나를 놀리는 건가?'

그녀의 의심을 읽은 건지, 라파엘이 넌지시 말했다.

"오해하지 마십시오. 저는 아무것도 바라지 않습니다. 보상 같은 것은 필요 없습니다."

"진심이야?"

"진심입니다."

칸나는 의심쩍은 눈으로 그를 흘겨보았다.

"제가 바라는 것은 단 하나, 가치 있는 죽음을 맞이하는 겁니다."

"……갑자기 왜 생각을 바꾸었어?"

"설득당했습니다. 당신이 옳습니다."

라파엘은 진심을 담아 말했다.

"당신이 아니었으면 저는 이 자리에서 쓰레기처럼 죽었을 겁니다. 하지만 당신 덕분에 그보다 더 나은 죽음을 맞이할 기회를 얻었습니다."

칸나는 그 말에서 도저히 거짓을 읽을 수 없었다. 그러나 쉽게 받아들이기도 힘들었다. 손바닥 뒤집는 것도 아니고 너무 갑자기 확 바뀌었으니.

'설득당한 건 맞는 것 같아.'

그런데 그 타이밍이 너무나 '보상'을 전후로 나뉘지 않는가. 설득당한 것과는 별개로 뭔가 더 있는 것 같았다. 이를테면.

'완벽한 종은 보상을 바라지 않으니까 욕심을 눌렀다거나.'

욕심을 버려야만 비로소 얻을 수 있는 보상이니까……?

생각하는 순간 등골이 오싹해졌다. 그럴 리가. 이건 지나친 비약이다. 칸나는 자신의 못된 상상력을 꾸짖었다.

'라파엘은 그런 흑심을 가질 사람이 아니야.'

차라리 중간에 버렸던 가설이 더 그럴듯했다. 그에게는 새로운 절대자가 필요하다는 것. 누군가를 따를 기회와 명분과 동기까지 생겼으니, 덥석 문 것이 분명했다.

칸나는 그제야 미소를 지었다. 생각했던 것과 다른 전개이긴 하지만, 어쨌든 원하는 결론이다. 라파엘은 지금 이곳에서 죽지 않을 것이다.

"잘 부탁해, 라파엘."

라파엘은 저에게 내민 그녀의 손을 보았다.

하얗고 가느다란 손. 그의 입안에서 굴렸던 손가락이 눈앞에 있었다. 아직도 젖은 살결의 감촉이 혀끝에 생생했다.

그러나 라파엘은 눈을 지그시 감았다. 눈을 떴다.

"저야말로."

완벽한 종이 그곳에 있었다.

라파엘은 그를 하인으로 들여 달라고 요구했으나 칸나는 고개를 저었다.

"나에게는 그럴 힘이 없어."

칸나는 라파엘에게 자신의 사정을 설명했다. 아디스 가문에서의 현 위치. 멋대로 고용인을 들일 권리 따위 없는 천대받는 공녀라는 것을. 이야기를 들은 라파엘은 무언가를 결심한 기색이었다.

"제가 더 좋은 곳으로 모시겠습니다."

"좋은 곳?"

"예. 하지만 지금은 가진 것이 없으니, 몇 년만 기다려 주십시오. 당신을 모실 준비를 하겠습니다."

바라던 바였다. 어차피 지금 당장은 함께할 수 없으니까.

"좋아. 기다릴게."

하지만…….

'나는 널 기억하지 못하겠지.'

기억하지 못하는 정도가 아니다. 미워하고 괴롭힌다.

지금으로부터 얼마 후, 주화와 몸이 바뀐다. 라파엘과 다시 만나는 것은 자신이 아닌 주화였다.

"있잖아. 만약에 내가 널 잊더라도 너무 상심하지는 마. 언젠가는 꼭 기억해 낼 테니까."

그 말에 라파엘의 눈이 가느다래졌다.

"이런 순간을 잊는다는 게 가능합니까?"

"몇 년은 걸린다며? 그동안 이런저런 일을 겪다 보면 그럴 수도 있지."

말도 안 되는 이야기였다. 라파엘은 한번 보면 잊을 수 없는 외모였다. 잘생긴 외관을 떠나서, 그 특유의 관능적인 분위기는 어디에서도 볼 수 없으니까.

그러나 칸나는 강력하게 주장했다.

"그리고 나 사람 얼굴 잘 기억 못 하거든."

라파엘은 그 말이 마음에 안 드는 듯했다. 미간을 살짝 좁혔다.

"……저는 파계한 성직자입니다."

"응?"

"파계 사제는 드무니 그것으로 기억하시면 될 겁니다."

"……."

칸나는 할 말을 잃었다.

'설마?'

그래서 시커먼 사제복을 고집하고 다닌 걸까?

신분을 노출하는 복장을 하면 대신전의 추적을 받기 쉬워짐에도, 그는 언제나 파계 사제의 죄수복을 입고 다녔다. 칸나의 시야에 들어온 모든 순간이 그러했다.

"라파엘."

"예."

"언젠가 꼭 보상할게."

백골이 될 때까지 날 기다리게 한 것, 파계 사제복을 입고 다니게 만든 것, 모든 것을. 라파엘은 슬쩍 눈을 내리깔았다.

"뜻대로 하십시오."

그렇게 라파엘과는 후일을 기약하며 헤어졌다.

역마차 정거장으로 향하는 길.

'그런데 저 사람, 아까부터 날 따라오는 것 같은데?'

여러 번 길을 틀었지만, 역시나 쫓아온다.

'검은 사도인가?'

아니면 납치범이든가. 소녀의 뒤를 몰래 쫓아다니는 남자의 의도가 좋을 리 없었다.

'그래, 와라, 와.'

다가오는 인기척이 점점 가까워지다 칸나는 심호흡하며 뒤를 돌았다. 아니, 돌려고 했다. 그러나 그 전에 그녀의 앞에 마차 하나가 멈춰 섰다. 드르륵, 창문이 열렸다.

실비엔이었다. 그가 싱긋 웃으며 인사했다.

"우연이군요. 또 뵙습니다, 영애."

그의 시선이 칸나의 너머 어딘가로 슬쩍 향했다가, 다시 칸나에게 돌아왔다.

"괜찮으시다면 공작저까지 모시겠습니다."

잘된 일이었다. 괜히 아까운 피 써 가며 싸우고 싶지 않으니까. 그녀는 곧장 마차에 탔다.

"제가 관여할 일은 아닙니다만, 저택 밖에는 흉흉한 사건들이 종종 일어납니다."

실비엔은 상냥한 어조로 말했다.

"부디 주의하십시오, 영애."

"네, 명심할게요."

그 이상 관심은 없는지, 실비엔은 더는 입을 열지 않았다.

그러고는 침묵이 내려왔다. 칸나는 맞은편에 앉은 소년을 은밀하게 관찰했다. 아직 어려서인지, 다 자라지 않은 그의 얼굴은 묘하게 중성적인지라 요정 같은 느낌까지 풍겼다.

'저건 뭐지?'

칸나는 그의 무릎에 놓인 책을 흘끗 살폈다. 책 제목은 〈미지의 세계, 동대륙은 존재하는가?〉였다.

'아직 동대륙이 발견되기 전인데.'

선견지명이라도 있는 건가, 벌써 관심을 가지다니…… 감탄하며 시선을 들어 올리는 순간, 흠칫했다. 새파란 눈이 그녀를 꿰뚫듯 응시하고 있었던 것이다.

"……."

언제부터 바라보고 있었지?

놀랐지만, 태연한 얼굴로 그 시선을 마주했다. 할 말이 있으면 먼저 바라본 쪽에서 꺼내는 것이 옳았다. 그러나 의외로 그는 입을 열지 않았다. 평소 예의 바른 태도로는 상상할 수 없는 대응이었다.

'왜 저러지?'

한참을 눈싸움하듯 시선을 교환하자, 마침내 실비엔이 피식 웃었다.

"실례했습니다. 제가 무례했군요."

"예?"

"일전에 뵈었을 때와는 달리 앞머리를 올리고 계셔서."

맞다, 앞머리. 칸나는 걷어 올렸던 앞머리를 다시금 내렸다. 거의 콧등을 덮는 길이였다.

"왜 내리십니까?"

몰라서 묻나? 칸나는 퉁명스럽게 대꾸했다.

"검은 눈동자랑 마주치면 불쾌해하는 사람들이 많아서 말이죠."

"제가 그 어리석은 군중의 일원이 아니라 다행이군요."

칸나는 귀를 의심했다. 지금 뭘 들은 거지?

"하지만 영애의 말에 따르면, 그 눈을 본 자들은 몇 되지 않겠군요. 그렇다면 저에게는 영광입니다."

실비엔이 아무렇지도 않게 말하며 책을 들어 올렸다. 중간 지점을 펼치며, 덧붙였다.

"영애의 눈은 보석처럼 빛납니다. 시선을 떼기 힘들 정도로."

그러고는 책을 읽기 시작했다.

'뭐야…… 어울리지도 않게 웬 칭찬이야?'

칸나는 당황했다. 실비엔은 상냥한 척 웃고 다니지만, 입에 발린 말은 절대 안 하는 사람이었다. 그런 사람에게서 저런 소름 돋을 정도의 찬사가 튀어나오다니.

마차가 덜컹덜컹 흔들렸다. 그 이상의 대화는 없었다. 아디스에 도착할 때까지.

❦

아디스에 도착했을 때쯤엔 이미 밤이 깊어 있었다. 문지기는 칸나가 발렌티노 공작의 마차를 타고 오자 놀란 기색이었다.

"언제 나가셨습니까?"

실비엔은 그 말을 들었으나, 고맙게도 못 들은 척해 주며 떠났다.

칸나는 곧바로 연구실로 향하려 했다. 그러나 저택의 한 창문, 불빛이 흐르는 방을 보고 멈춰 섰다.

'저 방은……'

알렉산드로 아디스의 일명 '비밀의 방'. 그곳은 과거 알렉산드로의 침실로, 자신과 함께 썼던 방이기도 했다.

'아무래도 나중에는 선희에게 온전히 내준 모양이지만.'

그런데 지금 그 방의 창문에서 불빛이 흐르고 있었다. 출입이 금지된 그 방에.

'누가 들어간 건가?'

칸나는 잠시 고민하다가 그 방으로 향했다.

'알렉스는 지금 저택에 없는 걸로 알고 있는데……'

도착한 방 앞, 조심스럽게 문고리를 돌려 보았다. 역시, 열려 있다.

끼이익, 문을 천천히 열었다. 방 안에는 희미한 촛불만이 일렁였다.

칸나는 조심조심, 발끝을 들어 안으로 걸어 들어갔다. 그러나 곧 멈춰 섰다.

'알렉스?'

알렉산드로가 그곳에 있었다. 창가 앞, 흔들의자에 기대어 눈을 감은 채로.

'저택에 없는 거 아니었어?'

다들 그렇게 알고 있을 텐데, 그런데 이런 곳에 있었다니. 칸나는 창백한 달빛이 녹아든 그의 얼굴을 살폈다. 눈을 감고 있는 걸 보니 누가 봐도 자는 것 같지만…….

자고 있을 리 없다. 그는 잠들 수 없으니까.

다음 순간, 그를 살피던 칸나의 눈이 흔들렸다. 알렉산드로의 무릎 위에는 낡은 양피지가 흩어져 있었다.

편지였다. 오래전에 쓰인 듯 빛바랜 편지.

이 세계 사람들은 결코 알아볼 수 없는 문자가 적혀 있었다. 칸나는 숨을 죽였다. 저 편지가 무엇인지 알고 있었다. 너무나도 잘 알고 있었다.

그때, 알렉산드로의 눈꺼풀이 천천히 올라갔다. 스산한 눈동자가 칸나에게 향했다.

"……."

정적이 흘렀다. 칸나는 치맛자락을 꽉 움켜쥐며 그 시선을 마주했다. 금지된 방에 몰래 들어왔음에도 불구하고 그는 분노하지 않았다. 놀라기도 않았다.

아무 반응이 없다. 칸나는 그제야 눈치챘다. 흔들의자 옆, 협탁에 놓인 자그마한 약병을.

"나는……."

약병을 보고 있을 때, 알렉산드로가 입을 열었다. 칸나는 다시 그를 보았다. 순간 심장이 쿵 떨어지는 것만 같았다.

지독하게 슬픈 눈이었다. 그에게서는 상상도 못 했던, 슬픈 눈.

"못 해."

나지막이 중얼거리며, 다시 눈을 감았다.

"아무것도."

"……."

"나는……."

말끝이 흐려진다. 그러고는 다시 침묵이 내려왔다. 칸나는 아주 조심스럽게 그에게 다가갔다. 금방이라도 깨질 유리 조각 위를 걷는 것만 같았다.

그는 곤히 잠들어 있었다.

'아니야. 잠든 게 아니야.'

약병에서 흐르는 냄새를 맡은 칸나는 눈치챘다.

'이건 독약이야.'

가슴이 서늘해졌다. 이것은 굉장히 강력한 독약이었다.

'설마 셀리아의 약이 이거야?'

신음이 나올 것 같아서 입술을 깨물었다.

'이런 독약을 먹어 왔다고?'

강제로 의식을 희미하게 만드는 독약이다. 휴식을 취할 수 없는 정신을 위해, 억지로 의식을 흐릿하게 만든 거겠지. 깨끗한 종이를 마구잡이로 구겨서 망가뜨리듯이.

'계속 복용하면 결국엔 찢어질 거야.'

그것이 이 약의 부작용이지 않은가.

'이런 걸 쓰면 안 돼.'

당연히 알렉스도, 셀리아도 알고 있을 것이다. 그런데도 이 약을 먹는다고?

"알렉스……."

칸나가 떨리는 목소리로 불렀지만, 그는 눈을 뜨지 않았다. 약효가 도는 걸까? 의식이 전혀 없는 듯했다. 방금 그 뜻을 알 수 없는 말도 제정신으로 한 소리가 아닐 것이다.

눈가에 열기가 몰렸다. 그러나 칸나는 주먹을 꽉 틀어쥐며 참아 냈다. 고통을 받는 것은 자신이 아니었다. 알렉스였다.

그러니까 약해질 자격 같은 거, 없다. 칸나는 저주받은 남자의 얼굴을 응시했다. 그러고는 고개를 내려 그의 뺨에 입술을 맞추었다.

얼음장처럼 차가운 피부였다.

"조금만 기다려요. 내가 반드시 구해 줄게."

당신을 지옥에 빠뜨린 건 나니까.

칸나는 한동안 그를 내려다보았다. 약에 취한 알렉산드로는 너무나 연약하게만 보였다. 한때 자신이 두려워하던 그 커다란 등이 아니었다. 신성한 제단 위에 놓인 목 꺾인 짐승이었다. 그녀를 위한 제물로 바쳐진 삶이었다.

그것이 어찌나 안타깝고…… 애틋한지. 가슴이 한없이 먹먹해졌다.

시선을 아래로 내리깔았다. 그의 허벅지 위에 흩어진 편지를 보았다.

<……같은 과거를 추억하는 미래에서…….>

칸나는 한 발짝 뒤로 물러섰다. 한 발짝, 그리고도 또 한 발짝. 달빛에 젖은 남자를 한눈에 담을 수 있을 때까지 멀어졌다. 그리고 예감했다.

지금 이 순간, 자신이 망가뜨린 남자를, 이 장면을.

죽을 때까지 잊지 못할 것이다.

의식이 흐릿한 알렉산드로를 두고, 칸나는 연구실로 내려갔다.

'이제 돌아가자.'

마음 같아서는 당장 검은 사도를 추격한 후 그에게 어떤 저주를 내렸는지 파헤치고 싶었지만, 이 시기는 아니었다. 어린 소녀의 몸으로는 집 밖을 돌아다니는 것조차 힘들었다. 족쇄가 너무나도 많았다. 적어도 성인은 넘긴 시기여야 한다.

칸나는 피를 내어 술법진을 그렸다.

"제발……."

칸나는 눈을 떴다. 정원이었다.

분홍색 꽃잎이 하늘거리는 봄의 정원. 이곳은 세계수의 뿌리 안이었다.

"……."

칸나는 망연한 눈으로 아래를 내려다보았다. 역시나, 예상대로 그곳에 라파엘의 백골이 있었다. 오래전에 죽어 살점마저 썩어 남은 것이라고는 뼈다귀뿐인 남자가.

<돌아오셨습니까?>

온몸에 힘이 쫙 빠져서 무릎을 꿇었다.
'또 이때로 왔어.'
불완전한 술법진 탓이다. 계속해서 오류가 일어나는 거였다.
'지금 이 시기는 절대로 안 돼.'
칸나는 뼈만 남은 라파엘의 시신을 바라보다가, 또다시 눈물이 나올 것 같아서 고개를 돌렸다.

그렇게 수많은 시도가 이어졌다.
"응애!"
갓난아이일 때로 한 번 더 갔다.
"아, 따등 나. 왜 댜꾸 시패하는 고야."
세 살쯤으로도 갔다.

<돌아오셨습니까?>

또 라파엘의 백골을 보기도 했다.
그리고 마침내 그럴듯한 순간으로 떨어졌지만 기뻐할 수가 없었다.

"누님은 어디에 있지?"

칼렌 때문에. 백발을 어깨까지 늘어뜨린 칼렌이 라파엘에게 검을 겨누고 있었다.

"누님을 돌려줘. 누님을……."

그 순간 기적을 느낀 걸까. 칼렌의 고개가 스르륵 돌아갔다. 눈이 마주쳤다. 그의 손에서 검이 떨어졌다.

"누님……?"

그가 한달음에 그녀에게 달려왔다. 확, 끌어안는다.

"누님, 누님, 누님."

피 냄새. 칸나는 얼굴을 확 찡그렸다. 대체 몇 명을 죽인 것인지 그의 몸에는 피 냄새가 짙게 배어 있었다.

"이거 놔."

칸나는 그의 어깨를 잡고 밀쳤다. 그리고 다음 순간, 그가 허겁지겁 그녀에게 입을 맞추었다. 머리에, 이마에, 뺨에. 마치 큰 개가 달려들어 핥는 것처럼 정신이 없었다.

"칼렌, 잠깐만!"

"누님, 누님 맞지요? 아, 역시, 살아 있었어, 누님……."

"칼렌!"

정신없어! 다음 순간, 칼렌이 확 떨어져 나갔다.

"원치 않으십니다. 그만두십시오."

라파엘이 칼렌의 어깨를 잡고 끌어당긴 것이다. 그러자 칼렌의 얼굴이 귀신처럼 일그러졌다.

"역시 당신이 누님을 숨기고 있었군요. 대신전이 누님을……."

"칼렌, 그게 아니야."

미치겠네, 정말. 칸나는 지끈거리는 머리를 잡으며 한숨을 내쉬었다.

"진정하고 이리 와. 일단 이곳을 나가자. 그리고 라파엘……."

라파엘과 눈이 마주치자 칸나는 칼렌의 마음을 아주 조금 이해했다. 당장 달려가 그를 끌어안고 싶었다. 백골이 아닌 살아 숨 쉬는 라파엘을. 하지만 지금은 그 감정을 풀 때가 아니었다.

"라파엘, 고생 많았어."

라파엘은 그저 일상처럼 고개를 숙였다.

❧

그리고 세계수 뿌리 밖으로 나갔을 때, 칸나는 지옥을 보았다.

"이게 대체……."

시체가 가득했다.

대신전의 사제들과 집행관들이 시체가 되어 늘어져 있다. 정원에, 복도에. 사방이 온통 피범벅이었다.

"무슨 짓을 하신 겁니까?"

라파엘의 음성에는 처음 들어 보는 노기가 깃들어 있었다. 칼렌은 대답하지 않았다. 구태여 대답할 필요가 없는 참사였다.

칸나는 깨달았다. 아디스 가문이 대신전을 습격했다.

"3년입니다, 누님."

칼렌이 이를 드러내며 웃었다. 마지막으로 봤을 때와 너무나도 다른 얼굴이었다.

"대신전이 누님을 감금한 지 3년이 지났습니다. 진작 이랬어야 했는데."

"너……."

"감금이 아니라고요? 그래요, 감금 같지는 않군요. 하지만 부디 진실을 말하지 마십시오. 차라리 저를 속여 주세요. 속아 줄 테니까."

"아니, 감금이 아니야."

"아, 그래, 역시. 내 누님은 정말 환장하게도 말을 안 듣는다니까."

칼렌은 놀랍지도 않다는 듯 소리 내어 웃었다.

"일주일이면 온다고 약속했으면서, 3년을 숨어 지내고 말이지요. 하하, 저는 정말 누님이 죽은 줄 알았다니까요."

"칼렌."

"3년, 3년이에요. 누님, 당신의 생사조차 불확실했던 그 시간, 제 기분이 어땠을 것 같습니까?"

칼렌이 혈안이 되어 중얼거렸다.

"누님을 믿은 제가 바보였습니다. 당신을 믿은 내가 등신이었지. 당신의 개수작에 넘어가서는, 말도 안 되는 거짓말을 믿은 내가 잘못된 거였어."

칼렌인지, 아니면 렌인지. 구분할 수 없는 인격이 섞였다. 목덜미에 소름이 돋았다. 제정신이 아니다.

"넌 미쳤어."

그러자 칼렌의 눈에 불꽃이 튀었다. 그가 킥킥 웃었다.

"그래, 그러니까 사라질 생각 하지 마십시오. 당신이 죽더라도, 설령 지옥일지라도 끝까지 쫓아갈 테니까."

"어디까지 참아 줘야 합니까?"

칼렌이 광기 어린 말이 끝나는 즉시 라파엘이 물었다. 칸나는 그의 눈에서 소리 없이 요동치는 분노를 읽었다.

"당신의 형제인 것을 압니다만, 살려 두기 어렵겠습니다. 아디스는 도를 넘었습니다."

"라파엘."

"부디 허락해 주십시오."

이건 아니지. 이건…… 아니지.

온몸이 뻣뻣하게 굳었다. 충격에 혀끝까지 차갑게 얼어붙는 것 같았다.

'이거구나.'

하나가 되어도 모자랄 판에 서로가 적이 되어 싸웠으니.

그 틈을 타 신령은 아주 쉽게 제 계획을 이행했을 것이다. 아디스와 대신전이 전쟁을 벌이고, 그 싸움은 한쪽이 궤멸할 때까지 이어졌겠지.

여기서부터 멸망이 시작되었다.

칸나는 손가락을 질끈 깨물었다. 피를 내어 술법진을 그렸다.

"누님, 뭐 하시는 겁니까?"

칼렌이 허공에 맺히는 피에 놀라며 묻자, 칸나는 그저 한숨을 내쉬었다.

"넌 정말 무서운 애야, 칼렌."

술법진에서 빛이 터져 나왔다. 그렇게 몇 번이나, 몇 번이나 반복하다가……

칸나는 눈을 깜박였다.

'자, 이번엔 어디냐?'

이번에도 익숙한 장소였다. 세계수의 뿌리 안, 이제는 보기만 해도 끔찍한 분홍 꽃잎이 흩날리는 정원. 또 라파엘의 백골이 있는 곳으로……

가 아니다.

칸나의 얼굴이 굳었다.

"아……"

그곳에 사람이 있었다. 짙푸른 머리칼의 남자가.

'라파엘.'

그가 우뚝 서서 나무를 올려다보고 있었다. 고작 나무를. 복숭아 꽃이 흐드러진 나무 따위를.

칸나는 그 뒷모습을 멍하니 응시하며 깨달았다.

'저러고 있었구나.'

라파엘은 저렇게 평생을 기다린 거다. 불어오는 미풍을 맞으며, 흩날리는 꽃잎을 세면서, 그렇게. 머리가 다 세어 노인이 될 때까지. 백골이 되어 죽을 때까지.

"라……"

그러나 부를 필요가 없었다. 라파엘이 천천히 몸을 돌렸다. 그녀를 발견하고는 다가왔다. 느리게 걷는 듯했으나, 실상 그는 눈 몇 번 깜빡이는 사이 바로 앞까지 접근한 상태였다.

"돌아오셨습니까?"

그리고 돌에 남긴 유서 따위가 아닌, 그의 목소리로 말했다.

"얼마나 지났어?"

"3개월입니다."

칸나는 마침내 안도하여 무너질 뻔했다. 다행이다. 정말 다행이다.

칸나는 울컥 치민 감정을 억누르며 힘겹게 웃었다.

"돌아왔어, 라파엘."

chapter 23

처음 과거로 돌아간 날로부터 3개월이 흐른 후였다.

'운이 좋았어. 정말, 운이 좋은 거였어.'

다시는, 절대로 시간을 함부로 넘나들지 않을 것이다. 하마터면 평생 원래의 시간으로 못 돌아올 뻔했다!

라파엘과 함께 세계수의 뿌리에서 나온 후 칸나는 그간의 소식을 들었다. 첫 번째로, 칼렌이 찾아왔었다고 한다. 그녀가 나무뿌리에 들어간 지 한 달쯤 됐을 시기였다.

'일단은 내쫓았다고는 했지.'

칸나는 자신이 보았던 미래를 떠올렸다. 칸나의 실종 3년 후, 완전히 돌아 광인 그 자체였던 칼렌을.

하지만 얌전히 돌아갔다는 걸 보니 아직은 제정신인 듯했다.

아직은.

'칼렌 녀석, 상상 이상의 미친놈이었어.'

알고는 있었지만 이 정도였을 줄이야.

'하기야 첨탑에서 몸을 던진 녀석인데 뭘 못하겠어.'

앞으로는 그를 주의해서 대해야겠다고, 칸나는 그렇게 결심했다.

그리고 또 하나. 오르시니가 아디스의 가주가 되었다. 알렉산드로 아디스의 뒤를 이어 공작위를 계승한 것이다.

'그럼 알렉산드로는?'

어떻게 된 거지?

그날 밤, 목욕을 마친 칸나는 곧장 라파엘을 찾아갔다.

"라파엘, 들어가도 돼?"

"들어오십시오."

문을 열고 들어가자, 목욕 가운 차림의 라파엘이 보였다.

"아까 제대로 얘기를 못 나눈 것 같아서. 지금 대화 가능해?"

"물론입니다. 잠시 앉아서 기다려 주십시오. 옷을 갈아입고 오겠습니다."

그러나 칸나는 고개를 저었다.

"괜찮아."

"예?"

"갈아입지 않아도 돼. 이리 와서 내 옆에 앉아."

라파엘은 말없이 그녀를 바라보다가 고개를 끄덕였다.

"알겠습니다."

그가 소파 옆에 앉았다.

'이렇게 보니까 색다르네.'

사제복이 아닌 다른 것을 입은 모습은 처음이다. 심지어 목욕 가운
이라니. 사제복은 몸을 덮는 넉넉한 옷인지라 잘 몰랐는데 이렇게 보
니 그는 덩치가 정말 컸다. 어깨며 팔뚝이며 허벅지며, 뼈대가 굵직해

서 허리를 굽히고 공손하게 앉아 있음에도 불구하고 위압감이 느껴졌던 것이다. 그를 보고 있자니 자신은 정말 한 줌의 자그마한 덩어리처럼 느껴졌다.

"아까도 말했지만, 고생 많았어."

"아닙니다."

"아니야, 너 정말 고생 많이 했어."

칸나는 머뭇거리다가 털어놓았다. 그가 백골이 될 때까지 시간이 흘렀다는 이야기를. 그러나 라파엘은 눈 하나 깜빡하지 않았다. 심지어 놀란 것 같지도 않았다.

"……안 놀랐어? 너 백골이 되어 죽어 있었다니까."

"저는 당신이 왜 놀라셨는지 이해할 수 없습니다."

"뭐?"

"그것이야말로 가치 있는 죽음이지 않습니까? 제게는 영광입니다. 죽는 순간에도 당신에게 감사했을 겁니다."

그 말에 열일곱 소년 시절의 라파엘이 떠올랐다.

'같은 사람이란 말이지?'

도저히 믿기지 않아서 저절로 웃음이 나왔다. 그러나 그것은 진실로 일어난 일이었다. 그리고 이제는, 그 일에 책임을 져야 할 때였다.

"그리고 하나 더 말해 줄 것이 있어."

"말씀하십시오."

"백골이 된 너를 보고 시간을 되돌렸는데…… 아주 한참 전으로 가 버렸지 뭐야."

그 말에 라파엘은 대답하지 못했다. 그저 가만히 탁자 위의 와인 잔에 시선을 두었다.

"우유가 그렇게 맛있었어?"

라파엘이 눈을 감았다. 소리 없는 전율이 그의 전신에 흐르고 있었다. 그에게서 이토록 요란한 감정의 동요를 보는 것은 처음이었다.

잠시 후 라파엘은 눈을 떴다. 여전히 시선은 잔에 꽂혀 있었다.

"그때의 저는……."

그의 말끝이 흐려졌다. 칸나가 그의 얼굴에 손을 뻗은 것이다. 손끝으로 그의 젖은 머리칼 끝자락을 만졌다가 아래로 내려 반듯한 뺨을 쓸었다.

"라파엘."

"예."

"내가 열일곱 살짜리 소년의 말에 속아 주기엔 나이가 좀 있거든."

슬쩍 시선을 내리자 힘이 잔뜩 들어간 주먹이 보였다. 그러나 눈을 깜빡이는 순간, 주먹은 느슨하게 풀려 있었다. 다시금 여유로웠다.

"무슨 말씀을 하시는지 알겠습니다."

그가 차분하게 말했다. 따분할 정도로 담담한 어조였다.

"하지만 보상을 바라지 않는다는 말은 진심이었습니다."

"그래?"

"예. 그러니 오해하지 마십시오."

"그렇구나."

"저는 아무것도 바라지 않습니다."

라파엘은 나지막이 대답했다.

"아무것도."

진심이었다.

그는 칸나에게 아무것도 바라지 않았다. 그녀가 저를 버렸을 때도 조금도 서운하지 않았다. 아쉬움은 있었지만 그뿐이었다.

백골이 되어서까지 기다렸다 했나?

당연한 일이었다. 그것이 그가 바라던 일이 아니던가? 가치 있는 죽음. 본래 그가 맞이했어야 할 뒷골목의 쓰레기 같은 죽음보다는 더 나은 죽음. 그것이 그가 바라는 전부였다.

그것이, 전부.

"바라는 게 없어?"

"그렇습니다."

"음, 그렇다면 뭐······."

칸나는 심드렁하게 중얼거리다가 그의 얼굴에서 손을 뗐다.

"그럼 다시 가야겠네. 백골이 될 때까지 기다렸기에 특별히 보상을 해 주려고 했는데."

몸을 일으켰다. 뒤를 돌았다.

"라파엘, 그럼 좋은 밤······."

뚝, 말이 끊겼다.

"······."

칸나는 천천히 고개를 숙였다.

그의 손아귀가 그녀의 팔목을 잡고 있었다.

칸나의 시선이 그의 팔을 타고 올라가 마침내 얼굴을 확인했다. 라파엘은 여전히 와인 잔을 응시하고 있었다. 표정도 눈빛도 그대로였다. 바라는 것 하나 없노라고 선언했던 그 고결함 그대로였다.

그저 그의 손만이 달랐다. 그녀의 팔목을 쥐고, 잡아 세우고, 놓아주지 않았다.

그것은 충동이었다. 억누르지 못한 욕망이었으며 강렬한 후회였다.

그 손아귀에서 뼈저린 자책감이 밀려온다.

그러나 칸나는 웃지 않았다. 웃기에는 그가 너무나도 치열했으므로. 그저 기다려 주었다. 숨소리조차 죽이며, 그가 속내를 드러내기를.

그렇게 얼마나 흘렀을까? 죽음 같은 갈등 끝에 그의 입술이 조심스럽게 열렸다.

"제가……."

그러다가 다시 멈추었다. 끓어오르는 열기를 강제로 짓누르는 음성이었다.

"이로써 완벽한 종이 되었습니까?"

"응."

"확실합니까?"

"응."

"당신의 입으로 직접 말씀하십시오."

그가 엄격할 정도로 단호하게 말했다.

"제가 당신의 완벽한 종이라고. 말씀하십시오."

"라파엘."

"어서."

낮은 목소리에 불똥이 튀었다. 칸나는 순순히 그의 말에 따랐다.

"너는 나의 완벽한 종이야."

"……."

"그러니까 약속한 대로 보상할게. 라파엘, 오늘만큼은……."

잠시 말끝을 흐렸다.

"네가 원하는 대로 해도 좋아."

그 누구에게도 쉬이 해 본 적 없는 말이었다. 그러나 라파엘에게는 어떤 단어도 아깝지 않았다.

마침내 라파엘은 고개를 돌려 그녀를 응시했다. 언제나 잔잔한, 재미없을 정도로 담백한 눈이었는데…….

지금 이 순간, 그의 보라색 눈동자가 완전히 성질을 달리하고 있었다. 그것을 감추듯, 숨기듯, 라파엘이 고개를 푹 숙인다. 그러나 오래가지 않아 다시 천천히 들어 올린다.

칸나는 보았다. 어두운 구덩이 속에 몸을 숨겼던 짐승이 느릿느릿 제 모습을 드러내는 것을.

"원하는 대로?"

주문이 부서진다. 조각조각, 산산이. 그 자신조차 속였던 주문이 마침내 힘을 잃고 용암 같은 고양감이 끓어올랐다. 칸나는 미소를 지었다.

"응."

라파엘의 눈이 짙게 일렁였다. 어두워졌다. 아래로 내려간다. 한없이 음습한 지하의 공간, 그의 바닥 아래의 심연까지 내려갔다. 열어서는 안 될 상자를 묻어 둔 곳까지.

"그런 무서운 말씀 마십시오. 분명 후회하실 겁니다."

"후회 안 해. 아무것도."

"아니. 안 됩니다."

흥분을 견디지 못한 그의 입술이 바르르 떨렸다.

"제 원대로 굴도록 내버려 두시면 안 됩니다."

"아니, 그래도 돼."

칸나는 아이를 달래듯 부드럽게 말했다.

"어차피 넌 내가 원하지 않는 일은 안 할 거잖아."

라파엘은 고개를 끄덕였다. 당연히 그녀가 원하지 않는 일을 할 리가 없다. 왜냐하면 자신은 그녀를…….

사랑하는가?

라파엘은 문득 궁금해졌다. 나는 이 여자를 사랑하는가?

그는 이 갈증이 무엇인지 몰랐다. 그런 애틋함을 논하기에는 세계수 뿌리에서 살아온 17년의 세월이 너무 많은 것을 망쳤다. 그의 마음은 닳고 닳은 칼날처럼 무뎌져 그 기능을 상실했다. 남은 감정의 재료가 너무나도 적어 가끔은 아무것도 못 느끼는 날도 있었다. 사실 그런 날이 대부분이었다.

그러나 열일곱의 그 순간 천지가 개벽하는 듯한 충격을 기억한다. 몸을 쪼갰던 섬광도, 울렁거림도.

라파엘은 인정했다. 그 열기를, 건조하기 짝이 없는 인생에 내리친 단 한 번의 천둥 번개를 잊지 못해서 이곳까지 왔다는 것을.

벼락같은 첫 키스가 삶의 궤도를 통째로 바꾸었다.

이후 그의 삶은 오로지 그녀였다. 그녀만을 향하도록, 그녀에게 닿도록 온 힘을 다해 발버둥 치는 생이었다.

일어나지 않은 미래에 백골이 되었다고? 그는 그 순간의 자신을 짐작할 수 있었다. 그것은 황홀한 기다림이었을 것이다. 살이 썩어 문드러지는 최후의 최후까지도 당신만을 생각했겠지. 햇살 같은 미소를. 부드러운 살결을. 가느다란 허리를. 달콤한 향기를. 그래, 지금처럼. 떠올리니 열이 훅 끓어오른다, 정말이지…….

그가 침을 꿀꺽 삼켰다. 입안이 아플 정도로 말라 버렸다. 보라색 눈동자가 뼈만 남도록 굶은 짐승처럼 번들거렸다. 허기진 습격 같은 진심을 토해 냈다.

"당신에게 닿고 싶습니다."

그럴 수만 있다면 온몸이 썩어 문드러져도 좋아. 백골이 되어 죽어도 좋아. 이게 사랑이라면 사랑이겠지. 이게 사랑이 아니라면 무엇이 사랑이겠어.

"대답, 하십시오. 만져도 됩니까?"

어찌나 달아올랐는지, 목소리가 갈라지고 문장이 뚝뚝 끊겼다. 칸나는 고개를 끄덕였다. 기다렸다는 듯 라파엘이 그녀의 손을 들어 올렸다. 손등에 입술을 눌렀다. 그녀의 보드라운 피부와 닿는 순간, 머리가 아찔해졌다. 잘근잘근 이로 짓이기고 싶은 것을 인내했다. 그 열망은 고스란히 입술로 쏠려 인두처럼 그녀를 지졌다.

"당신은."

그는 힘겹게 문장을 끄집어냈다. 잠시 삐끗하는 순간 정말 인간이 아닌 다른 무엇이 될 것 같아서, 그는 있는 힘을 다해야 했다.

"당신은 나의 주인입니다."

"응."

"그리고 저는 당신의 종입니다."

"응."

"제가 그걸 잊도록 내버려 두지 마십시오."

충고인지 경고인지 모를 말을 남기며 손을 뻗었다. 그녀의 뺨을 감싸는 순간, 라파엘은 입안을 깨물었다. 그 감각이 너무나도 황홀하여 신음이 나올 것 같았던 것이다.

칸나의 얼굴을 위로 들어 올렸다. 순순히 올라오는 고개가, 스르륵 감기는 눈꺼풀이, 풍성하게 늘어진 속눈썹이, 그 허락이, 어찌나 큰 자극이던지. 코끝이 찡하고 머리가 핑 돌 정도였다.

뜨겁다. 심장이 뻐근하다. 모든 것이 크게 팽창해서 터질 것 같았다.

"부디 저를, 통제해 주십시오."

마지막 목소리는 그녀의 입안에서 흩어졌다. 델 만큼 뜨거운 숨결이 미끄덩한 것과 함께 밀려들어 갔다.

아…… 그의 입에서 탄식이 흘렀다.

그렇지. 이거지.

심해 속에 숨어 아무도 모르게 은밀히 갈망해 온 자극, 감각, 죽은 이마저 되살릴 듯한 전류가 번쩍였다. 충격이 머리부터 발끝까지 가르고 지나갔다.

그 순간 머릿속이 뚝 끊겼다. 모든 것이, 완벽하게.

"죄송합니다."

라파엘은 여러 번 사과했다.

"죄송합니다. 저는 도저히……."

"……."

"……멈출 수가."

"……."

"죄송합니다."

마음에도 없는 사죄가, 도저히 저를 어쩌지 못하는 자책감이, 그럼에도 불구하고 멈출 생각이라고는 조금도 없는 욕심이 사과의 탈을 쓰고 쉴 새 없이 귓가에 쏟아졌다.

온통 뜨거웠다. 묵직했다. 축축하고 미끄러웠다. 머리부터 발끝까지 짓눌렸다. 부드러운 압박감이 누르고 또 눌러 왔다. 연신 귓가를 두드리는 거친 호흡. 그의 손길이, 그의 허리가, 그의 입술이. 그녀는 따라갈 수 없었다. 정신을 차릴 수도 없었다.

죄송합니다.

죄송합니다.

죄송합니다.

당신이 너무 좋아서.

너무 좋아서…….

그런 밤이었다. 길고 긴 밤이었다.

눈을 떴을 때도 밤이었다.

'얼마나 지난 거지……?'

칸나는 눈을 껌뻑이다가 몸을 일으켰다. 그러다가 다시 풀썩 누웠다.

'졸려.'

등 뒤에서 팔이 그녀를 끌어당겼다. 순순히 끌려가며, 눈을 감았다.

"주무십니까?"

"응……."

"계속 주무십시오."

"……."

칸나는 기가 막혔다. 자라며? 자라며? 어김없이 뒤에서 꿈틀거리는 움직임에 칸나는 그의 손등을 찰싹 때렸다.

"너도 자."

"잠이 안 옵니다."

"그래도 자. 정말이지……."

"죄송합니다."

"마음에도 없는 사과하지 말고."

칸나는 그의 손등을 다시 한번 때렸다.

"계속 깨어 있었잖아. 좀 자. 피곤해."

칸나가 하품했다. 그러고는 몸을 빙글 돌려, 그의 가슴팍에 얼굴을 묻었다.

'졸려.'

눈을 감고 있는 와중에도 느껴졌다. 어둠 속에서 자신을 응시하는 뜨거운 시선을. 경탄의 눈빛을, 타들어 가는 애심을.

라파엘이 미세하게 떨리는 목소리로 속삭였다.

"칸나."

"응?"

"당신은 아름답습니다."

너도 아름다워. 그렇게 말해 주고 싶었지만 너무 졸렸다.

오전이 돼서야 겨우 정신을 차렸다.

"차를 드십시오."

부스스한 얼굴로 소파에 앉아 있던 그녀에게 라파엘이 차를 내왔다. 칸나는 멍하니 그를 올려다보았다.

"……."

라파엘은 멀쩡했다. 담백한 얼굴도, 단정한 머리칼도, 순백색 성복도 언제나처럼 정갈했다. 녹초가 된 그녀와는 다르게.

"너 나랑 있던 남자 맞니?"

"예. 제가 맞습니다."

"……."

비꼰 건데 얼굴 하나 안 변하고 인정하기는……. 칸나는 혀를 차며 찻잔을 받았다.

"그래서, 어땠어?"

"무엇을 말입니까?"

"내 보상 말이야. 그동안 완벽한 종으로 살아온 보람이 있었어?"

일부러 심술 맞게 웃으며 물었지만, 그는 정직하게 대답했다.

"천국 같았습니다."

"……그래?"

"죽어도 좋았습니다."

아니, 뭐, 그 정도까지는…….

먼저 짓궂게 물어 놓고는, 칸나는 조금 당황했다.

'두 얼굴도 아니고, 대체 뭐야?'

낮과 밤의 극렬한 온도 차이가 믿기지 않을 정도였다. 저런 청아한 얼굴로 그랬단 말이지. 칸나는 다른 사람 같은 그 태도가 웃겨서 실소를 흘렸다.

"그런데 너 정말 처음 맞아?"

"예."

"아, 그래? 솔직히 안 믿기는데."

"어째서입니까?"

"그냥 여러모로."

"당신께 거짓을 말할 이유가 없습니다. 저는 당신 외의 여성과는 닿아 본 적도, 닿고 싶다고 생각해 본 적도 없습니다."

신 앞에서 하는 엄숙한 선언 같은지라 칸나는 더는 장난을 칠 수 없었다. 그래서 바로 본론으로 들어갔다.

"나는 아니야."

"……."

라파엘은 잠시 침묵했다. 그러다 곧 대답했다.

"알고 있습니다."

당연히 알고 있겠지. 겉으로 보았을 때, 칸나의 남성 편력은 꽤나 화려했다. 발렌티노 공작과의 결혼, 이혼, 직후 아르곤 황자와의 스캔들, 그리고 지금은 얄덴 국왕이 된 알렉세이의 정부였으며, 그의 동생 로렌초 왕자와도 염문설을 뿌렸다.

'와, 대단하다.'

여기에 대신전의 신령과의 관계까지 추가됐으니. 게다가 남들에게는 드러나지 않은, 아디스 형제와의 은밀한 애정사까지 밝혀진다면…….

'역사서에 희대의 탕녀로 기록되겠군.'

오로지 한 남성만을 바라보는 지고지순한 여성을 모범으로 삼는 사회에서 칸나는 사회악이나 마찬가지였다. 많은 여성을 거느리는 남자는 능력 좋은 포식자로 대우받지만, 여자의 경우는 문란한 창녀로 찍혀 매장당하기 일쑤였으니.

'아, 몰라 몰라.'

그러나 신경 쓰지 않기로 했다. 팔자가 이런 걸 어떡하라고? 타의 모범이 되는 조신한 규수들은 지천에 널렸으니, 자신처럼 제멋대로 구는 여자가 한 명쯤은 있을 수도 있지.

"혹시 나를 독점하고 싶어?"

칸나의 물음에 라파엘은 시선을 내리깔았다.

"물론입니다."

"라파엘, 나는……."

"불가능하다는 것을 압니다."

라파엘은 칸나의 말을 부드럽게 끊으며, 덧붙였다.

"제가 바라는 것은 당신입니다."

"……."

"당신이 제 친우의 아내였을 때도 그러했습니다."

라파엘은 눈을 들어 올려 칸나의 얼굴을 보았다.

"친우를 배신해서라도 부정한 관계를 맺길 소망했습니다. 성혼의 맹약을 파괴하는 일임에도, 당신께 닿기를 바랐습니다."

칸나는 저도 모르게 주먹을 움켜쥐었다. 얼굴이 달아오르는 기분이었다. 배덕한 말을 하는 그의 얼굴이 너무나도 고고했던 것이다.

그는 성직자였다. 신령인 지금 그 누구보다 신에 가까운 자였다. 그가 신에게 한 맹세를 깨고, 언제든 금단의 과실을 취하고 싶었노라 고해하고 있었다.

"그리고 마침내 원을 이루었습니다."

라파엘은 그런 자신이 부끄럽지도 않은 듯했다. 그는 천벌조차 두려워하지 않았다.

"당신을 독점할 수 있을 거라 기대치 않습니다. 저는 당신의 손길만으로도 황홀하여……."

어째서인지, 한마디 한마디 이어 갈수록 그의 눈에 열기가 올라왔다.

며칠 내내 보았던 그 날것의 얼굴이 조금씩 드러났다.

"그것만으로 살아갈 수 있습니다."

"……"

"만일 이런 저를 기껍게 여기신다면, 혹은 가엽게 여기신다면 부디."

그가 칸나에게 다가와 앞에 무릎을 꿇었다. 반듯한 얼굴과는 달리, 욕망으로 바짝 타들어 가는 눈으로 그녀를 올려다보았다.

"저를 계속 안아 주십시오."

"……"

"그것이 저만이 누릴 수 있는 영광이 아니어도 좋습니다."

칸나는 입술을 깨물었다. 할 말이 없었다. 수많은 말을 준비했는데도.

내 목숨과 몸과 마음은 나 혼자만의 것이 아니다. 너에게만큼이나 큰 빚을 진 사람이 또 한 명 더 있다. 그 사람이 바라는 방식대로, 나는 빚을 갚을 것이다. 그것이 무엇이든.

그리고 앞으로 내가 해야 할 일이 중하다. 애정이나 도덕에 얽매일 수 없는 너무나 중한 일이다. 나는 언제나 모든 것을 무기로 활용해 왔다. 심지어 목숨까지도, 아끼지 않고 도구처럼 썼다.

그렇기에 나는 너만의 것이 될 수 없다. 그러니까…… 그런 말들을 준비했다. 설득을 위하여, 양해를 위하여. 그러나 애초부터 필요 없었다. 그는 기대했던 것 이상으로 그녀를 잘 알았고, 그녀를 원했다.

칸나는 라파엘의 팔을 잡고 끌어 올렸다. 소파 위에 앉힌 후, 이미 딱딱하게 굳은 지 오래인 그의 허벅지에 앉았다. 기다렸다는 듯 그가 그녀의 허리를 두 손으로 감싸 왔다.

"라파엘."

"예."

그의 이마에 입을 맞추자, 그의 숨결이 파르르 떨렸다. 속눈썹도, 입술도. 칸나는 황홀 극치에 휩싸인 남자의 얼굴을 정면에서 목격했다.

"그거 알아?"

"무엇을……."

"넌 정말 사랑스러워."

그리고 천천히 입술을 내렸다. 눈꺼풀로, 뺨으로……. 가까워질수록 허리를 감싼 그의 손끝이 바들바들 떨려 왔다. 마침내 윗입술 위로 살포시 올라오는 순간, 그의 손아귀에 불끈 힘이 들어갔다. 앓는 듯한 신음이 그의 목에서 끓었다. 거칠어진 호흡이 금방이라도 터질 것 같았다.

"라파엘."

"부디, 제발, 칸나……."

그러나 기다리지 못했다. 그가 허겁지겁 고개를 들어 올렸다. 그토록 애태운 입술을 덮치듯이 겹쳐 왔다. 칸나는 그 숨결도, 신음도, 뜨거운 살결도, 모두 다 집어삼켰다. 짓눌린 몸이 불타는 것처럼 뜨거워졌다.

라파엘은 정말 사랑스러웠다.

하지만 사랑한다는 말은 할 수 없을 것이다. 누구에게도.

"못난이?"

검은 머리 소녀가 말했다.

"너, 나 그렇게 불렀다가는 나중에 후회한다?"

그렇게 말하고는, 그를 밀치며 뛰어간다.

그리고 장소가 바뀌었다.

비가 내린다. 폭우가 쏟아지는 숲 안, 그는 무릎을 꿇고 여자를 올려다보았다. 그녀의 날카로운 구두굽이 그의 허벅지를 짓누르고 있었다.

그 순간에 말하려 했다. 여자가 소녀일 적에 예고했던 일을. 줄곧 입안에 머물렀던 그 말을.

"그때는, 내가……."

"닥쳐."

그녀가 그의 말을 잘랐다.

"아무것도 듣고 싶지 않아. 그게 무엇이든, 아무것도."

쏴아아, 쏟아지는 비가 폭력 같다.

"넌 영원히 쓰레기로 남아 있어야 해. 이제 와서 감히 다른 것이 되려고 하지 마."

그러다가 갑자기 돌연 웃었다.

"하지만 글쎄, 혹시 알아?"

미소 짓는 붉은 입술이 어찌나 아름답고…… 잔혹하던지.

"날 위해 죽으면 용서해 줄 수도 있어."

그는 눈을 감았다. 다시 떴다.

"눈 감아."

그녀에게 말했다.

"보지 마."

그 순간, 검은 힘이 배를 푹 찔렀다. 그대로 살갗을 찌르고, 뼈를 뚜둑 분지르고, 등을 뚫고 빠져나왔다. 산 채로 배가 꿰뚫렸다. 그야말로 굉장한 통증이었다.

그러나 그는 피하지 않았다. 연달아 몸을 꿰뚫는 힘을 그는 그저 버텨 냈다. 허벅지가, 종아리가, 배가, 가슴이, 어깨가, 그리고 종래에는 목까지. 온통 찔리고 찔려 온몸이 너덜너덜해지는 것이 느껴졌다. 버러지처럼 쓰러졌다.

그런 그를, 무감하고 무정한 눈으로 그녀가 내려다본다. 그 찰나에 그가 느낀 것은 깊은 안도감이었다.

됐다. 이것으로 됐다.

"어서!"

의원들이 달려갔다.

"어서 가주님의 침실로!"

아디스 공작의 방. 그 침대 위, 붉은 머리칼의 남자가 발작하고 있었다.

"허억, 허억, 허억."

터질 듯한 숨을 몰아쉬었다. 온 근육이 빳빳하게 굳고 팔다리가 기이한 각도로 뒤틀렸다.

"어서 약을!"

의원들은 그의 몸을 짓누르며 서둘러 진정제를 입에 흘려보냈다. 그렇게 얼마나 지났을까? 남자의 몸이 마침내 가라앉는다. 격랑을 만난 바다가 잔잔해지듯 천천히. 그렇게 얌전해졌다.

의원들이 마침내 안도하며 몸을 일으켰다.

"다들 괜찮은가?"

"다친 의원은 없나?"

이 정도로 끝난 것이 다행이었다. 이 일에 익숙해지기 전까지는 몇 명의 뼈가 부러져 나갔으니. 이제는 여러 번 겪은 일인지라 모두가 어떻게 해야 효과적으로 약을 빨리 투여할 수 있는지 습득한 것이다.

오르시니 아디스. 새 아디스 공작의 발작을.

⚜

발작의 시작은 얄덴 왕국에서였다. 그녀가 결혼하기 바로 전날. 그는 침대에 누워 내일 오전 찾아올 성혼 의식을 떠올렸다. 애송이 왕자의 아내가 될 그녀를.

시커먼 물에 서서히 잠기는 기분이었다.

그러나 그것은 단순한 기분에서 그치지 않았다.

"허억."

누군가 조르는 것처럼 목이 콱 막혀 왔다. 근육이 경련했다. 심장이 터질 것처럼 뛰었다. 그는 몸을 비틀며 몸부림쳤다. 그 끔찍한 경련은 한동안 계속되다가, 온몸이 탈진할 정도가 되어서야 사라졌다.

그는 덜덜 떨리는 손으로 얼굴을 짚었다. 아니야. 그럴 리 없다. 고작 그까짓 것 때문에.

그 여자가 결혼한다는, 그런 것 때문에 이럴 리가 없다.

그러나 그날 이후— 정확히 말하자면 그녀에게 거절당한 이후로 발작은 더욱 심해졌다. 잠을 잘 수가 없다. 도저히, 잠을 잘 수가 없다.

결국 그는 의원을 불러 증상을 토로했다. 상대가 아디스의 장녀인 것은 말하지 않았다. 그저 한 여자의 결혼식 전날부터 발작이 시작되었다 말했다.

"심열로 인한 증상일 가능성이 큽니다."

"심열?"

"예. 심장에 화기가 몰려 생기는 병으로, 그러니까 소공작님의 경우에는 원인이, 외람되오나……."

의원은 겁먹은 듯 머뭇거렸다.

"상사병에 가까운 듯한데……."

상사병? 내가 그 여자 때문에, 상사병을 앓고 있다고?

오르시니는 의원의 멱살을 잡아채어 내팽개치고 싶었다. 그러나 그것은 자신의 습관 같은 태도일 뿐이었다. 실제로는 이상하게도 분노가 일지 않았다.

"나가."

홀로 남자 오르시니는 한동안 생각에 잠겼다. 한참의 고민 끝에 서랍을 열었다. 그 안에 놓인 자그마한 약병을 집어 올렸다. 그는 약병을 쏘아보다가 마개를 열어 한 번에 들이마셨다. 그러고는 두 손에 얼굴을 묻었다.

얼마나 지났을까? 다시 눈을 뜨고 고개를 올렸다.

"……."

그녀가 문에 기대어 서 있었다.

꼴좋다는 듯, 빈정거리는 미소를 짓고 있다. 오르시니는 그녀를 가만히 노려보았다. 두 손을 깍지 껴 겹치고는 책상 위에 올려놓았다. 그러고는 움직이지 않았다. 그 순간에 멈추었다.

문득 차라리 잘된 걸지도 모른다는 생각이 들었다. 저 여자는 이 촌극을 아주 좋아할 테니까. 오르시니 아디스가, 고작 여자 하나 못

잊어 환각제에 의존하는 천하의 머저리로 전락한 이런 결말을 아주 좋아하겠지.

그녀는 용서를 모르는 여자였다. 감히 용서를 구하는 것조차 용납하지 않았다. 그녀가 그에게 원하는 것은 속죄나 반성 따위가 아니었다.

그저 고통이었다. 선연한 고통, 일분일초 살갗이 베여 나가는 듯한 그런 고통. 그것만이 그녀가 바라는 유일한 것이었으니…… 내줄 수밖에. 그가 줄 수 있는 것은 그것뿐이니.

오르시니는 입술을 비틀어 웃었다.

"마음껏 비웃어라. 네 뜻대로 됐다."

그녀가 비웃었다. 그것이 보기 좋았다. 보기가 좋아, 시선을 뗄 수가 없었다.

아주 오랫동안.

알렉산드로 아디스의 부재가 이어졌다. 그러던 어느 날, 알렉산드로의 필체로 편지가 날아왔다.

<작위를 계승해라.>

칼렌에게 넌지시 제안했으나 칼렌은 거부했다.

"지금 기주 데리는 형님이지 않습니까? 저에게 의무를 떠넘기지 마십시오."

칼렌의 멱살을 잡아 이건 원래 네가 해야 할 일이었다고 소리치고 싶었다. 그러나 그것 역시 머릿속에 남은 '자신'의 반응이었다. 실제로는 아무 동요도 없었다. 아무렇지도 않았다.

그는 그렇게 공작위를 계승했다.

"공작 각하, 혼담이 들어왔습니다. 혼처는……."

"좋다."

집사가 놀란 듯 고개를 들어 올렸다. 오르시니는 대답했다.

"받아들여."

어느 순간부터 그의 세상은 두 갈래로 나뉘었다. 그 여자, 그 여자가 아닌 것들. 그렇기에 상대가 누구든 개의치 않았다.

길거리의 거지든 황궁의 황녀든, 그에게는 똑같았다.

"저는 전하에게 공작 부인이란 지위 외에는 아무것도 줄 수 없습니다."

"그렇다면 왜 이 혼담을 받아들였죠? 가주의 의무니까?"

오르시니가 고개를 끄덕였다. 상대의 무례함에 릴리엔느는 실소했다. 그러나 불쾌하지는 않았다. 도리어 눈을 빛냈다.

"좋아요. 저 또한 솔직해지겠어요. 제가 당신을 택한 이유는 간단해요. 당신이 아디스의 공작이니까."

릴리엔느가 그를 가리켰다.

"외모도 근사하니 어딜 가도 나를 돋보이게 해 줄 테고, 성기사의 후손이라는 혈통을 가지고 있으니 그 권력도 영원하겠죠."

마치 최상급의 액세서리를 보는 눈으로 릴리엔느는 웃었다.

"저는 사랑 놀이보다 권력 놀이가 더 흥미롭더라고요."

눈앞의 상대는 그것을 줄 수 있었다.

"다행히 서로 원하는 것이 일치하네요. 어때요? 우리, 잘 지낼 수 있을 것 같지 않아요?"

◦❦❧❀❦◦

오르시니 아디스는 결혼했다.

그러나 첫날밤, 그는 그녀의 손끝 하나 건드리지 않았다. 그러고 싶지 않았다.

"난 이제 당신의 아내야. 그런데 초야의 의무를 피하겠다는 거야?"

"어."

릴리엔느는 자존심이 상한 듯했으나 순순히 물러났다.

"좋아, 당분간 기다려 줄게. 하지만 잊지 마. 당신은 후계자를 만들어야 해. 그것이 나와 결혼한 이유잖아?"

"알아."

"하지만 이건 분명히 하지. 설마 내가 당신이 돌아봐 줄 때까지 기다리며 수절하길 기대하는 건 아니겠지?"

"전혀."

"정부를 둘 거야. 당신보다 어리고 아름다운 청년들로."

"뜻대로 해라."

릴리엔느가 입꼬리를 올려 웃었다.

"이제야 알겠네. 당신, 사랑하는 여자 있구나? 심지어 그 여자는 당신을 거들떠보지도 않나 봐?"

깔깔깔. 릴리엔느가 그의 면전에 대고 비웃었다.

"가여워라. 천하의 오르시니가 짝사랑이라니, 대체 상대가 누굴까?"

오르시니는 대답하지 않았다.

그렇게 공작 부부는 첫날밤부터 각방 생활을 했다. 제 방으로 돌아간 오르시니는 침대 위에 홀로 벌러덩 누웠다. 천장을 올려다보며 생각했다.

이것은 꿈인가. 아니면 현실인가.

어쩌면 자신은 그때 죽은 걸지도 모른다. 검은 사도에게 속아서, 칸나가 아닌 것을 지키기 위해 목숨을 버렸던 때. 진짜 그는 그때 이미죽고 사라져, 이것은 삶이 남긴 잔상일지도 모른다.

그것이 아니라면, 대체 왜 이렇게, 가짜 같은지.

삶이 삶 같지가 않았다. 위에서 지켜보는 엉터리 연극 같았다. 진짜였던 시절의 모든 것은 그 여자가 모조리 가지고 떠난 것만 같았다.

아니, 아니지. 단 하나 남겨 준 게 있지.

오르시니는 자신의 오른팔을 응시했다. 그녀가 주는 독을 순순히먹었을 때 잃어버렸던 팔. 기적적으로 다시 돌아왔지만, 후유증일까. 그는 가끔 팔이 잘려 나가는 듯한 격통에 시달렸다. 바로 지금 이 순간처럼.

그러나 아무에게도 말하지 않았다. 애초부터 치료할 생각 따위는 없었으니까. 진통제를 찾는 대신 오르시니는 손을 뻗어 협탁 위의 환각제를 쥐었다. 능숙하게 마개를 열어 입안으로 흘려보냈다.

눈을 감았다가 떴다. 그 여자가 침대 맡에 걸터앉아 그를 내려다보고 있었다. 오르시니는 누운 채 그녀를 올려다보았다. 팔이 잘리는 듯한 고통에 식은땀이 맺혔으나 신음 한 번 내뱉지 않았다.

도리어 그 팔을 입술 위로 가져왔다. 그녀를 꿰뚫듯 바라보며, 그녀가 망가뜨린 팔에 키스했다.

그는 이 고통을 사랑했다.

꽃무늬 장식

그녀의 환각을 만들어 낸 이후 발작이 줄어들었다. 하지만 완전히
사라진 것은 아니었다. 그러나 불완전한 것은 어둠이 숨겨 주었다.

대낮의 오르시니 아디스는 완벽했다. 어디서 보아도 흠을 찾아낼
수 없었다. 한때는 불량배 같더니 드디어 철이 들었다고, 완벽한 공작
이라는 평가가 들려오기 시작했다.

그는 자신이 잘 죽어 가고 있음을 알았다. 앞으로도 그렇게 죽어
갈 생각이었다. 겉으로는 멀쩡한 공작이지만 실상은 병신 같은 약쟁
이가 되어서, 불멸의 고통에 몸부림치면서. 그녀가 바라는 대로, 그렇
게 평생 괴로워하며 죽어 가려 했건만…….

"저, 공작 각하, 그분이 찾아오셨습니다."

"누구?"

"그, 칸나 아디스 공작 영애께서……."

서명을 휘갈기던 만년필이 멈추었다. 적막 속에서 오르시니는 서류
를 물끄러미 내려다보았다.

"다시는 널 찾지 않을 거다."

"그러니 너도 다시는 내 앞에 나타나지 마. 그때는 널……."

잠시였을 뿐이다. 오르시니는 서류에 서명하며 조용히 대답했다.

"들여보내."

팔락, 서류를 넘겼다. 지난 기억이 또다시 겹쳐진다. 차마 끝까지 내뱉지 못한 진심까지도.

"그때는 널, 놓지 않을 거다."

오지 말았어야지.

칸나.

고민 끝에 칸나는 결정했다.

"라파엘, 나는 아디스로 돌아가야 해."

제1황자 아르곤은 검은 사도다. 그 진상을 목격한 사람은 칸나와 알렉산드로뿐이었다.

그런데 알렉스는 왜……?

'왜 아르곤이 검은 사도라는 것을 안 밝힌 거지?'

당연히 그가 이 사실을 밝히며 처단할 줄 알았는데. 그러나 알렉산드로는 아무것도 하지 않았다. 아니, 오히려.

'오르시니에게 작위를 물려줬어.'

작위의 계승은 곧 권력의 이동이었다. 일선에서 물러나겠다고 선언한 거나 마찬가지였다.

'무슨 일이 생긴 게 분명해.'

그렇지 않고서야 아르곤을 내버려 둔 채 물러날 리 없으니까.

'게다가 오르시니는 릴리엔느 황녀랑 결혼했고.'

지금으로부터 한 달 전. 새 아디스 공작은 황제의 딸을 아내로 맞이했다. 즉, 황실과 연을 맺게 된 것이다. 그뿐만이 아니었다. 실비엔 역시 주화와 약혼 이야기가 오가고 있었다.

'주화가 아이를 가지게 내버려 둬서는 안 돼.'

칸나는 아르제니안의 꿍꿍이를 파악했다.

과거 아르제니안은 선희에게 강제로 굴었다가 일을 망쳤다. 그래서 이번에는 아주 신중히 공을 들이는 것이다. 선희 때처럼 돌발 상황이 생기지 않도록. 이번에는 주화가 스스로 선택하게끔 하고, 그녀에게 조력하는 척하고 있겠지.

'이런 상황에서 오르시니가 아르곤의 사돈이 되었으니까.'

심지어 지금 황가의 권위는 역사상 최고점에 다다랐다. 듣자 하니 몇 년 전, 황제가 수많은 귀족의 투자를 받아 벌인 국책 사업이 대성공했다고 들었다. 그 덕에 투자한 귀족들의 재산은 몇 배로 불어났고 황가를 향한 지지가 몹시 굳건해졌다고 한다. 황제 부부가 마약에 의존하고 있다는 소문이 퍼졌음에도 황실이 가져다주는 막대한 황금이 모든 것을 묻은 것이다.

이런 상황에서 칸나가 나타나 '사실은 아르곤이 검은 사도다!'라고 말해 봤자 역으로 매도당할 가능성이 아주 컸다. 어쨌든 증거도 뭣도 없었으니까. 물론 새 신령인 라파엘은 그녀를 믿었지만 그 믿음의 근간은 칸나의 증언이었다.

'그리고 지금의 나는 제국에서 사기꾼 이미지겠지. 죽은 척하고 알렉세이의 정부로 산 사기꾼.'

그렇기에 칸나의 증언에는 힘이 없었다. 오히려 그녀가 검은 사도거나, 혹은 새 신령을 유혹하고 타락시켜 제국을 삼키려는 불순분자로 몰릴 가능성이 컸다.

그렇기에 또 다른 목격자인 알렉산드로 아디스가 나서야 했다. 알렉산드로도 그걸 잘 알 텐데 왜 가만히 있는 걸까?

'만나러 가야겠어.'

"라파엘, 부탁이 있어."

"무엇이든 명령하십시오."

"세계수를 없앨 수 있겠어?"

칸나는 선희의 지식을 떠올렸다. 어둠처럼 새까만 나무, 표면에는 검은 마석이 오돌토돌 박혀있는 끔찍한 나무는…… 이 세계의 것이 아니다.

검은 안개에 뒤덮여 멸망한 남대륙, 그 시기부터 존재했던 세계수는 아마도 세계의 벽을 뚫고 침입한 최초의 이물질일 것이다.

'어쩐지, 나무에서 마석이 자라나는 것부터 이상했어.'

버섯도 아니고, 나무에서 마석이 피어나다니. 이계의 힘을 이곳으로 끌어다 주는 통로나 마찬가지였다.

즉 세계수는 그 자체로 세계의 벽을 부수는 식물이었다.

'아르제니안의 미친 계획에도 이 세계수가 필요하지.'

그렇기에 반드시 사라져야 할 흉물이었다.

"세계수를 없애는 건 저도 일전에 시도해 본 일입니다."

"일전에? 언제?"

"이곳에 다시 돌아왔을 때."

대신전을 점령했을 때를 얘기하고 있었다. 라파엘은 조용히 말했다.

"그때는 실패했습니다만, 다시 시도해 보겠습니다."

"고마워."

칸나는 고마움의 뜻을 담아 웃었다.

"당분간 만나지 못하겠군요."

"응. 하지만 당분간이야. 조만간 또 볼 거니까 서운해하지 마."

그러자 라파엘이 초연하게 답했다.

"걱정하지 마십시오. 저는 당신과 함께한 며칠 밤의 기억만으로 평생을 살아갈 수 있습니다."

그러고는 손을 뻗어 칸나의 검은 머리칼 끝자락을 잡아 올렸다. 그 손끝의 온도가 느껴지는 듯했다. 아주 뜨거웠다. 그의 말대로, 며칠간 함께했던 밤처럼.

칸나는 그의 손가락에 휘감긴 머리칼을 응시하다가, 고개를 올렸다. 라파엘의 시선은 칸나에게 꽂혀 있었다.

칸나는 눈을 감았다.

허락이 떨어지자, 그가 곧장 허리를 숙였다.

아디스에 도착하자 칼렌이 기다렸다는 듯 뛰쳐나왔다.

'온다.'

칸나는 내심 긴장했다. 미래에서 본 미치광이 칼렌이 너무나도 강렬했으니까.

"오셨습니까, 누님."

그러나 다행히 3개월 정도는 양호한 듯했다. 지금 칼렌은 귀족 신사였다. 그녀가 요구하는 '칼렌 아디스'다운 모습이었다.

'다행이다. 아직 안 미쳤어.'

칼렌이 허리를 숙이며 그녀의 손등에 입술을 맞추었다.

"늦었지?"

"예, 아주 늦었지요."

칼렌이 입꼬리를 올리며 책망했다.

"저는 누님이 절 버린 줄 알았습니다."

"그럴 리가 있겠니."

그를 따라 저택 안으로 들어가자, 고용인들이 술렁였다.

'그래도 이 정도면 양호하네.'

죽은 줄 알았던 사람이 돌아온 것치고는 무난한 반응이었다.

'하기야, 이미 소문이 퍼질 대로 퍼져 있었겠지.'

얄덴에서 그녀를 본 사람이 한둘이 아니었으니.

"알렉…… 선대 공작님은?"

"모릅니다."

"응?"

"이건 기밀입니다만, 아버지께서는 자취를 감추신 지 꽤 됐습니다."

칸나의 발이 멈춰 섰다.

"공작위를 계승하라는 편지를 보내고 사라지셨습니다."

칼렌은 그녀의 얼굴을 보고는 웃음을 흘렸다.

"설마 그분을 걱정하십니까? 걱정할 사람을 하십시오. 다른 사람도
아니고……."

"오르시니를."

칸나는 그의 말을 끊었다.

"오르시니를 만나야겠어."

그의 집무실에 들어간 순간, 칸나는 흠칫 놀라 멈춰 섰다.

'오르시니?'

크라바트를 맨 오르시니였다. 말끔하게 빗어 넘긴 머리칼, 손목의 커프스까지 완벽하게 채운 모습을 보자 어색함이 밀려왔다. 일전에 한번 본 모습이었지만 볼 때마다 놀랍다. 적응이 안 된다고 해야 할까.

그는 서류에 사인하며 그녀를 흘끗 쳐다봤다. 그러나 곧 다시 서류로 시선을 내렸다.

"좋아 보이는군."

"……뭐?"

"안색이 좋아. 그동안 잘 지냈나 봐?"

그렇긴 하지. 라파엘이 워낙에 잘해 줬으니까. 문제는 그게 아니라.

'왜 성질 안 내지?'

"나랑 갈래?"

똑똑히 기억하고 있었다. 그날, 그녀가 오르시니의 무엇을 짓밟았는지. 그 순간 오르시니는 그녀에게 인생 전부를 걸었다. 칸나는 그걸 찢어발기고, 모욕했고, 조롱했다. 사람을 죽이고 그 시체 위에 침을 뱉는 행위나 마찬가지였다. 자신이 생각해도 꽤 잔인한 짓이었다.

'그런데 아무렇지 않게 날 맞이한다고?'

의심쩍었으나 지금은 그런 것에 신경 쓸 때가 아니었다.

"잠깐만 시간을 내줘. 할 이야기가 있어. 중요한 이야기야."

"해."

그가 서류에 또다시 서명하며 다음 장을 넘겼다.

"그렇게 대충 들어도 될 이야기가 아니야."

"제대로 듣고 있으니까, 해."

칸나는 한숨을 내쉬었다.

"좋아. 내 말 잘 들어."

그리고 이야기가 시작되었다. 옛 신령, 아르제니안의 목적. 그리고 칸나의 모친에 관한 이야기. 아르제니안이 칸나를 상대로 무엇을 하려고 하는지. 마지막으로 아르곤이 검은 사도라는 이야기, 황실이 검은 사도에 지배당했을 거라 말하며 이야기를 끝냈다.

"……듣고 있어?"

"어."

"그런데도 그런 태도야?"

기가 막혔다. 옛 신령이, 아르곤 황자가 검은 사도라고 말했는데, 여전히 서류나 보고 있어?

오르시니는 아디스였다. 고대 성기사의 후손으로 대대로 검은 안개와 싸워 온 혈통. 이 이야기를 들으면 당연히 협조하리라 생각했다.

'아니, 협조 정도가 아니지.'

당연히 나서서 진두지휘할 거라고 생각했다. 그것이 아디스 가주의 의무니까.

"칸나 아디스. 넌 말이야, 제국을 통째로 속인 사기꾼이야."

펄럭, 오르시니가 서류를 넘긴다.

"한때 제 죽음을 연출한 미친년의 말을 누가 믿어 줄까."

오르시니는 진정으로 궁금하다는 듯 물었다.

"네 생각에는 귀족들 중 네 말에 귀 기울일 사람이 있을 것 같냐?"

"……."

"나는 지극히 정상적인 반응을 보인 거다, 등신아."

칸나는 오르시니의 말이 옳음을 인정했다. 그렇기에 아디스의 협조가 필요한 거였다. 거짓말쟁이 칸나, 죽은 척하고 얄덴으로 가서 왕세자의 정부로 살았던 그녀의 말에는 아무런 힘이 없으니까.

"선대 공작님 또한 함께 목격했어."

"하지만 그분은 이곳에 없지."

"……그렇다면 내가 증거를 찾아오겠어. 그땐 내 말을 믿을 거니?"

"쉽지 않을걸."

"뭐?"

"아르곤 황자는 내 아내의 오라비야."

오르시니는 평온하게 서류에 서명했다.

"네가 그를 음해하고자 한다면 나는 내 아내를 위해서라도 널 막을 거다."

"지금 무슨 소리를 하는 거야?"

"아디스가 널 막겠다고."

그가 어린아이에게 설명하듯, 나긋하게 말을 이었다.

"너를 방해하겠다고, 내가, 전력을 다해서."

"……."

"진실이 무엇이든 상관없어."

마침내 그가 마지막 장에 서명했다. 탁. 만년필을 내려놓는다. 그러고는 푹신한 가죽 의자 등받이에 편히 몸을 기대었다.

"그러니 열심히 해 봐. 네가 무엇을 하든 아디스가 훼방을 놓을 테니."

그의 말을 받아들이는 건 쉽지 않은 일이었다. 오르시니가 자신과 어떤 관계든, 그는 아디스였다. 아디스의 본분을 잊은 적이 없었다. 그런 그가 검은 사도를 잡아내는 일을 방해하겠다고?

"왜 이래, 너? 미쳤어?"

"그럴지도."

오르시니가 어깨를 으쓱였다.

"기왕 미친 김에 지금까지와는 태도를 달리해 보려고."

그러고는 몸을 일으켰다. 그의 몸이 높이 솟는 순간, 칸나는 그가 얼마나 큰 남자인지 오랜만에 실감했다. 그토록 질색했던 신사용 구두를 신은 그가 뚜벅뚜벅 다가왔다. 그녀의 앞에 서서 허리를 굽혔다.

순간 확 가까워진 얼굴에 칸나는 깨달았다. 오르시니는 변했다. 겉모습만 변한 게 아니었다.

지금 자신을 내리찍듯 응시하는 오르시니의 얼굴이 너무나도 확고했다. 마침내 정답을 찾은 남자처럼.

그녀가 놀려 먹던 오르시니가 아니었다. 통제하지 못하는 욕망에 굴복하고 그 사실에 분노하면서도 끝내 갈망하던 사내가 아니었다. 마치 모든 것들이 다 부서지고 하나만 남은 듯했다.

여자를 갈구하는 남자. 오직 그뿐.

"하지만 너무 실망하지 마라. 내 생각이 달라질 수도 있으니."

"……무슨 뜻이야?"

"너에게 달렸다는 소리야."

그가 그녀를 주시했다.

"널 내게 줘."

초록색 눈에 불꽃이 일렁였다가, 단숨에 확 타올랐다.

"네 말대로 나는 발정 난 개새끼거든."

오르시니는 과거 그의 혼까지 찢어발겼던 대사를 정확히 읊었다.

"뭐랬더라. 한평생을 누이로 살아온 여자에게 욕정을 품은 짐승이라고 했던가?"

피식, 옅은 웃음이 흘러나왔다.

"생각해 보니 네 말이 맞더군. 그래, 내가 그런 새끼다. 누이로 여겨온 여자에게 발정 난 개 같은 새끼야. 그런데 이걸 어쩐다. 너는 그 개새끼의 협조가 필요하네?"

오르시니가 웃었다. 문득 아주 오랜만에 살아 있다는 생각이 들었다.

"너를 나에게 줘. 그러면 네 말을 들어주지. 설령 황제의 목을 가져오라는 요구일지라도, 그리하겠다."

진작 이럴 걸 그랬나.

오르시니는 심드렁하게 생각했다. 어차피 그녀에게 저는 용서받지 못할, 용서를 구할 자격조차 없는 저질 악당 쓰레기인데 처음부터 이렇게 밀어붙일 걸 그랬나. 지금처럼. 원하는 여자를 얻겠다고 평생의 신념까지도 버리고 저열하게 협박하는 버러지처럼.

"쓰레기 새끼."

칸나는 언제나처럼 서슬 퍼런 눈으로 그를 응시했다. 경멸. 혐오. 그 감정을 보자 익숙한 통증이 가슴을 찔렀다. 이제는 차라리 그 감각마저 기꺼웠다.

"갈 이는군. 쓰레기기 쓰레기답게 구는 게 이상한 일은 아니잖아?"

"지옥에나 떨어져 버려, 개자식아."

지옥이라고? 오르시니는 한쪽 입꼬리를 올렸다.

"나를 똑바로 봐, 칸나."

검지의 끝으로 그녀의 뺨을 톡톡 두드렸다.

"난 이미 지옥이야."

자신을 죽도록 증오하는 여자를 사랑해 버린 순간부터 그는 줄곧 지옥 불에서 화형당하고 있었다. 그 황홀한 고통에서 벗어날 방법을 도무지 알 수가 없었다. 아니, 실은 알고 싶지도 않았다.

지금, 산 채로 썰리는 것처럼 아려 오는 이 오른팔처럼.

그는 이 고통마저 사랑했다. 사랑하고 있었다.

"그렇게 놀랄 것 있냐? 난 너한테 거래를 제안한 거야."

오르시니가 조롱하는 어조로 말했다.

"거래, 그거 네가 좋아하는 거잖아?"

"……다른 것을 걸고 거래할 수는 없을까?"

"난 너만 원해."

아무렇지 않게 욕망을 내뱉은 오르시니가 옅게 실소했다.

"어차피 너한테 그까짓 건 아무것도 아니잖아?"

그의 눈에 언뜻 경멸이 어렸다.

"넌 목적을 위해서라면 증오하는 남자의 몸도 주무를 수 있는 여자 니까."

노골적인 비난이었다. 그러나 칸나는 웃었다.

사실이었으니까.

3년 전의 어느 날, 칸나는 오르시니를 죽이고자 결심했다. 그러나 그는 터무니없이 강한 상대였다. 그래서 그의 혼을 쏙 빼놓기 위해 만졌다. 손으로, 입술로. 교미 후 수컷의 대가리까지 통째로 씹어 먹어 영양분으로 삼는 암컷 사마귀처럼, 그리했다.

"그래, 맞아. 내가 좀 그래."

칸나는 스스럼없이 인정했다.

"목적을 이루는 데 필요하다면야 못할 것도 없지. 그래서 네 제안이 나쁘게 들리지 않네. 나는 널 그렇게 싫어하지도 않으니까."

순간 오르시니의 얼굴이 굳었다. 얼굴에서 표정이 사라졌다. 찬물이라도 맞은 듯한 기색이었다.

"뭐?"

한발 늦게 그가 물었다.

"지금 뭐라고 했지?"

"날 위해 죽으려 했다며."

"……."

"검은 사도들에게 속아서 내가 인질로 잡힌 줄 알고, 무력하게 죽었다던데……."

그가 주먹을 꽉 쥐는 것을 보며, 칸나는 내심 깜짝 놀랐다. 정말이구나. 일전에 알렉산드로가 한 말이 정말이었어.

"그런 사람을 어떻게 싫어하겠어?"

칸나는 방긋 미소 지었다.

"나는 네가 싫지 않아."

그리고 보았다. 그의 귓불이 붉게 물들어 가는 것을.

"그런 네가 날 도와준다면야, 얼마든지 원하는 걸 줄 수 있지."

그리고 그의 숨결이 조금씩 더워지는 것을 느꼈다. 벌써 열이 오르고 있었다. 아직 아무것도 하지 않았는데. 고작 싫어하지 않는다는 적선 같은 말에, 수락을 암시하는 몇몇 대사만으로도 잔뜩 달아올라서는.

"하지만 글쎄, 고민되네……."

말끝을 흐리며 책상으로 다가갔다. 그 위에 걸터앉았다. 그녀의 엉덩이가 책상 위에 부드럽게 짓눌리는 순간, 그의 손끝이 움찔 떨렸다.

"어떻게 할까?"

허공에 뜬 두 다리를 앞뒤로 흔들었다. 치마 아래로 가느다란 발목이 언뜻언뜻 드러났다. 오르시니의 시선이 저항할 수 없이 끌려갔다. 우윳빛 속살, 그의 한 손아귀에 푹 담길 듯한 발목에. 그리고 천천히 기어올라 왔다. 그녀의 얼굴에 이르렀을 때 그의 눈은 이미 허기로 퀭하니 질려 있었다.

그 순간 칸나가 손가락을 까닥였다.

"이리 와, 오르시니."

그가 왔다. 폭발할듯한 열기가 몰린 얼굴로.

칸나는 손을 뻗었다. 뜨끈하게 달아오른 그의 목에 팔을 휘감는 순간, 그의 입술이 미세하게 떨렸다. 그대로 끌어당겨 겹쳤다. 숨이 멎는 듯했다. 적어도 상대는 그러했다. 호흡이, 순간이, 시간조차 완벽히 겹쳐진 이 찰나에 멈추었다.

그러나 몸은 터질 듯한 열망을 이기지 못하고 허겁지겁 움직였다. 그녀의 허리를 끌어안고, 반대쪽 팔로는 책상 위를 황급하게 쓸어 버렸다. 와장창, 책상 위 물건들이 요란하게 떨어져 내렸다. 칸나는 그 위로 누워 주었다. 너무나도 순순히, 일말의 저항도 없이.

오르시니는 거친 숨을 몰아쉬며 그녀를 내려다보았다. 책상 위를 짚고 지탱한 그의 두 팔 사이에 그녀가 누워 있다. 찬란한 검은 머리채를 흐트러뜨리고, 새하얀 얼굴로 저를 조용히 올려다본다. 꿈에 그리던 여자가. 칸나가, 내 아래에.

그 장면으로도 온몸의 피가 쏠려 머리가 어지러웠다. 전신의 솜털까지 바짝 곤두섰다. 아주 게걸스러운 무언가로 변하는 것 같아 더는 사고를 이어갈 수 없었다. 그는 빠르게 허리를 숙여 빈틈없이 겹쳤다.

그때 칸나가 그를 밀었다.

"……."

오르시니는 제 가슴을 미는 칸나의 손을 내려다보다가, 고개를 들었다.

"왜."

잔뜩 갈라져 쉰 것처럼 들리는 목소리였다.

"왜 밀어."

"싫어서."

"뭐?"

칸나는 그의 허벅지를 발끝으로 툭 쳤다.

"넌 그렇게 당해 놓고 또 속니?"

"……."

"비켜. 역겨워."

그제야 절반쯤 잃었던 이성이 돌아왔다. 그리고 깨달았다.

또다. 또 농락이었다. 저 마귀 같은 혀가, 달콤한 혀가, 그의 모든 것을 조각냈던 그날처럼.

"하."

오르시니의 입꼬리가 쭉 올라갔다. 피식피식 웃음이 흘러나왔다.

"아, 씨발. 뭐 이딴 게……."

무엇보다 참을 수 없는 사실은 저 여자의 행패가 조금도 놀랍지 않다는 것이다. 이럴 줄 알고 있었으니까.

그래, 당연히 이럴 줄 알았지. 알면서도 휘둘렸다. 이 지겨운 반복,

이 지긋지긋한 되풀이에 속이 뒤집혔다. 그는 손으로 얼굴을 덮었다. 그리고 아주 낮은 음성으로 중얼거렸다.

"겁대가리도 없이."

다음 순간, 손을 뻗어 그녀의 골반을 콱 움켜잡았다. 가까이 잡아당겼다. 주르륵 쉽게 끌려온 그녀에게 단단해진 몸을 눌러 겹쳤다.

"이렇게 만들어 놓고 이제 와서 싫다고?"

손등 위로 핏줄이 북 불거졌다. 그가 몸을 바싹 낮추며 험악하게 위협했다.

"내가 이대로 멈추지 않으면 네가 뭘 어쩔 수 있는데."

그러나 칸나는 당황하는 대신 붉은 입술로 웃음을 그려냈다. 그리고 말했다.

"해 봐. 해 보면 알겠지."

아래를 흘끗 쳐다보며 픽 웃었다.

"굉장하네. 그러다가 터지는 거 아니야?"

키득키득, 비웃자 그의 눈이 사납게 일그러졌다. 그녀의 허리를 붙잡은 손아귀가 바르르 경련했다. 격렬한 분노에 그의 얼굴이 붉게 타들어 갔다.

그런데도. 이렇게 우롱을 당하고 있는데도 칸나를 원했다. 그래서 함정인 걸 알면서도 열렬하게 걸려들었다. 더 참을 수 없는 것은, 수치와 모멸로 얼굴이 화끈거리는 이 순간조차 황홀감에 돌아 버릴 것 같은 자신이었다. 그녀에게 닿은 몸이, 그녀의 허리를 잡은 손아귀가 이대로 녹아내릴 듯 아찔했다. 무서울 만큼 달콤했다.

"힘으로 제압하고 해 보라니까?"

몇 번이나 속이고 병신 취급을 해도.

"못 하겠어?"

저 빌어먹을 여자는 찬란하리만치 아름답지.

"그까짓 배짱으로 내 옷이나 벗길 수 있겠니?"

칸나는 신랄하게 지껄였다. 불쾌해서 견딜 수가 없었다.

저까짓게. 오르시니 따위가, 감히, 나를. 오르시니는 안 된다. 다른 사람이면 몰라도 오르시니만큼은.

'이런 식으로는 절대 싫어.'

그가 제안한 거래를 못 할 건 없다. 지금껏 목적을 위해서라면 목숨조차 여러 번 던지지 않았던가. 하지만 이런 식은 아니다. 그의 폭압에 못 이겨 끌려가는 모양새로는 결코 아니다.

'저 녀석에게 휘둘리느니 저 녀석보다 더 악랄하게 굴고 말지.'

그에게 굴복하기만 했던 시절은 이미 지나갔다. 다시는 그 순간을 흉내 내지 않을 것이다.

얼마간의 침묵이 흘렀을까. 마침내 오르시니가 그녀의 허리에서 손을 놓았다. 한 발짝 물러났다.

"네 뜻은 알겠다."

불길처럼 타올랐던 수치와 분노가 빠르게 식어갔다.

"네가 싫다면, 그걸로 됐다. 싫다는 여자 억지로 안는 취미 없어."

오르시니는 흐트러진 크라바트를 잡아당겨 완전히 풀었다.

"거래는 거절한 걸로 알지. 하지만 말이야, 난 널 안고 싶어 환장할 지경이거든."

"아, 그래. 그래 보이네."

흘끗, 조롱하듯 아래를 흘겨보았으나 오르시니는 태연했다.

"싫다 하니 참겠다. 어차피 넌 곧 생각을 바꿀 테니까."

"뭐?"

"말했다시피 난 네가 무엇을 하든 전력으로 훼방을 놓을 거거든."

그는 크라바트를 셔츠 깃 아래에 휘감고 매듭을 맺었다. 능숙한 손길이었다.

"그러니 생각이 바뀌면 언제든 내 침실로 와라."

그러고는 픽 웃었다.

"가능한 한 빨리 오는 게 좋을 거야. 참는 시간이 길어질수록 네가 감당하기 힘들어질 테니."

"뭐?"

릴리엔느는 침대에서 몸을 일으켰다.

"아디스 공작 영애라면 칸나를 말하는 거야?"

"예."

"허, 참."

그녀는 헛웃음을 내뱉었다. 칸나가 돌아오다니.

'살아 있다는 소식은 들었지만.'

얄덴 왕국에서 칸나를 봤다는 사람들이 워낙에 많은지라 알고는 있었다. 그런데 설마 뻔뻔하게 다시 돌아올 줄이야.

릴리엔느는 다시 침대에 누워 곤히 잠들어 있는 청년의 허리를 끌어안았다. 남편에게 예고한 대로 그녀는 정부를 들였다. 제국 최고의 인기를 자랑하는 오페라 가수였다.

"가주님의 집무실에서 대화 중이라고 합니다. 저, 그런데……."

하녀가 머뭇거리며 말을 이었다.

"폭행이 있는 것 같다고……."

"폭행?"

"예. 무언가가 요란하게 부서지는 소리가 들렸다고 합니다."

"그래?"

릴리엔느는 애인의 팔을 어루만지며 중얼거렸다.

"오르시니는 칸나를 싫어하거든. 아마 다시 돌아온 게 괘씸해서 물건이라도 집어 던졌을 거야."

칸나 아디스. 한때 그녀를 미워하긴 했지만 그건 자신의 목표를 빼앗아서였다.

'이제는 그럴 이유가 없지.'

실비엔을 사랑한 적 없다. 그가 가진 권력을 사랑했을 뿐.

"알렉산드로 님은? 아직도 행방을 못 찾았대?"

"아직 회신이 없습니다."

"아르곤 오라버니는 대체 뭐가 그렇게 바쁘다고 그렇게 게으름을 피우는 거야?"

동생이 찾아 달라고 부탁했으면 부지런하게 행동해야지. 알렉산드로 아디스를 떠올리자 속이 바짝바짝 타는 듯했다.

릴리엔느는 단 한 번, 권력이 아닌 다른 것을 열망해 본 적이 있었다. 아내와 아이가 있는 남자, 예나 지금이나 변함없이 젊고 아름다운 그 남자를.

아주 어린 소녀 시절, 릴리엔느는 그를 처음 보았다. 그리고 그날 잠을 이루지 못했다. 풋사랑이었다. 여물지 못하고 금세 떨어진 어설픈 감정이기도 했다.

'그래서 오르시니도 마음에 들었는데.'

어차피 그녀의 마음에 들어온 것은 알렉산드로의 외모였다. 그래서 오르시니와의 첫날밤에는 설레기까지 했다. 두 사람은 거울처럼 똑 닮았으니까. 하지만 오르시니에게 초야를 거절당한 후 그는 쳐다보기도 싫어졌다.

'사랑하는 여자가 있다고 날 거절해?'

어울리지도 않게 순정파라니. 정절을 지키는 듯한 행동이 소름 돋을 정도였다.

'하지만 알렉산드로 님은 어느 정도 여색을 밝히실 테지.'

그러니까 각기 다른 여자에게서 칸나와 루시라는 사생아를 본 거겠지.

'게다가 지금은 이혼했으니까.'

그토록 바라던 안정적인 권력은 이미 손에 넣었다. 그러니 다음 욕망을 실현할 때였다. 인간의 욕심이란 끝이 없는 법이니까.

그때 노크 소리가 들렸다.

"공작 부인, 아르곤 황자 전하께서 전령을 보내셨습니다."

릴리엔느의 얼굴이 밝아졌다. 하녀를 시켜 얼른 듣고 오라고 명령했다. 잠시 후 하녀가 돌아왔다.

"오라버니가 뭘 전달하신 거야?"

"알렉산드로 아디스 전 공작 각하의 행방입니다."

"찾아냈어?"

"예. 그런데 그 장소가……."

하녀가 머뭇거리며 말했다. 장소를 들은 릴리엔느의 얼굴이 구겨졌다.

"그게 뭔 헛소리야? 그분이 그곳에 계실 리 없잖아!"

<알렉산드로 아디스는 지금 집에 있단다.>

아르곤이 전한 말에 릴리엔느는 고개를 설레설레 저었다.
"오라버니의 전령께 전달하렴. 감 떨어지신 것 같으니 정신 좀 차리
시라고."

오르시니의 집무실을 나온 칸나는 복도를 걸었다. 그러다 어느 순
간 칸나는 흠칫 놀라 멈춰 섰다.
"……칼렌."
복도의 끝, 칼렌이 벽에 비스듬히 기대어 서 있었다.
"기다렸습니다, 누님."
불길할 만큼 고분고분한 음성이었다.
"방으로 모시겠습니다."

"누님, 와인 한잔하십시오."
"고마워."
그는 탁상에 슬쩍 걸터앉으며 웃었다.
"여기 누님께서 일전에 요청하셨던 테레사 귀비에 대한 보고서입

니다."

칸나는 종이를 받아 읽기 시작했다. 그러고는 깜짝 놀랐다.

'재혼이었어?'

황제와 혼인하기 전 테레사에게는 남편이 있었다.

'사고로 죽었고, 그 후에 황제와 결혼한 거군.'

한적한 시골 마을에서 태어나 자랐고, 무희가 되었으며, 같은 극단 소속의 악사와 결혼, 몇 년 후 사별, 그로부터 얼마 안 가 황제의 눈에 띄어 귀비가 된 여자였다.

"누님께서 필요하시다면 다시 가주직을 승계하겠습니다."

……뭐? 칸나는 읽던 종이를 내려놓았다. 그리고 그를 향해 고개를 돌렸다.

"그게 무슨 뜻인 줄 아니?"

"그럼요."

"지금 오르시니는 순순히 가주직을 내놓지 않을걸. 그런 상태에서 승계할 방법은 하나뿐이야."

"가주의 죽음."

칼렌은 답을 말한 후 와인잔을 기울였다.

"언제든지요, 누님."

그는 지금 제 형제를 죽이겠다고 말하고 있었다.

"다소 비겁한 방법을 써야겠지만 암살이란 원래 그런 거 아니겠습니까. 게다가 누님은 다양한 종류의 독을 만드실 수 있으니……."

"그만해, 칼렌."

칸나는 칼렌의 말을 뚝 잘랐다.

"그건 안 돼. 다시는 그런 생각 하지 마."

오르시니는 아디스였다. 알렉산드로의 아디스.

예전이라면 모를까, 지금의 그녀는 알렉산드로의 것을 해치고 싶지 않았다. 그리고 당연히 칼렌은 그녀의 감정선을 이해하지 못했다.

"어째서죠? 누님은 분명 형님을 죽이고 싶을 만큼 싫어했잖습니까?"

칸나가 답하려 할 때였다. 똑똑, 노크 소리가 들렸다.

"저, 저기."

그 순간 칸나는 하마터면 잔을 떨어뜨릴 뻔했다.

"드, 드, 들어가도 될까요?"

루시다.

물론 만날 거라고 생각했지만, 아직 마음의 준비가 되지 않았는데.

"곤란하시면 쫓을까요?"

칼렌이 심드렁하게 묻자 칸나는 고개를 저었다.

"아니야. 루시, 들어와!"

정확히 5초가 흐른 후 문짝이 조심스럽게 열렸다. 칸나는 신선한 충격을 받았다. 3년. 그것은 어린아이에게 아주 긴 시간이었다.

"많이 컸네."

"어, 언니는 더 예뻐지셨어요. 다, 달의 여신님 같아요."

"고마워."

그리고 침묵이 내려왔다. 어색한 정적 속에서 칸나는 할 말을 골라 냈다.

"그동안 잘 지냈고?"

"네, 네에. 언니는요?"

"잘 지냈지. 몸은 좀 어떠니? 아픈 데는 없고?"

"건강해요. 언니는요?"

"나도."

칸나는 잠시 망설이다가 두 팔을 벌렸다.

"이리 와, 루시."

그러자 루시가 기다렸다는 듯 뛰어들었다. 칸나는 작은 소녀를 꼭 끌어안아 주었다.

"잘 지내서 다행이다."

"어, 언니도요……."

루시는 여전히 착한 아이였다. 너무나도 착한 탓에 아무것도 묻지 않았다. 따지지도 않았다.

"그동안 어떻게 지냈는지 이야기해 줘, 루시."

"저는 잘 지냈어요. 책도 읽고, 수업도 받고, 꽃도 키우고……."

그렇게 한동안 루시와 대화를 나누었다. 얼마나 지났을까. 대화가 슬슬 끝날 무렵 루시가 조심스레 말했다.

"언니, 저기……."

"응?"

"제가요."

루시가 칼렌의 눈치를 살피며 치맛자락을 꼭 움켜잡았다. 칼렌은 아까부터 아무 말 없이 그들을 물끄러미 구경하고 있었다.

"아, 아무것도 아니에요."

"뭔데 그래? 이야기해 봐."

몇 번 재촉하자 루시가 아주 어렵게 말을 꺼냈다.

"엄마가 많이 편찮으신데, 하, 한번 봐 주실 수 있을까요?"

칸나는 잠시 할 말을 잃었다. 그러고 보니 과거에서 만난 일이 있었다. 알렉산드로의 하녀. 칸나의 몸을 씻기고 달콤한 향을 발라 주었던 루시의 모친.

"물론이지. 저택으로 모셔오렴."

"정말 감사해요, 언니."

루시를 내보낸 후 칸나는 묘한 기분에 휩싸였다.

'그 하녀랑은 어떻게 된 거지?'

과거에서 봤을 때 두 사람은 담백하기 그지없는 주종관계였는데, 어떻게 그런 일이 벌어진 걸까?

그때 칼렌이 슬그머니 다가와 루시가 앉았던 곳에 앉았다.

"신기하네요."

"뭐가?"

"누님이 당황해서 허둥거리는 거 처음 봤거든요. 누님은 어린아이에게 약한 모양입니다."

허둥거렸다고? 칸나는 고개를 기울였다.

"글쎄. 잘 모르겠는데."

"그건 그렇고, 누님."

"응?"

"왜 약속을 지키지 않았죠?"

어느새인가 그의 얼굴에는 미소가 싹 사라지고 거친 반항기가 드러나고 있었다.

"일주일이면 된다는 그 말만 믿고 얌전히 돌아갔는데."

"……."

"아무리 기다려도 오지를 않았지. 편지 한 통 없는 건 너무한 거 아닌가, 이 빌어먹을 누님아."

단번에 험악해지는 말투에 칸나는 미간을 좁혔다. 이건…….

"……렌이니?"

그 말에 칼렌이 눈을 깜빡이더니, 다시 공손하게 웃었다.

"그럴 리가요."

아주 빠른 태세 전환이었다. 칼렌은 관자놀이를 꾹꾹 주무르더니 중얼거렸다.

"죄송합니다. 잠시 헷갈렸어요. 제가 가끔……."

"……이해해. 괜찮아."

"방금 그 발언은 잊어 주십시오. 저는 누님이 무사히 돌아오신 것 만으로도 기쁩니다."

"……."

"매일 밤 누님이 영원히 사라지는 악몽에 시달렸는데 그것도 오늘 로 끝이군요. 이제야 살 것 같습니다."

그렇게 말하는 그의 얼굴은 정말 지쳐 보였다.

'하긴, 저 성깔에 아무것도 안 하고 기다렸으니.'

칸나는 알고 있다. 칼렌이 참지 않으면 어떤 일이 벌어지는지. 칸나 는 잠시 고민하다가 자신의 무릎을 툭툭 두드렸다.

"잠깐 누워, 칼렌."

"예?"

"피곤해 보여서 그래."

칼렌은 한발 늦게 그 말을 이해한 듯했다. 그는 홀린 듯한 얼굴로 그녀의 무릎에 기대 누웠다. 그러고는 숨을 멈추었다. 칸나가 아이를 달래듯 머리를 쓰다듬어 주기 시작한 것이다.

칸나는 하얗게 세어 버린 그의 백발을 어루만지며 생각했다.

'칼렌은 위험해.'

예전에도 그랬지만 지금은 더 위험해졌다. 오히려 오르시니처럼 단순 무식한 쪽이 상대하기 쉬웠다. 그의 성질은 도저히 꺾을 수 없을 만큼 드세지만, 적어도 남몰래 음흉한 계략을 꾸미는 타입은 아니었으니.

'칼렌과는 정반대지. 칼렌은 겉으로만 유들유들하게 굴 뿐이지 속으로 무슨 생각을 하는지 모르니까.'

그러니까 단 한순간도 통제를 잃어서는 안 된다. 그리고 지금은 칼렌에게 잘해 줘야 할 타이밍이었다.

"만약 다음에 비슷한 일이 있어도 지금처럼 잘 참고 기다려. 알겠지?"

칼렌은 대답하지 않았다. 대답할 수가 없었다. 그는 온 신경을 제 머리에 집중하고 있었다. 쓰다듬는 손길 하나하나를 온 힘을 다해 느끼던 그가 눈을 감았다. 그리고……

'잠깐만.'

아니, 그럴 리가.

'설마 울어?'

그의 뺨이 닿은 치마가 축축해지기 시작했다.

"……"

칸나는 애써 눈물로 젖어 가는 옷을 모른척했다. 훌쩍. 하지만 그가 콧물을 추스르자 더는 무시할 수 없었다.

"칼렌…… 왜 울고 그래?"

"죄송합니다."

그가 떨리는 호흡을 뱉어 내며 눈을 질끈 감았다. 굵은 눈물방울이 후드득 떨어져 내렸다.

"누님께 죄송해서 그럽니다. 예전에 큰 잘못을 했는데, 이렇게나 상냥하게 대해 주셔서."

하긴, 자신을 섬에 감금했던 녀석이니까.

그렇게 생각하면서도 칸나의 마음은 살짝 누그러졌다. 머리칼은 노인처럼 새하얗게 돼서 무릎에 누워 훌쩍거리고 있는 꼴이 아주 처량했던 것이다. 심지어 정신도 오락가락했으니.

"그만 울어. 어린애도 아니고."

그때 칼렌이 한쪽 팔로 그녀의 무릎을 끌어안았다. 그리고 작게 속삭였다.

"차라리 지금 죽어 버렸으면 좋겠습니다. 이렇게, 누님의 무릎에 누워서……."

"그만, 그만."

칸나는 칼렌의 귀를 꽉 잡아 올렸다. 칼렌이 눈물범벅이 된 얼굴로 몸을 일으켰다.

"차라리 렌을 불러."

"아뇨. 후회하실 겁니다."

"왜?"

"아까처럼 무례하게 굴 테니까요. 잔뜩 화가 나서 누님 입술을 물어뜯을 겁니다."

"……그럼 말고."

칸나는 떨떠름하게 손을 저었다. 그리고 화제를 전환했다.

"발렌티노 공작을 만나야겠어. 자연스럽게 접촉하고 싶은데, 혹시 그가 참석할 만한 파티가 있을까?"

그러자 그가 젖은 얼굴을 닦으며 물었다.

"갑자기 전남편은 왜 만납니까?"

"할 얘기가 있어서."

칼렌은 잠시 생각하는가 싶더니 말했다.

"그럼 내일 오페라를 보러 가시죠. 발렌티노 공작이 약혼녀와 함께 공연을 보러 올 겁니다."

일부러 약혼녀를 언급하는 그 속내가 뻔했지만 칸나는 신경 쓰지 않았다.

"오페라?"

"예. 테레사 귀비가 후원하는 극장입니다. 내일 개막인데, 귀비께서 초대장을 돌렸으니 많은 귀족이 참석할 겁니다. 아디스 공작 부인 역시 내일 참석할 예정이고요."

칸나는 고개를 끄덕였다.

"좋아, 그래야겠어."

릴리엔느가 간단 말이지. 그렇다면 아르곤도 올 가능성이 컸다. 실비엔에 주화에 아르곤까지. 아마도 만남의 장이 될 것 같다.

'그렇다면 준비를 해야지.'

칼렌을 돌려보낸 후 칸나는 방을 나섰다. 연구실로 갈 생각이었다. 그녀가 사라졌음에도 연구실은 그대로 보존되어 있었다.

칸나는 복도를 걸으며 생각에 잠겼다.

'테레사 귀비가 극장을 후원한다고?'

테레사 귀비는 대외 활동을 거의 하지 않았다. 지금껏 티 파티 하나 주최하지 않았던 여자가 극장을 후원하고, 귀족들에게 초대장을 돌린다고?

'테레사 귀비도 틀림없이 검은 사도일 테지.'

그렇기에 그 공연이 검은 사도와 연관이 있을지도 모른다. 어쩌면 그곳에서…….

"……어?"

무심코 고개를 돌리며 창밖을 보는 순간, 우뚝 발걸음이 멈췄다.

창밖으로 보이는 한 창문. 그곳에 희미한 불이 켜져 있었다.

'저기서 왜……'

저 방은 알렉산드로가 접근을 금지한 방인데?

선희의 흔적이 남은 옛 침실에서 불빛이 흐르고 있었다. 순간 기묘한 기시감이 머리를 적셨다. 언제였더라. 이런 비슷한 일이 있었던 것 같은데…….

아마도, 과거에서.

두근두근. 두근두근. 심장이 빠르게 뛰었다. 정신을 차려보니 칸나는 미친 듯이 뛰고 있었다. 벌컥! 마침내 도착한 금지된 방, 숨을 헐떡이며 문을 열어젖히는 순간, 얼굴 위로 바람이 쏟아졌다.

"아……"

창문 앞. 거칠게 휘날리는 커튼 아래, 한 남자가 서 있었다.

그 순간에 모든 것이 멈추고 심장마저 멈춘 것 같았다. 칸나는 눈한번 깜박이지 못하고 그 장면을 지켜보았다.

강하게 불어온 바람이 사그라들고, 부풀어 오른 커튼이 조용히 가라앉았다. 다음 순간 커다란 손이 불쑥 튀어나왔다. 몸을 덮은 커튼을 단번에 걷어 냈다.

마침내 마주쳤다. 흐트러진 붉은 머리칼, 그 아래의 초록색 눈동자와.

알렉산드로 아디스였다.

chapter 24

그의 눈과 마주친 순간 칸나의 호흡이 가느다랗게 떨렸다. 아주 기묘한 기분이었다. 과거의 어느 순간에 온 것 같았다.

그 순간에.

그가 문에 기대어 두 팔을 늘어뜨리고, 고개를 숙였다가, 슬쩍 들어 올린 후.

"그 노력이라는 거."

"나에게 해 봐라."

칸나는 저도 모르게 떨리는 손으로 입을 가렸다. 속이 뜨거웠다. 창살에 꿰뚫린 듯한 핫핫함, 과거의 찰나에 그녀를 관통한 감각이 숨결을 어지럽혔다.

그때 알렉산드로가 눈살을 찌푸렸다.

"여기서 뭐 하는 거지?"

" ……."

"이 방, 들어오면 안 되는 것 모르나?"

칸나는 침을 삼켰다. 목구멍이 타오르는 듯한 열기를 간신히 넘기며 입술을 열었다.

"왜 여기에 있어요?"

"네가 관여할 일이 아니다."

그는 무뚝뚝하게 그녀를 쳐 냈다. 그러고는 다시 창문을 향해 몸을 돌렸다.

"나를 이곳에서 본 것, 너만 알고 있어라."

"……."

"나가."

나가지 않았다. 오히려 다가갔다. 한 발짝, 또 한 발짝. 접근할수록 그의 등이 뻣뻣하게 굳는 것이 느껴졌다. 알렉산드로는 다시 몸을 돌려 칸나를 노려보았다.

"나가라고 한 말 못 들었나?"

"오르시니에게 작위를 물려주셨다고요?"

"칸나."

"그럼 이제 당신을 뭐라고 불러야 하죠?"

"……."

알렉산드로의 미간이 좁아졌다. 그의 말을 들은 체도 안 하고 가까이 다가오는 칸나가 당혹스러운 듯했다.

"뭐라고 부르죠?"

마침내 칸나는 그의 바로 앞까지 섰다. 자신보다 훨씬 큰 남자의 앞까지 도달하자, 그의 몸에서 느껴지는 묘한 긴장감에 피부가 떨릴 지경이었다.

머리가 이상해진 것 같다. 이렇게 행동할 생각은 조금도 없었는데.

"당신은 내 아버지도 아니잖아."

이런 말을 할 생각, 조금도 없었는데.

몸이, 입이, 격렬하게 타오르는 어떤 열기에 사로잡혀 멋대로 움직이고 있었다. 칸나는 고개를 내렸다. 늘어져 있는 그의 커다란 손, 굳은살 단단히 박인 그 손바닥을 응시하다가 홀린 듯이 뻗었다.

손이 닿기 직전, 그가 뒤로 물러났다.

"뭐 하는 짓이지?"

매섭게 날을 드러낸 목소리였다. 고개를 들자 그가 엄격한 눈으로 그녀를 쏘아보고 있었다.

양육자의 눈으로.

그 순간 거짓말처럼 열기가 피시식 빠져나갔다. 칸나는 눈을 깜빡였다. 터질 것처럼 차올랐던 무언가가 단숨에 공기처럼 흩어졌다. 그 허탈감에 칸나의 입이 벌어졌다.

"……."

알렉스가 아니었다. 추운 동굴, 그녀가 직접 입술을 벌려 해독제를 한 방울 한 방울 흘려 주었던 그 남자가 아니었다.

그 밤 내내 남자의 정신은 혼미했다. 하지만 이따금 눈을 떴고 그때마다 자신을 흐린 눈으로 응시하고는 했다. 칸나도 그의 시선을 물끄러미 마주했다. 그가 다시 스르륵 눈을 감아도 시선을 뗄 수 없었다. 언제 그의 숨결이 사라질지 몰라서, 까무룩 잠들기 직전까지 그의 입술만 바라봤다. 저 입술만.

하지만 눈앞의 남자는 그때의 알렉스가 아니다. 칸나는 그제야 알렉스— 과거에서 만난 그 남자, 그녀에게 딸기를 가져다주고, 그녀에게 문자를 배우고, 그녀를 지켜 주겠다고 맹세한 그 남자를 만나고 싶어 죽을 지경이었다는 것을 깨달았다.

마침내 만났는데. 그가 아니다.

칸나는 웃었다. 상관없다. 그래 봤자 한 끗 차이겠지.

"알렉스."

그 순간 그의 호흡이 딱 멈추었다.

그가 멈추었다는 것을 둘 다 알았다.

"내가 이렇게 불러 주길 기다린 거 아녜요?"

눈이 마주쳤다. 떨리는 눈동자였다.

그 순간 세상에 단둘만 남은 듯했다. 시간도 공간도 무의미했다. 모든 것이 사라지고, 서로가 기억하는 서로만이 존재했다.

하지만 잠시였을 뿐이다.

알렉산드로는 시선을 아래로 흘렸다가 천천히 들어 올렸다. 껍질 같은 눈이었다. 남은 것이라고는 공허한 말뿐인. 수십 년 전의 빛바랜 약속만이 전부인.

"그래. 기다렸지."

그가 담담히 인정했다.

"모두 다 네 뜻대로 되었다. 나는 너를 지켰고, 너는 살아남았다."

마치 남의 일을 말하는 듯했다.

"그러니 그것으로 됐다. 이제 넌 네 삶을 살아라. 난 더는 너에게 줄 게 없어."

"잠깐……."

그가 다시 등을 돌렸다. 창문을 통해 밖으로 나가려는 기세였다. 칸나는 빠르게 그의 팔을 잡았다.

"……!"

그 순간, 닿은 지점에서 느껴지는 강렬한 거부감에 칸나는 저도 모르게 손을 뗐다.

"……."

그가 잠시 멈췄다. 그 뒷모습이, 뒷덜미가, 어깨와 등이 말하는 듯했다. 더는 다가오지 말라고.

"잠깐. 잠깐만. 알렉스, 이대로 가겠다고요?"

"말 똑바로 해. 난 네 부친이다."

순간 욕이 나올 뻔했다. 부친은 무슨. 말도 안 되는 개소리! 그러나 그랬다가는 그가 바람처럼 사라질 것 같아서 허겁지겁 인정했다.

"그래요, 알겠어요. 그러니까 가지 말아요. 네 인생 살아라, 그렇게 끝날 관계가 아니잖아요!"

"그러면?"

그가 창밖을 내다보며 중얼거렸다.

"그 이상이 있나?"

"그건……."

"말조심해."

그가 고요하게, 그러나 단호하게 그녀의 말을 잘랐다.

"네가 했던 말이 나를 이곳까지 끌고 왔다."

"……."

"그러니 말조심해."

"날 지켜 줘."

"그러면 당신을 사랑할 수도 있을 것 같아."

그 말이 선연했다. 울리는 듯했다. 그에게도, 그녀에게도.

"잠깐만, 알겠으니까 일단 나를 봐요. 날 보면서 얘기해요."

"아니. 더는……."

그때 그가 말을 멈추었다. 그러고는 휘청였다. 크게 비틀거리더니 재빨리 벽을 짚고 자세를 바로 했다. 한 손으로 얼굴을 짚으며 신음을 흘렸다.

마치, 어딘가 아픈 사람처럼.

"알렉스? 왜 그래요?"

"……그렇게 부르지 마."

그가 신경질적으로 중얼거리며 인상을 찡그렸다. 괴로운 얼굴이었다.

"그렇게…… 나를."

칸나는 그제야 그의 몸 상태가 정상이 아님을 알아차렸다. 그의 탄탄한 목에 밴 식은땀에 가슴이 덜컹 떨어져 내렸다.

"아니, 지금은 안 돼. 지금은……."

그가 혼잣말처럼 중얼거렸다. 그러고는 단숨에 창문 아래로 뛰어내렸다. 말리고 말고 할 것도 없었다. 그것은 누구도 말리지 못할 만큼 날쌔고 빠른 움직임이었으니. 마치 그녀에게서 도망이라도 가는 듯했다.

서둘러 창가로 다가가 아래를 내려다보았지만…….

"……."

그는 어디에도 없었다.

칸나는 그대로 자리에 주르륵 미끄러졌다. 두 손으로 얼굴을 덮었다. 그리고 깨달았다.

'상태가 좋지 않아.'

아마도 그래서 숨어서 지내는 거겠지.

"……아가씨?"

그때, 칸나는 소스라치게 놀라며 고개를 들어 올렸다. 한 남자가 문을 열고 들어왔다. 클로드였다. 그 역시 칸나만큼 놀란 얼굴이었다.

"아가씨가 어떻게 여기에……?"

"클로드."

칸나는 흘끗 시선을 내렸다. 그는 손아귀에 약병을 쥐고 있었다.

그러고 보니 셀리아의 조카였지, 클로드는. 설마 알렉산드로에게

약을 전해 주러 온 걸까?

"클로드 경, 이곳에 그분이 계신 것 알고 있었어요?"

클로드는 잠시 망설이다가 고개를 끄덕였다.

"예. 혹시 만나셨습니까?"

"네."

"타이밍이 안 좋았군요."

클로드가 한숨을 내쉬며 무릎을 꿇고 앉아 그녀와 눈높이를 맞추

었다.

"이곳에 항상 머무시는 것은 아니고, 가끔 돌아오십니다."

"……가끔 온다고요?"

"예. 휴식을 취하고 싶으실 때 이곳으로 오시지요. 마침 그때 아가

씨와 마주치신 모양이군요."

휴식?

문득 그 장면이 스쳐 지나갔다. 과거의 어느 순간, 흔들의자에 앉

아 편지를 무릎에 흩어 놓은 그 모습을. 창백한 달빛에 젖어 곤히 눈

을 감고 있던 그 모습을. 독이 자비를 베풀어 휴식을 선물한 장면을.

"아가씨, 부디 모른 처해 주십시오."

클로드가 딱 부러지게 말했다. 부탁이라기보다는 권고였다.

"그리고 다시는 이 방에 오지 마시고요."

"······."

"지금 그분은 상태가 좋지 않으십니다. 남들 눈에 띄어서 좋을 것이 없어요."

칸나의 얼굴이 새하얗게 질렸다. 역시나 예상대로였다.

"클로드, 부탁이에요. 다 말해 줘요."

"아가씨."

"제가 고칠 수도 있어요. 그러니까 제발요. 부탁할게요."

그 말에 클로드는 갈등하는 듯했다. 그러나 곧 결심한 듯 입을 열었다.

"그분은 27년째 잠들지 못하셨습니다."

27년. 그 세월에 칸나는 숨이 막혔다. 잠들지 못한다는 건 알고는 있었다. 자신이 태어난 후, 그녀를 지키는 과정에서 검은 사도들에게 불면의 저주를 받았다고 들었으니. 그 시기가 오래됐을 거라고는 짐작은 했다. 짐작만 했을 뿐이다.

27년, 구체적으로 드러난 숫자 앞에서 칸나는 망연해졌다.

"게다가 아주 이상한 것을 보고 들으십니다. 그래서 항상 세상이 어지럽고 시끄럽다 하셨습니다. 조용함을 느껴 본 지 오래되셨다고······."

말끝을 흐린 클로드가 약병을 내밀었다.

"그래서 이 약을 드십니다. 휴식을 취할 수 있게끔 도와주는 약이죠."

그는 독이라고 말하지 않았다. 어쩌면 모를 수도 있겠지. 그건 중요하지 않다. 저것이 알렉산드로에게 필요한 약이라는 건 확실했으니. 27년 동안 잠들지 못하는 삶을 멀쩡하게 살아갈 사람은 존재하지 않을 것이다.

"하지만 약을 오래 복용한 부작용인지, 가끔 기억이 뒤섞이십니다."

"기억이 뒤섞여요?"

"예. 다행히 일시적인 현상입니다만, 아주 잠시 동안 최근의 기억을 잃고 젊은 시절로 돌아가실 때가 있습니다."

"……."

"……당신의 모친과 사이가 원만했던 시절로요."

칸나는 텅 빈 눈으로 고개를 숙였다. 그와 선희의 사이가 원만했던 시절이라면…….

칸나가 그의 곁에 있던 순간이었다.

클로드와의 대화를 마친 칸나는 지하 연구실로 내려갔다.

'빨리 어떻게든 해야 해.'

알렉산드로는 한계에 다다랐다. 지금까지 버틴 것도 믿기지 않을 정도였다. 이러다가 그의 정신이 완전히 붕괴해 버리면…….

'아니.'

그런 일은 절대로 일어나지 않을 것이다. 자신이 그를 고칠 거니까.

'그에게 어떤 저주를 걸었는지, 그것부터 알아내야 해.'

마침 내일 실비엔과 함께 주화가 온다. 테레사 귀비가 후원하는 극장에. 그리고 주화는 검은 사도였다.

톡. 톡. 칸나는 의자에 앉아 손끝으로 책상을 두드렸다.

'주화를 이용하면 검은 사도의 꼬리를 잡을 수 있어.'

그때 그 시간, 릴리엔느는 침대 위에서 고민했다.

칸나가 돌아와서일까? 그동안 잊고 지냈던 기억들이 떠올랐다. 실비엔 발렌티노를 짝사랑했던 칸나. 줄기차게 쫓아다녔던 칸나. 초야를 거절당했던 칸나. 그리고 그런 칸나를 비웃었던 사교계의 영애들.

'물론 나도 비웃었지.'

지금 보니 자신이 그 꼴이지 않은가?

'내가 초야를 거절당했다는 소문이 퍼지면, 다들 날 비웃겠군.'

그렇게 생각하자 지금까지 가졌던 여유가 싹 사라졌다. 일생일대의 열망, 공작가의 안주인이 되었다는 목표를 이루어서일까?

최근 릴리엔느는 안일해져 있었다.

'그래. 언제까지 이렇게 놔둘 수는 없잖아.'

결심했으니 망설일 게 없었다. 릴리엔느는 하녀의 도움을 받아 몸을 씻고 최음 효과가 있는 향을 몸 구석구석에 발랐다. 만반의 준비를 마친 후 오르시니의 침실로 향했다.

"지금 가주님께서는 주무십니다."

호위 기사의 말에 릴리엔느는 어깨를 으쓱였다.

"나도 같이 자려고 왔다."

"……."

기사는 순순히 물러났다. 릴리엔느는 콧방귀를 뀐 후 문을 열고 들어갔다. 그리고 그 즉시 미간을 좁혔다.

'술 마셨나?'

독한 위스키 냄새가 진동했다.

'작위를 계승한 뒤로 술 마시는 꼴은 단 한 번도 못 봤는데.'

탁. 문을 닫은 후 살금살금 안으로 걸어 들어갔다. 오르시니는 상의를 벗은 채로 잠들어 있었다. 그의 육감적인 몸을 본 릴리엔느의 입가에 미소가 맺혔다.

아디스의 가주. 무위로는 견줄 자를 찾기 힘든 남자. 저런 근사한 것이 내 남편이라니, 절로 흐뭇한 웃음이 나왔다. 오르시니 아디스는 릴리엔느가 살면서 쟁취한 최고의 트로피였다.

'그런데 저건 뭐지?'

문득 릴리엔느의 시선이 협탁에 꽂혔다. 저건 약병 같은데?

그때였다. 오르시니가 눈을 번쩍 떴다. 초점이 흐린 눈이었다. 마치, 환각을 보는 듯한…….

"……나?"

……뭐? 릴리엔느의 얼굴에서 표정이 사라졌다. 지금 뭐라고?

"칸나."

이건, 확실히 들었다.

차라리 듣지 않았으면 좋았을 것을.

"……."

그리고 그때 오르시니의 눈에 초점이 돌아왔다. 무방비하게 풀어졌던 얼굴이 서서히 차갑게 얼어붙었다. 상대를 알아본 것이다.

"……."

정적이 내려왔다. 그들은 아무 말도 하지 않았다. 그러나 서로가 알았다. 들켰다는 것을. 알아차렸다는 것을.

마침내 오르시니가 말했다.

"나가."

릴리엔느는 몸을 돌렸다. 그대로 도망치듯 빠져나갔다. 정신없이 달려갔다. 방문을 박차고 들어와 침대 위로 엎어졌다.

방금 뭘 본 걸까. 뭘 들은 걸까.

"칸나."

그것뿐이었다. 그러나 그것만으로 충분했다. 도저히 모를 수가 없었다.

"오르시니 아디스, 너……."

짝사랑을 앓고 있는 건 알고 있었다. 알고는 있었는데, 상대가 칸나일 줄이야! 릴리엔느는 한동안 경악에 사로잡혔다. 경악이 사라진 후에 찾아온 것은 거대한 분노였다.

'개 같은 자식.'

누이를 사랑하는 짐승 자식이 내 남편이란 말이지. 그딴 것이. 그런 더러운 것이!

릴리엔느는 불타는 울화를 삼켰다. 그래도 어쩔 수 없다. 그녀의 남편이다. 그녀의 권력 줄이었다. 아무리 더러워도 놓칠 생각 따위는 없다.

그러니까 칸나를 치워야지. 하루라도, 한시라도 빨리.

"경, 부탁 하나 하지."

릴리엔느는 기사를 불렀다. 황실에서 데려온 오래된 호위 기사였다.

"지금 당장 아르곤 오라버니께 다녀와야겠다. 오라버니께 이 편지를 전달하렴."

"예."

"날이 밝기 전에 돌아올 수 있겠니?"

"최선을 다하겠습니다."

“하하하!”

아르곤은 웃음을 터뜨렸다.

“아, 진짜 웃겨 죽겠네!”

급하게 찾아와 뭔 일인가 했는데 이런 재미있는 소식일 줄이야.

“하여간 오르시니 아디스, 이 한심한 녀석. 대체 어쩌려고 이렇게 감정 주체를 못 하는 거야?”

약쟁이가 되지를 않나, 아내한테 들켜 버리질 않나. 그는 혀를 쯧쯧 차며 잠시 고민했다. 어떻게 할까?

‘일을 좀 꼬아 볼까.’

그는 상자를 꺼냈다. 그 안에는 수십 개의 약병이 가지런히 늘어져 있었다.

일명 사랑의 묘약.

실비엔을 목표로 만든 약이었다. 철옹성 같은 실비엔 발렌티노의 마음에 주화가 들어갈 수 있도록. 그리하여 주화와 동침을 하고 아이를 만들 수 있도록. 두 세계의 피를 이어받은 아이, 즉 세계의 벽을 부술 수 있는 제물을 만들 수 있도록 제조한 약.

‘부작용 때문에 아직 못 쓰고 있지만…….’

열에 한 번꼴로 나타나는 부작용 때문에 주화가 거부하고 있는 약이었다.

‘릴리엔느에게 선물로 줘야겠군.’

오라비로서 주는 마지막 선물이었다.

<오르시니가 너와 사랑에 빠지면 해결될 일이구나.>

<이건 사랑의 묘약이란다.>

<일반인은 한 방울이면 충분하지만, 오르시니에게는 다섯 병 정도 통째로 써야 할 것이다.>

<복용 후 처음으로 보는 이성에게 사랑을 느낄 거다.>

<효과는 일시적이니 주기적으로 먹여야 한다.>

사랑의 묘약이라니? 아르곤이 준 게 아니라면 믿지 못했을 거다. 그딴 건 동화 속에나 나오는 허무맹랑한 것이 아니던가?

'혹시 마석을 쓰는 연금술사들이 만든 건가?'

검증되지 않은 것을 오르시니에게 함부로 먹일 수는 없었다.

'오르시니는 내 남편이야. 혹여 부작용으로 건강이 상하거나 정신에 이상이 생긴다면……'

다른 건장한 혈육에게 작위가 이어지겠지. 예를 들어, 칼렌 아디스 같은.

'그건 안 돼. 공작가의 안주인 자리를 어떻게 얻었는데!'

이 자리를 걸고 위험한 도박을 할 수는 없다. 그렇다면 어떻게 해야 할까? 해답은 곧 나왔다.

'실험을 해 보면 되겠어.'

칸나에게.

'게다가 칸나가 다른 남자를 사랑하게 되면 일이 잘 풀릴 테지.'

릴리엔느는 하녀를 불러 약병을 건넸다.

"오늘 오전 칸나와 함께 차를 마실 거야. 칸나의 차에 이걸 섞어."

역시나 릴리엔느가 황궁에서 데려온 수족이었기에 가능한 명령이었다.

"그리고 그 후에 종놈을 하나 데려오렴. 마구간지기가 좋겠다."

"예, 알겠습니다."

상대 남자가 미천할수록 좋겠지. 그래야 오르시니의 자괴감이 커질 테니까. 늙은 마구간지기보다 못하다는 생각에 사랑을 포기할 수도 있다.

'오르시니 아디스, 넌 아내 잘 만난 줄 알아.'

자신이 그의 미친 사랑을 손수 없애 줄 것이다.

⊶❧⊷

계획은 순조로웠다. 몇 시간 후 칸나를 초대했고, 차를 마셨다. 그러나 문제는.

'왜 안 마셔!'

칸나 저 계집애가 차를 마시지 않는다! 분명히 한 모금 마시는 것을 봤는데 찻물은 줄지 않았다. 즉, 마시는 척만 하는 것이다.

'설마 눈치챈 건가?'

아니, 그럴 리가. 정보가 새어 나갔을 리 없는데……. 릴리엔느가 초조하게 살피고 있을 무렵 칸나는 밀려오는 피로와 싸우고 있었다.

'졸려 죽겠어.'

릴리엔느처럼 칸나 역시 한숨도 못 잤다. 오늘 일을 준비하느라 연구실에서 밤을 새운 것이다.

'아슬아슬하게 다 끝내서 다행이긴 하지만.'

칸나는 하품을 참으며 찻잔을 들어 올렸다. 쉬고 싶었는데, 왜 하 필 이럴 때 초대를 해서는…….

칸나는 차를 마시는 시늉만 했다. 3년 전, 크레센트 황자의 손에 죽 을 뻔했을 때부터 칸나는 이 습관을 유지하고 있었다.

"피곤해 보이시는군요. 잠을 못 잤나 봐요?"

"네. 잠자리가 바뀌어서 그런지 낯설어서요."

"이런, 그러면 안 되죠. 이곳은 칸나의 집인걸요."

릴리엔느가 몸을 일으켜 창문 쪽으로 다가갔다. 그리고 창가의 화 병을 들어 올렸다.

'뭐 하는 거야?'

칸나는 의심쩍은 눈으로 릴리엔느의 뒷모습을 주시했다.

'뭘 꼼지락거리는 거지?'

그러나 다시금 뒤를 돈 릴리엔느의 표정은 태연했다. 그녀는 화병 을 든 채로 다가왔다.

"낯설어할 필요 없어요. 마음 편히 머물도록 해요."

천천히 걸어 칸나의 뒤쪽으로 이동한다.

'무슨 수작이지?'

대체 뭘 하려고……?

"저와 함께 취미 활동을 하는 건 어때요? 저는 요새 꽃꽂이를 즐긴 답니다."

그러고는 우뚝, 뒤에 멈춰 섰다.

"이건 제가 직접 꽃꽂이한 건데…… 어머!"

좌악! 차가운 물이 정수리에 내리꽂혔다. 얼굴 전체를 휩쓸고 내려와 어깨까지 흠뻑 적셨다.

"어머나. 이를 어째! 죄송해요."

칸나는 젖은 앞머리를 쓸어 올리며 침착하게 말했다.

"이게 무슨 짓이죠?"

말하는 순간, 미처 닦지 못한 물기가 입술 안으로 스며들었다. 그것을 본 릴리엔느가 어깨를 으쓱였다.

"미안해요. 손이 미끄러졌어요."

릴리엔느는 웃음을 꾹 참았다. 됐다. 혹시 몰라서 지니고 있던 약을 이 화병에 탔고, 방금 칸나의 입안에 몇 방울 들어갔다.

'이제 마구간지기만 오면……'

마침 그 순간 노크 소리가 들렸다. 왔다!

"어서 들어와요!"

릴리엔느는 환하게 웃으며 몸을 돌렸다. 그리고 얼어붙었다.

칼렌 아디스였다. 릴리엔느는 황급히 칸나에게 고개를 돌렸다. 지금 칼렌을 보면……!

"……"

그러나 칸나는 이미 칼렌을 보고 있었다. 조금은 멍한 눈빛으로.

"누님, 왜 그런 꼴을 하고 계십니까?"

칼렌은 사나운 눈으로 릴리엔느를 노려보았다.

"공작 부인께서 하신 일입니까?"

"……실수였어요."

"실수? 어떤 실수를 하면 사람 얼굴에 물을 쏟을 수 있는 겁니까?"

릴리엔느의 말문이 막혀 있을 때 칸나가 몸을 일으켰다.

"됐어, 칼렌. 나가자."

그러고는 칼렌의 팔을 잡고 나가 버렸다. 홀로 남은 릴리엔느는 소파에 털썩 주저앉았다.

'어떡하지?'

칸나가 칼렌을 봐 버렸다. 이러다가 한 여자를 두고 형제 싸움이라도 일어나면……. 그러나 릴리엔느는 고개를 저었다.

설마, 그럴 리가. 칼렌은 꿈쩍도 안 할 거다. 오히려 역겨워하겠지.

'칸나가 엉겨 붙으면 정색을 하고 잘라낼 거야. 어쩌면 저택에서 내쫓을 수도 있겠어.'

차라리 잘됐다. 그들은 곧 오페라를 보러 간다. 칸나는 칼렌과 동행한다고 했으니…….

'공연보다 더 재밌는 걸 볼 수 있겠군.'

❦

그로부터 몇 시간 후, 칸나는 칼렌과 함께 오페라 극장으로 향했다.

"누님, 내리십시오."

그러나 칸나는 내리지 않았다.

"나는 잠깐 볼일을 보고 갈게. 먼저 가 있어."

"볼일이라뇨? 그게 뭡니까?"

칸나는 씩 웃으며 검지를 입술 위로 올렸다.

"여자의 비밀이야."

"……."

할 말을 잃은 칼렌은 순순히 극장 안으로 들어갔다. 마부마저 고용인들의 휴게 공간으로 보낸 후, 칸나는 느긋하게 기다렸다.

잠시 후, 공연이 시작했는지 주변엔 칸나만 홀로 남았다. 칸나는 슬그머니 빠져나와 마차의 짐칸을 열었다.

그곳엔 사람이 웅크려 있었다.

'이건 아무리 봐도 익숙해지지 않는다니까.'

이토록 나와 똑같은 얼굴이라니.

칸나는 짐칸에 웅크린 인형에게 말했다.

"이제부터 뭘 어떻게 해야 하는지 알고 있지?"

칸나의 인형은 고개를 끄덕였다. 인형에게 여러 가지 명령을 내린 후, 칸나는 극장 건물 안으로 들어갔다.

"저기……."

"예, 무엇이 필요하십니까?"

친절한 얼굴로 웃으며 대응하는 직원. 죄책감이 밀려왔다.

"미안해요."

"예?"

칸나는 머뭇거리다가 손아귀에 쥔 향수병을 들어 올렸다. 칙! 분사된 향에 얻어맞는 순간, 직원의 얼굴에서 표정이 사라졌다. 어제 밤을 새워 가며 만든 최면 향이었다.

"누님, 대체 뭘 하시다가 이제 오신 겁니까?"

칼렌은 회중시계를 확인하고 있었다.

"공연이 시작했는데도 안 오셔서 걱정했습니다."

"응, 미안. 볼일이 길어졌네."

"하여간 누님은 언제나 바쁘시다니까요."

박스석 근처 구역을 맡은 직원들 모두에게 최면 향을 뿌리느라 늦어졌다. 칸나는 한숨을 내쉬며 푹신한 소파에 앉았다.

'됐어, 준비는 끝났어.'

효능은 반나절 정도 갈 것이다. 그리고 깨어났을 때는 아무것도 기억하지 못하겠지. 계획대로만 된다면 검은 사도들의 꼬리를 잡아낼 수 있을 것이다. 그렇게 되면 알렉스의 저주를…….

'……'

생각이 끊겼다.

'이상하네.'

칸나는 칼렌을 흘끔 훔쳐보았다. 마차를 함께 타고 올 때부터 생각한 거지만.

'오늘따라 왜 이렇게 멋있지?'

칼렌은 한쪽 다리를 꼬고 앉아 편하게 소파에 기대어 있었다. 쭉 뻗은 그의 긴 다리와 바지 밑단으로 드러난 발목이 묘하게 야릇했다. 발목이란 게 저렇게 관능적인 부위였던가.

'……나 지금 무슨 생각 하니?'

어처구니가 없었다. 칼렌을 상대로 이런 감상을 품다니. 그러나 더 어이가 없는 것은, 이상하다는 걸 알면서 도저히 시선을 뗄 수 없는 자신이었다.

그녀의 시선이 이번엔 그의 손으로 향했다. 굵은 핏줄이 불거진 커다란 손등, 길쭉하면서도 우아한 손가락. 칸나는 그의 손끝의 감촉을 알고 있었다. 굳은살이 박여서 딱딱한, 아주 기분이 좋은…….

'그만.'

칸나는 눈을 질끈 감았다. 그리고 냉정하게 파악했다.

지금 자신은 제정신이 아니다. 최면 걸린 직원들이 제정신이 아닌 것처럼, 무언가에 지배를 당하고 있었다.

'그럼 뭐지?'

누군가가 자신의 정신을 조작한 걸까? 언제? 어떻게?

직감이 내리꽂혔다.

'릴리엔느.'

왜 아침부터 엉뚱한 일을 벌이나 했는데…….

'화병의 물에 미약을 탄 건가?'

아니다. 이건 최음제 따위가 아니었다. 그저 야릇한 기분만 드는 게 아니었으니.

칼렌이 사랑스러웠다. 이런 감정을 만들어 내는 약이라니, 아무나 만들 수 있는 게 아니다. 분명 굉장한 재료가 필요했을 테지. 이를테면 주화의 피라든가.

"이상하네."

그 순간 들리는 음성에 칸나는 깜짝 놀라 눈을 번쩍 떴다. 칼렌이 어느새 바짝 붙어 앉아 그녀를 관찰하고 있었다. 그 예리한 시선에 심장이 쿵쿵쿵 뛰었다. 얼굴이 새빨갛게 달아올랐다.

"누님."

"……응?"

"어디 불편하십니까?"

잠시 침묵하던 칸나는 딱딱하게 대답했다.

"열이 좀 나. 뭔가 잘못 먹은 것 같아."

"잘못 먹었다고요?"

칸나는 고개를 끄덕였다. 이상하게도 지금 이 순간, 칼렌을 속이고 싶지 않아서 솔직한 생각을 말했다.

"그래. 릴리엔느가 뿌린 물에 뭔가 들어가 있었나 봐."

"아하."

칼렌은 눈치가 아주 빨랐다. 특히나 칸나와 관련한 일에서는 더더욱.

"몸이 뜨거워지고, 숨결이 거칠어지고, 저를 애타는 눈으로 바라볼 만한 것을 먹었나 봅니다."

그가 짓궂게 웃으며 고개를 숙였다. 그녀의 귓가에서 말했다.

"그래서 이렇게 달아올랐습니까?"

촤르륵! 커튼이 앞을 가로막았다. 단숨에 바깥과의 공간이 차단됐다. 칼렌이 줄을 잡아당겨 커튼을 내린 것이다.

"……!"

다음 순간, 칼렌이 칸나의 목에 입술을 내렸다. 피부를 빨아 당기는 촉촉한 살결에 칸나는 파르르 떨었다.

"어때요?"

그녀의 목을 느리게 핥아 올린 칼렌의 입술이 마침내 그녀의 뺨에 닿았다.

"좋아하는 것 같은데."

칼렌이 그녀의 귓바퀴를 살짝 깨물며 나른하게 속삭였다.

"더 기분 좋게 해 드릴까요?"

한편, 오르시니는 무대에 집중할 수 없었다. 그의 시선은 공연의 시작부터 지금까지 줄곧 칸나와 칼렌의 박스석에 꽂혀 있었다.

왜 커튼을 내린 걸까?

커튼을 친 박스석에서 일어나는 일은 뻔했다. 불타오르는 연인들이 종종 그 안에서 사랑을 불태우고는 했으니.

'칸나에게 죽고 싶어서 환장했군.'

분명 지금쯤 칸나에게 따귀를 얻어맞고 있겠지. 아니면 그 독사 같은 혀에 농락당하고 있든가. 오르시니는 그렇게 믿었다.

하지만 그런 것치고는 커튼을 너무 오랫동안 내리고 있는데…….

'설마 그 개자식이.'

오르시니의 머릿속에서는 온갖 상황이 오갔다. 속에서 천불이 끓기 시작했다. 소파 팔걸이 위에 올린 주먹에 힘이 들어갔다가 빠지기를 반복했다. 그렇게 상상의 고통을 겪고 있을 때.

'약효가 제대로 돌았나 보군.'

그들의 자리를 주시 중이던 릴리엔느도 알아차렸다. 커튼으로 막아놓은 박스석, 그 안에서 일어나는 일은 뻔했다.

'그런데 칼렌 경이 칸나의 유혹에 넘어갔다고?'

형제가 쌍으로 미쳐 돌아가는군. 릴리엔느는 고개를 숙여 오르시니의 귓가에 속삭였다.

"그거 알아? 어젯밤, 복도에서 이상한 것을 봤어."

그 말에 오르시니의 불같은 눈길이 날아왔다.

"뭘."

"당신의 누이가 당신의 형제와 입을 맞추고 있더군."

물론 거짓말이다.

"보아하니 지금도 그릇된 짓을 저지르는 것 같은데, 소문이 날까 봐 두렵네. 아무리 이복누이라지만 어릴 적부터 함께 자라 온 오누이잖아."

그때였다. 칸나와 칼렌의 좌석, 오랫동안 닫혀 있던 커튼이 확 열렸다.

'없어?'

빈자리를 치우는 직원만 있을 뿐. 두 사람은 사라진 상태였다.

"공연 중간에 자리를 뜬 걸 보니 확실하네."

릴리엔느는 도발적으로 웃으며 조롱했다.

"둘만 있을 수 있는 곳으로 이동했겠지."

"……."

오르시니는 대답하지 않았다. 그저 시커멓게 타들어 간 눈으로 두 사람이 사라진 좌석을 노려볼 뿐.

그렇게 얼마나 지났을까? 그가 몸을 벌떡 일으켰다.

"먼저 가지."

그 말을 남긴 채 바람처럼 떠났다.

'찾으러 가는구나.'

분명 저 짐승 같은 놈은 어떻게든 추적해서 현장을 급습할 것이다. 찾아내고, 목격하고, 충격을 받겠지. 짝사랑하는 여자가 제 형제와 뒹구는 꼴을 보고 어떻게 버틸까?

'어쩌면 난투극이 벌어지겠군.'

설마…….

'죽이진 않겠지?'

"불편하죠?"

칼렌이 칸나의 흐트러진 머리칼을 정돈해 주며 속삭였다.

"편한 곳으로 갈까요?"

❦

오르시니는 빠르게 걸어갔다. 가는 내내 그럴 리 없다는 생각을 했다.

"당신의 누이가 당신의 형제와 입을 맞추고 있더군."

거짓말. 그의 짝사랑을 조롱하기 위한 독설이었겠지.

칸나가 그럴 리가. 칼렌을 얼마나 싫어하는데. 칼렌을, 아디스를 죽도록 혐오하는데, 그런 녀석에게…….

"……."

오르시니의 발걸음이 우뚝 멈춰 섰다. 텅 빈 복도, 저 먼 곳에서 새하얀 머리칼의 남자가 보였다.

칼렌이다. 칼렌이 한 여자와 정열적인 입맞춤을 나누고 있었다.

오르시니는 무표정한 얼굴로 그 광경을 지켜보았다. 여자의 등허리를 지그시 누르고 있는 칼렌의 손. 그 손이 천천히 올라가 긴 머리칼 속으로 파고들었다. 그 매끄러운 검은 머리칼 안으로.

그러고는 여자를 번쩍 안아 계단을 내려갔다.

"……."

잠시 후 오르시니는 몸을 돌렸다. 왔던 길로 걸어갔다. 그렇게 얼마나 걸어갔을까. 오르시니는 다시 멈춰 섰다.

손끝이 미세하게 떨리고 있었다.

경련이 빠르게 퍼져 나갔다. 우드득, 팔뚝이 뒤틀렸다. 그는 이를 악물며 경련하는 팔을 움켜잡았다. 순식간에 이마에 식은땀이 맺혔다. 발작이 시작되고 있었다.

"내 누이라면 칸나에게 가장 먼저 쓸걸."

주화는 아르곤이 한 말을 떠올렸다. 의심 많은 누이, 릴리엔느는 제 남편이 아닌 다른 사람에게 먼저 실험해 볼 거라고. 일거양득의 효과를 누릴 수 있도록 칸나 아디스에게 사용할 거라고 예언했다.

"두고 보라고. 아디스 가문이 여자 하나 때문에 조각조각 갈라지는 걸 볼 수 있을 테니까."

'릴리엔느가 그 약을 벌써 칸나에게 쓴 건가?'

칸나와 칼렌의 자리. 공연 초반쯤 내려온 커튼은 지금까지 열리지 않았다. 지금쯤 저 안에서 어떤 일이 벌어지고 있을지 뻔했다.

'짐승들. 이런 곳에서 뭐 하는 짓이야.'

주화는 옆을 흘끗 쳐다봤다. 그곳에 은발의 남자가 앉아 있었다. 두근두근, 심장이 뛴다. 그 아름다운 자태가 무대를 관람하는 오만한 신 같았다. 지상을 굽어보는 절대자처럼 우아하고 고고했다.

그 약을 쓰면 이 사람도 저렇게 변할까? 커튼 너머의 칸나처럼? 때와 장소도 가리지 않고, 앞뒤 구분하지 않는 짐승처럼?

주화의 양 뺨이 붉어졌다. 실비엔 발렌티노가 욕망에 흐트러지는 모습은 도저히 상상이 되질 않았다. 그래서 보고 싶었다. 간절하게.

'하지만 아직 그 약은 완벽하지 않아.'

아주 드물지만 열 번에 한 번 정도는 부작용이 일어난다. 꽤 심각한 부작용인지라 그 부분을 개선하기 전까지는 실비엔에게 쓸 수 없었다.

'그러니까 지금은 이 정도로 만족하는 수밖에 없어.'

주화는 설레는 마음으로 실비엔과 공연을 관람했다. 실비엔의 얼굴을 훔쳐보느라 바빠서 공연은 제대로 보지도 못했지만.

"실례하겠습니다."

그렇게 얼마나 지났을까. 실비엔의 옆으로 직원이 다가와 쪽지 한 장을 내밀었다.

"한 숙녀분께서 발렌티노 공작 각하께 이걸 전해 달라 하셨습니다."

그 순간 달콤한 향이 스쳤다.

'이 향기는……'

칸나의 이름을 딴 향수. 제국에서 가장 인기가 많은 향수였다.

'쪽지에 향수를 뿌려?'

그 의도가 뻔한지라 주화는 불쾌해졌다. 누가 보낸 거야? 쪽지를 훔쳐보기도 전에 실비엔이 몸을 일으켰다.

"잠시 자리를 비우겠습니다."

"네? 하, 하지만 가하……."

"죄송합니다."

실비엔이 빠르게 빠져나갔다. 주화는 망연히 그 뒷모습을 지켜보았다.

'지금 여자의 쪽지를 받고 나간 거야?'

그를 불러낼 수 있는 여자가 있다고? 설마, 칸나가 보낸 걸까?

'아니야. 그럴 리 없어.'

칸나는 지금쯤 묘약에 취해 있을 것이다. 그러니까 커튼을……

"……."

커튼이 열려 있다. 그리고 그곳엔 아무도 없었다.

'언제 사라진 거지?'

당장 실비엔의 뒤를 쫓고 싶은 충동이 솟구쳤지만, 참았다. 기다렸다. 인내했다. 그러나 그는 돌아오지 않았다. 결국 주화는 더 참지 못하고 자리에서 벌떡 일어났다. 황급히 문을 열고 나가자 직원과 마주쳤다. 쪽지를 전해 준 직원이었다.

"그 카드, 누가 전해 준 거예요?"

"예?"

"발렌티노 공작 각하께 전해 준 카드 말이에요. 어떻게 생긴 여자였어요?"

그러자 직원이 멍한 얼굴로 대답했다.

"검은 머리에 검은 눈동자를 가진 분이었습니다."

역시나 칸나였다!

"공작 각하는 어디 가셨어요?"

"그 여자분과 함께 가셨습니다."

"어디로? 어디로 갔는데요?"

"단둘이 있을 수 있는 곳을 안내해 달라고 하셨습니다. 그래서 지하 복도 끝에 있는 휴게실로……"

말을 다 듣지도 않았다. 주화는 직원을 내팽개치고는 서둘러 몸을 틀었다.

'계단, 계단은 어디에 있지?'

다행히 금방 눈에 띄었다. 지하로 내려가는 계단은 여러 군데에 있어서 찾아 헤맬 필요가 없었다.

아마도, 칸나는 지금 그 묘약을 먹은 상태일 거다. 본래라면 복용 후 처음 만나는 이성에게만 반해야 했다. 하지만 부작용이 생기면 만나는 이성마다 모조리 다 반해 버리고 만다.

'만약 칸나에게 부작용이 일어나면?'

실비엔을 보고 반해서, 들러붙고 유혹하면?

'아니야, 괜찮아. 그분에게는 아무것도 안 통해.'

칸나의 몸으로 아무리 유혹해도 거들떠보지도 않았는걸. 발가벗고 달려들어도 눈썹 하나 까딱 안 했지. 그러니까 그분이 이제 와서 넘어갈 리 없어. 넘어갈 리가……

벌컥! 마침내 도착한 문 앞, 주화는 거칠게 문을 열었다.

"……뭐야?"

소파에 칸나가 누워 있었다. 반쯤은 가슴을 드러낸 상태로.

"너 뭐니?"

칸나가 인상을 찌푸리며 옷을 끌어 올렸다. 주화는 그녀를 빤히 응시했다. 헝클어진 검은 머리칼. 반쯤 지워진 립스틱. 구겨진 드레스. 소파 아래 떨어져 있는 구두…….

"공작 각하를 찾아왔니?"

칸나는 흐트러진 머리칼을 정돈하며 웃었다.

"조금 전에 나가셨는데, 못 만났어?"

"……"

"너와는 다른 계단을 사용한 모양이야. 엇갈렸나 봐."

"……."

"그 사람 굉장하더라. 얼굴값 하던데?"

그러고는 웃는다.

"뭐, 이제는 너도 잘 알겠지만. 아니면 아직도 모르려나?"

그 순간 머리가 완벽하게 얼어붙었다. 아무런 소리도 들리지 않았다. 아무런 사고도 할 수 없었다. 그저 본능을 따랐다. 손을 뻗었다. 더듬었다. 잡힌다, 무언가가. 단단하고 매끄러운 것. 집어 올렸다. 다가갔다.

"무, 무슨 짓이야?"

용서 못 해.

"그거 내려놔! 너 지금!"

용서 못 해.

"꺄악!"

쨍그랑!

허억, 허억. 주화는 숨을 헐떡였다. 온몸이 벌벌 떨렸다. 그녀는 쓰러진 칸나를 보다가, 아래를 내려다보았다.

"……아."

도자기 화병이 산산이 조각나 있었다. 그제야 자신이 한 짓을 알아차린 주화는 흠칫 놀라며 유리 조각을 떨어뜨렸다.

'내, 내가 칸나를…….'

죽인 거야?

그녀는 서둘러 문을 닫았다. 가쁜 숨이 헐떡헐떡 튀어나왔다. 물론 죽이고 싶었다. 죽어도 싸니까. 하지만 이렇게 갑자기, 아무 계획도 없이는 아니었는데!

'어, 어떻게 하지?'

주화는 자리에 엎어져서 두 손으로 얼굴을 가렸다.

'어떡해.'

들키면, 실비엔이 알게 되면.

'아니야. 아니야.'

차라리 잘된 걸지도 몰라. 칸나의 피는 아주 쓸모 있으니까. 그러니까 이 애를 검은 사도들의 은둔지, 연구실로 데려간다면.

'그래, 그러면 되잖아!'

그렇게 생각하자 초조했던 마음에 희망이 타올랐다. 주화는 조심스럽게 유리 파편을 들어 올려 손가락을 찔렀다.

"흐으, 아파……."

훌쩍이며 술법진을 그렸다. 자신의 보호자에게 메시지를 보내는 술법진이었다.

<지하 복도 끝, 휴게실, 칸나가 기절해 있어요. 어쩌면 죽었을지도 몰라요.>

<연구실로 데려가는 게 좋겠어요. 도와줄 사도분들 보내 주세요. 최대한 빨리요.>

"괜찮으십니까?"

오르시니가 벽에 기대어 발작을 견디고 있을 때, 직원이 다가왔다.

"의원을 불러드릴까요?"

의원? 오르시니의 입술에서 자조 섞인 웃음이 터져 나왔다. 소용없다. 이 빌어먹을 열병은 누가 고쳐줄 수 있는 게 아니었으니.

다행히 발작은 서서히 가라앉았다. 그는 호흡을 진정시킨 후, 직원에게 물었다.

"아디스 공작 영애가 어디로 갔는지 아나?"

"예?"

"검은 머리 여자 말이야."

그 말이 신호가 된 듯 직원이 초점 없는 눈으로 대답했다.

"단둘이 있을 수 있는 곳으로 안내해 달라고 하셨습니다. 그래서 지하 복도 끝에 있는 휴게실로 안내해 드렸습니다……."

하. 오르시니의 입술을 비집고 웃음이 터져 나왔다. 그는 직원을 지나쳐 근처의 계단을 빠르게 내려 걸어갔다.

알고 있다. 그 여자, 애초부터 남자 알기를 우습게 알지 않았는가. 제멋대로 무시했다가 이용했다가, 버렸다가 주웠다가, 제 필요에 따라 도구처럼 사용하는 여자였으니. 그러니 어쩌면 이번에도 칼렌을 이용하고 있는 걸지도 모른다.

그런데, 왜 칼렌이지?

지금은 내가 그놈보다 더 쓸모 있을 텐데?

한 걸음 한 걸음 뻗을 때마다 눈시울이 시뻘겋게 타들어 갔다. 반은 질투였고 반은 분노였다. 훼방꾼이 되어도 상관없다. 지금 그의 머릿속에는 오로지 칼렌의 턱을 으깨야겠다는 충동뿐이었다.

벌컥, 문을 열었다.

"……."

그러나 그곳엔 아무도 없었다. 문에 접근할 때부터 반쯤은 예상한 일이었다. 벌써 다른 곳으로 간 걸까? 아니면…….

'피 냄새.'

공기 중에 흩어진 혈향. 이것은 흘린 지 얼마 안 된 피 냄새였다.

그는 주위를 훑어봤다. 방 안의 모든 것이 깨끗하고 정갈했다. 핏자국은 물론 사람이 머물렀던 흔적 따위는 어디에도 없다.

그때 그의 눈에 한 가닥 떨어져 있는 머리카락이 눈에 띄었다. 검은색 머리카락이었다. 그는 머리칼을 집어 올려 살폈다.

'이건 칸나의 머리카락이 아니야.'

딱 한 번, 칸나의 머리칼을 만져 본 적 있다.

그녀가 자신을 죽이려고 독을 먹었을 때.

그는 그 순간의 모든 것을 무서울 만큼 생생하게 기억하고 있었다. 칸나가 입술을 맞춰 오는 순간 그의 손은 그녀의 머리칼 속으로 파고들었다. 그 비단결처럼 곱고 매끄러웠던 감각이 또렷했다.

그러나 지금, 이 검은 머리칼에는 희미한 곱슬기가 있었다.

'그럼 누구의 것이지?'

문득 칸나가 했던 말이 떠올랐다. 실비엔 발렌티노의 약혼녀, 주화. 그녀가 검은 사도라는 말이.

그 여자도 검은 머리칼이었다.

'설마…….'

"이제 그만 하라니까!"

철썩! 칸나에게 뺨을 얻어맞은 칼렌이 그제야 물러났다.

"이 비열한 녀석, 내가 약에 취한 틈을 타서 이런 짓을 해? 넌 상종 못 할 쓰레기야!"

온갖 비난을 퍼붓자 칼렌의 눈시울이 붉어지기 시작했다.

"잘못했습니다."

그러고는 눈물을 뚝뚝 흘리며 그녀의 앞에 무릎을 꿇었다.

"벌을 내려 주십시오. 달게 받겠습니다."

칸나는 칼렌을 노려보았다. 무시무시하게 화난 얼굴이었지만.

'제길, 심장 떨려!'

촉촉한 눈망울, 붉은 뺨으로 올려다보는 얼굴이 매혹적이어서 당장 끌어안고 키스를 퍼붓고 싶었다.

'미치겠네. 효과가 왜 이렇게 강한 거야?'

릴리엔느가 탄 약의 효과는 무시무시했다. 고작 몇 방울 입에 들어간 것만으로도 이 정도였으니.

'아냐, 정신 똑바로 차려야 해.'

이미 충분히 휩쓸렸다. 계속 약에 지배당하면 모든 계획이 수포가 될 것이다. 칸나는 그를 끌어안고 싶은 욕망을 무시하며 말했다.

"저택으로 돌아가. 돌아가서 얌전히 반성문 쓰고 있어."

"아뇨. 그 정도로는 안 됩니다."

"뭐?"

"더 심한 벌을 내려 주십시오. 예전처럼 채찍을 준비하고 기다리겠습니다."

"……"

저 미친놈이.

그렇게 칼렌을 보낸 후, 칸나는 잠시 망각했던 계획에 다시 착수했다. 실비엔에게 카드를 보낸 것이다. 미리 준비해 온 칸나 향수도 슬며시 뿌려 주었다. 주화의 불안감을 조성하기 위해서였다.

<꼭 해야 할 이야기가 있어요. 발코니로 와 주세요.

-칸나>

발코니에서 실비엔을 기다리며 칸나는 주화를 생각했다.

자신에게 모든 것을 빼앗긴 주화. 그래서 자신을 죽이려고 한 주화. 만약 실비엔마저 눈앞에서 빼앗긴다면?

'이성을 잃고 죽이려 들겠지.'

하지만 혼자서는 뒤처리를 감당할 수 없을 테니, 검은 사도들에게 부탁할 테고, 그들은 그녀의 피를 이용하기 위해 은둔지로 데려갈 것이다. 그러기 위해서는 실비엔이 이곳으로 와 줘야 한다. 그래야만 주화가 속을 테니까.

'실비엔, 제발 한 번만 와 줘.'

그래야만 검은 사도의 은둔지를 알아내고, 자료를 확보하고.

'그래야 알렉스를 고칠 수 있어.'

그때였다. 발코니의 문이 열렸다.

'왔다!'

칸나는 깊은 안도감을 느끼며 뒤를 돌았다. 은발의 남자가 다가오고 있었다. 새파란 눈동자와 마주치는 순간 칸나의 어깨가 흠칫 굳었다. 심미안을 가진 인간으로서 어쩔 수 없는 반응이었다.

'어떻게 이 사람은 시간이 갈수록 더…….'

흠, 칸나는 목을 다듬었다. 일순 압도당했지만 잠시였을 뿐이다.

실비엔이 왔다. 이제 주화는 올가미에 걸려들 거고, 검은 사도의 은 둔지로 자신의 인형을 데려갈 것이다. 모든 것이 순조롭게 굴러갈 거 다. 변수가 없다면.

"오랜만이에요, 공작 각하."

"칸나."

실비엔이 미소로 인사를 대신했다.

"와 주셔서 감사해요."

"별말씀을. 그렇지 않아도 한번 꼭 만나 뵙고 싶었습니다."

실비엔이, 나를? 칸나는 고개를 기울였다.

"왜요?"

"당신이 아닙니까?"

"……예?"

"저와 7년간 함께 산 여자, 당신이 아닙니까?"

칸나의 입술이 벌어졌다. 지금, 실비엔이 무슨 말을……?

"당신과 주화의 몸이 바뀌었다는 게 사실입니까?"

은둔지에 가까워졌을 때 주화는 안도했다.

거의 다 왔다. 이 숲에는 수많은 검은 사도가 숨어 보초를 서고 있 다. 낯선 자가 접근하면 사고처럼 위장해 죽일 것이다.

그 말은 즉, 이제는 안전하다는 소리였다.

주화는 자신의 어깨에 기대어 혼절한 칸나를 내려다보았다.

'이제 다 잘될 거야.'

그렇게 안도할 때, 일이 벌어졌다.

쾅! 어디선가 거친 폭음과 함께 비명이 울렸다. 주화는 깜짝 놀라 어깨를 움츠렸다.

'이게 무슨 소리지?'

그때 또다시 비명이 들렸다. 이번엔 아주 가까운 곳이었다.

'누군가가 쫓아오고 있어?'

깨닫는 찰나, 마차가 한차례 격하게 흔들렸다. 순간 정수리가 서늘해졌다.

'위에.'

마차 위, 무언가가 있다…….

천천히 고개를 드는 순간, 마차의 천장이 거짓말처럼 우지끈 뜯겨 나갔다.

"……."

주화는 완전히 얼어붙었다. 그곳에 악귀 같은 자가 있었다.

피에 흠뻑 젖은 얼굴, 엉망으로 찢어진 슈트. 어깨에 꽂혀 있는 화살. 그리고 눈. 그 귀신불처럼 타오르는 눈과 마주치자 주화의 머리가 새하얘졌다.

"야."

달리는 마차 위, 오르시니의 붉은 머리칼이 폭력적으로 휘날렸다.

"떨어져."

공포가 밀려왔다. 주화의 손끝이 파르르 떨렸다.

"개한테서 떨어지라고."

주화는 입안을 꽉 깨물었다.

'안 돼, 정신 차려.'

곧 본거지로 진입한다. 소란을 들은 검은 사도들이 나타나서 도와줄 것이다. 그러니까 조금만 더 시간을 끌면 된다.

칸나라면 어떻게 했을까? 칸나라면……!

"왜?"

도발했을 거야.

"칸나가 내 옆에 붙어 있으니까 아무것도 못 하겠어?"

주화는 덜덜 떨리는 입술을 억지로 끌어 올려 웃었다.

"웃긴다, 너. 그렇게 칸나를 싫어했으면서."

한때 칸나였기에 알고 있다. 저 자식이 나를, 아니, 칸나를 어떻게 취급했는지.

"오물, 쓰레기, 더러운 사생아 취급했잖아."

그리고 역시나 그 말은 효과적이었다. 오르시니의 얼굴이 무섭게 일그러졌다. 그만큼 동요했다는 뜻이었다.

"그런데 지금 몸에 화살까지 맞아 가면서 여길 뚫고 온 거야?"

그렇게 생각하자 정말 웃음이 나왔다.

"칸나가 알면 끔찍해할걸. 네 손에 구해지느니, 차라리 혀를 깨물어 죽을 거야. 칸나는 널 끔찍하게 싫어하거든!"

그때 화살이 날아왔다. 오르시니가 고개를 틀어 화살을 손으로 낚아챘다. 곧장 또 한 발이 더 날아왔다. 이번에는 어깨를 틀어 피했다.

그러나 다음 순간, 보이지 않는 무언가가 그의 몸뚱이를 후려쳤다. 그제야 마차 위에서 오르시니가 떨어져 나갔다. 바닥을 구르는 요란한 소음이 울렸다.

검은 사도들이 눈치를 채고 도우러 온 것이다. 주화는 눈을 감으며 안도의 숨을 내쉬었다.

'그래, 그럼 그렇지.'

이곳에는 검은 사도들이 우글우글 떼로 몰려 있다. 그런데 그 혼자서, 호랑이 소굴에 들어오다니. 킥 웃음이 나왔다.

'꼴좋다.'

칸나. 내가 너의, 아니, 우리의 복수를 대신 해 줄 수 있을 것 같아. 우리를 괴롭힌 그 남자애에게.

잠시 후 마차가 멈춰 섰다. 주화는 사도들의 도움을 받아 환영으로 가려진 은둔지로 걸어 들어갔다.

"괜찮으십니……."

검은 사도가 말을 끝맺지 못했다. 그의 시선이 주화의 너머로 향했다. 환영으로 가려진 문이 있는 곳으로.

저벅저벅. 발걸음 소리가 울린다. 주화는 천천히 뒤를 돌았다.

오르시니 아디스가 걸어 들어오고 있었다. 툭. 그는 손에 쥐고 있던 검은 사도를 놓았다. 이곳까지 그를 안내한 배신자였다.

"사, 살려……."

그러나 다음 순간, 오르시니의 발이 그의 목을 밟았다.

"커헉!"

콰득. 무언가가 잔인하게 부러지는 소리가 들렸다. 주화는 차마 보지 못하고 고개를 돌렸다.

"움직이지 않는 게 좋을 거야."

다시 한번 지그시 밟으며, 오르시니가 나직이 중얼거렸다.

"이놈이랑 같은 신세가 되기 싫다면, 입 닥치고 가만히 있으라고."

조용한 음성이었다. 그러나 그 말을 듣지 못한 자들은 없었다. 그 정도의 정적이었다. 오르시니가 다가와 주화가 부축하던 칸나를 빼앗았다.

그때였다. 칸나가 눈을 번쩍 떴다.

"칸나? 정신이 드나?"

칸나가 멍하니 오르시니를 올려다보았다. 조용히 중얼거렸다.

"째깍……."

그 순간 주화의 눈앞에 기시감이 일렁였다. 저건…….

"뭐?"

"째깍."

주화는 뒤로 주춤 물러났다.

"째깍째깍."

칸나가 씩 웃었다.

"펑."

다음 순간, 칸나의 몸이 터졌다. 오르시니의 품 안에서.

최악의 하루다.

칸나는 새빨간 불에 삼켜진 건물을 멍하니 응시하며 생각했다. 어쩌다 일이 이렇게 됐을까?

어느덧 노을이 내려오는 저녁. 귀빈들로 가득했던 오페라 극장은 거대한 불길에 휩싸여 있었다. 한 시간 전까지만 해도 수많은 귀족이 공연을 즐겼던 그 극장이 지금은 지옥처럼 변해 있었다.

"안에 대피하지 못한 사람들이 있습니다!"

"아르곤 황자 전하께서 못 빠져나오셨어요!"

거짓말 같은 소란을 멍하니 흘려들으며 칸나는 아까 일어난 일을
생각해 보았다.

"당신과 주화의 몸이 바뀌었다는 게 사실입니까?"

발코니에서 실비엔과의 대화.

"그렇다면 제가 죄책감을 느껴야 할 상대는 당신이 아니군요."

실비엔의 눈은 어느 때보다 차가웠다. 그때 칸나는 깨달았다.
'실비엔은 안 되겠구나.'
그렇게 생각할 때였다.

"부, 불이야!"
"다들 피해!"

거대한 굉음과 함께 화재가 일어났다. 건물 전체를 뒤덮을 만한 대화
재였고, 때마침 발코니에 나와 있던 칸나는 손쉽게 탈출할 수 있었다.
실비엔이 그녀를 끌어안고 발코니 아래로 뛰어내려 대피시킨 것이다.

"위험하니 어서 돌아가십시오."

그렇게 말하는 실비엔의 눈에는 기묘한 자괴감이 엿보였다. 그리고

빠르게 사라졌다. 아마 주화를 찾으러 가는 거겠지.

하지만 이미 늦었다는 것을 그도 알 것이다. 약혼녀를 구하고 싶었다면 칸나를 탈출시키는 데 시간을 쓰면 안 되는 거였다.

불은 거세게 치솟았고 건물 일부는 와르르 무너져 내렸다.

"아르곤 황자 전하께서 저를 내보내 주셨어요. 하지만 그 이후에 잔해에 깔리셔서……."

얼굴에 검댕이가 한가득 묻은 평민 소녀가 하는 말을 들었다. 칸나는 키득 웃었다.

'웃기시네.'

그녀는 장담할 수 있었다. 아르곤 황자는 이곳에서 죽을 것이다.

아니, 죽은 척을 할 것이다. 한때 자신이 그러했던 것처럼. 아마도 내일 오전 신문에는 대문짝만한 기사가 실리겠지.

<아르곤 황자 전하의 숭고한 희생…… 어린 소녀를 구하다가 목숨을 잃다…… 시신은 불 속의 잿더미로 변해…….>

대강 이런 기사들이.

'아르곤이 없으면 황실을 검은 사도로 몰아갈 매개가 없어.'

아마 아르곤도 그것을 알고 '죽음'을 위장했을 것이다. 칸나라면 어떤 수를 써서라도 그가 검은 사도라는 증거를 찾아내어 궁지로 몰아갈 거라고 생각했을 테니까. 그래서 죽은 척함으로써 그 가능성을 묻은 것이다.

'아르곤을 빌미 삼는 건 불가능해졌어. 실비엔을 끌어들이는 것도 실패했고.'

그러나 단 하나, 성과가 있다면 검은 사도의 은둔지를 알아낸 것.

본래 칸나는 인형이 보고 듣는 것을 공유하지는 못했지만, 선희의 지식이 더해지며 가능해졌다.

그래서 알고 있다.

'오르시니.'

그 녀석이 죽었다는 것을. 지금. 이 순간에.

"하하⋯⋯."

정말이지 기가 막힌 하루다. 칸나는 두 손으로 얼굴을 덮었다.

'왜 하필이면 폭발할 때 그 인형을 끌어안아서는.'

일전에 주화가 보낸 인형 폭탄을 응용했다.

터질 때 독가스가 아주 빠른 속도로 넓게 퍼지도록 만들었다. 아마지금쯤 가스에 중독되어 모두가 죽어 있겠지. 가장 가까이에서 얻어맞은 오르시니가 가장 타격이 컸을 것이다.

또 똑같은 방법에 걸려들다니 정말이지 한심하다.

하지만 상관없다. 그런 녀석 죽든 말든.

알렉산드로의 것을 손상하는 건 마음 아팠지만, 어쩔 수 없다. 오히려 잘된 일이지 않은가? 칼렌이 가주직을 이어받는다면 일이 더 잘 풀릴 테니⋯⋯.

그러나 생각과는 달리 칸나의 몸은 이미 움직이고 있었다.

'어쩌면 살아 있을지도 몰라.'

그는 아디스다. 알렉산드로의 아들이다.

'빨리 가서 치료하면 살 수 있을지도 몰라.'

칸나는 달렸다. 비명을 지르는 사람들, 극장 안에 가족이, 연인이, 친구가 있다고 울부짖는 사람들, 멍하니 화재를 구경하는 사람들, 혼돈 그 자체인 인파를 뚫고 빠르게 달려갔다.

오르시니는 의식을 되찾았다.

'어떻게 된 거지?'

그는 몸을 일으켰다. 얼마 동안 정신을 잃고 있었는지 짐작되지 않았다.

칸나가 터졌다. 몸이 펑 하고 터지더니, 단숨에 건물 안을 새카만 가스로 가득 채웠다.

그것이 그가 마지막으로 본 장면이었다. 순간적으로 성력을 끌어올려 몸을 보호하지 않았더라면 죽었을지도 모른다.

그는 그렇게 생각하며 주위를 둘러보았다. 그러나 아무것도 보이지 않았다. 검은 가스 때문인지 온통 어두웠다. 하지만 초월적인 감각은 그대로였기에 움직이는 데에는 무리가 없었다.

'다 죽었나 보군.'

짙은 암흑 속에서 그는 수많은 사람이 쓰러져 있는 것을 느꼈다. 이미 죽은 사람들, 그리고 죽어 가는 사람들로 가득했다. 이대로 있으면 그 역시 죽을 것이다.

그는 비틀비틀 걷다가 피식 웃었다. 웃을 수밖에 없었다.

'난 등신인가.'

칸나가 아니었다. 이번에도 똑같은 속임수에 당하고 말았다. 하지만 이번에도 살아남았다. 살아남았으니 다시 돌아가서…….

……돌아가면?

건물을 빠져나온 오르시니는 자리에 멈춰 섰다. 순간 막대한 무력감이 머리를 후려쳤다. 그는 그 짙은 허무를 견디지 못하고 주저앉았다.

돌아가면, 무엇이 있지?

지옥 같은 삶만이 기다리고 있다.

언제부터였을까. 살아 숨 쉬는 매 순간 늘 마음이 아팠다. 누군가를 간절하게 바라게 된 이후부터 온통 고통뿐이었다. 알아 버린 것이다.

원하는 것을 얻지 못하는 삶이 얼마나 비참한지. 끔찍한지.

문득 호흡이 뒤틀리는 듯했다. 또 발작이다. 지금 이 걸레짝이 된 몸으로 발작까지 겪으면, 글쎄. 어쩌면 정말 죽지 않을까. 그것도 괜찮을 것 같다는 생각이 들었다. 칸나가 이 사실을 알면 아주 조금이라도 동정해 줄지도.

자학에 가까운 희망을 품으며 오르시니는 품 안을 더듬었다. 앞주머니에 넣은 환각제를 꺼내려 했으나 잡히지 않았다. 폭발에 휘말려 사라진 듯했다.

"빌어먹을……."

오르시니는 욕설을 지껄이며 고개를 푹 숙였다. 붉은 머리칼에 고인 핏물이 뚝뚝 떨어져 내렸다. 그는 멍하니 그 붉은 반점을 응시하다가 홀린 듯 고개를 들었다.

이상하다. 환각제를 먹지 않았는데…….

저 먼 곳에서 그녀가 보이는 듯했다

알렉스의 아들이니까.

칸나는 그렇게 생각했다. 그렇지 않고서야 자신이 이토록 전속력으로 질주할 이유가 없지 않은가.

그토록 미워했던 오르시니인데, 죽이고 싶을 만큼 증오했는데…….

'그래도, 오르시니는 알렉스의 아들이야.'

그래서다. 그래서 이렇게 말을 타고 미친 듯이 향하는 거다.

은둔지는 깊은 숲에 있었다. 칸나는 어느새 어두워진 밤의 숲을 빠르게 달렸다. 그리고 발견했다.

저 먼 곳, 희미한 달빛 아래 저벅저벅 걸어오는 남자의 모습을.

오르시니였다. 순간 칸나는 밀려오는 안도감에 한숨을 내쉬었다. 살아 있다.

"칸나?"

말에서 뛰어내려 다가가자 오르시니가 중얼거렸다.

"그래, 나야."

칸나는 거칠어진 호흡을 들키고 싶지 않았다. 그를 살리기 위해 말을 타고 전력 질주했다는 사실을 알리고 싶지 않아서, 아주 태연한 척 말했다.

"너 정말 꼴……."

꼴좋다. 라고 말해 주고 싶었는데…… 그의 모습이 너무나도 처참한지라 도저히 시비를 걸 수 없었다.

'너무 심해.'

자신의 인형과 닮았던 상의는 갈기갈기 찢기다 못해 거의 흔적도 남지 않았다. 살아 있는 것이 신기한 모습. 그녀는 엉망진창으로 찢긴

오르시니의 몸에 완전히 압도되었다.

인형의 눈으로 봤을 때와는 다른 기분이었다. 그가 죽을 뻔했다는 이야기를 들었을 때와도 달랐다. 완전히, 달랐다.

"이번엔 진짜냐?"

그가 중얼거렸다.

"워낙에 가짜가 많아서 말이지."

"지금은 진짜야."

칸나는 퉁명스럽게 대꾸했다.

"그건 내가 검은 사도들의 은둔지를 알아내기 위해 설치한 덫이었어."

"덫?"

"그래. 넌 그 덫에 뛰어든 거야."

"병신 짓을 했군."

"잘 아네. 그러니까 다음부터는 내가 위험에 처한 것 같아도 가만히 있어. 그게 내가 아닐 수도 있으니까."

"……"

오르시니는 대답하지 않았다. 수긍한 것 같기도 했고, 대답할 가치조차 못 느낀 것 같기도 했다. 칸나는 그를 노려보다가 또다시 한숨을 내쉬었다. 아무리 미워하는 녀석이라지만, 자신이 만든 덫에 걸려들어 엉망이 된 꼴을 보니 기분이 썩 좋지만은 않았다.

칸나는 그의 옆에 앉으며 말했다.

"상처 치료부터 해 줄게."

그러지 오르시니가 한쪽 눈썹을 삐딱하게 들어 올렸다.

"네가, 나를?"

"그래."

"왜지? 넌 내가 죽길 바라는 거 아니냐?"

그의 빈정거림에 칸나는 할 말을 잃었다. 지금 그런 말이 나오나? 그런 넝마 조각이 되어서는?

기묘한 감정이 심장을 뜨겁게 달궜다. 그것은 분노 같기도 했고, 짜증 같기도 했다.

그리고 그 무엇도 아닌 아주 다른 감정 같기도 했다.

"나도 사람인지라 양심이란 게 있거든."

"너 사람이었냐?"

오르시니가 키득 웃었다.

"독사인 줄 알았는데."

그 말을 끝으로 오르시니는 눈을 감았다. 그의 몸이 앞으로 픽 고꾸라지자 칸나는 서둘러 잡아 주었다.

"오르시니?"

그가 칸나의 품에 쓰러지듯 안겨 왔다. 이토록 무력한 모습은 처음인지라 칸나는 당황했다.

"오르시니? 너 죽었어?"

"아직."

오르시니는 훤히 드러난 칸나의 어깨에 머리를 기댄 채 속삭였다. 금방이라도 사라질 듯 옅은 숨결이었다.

"죽을 것 같으면 미리 말해."

"죽으면 어쩔 건데."

"당연히 여기 버리고 가야지."

"나쁜 년."

"숨이 붙어 있다면 모를까, 시체 데리고 고생하는 취미 없어……."

그때 오르시니의 팔이 그녀의 허리를 휘감았다. 그러고는 힘차게 끌어안았다.

"……"

칸나는 깜짝 놀라 얼어붙었다.

쿵쿵. 쿵쿵. 오르시니의 심장 소리가 북처럼 울려왔다. 어찌나 큰지 바짝 닿은 가슴이 함께 떨려올 지경이었다.

칸나는 침을 삼켰다. 그리고 시선을 아래로 흘끗 내렸다. 여전히 어깨에 기댄 그의 얼굴. 그녀의 쇄골로 흩어지는 더운 숨결이 희미하게 떨리고 있었다. 게다가 허리를 휘감은 팔에서 느껴지는 긴장감이 어찌나 극에 달해 있는지…….

미치도록 사랑하는 것 같았다.

그녀를.

깨닫는 순간 해일처럼 밀려온 그의 감정이 그녀를 집어삼켰다. 그 압도적인 마음은 도저히 모를 수도 없었고 모른 체할 수도 없었다. 불에 덴 듯 뜨거워 칸나는 소스라치게 놀라 몸을 떨었다.

"이것……"

이것 놔. 그렇게 말하며 즉시 밀어내려다가 멈칫 굳었다. 그의 오른쪽 어깨에 박힌 두 개의 화살을 발견한 것이다.

순간 몹시 망연해졌다. 밀어내려던 손아귀에 힘이 풀렸다.

이 녀석, 바보인가. 전술의 귀재라고 들었는데 허명이었나. 작전상 후퇴도 모르는 건가. 적의 숫자가 압도적으로 많으면 아디스로 가서 기사들을 끌고 오든가 했어야지. 꼭 목숨을 담보로 걸고 달려들 필요가 있나. 뭐가 그렇게 급하다고…….

그러나 칸나는 그 어떤 말도 꺼내지 못했다. 알고 있다. 그가 무식하게 돌진한 이유를. 여유 없이 적의 소굴로 몸을 던진 이유를.

칸나는 충동적으로 손을 들어 올렸다. 그녀의 손이 오르시니의 머리칼을 쓰다듬을 듯 말 듯 허공을 배회했다. 그러나 순간적인 감정이었을 뿐이다. 결국 어디에도 닿지 않고 아래로 떨어졌다.

그때였다.

"만져."

그가 갈라진 목소리로 말했다.

"만져 줘. 제발."

명령인지 애원인지 알 수가 없었다. 칸나는 짧게 고민했다. 그러고는 다시 손을 올려 그의 머리칼을 어루만졌다.

"하……."

깊은 호흡이 흩어졌다. 단숨에 불덩이처럼 체온이 달아올랐다. 칸나는 자신의 손 아래, 짙은 행복에 취한 남자를 고스란히 느꼈다. 허리를 끌어안은 그의 팔에 바짝 힘이 들어갔다.

"아, 제길. 칸나."

그가 욕설과 함께 씹어뱉듯 중얼거렸다. 위에서 아래로, 위에서 아래로. 손바닥을 펼쳐 쓰다듬을 뿐인데 그의 심장은 이제 정말 터질 것처럼 뛰고 있었다.

"칸나."

그가 그녀의 어깨를 입술로 짓이겼다. 녹아내릴 듯 부드럽고 촉촉한 입술, 그 아래 세운 이가 따끔하게 살을 물어 왔다. 순간 눈앞이 아찔했다. 묘한 감각에 칸나의 등줄기가 잘게 떨렸다. 그녀가 뒤로 물러날 거라고 생각한 걸까. 오르시니가 그녀를 더 강하게 끌어안았다.

"조금만 더……."

계속 만져. 제발. 멈추지 마. 부탁이야. 그녀의 어깨 위에서 그가 명령했다. 애걸했다. 강요했다. 빌었다. 칸나는 입술로 살결을 지분거리며 자신을 찍어누르는 그를, 구차하게 매달리는 그를 내려다보았다.

그곳에 너무나도 명확한 진실이 보였다.

오르시니 아디스는 진창을 뒹굴고 있다.

도저히 그 혼자만의 힘으로는 빠져나올 수 없는 지옥이었다. 내버려 두면 언제까지나 저곳에 있겠지.

'그렇구나.'

칸나는 예감했다. 아니, 예언할 수 있었다. 오르시니는 앞으로도 계속해서 속을 거다. 똑같은 함정에 몇 번이고 빠지고 또 빠질 거다. 그러다가 언젠가는 기어코 죽겠지.

뻔했다. 불 속으로 날아가 타들어 갈 불나방의 운명처럼, 정해진 결말이었다. 동정해야 할까, 아니면 기뻐해야 할까. 그의 예정된 파멸에 칸나의 입술이 일그러졌다.

웃을 수 있다고 생각했는데 웃을 수 없었다. 모르겠다. 알 수가 없다. 지금 이 기분, 이 감정은 두 가지 색채가 마구잡이로 뒤섞인 것처럼 혼탁해서 제대로 보이지가 않았다.

그러나 단 하나, 확실했다. 오르시니와 칸나, 그들의 오래된 싸움의 승자는 결국 그녀라는 것을. 승리는 나의 것. 그렇게 생각하자 모든 것이 명확해졌다.

그래, 그것뿐이지. 그것으로 충분하지. 그 이상은 있을 수도 없고 있어서도 안 된다.

"오르시니."

승리했으니, 전리품을 취해야지.

"일전에 너에게 날 달라고 했었지?"

칸나는 가여운 패배자의 머리를 그의 소원대로 만져 주었다.

"내 대답은 변하지 않아. 난, 너에게 날 못 줘. 하지만……."

돌연 머리칼을 움켜쥐고는 확 잡아당겼다. 그의 고개가 가파르게 꺾이며 올라왔다.

"내가 널 가질 수는 있어."

칸나는 미소 지었다.

"넌 쓸모 있거든."

아르곤이 사라지고, 실비엔의 조력을 기대할 수 없는 지금. 오르시니 아디스가 필요했다. 그렇기에 갖고 싶었다.

"어떻게 할래?"

순간 오르시니의 목울대가 크게 흔들렸다. 칸나는 그의 목젖을 내려다보았다가 천천히 시선을 올렸다.

그리고 마주쳤다. 죽일 것처럼 노려보고 있는 초록색 눈동자. 애정, 아니, 애증, 지금 당장 달려들어 물어뜯을 듯한 형형한 눈과.

그가 웃었다.

그도 알았다.

오로지 이것만이, 이 처참한 전락만이 그가 맞이할 수 있는 최고의 결말이라는 것을.

이번 생에는 결코 그녀의 마음을 얻을 수 없다. 그의 꿈은 영원히 꿈으로만 남을 것이다. 그 냉엄한 진실에 눈가가 붉게 물들었다. 눈동자에 물기가 고였다. 이것이 기쁨인지 슬픔인지 알 길이 없었다.

"가져."

오르시니가 위협적으로 굴종했다. 짐승의 울음 같은 음성이었다.

"날 가져."

손을 뻗었다. 그녀의 목덜미를 우악스럽게 붙잡았다. 부드럽게 끌어당겼다.

"나는 네 거다."

입술을 맞추었다. 비참한 쾌락이 밀려왔다.

그 늦은 밤, 그 깊은 숲.

칸나는 오르시니 아디스를 가졌다.

오르시니는 과다 출혈로 혼절했다. 정신 잃은 그를 치료하고, 간신히 말에 태워 돌아갔을 때 저택은 한바탕 뒤집혀 있었다.

오페라 하우스에 대화재가 발생했다. 수많은 사람이 죽고, 다수가 시체조차 발견하지 못했다. 그러는 난리 통에 칸나와 오르시니가 사라졌으니 화재에 휘말렸다고 착각할 만했다.

"걱정 많이 했습니다, 누님."

칼렌의 눈은 충혈되어 있었다.

"대체 어디서 뭘 하셨기에 이 늦은 시간에, 그런 꼴로 돌아오신 겁니까?"

오르시니는 피와 흙으로 범벅이 되어 있었고, 칸나 역시 비슷한 꼴이었다.

"칼렌."

"예, 누님."

칸나는 잠시 침묵했다.

'큰일이네. 왜 아직도 이러지?'

아직 약효가 남아 있다. 그러니까 잔뜩 예민해진 칼렌의 날카로운 눈썹이 매력적으로 느껴지는 거겠지.

"아디스의 기사들과 함께 내가 말하는 곳에 다녀와 줘. 오르시니도 동의했으니까 걱정하지 말고."

그 말에 칼렌이 웃었다. 그는 언제나처럼 눈치가 빨랐다.

"오르시니 형님과 화해한 모양입니다."

"그럭저럭."

"어떻게 화해를 하셨기에."

칼렌이 손을 뻗어 그녀의 입술을 엄지손가락으로 쓸었다. 그의 손가락에 붉은 피가 묻어 나왔다.

"이런 걸 묻혀 오신 겁니까?"

그는 혀를 내어 손가락을 핥았다.

"이건 누님 피가 아닌데."

"……그걸 어떻게 알아?"

그러자 칼렌이 야살스럽게 눈을 접어 웃었다.

"그야 저는 누님의 모든 맛을 알고 있거든요."

순간 목뒤가 당겼다. 이 녀석은 정말이지…….

"칼렌, 너 계속 헛소리할 거야?"

"죄송합니다. 누님을 걱정한 나머지 심술이 난 모양입니다."

그가 사근사근하게 말했다.

"자세히 말씀해 주세요. 제가 뭘 하면 됩니까?"

칼렌은 아디스의 기사들을 이끌고 칸나가 점령한 검은 사도들의 은둔지로 향했다. 그리고 날이 밝아 올 때 즈음 그들의 연구물과 자료, 그리고 시체를 수습해 돌아왔다. 죽은 검은 사도 중 일부는 신원을 확인할 수 있을 것이다. 조사하다 보면 또 다른 정보가 나오겠지.

'은둔지가 이곳 하나뿐일 리가 없지.'

분명 여러 곳에 더 숨겨져 있을 것이다. 이번에 꼬리를 제대로 잡았으니, 찾아내는 건 시간문제였다.

그러나 단 하나 마음에 걸리는 것이 있다면.

'주화가 없어.'

수습해 온 시체 중 주화는 없었다.

"아가씨, 이제 주무시는 게 좋지 않겠습니까?"

"아까 좀 잤어요."

"몇 시간 못 주무신 것 같은데요."

"괜찮아요."

칸나는 지끈거리는 두통을 무시하며 미소 지었다.

클로드의 말대로 거의 이틀 밤을 지새웠다. 첫날에는 인형 폭탄과 최면향을 만드느라 밤을 새웠고, 둘째 날은 검은 사도들의 연구물을 파악하느라 밤을 새웠다. 아디스의 기사들이 연구물을 수습해 오는 동안 쪽잠을 자기는 했으나 턱없이 모자랐다.

짙은 피로가 몰려왔으나, 칸나는 무시했다.

'알렉스는 평생을 이렇게 살아온 거야.'

자신은 겨우 이틀을 새운 것만으로도 머리가 멍한데. 그는 수십 년 동안 이 피로감을 견디며 살아온 것이다.

"클로드."

"예."

"그분은 지금 어디 계세요?"

"예?"

"평소에 어디서 지내시는지 클로드는 알고 있죠?"

독약을 조달해 주는 역할을 맡은 듯하니 당연히 알고 있겠지.

"어, 음, 글쎄요, 저는……."

칸나는 뒤로 물러나려는 클로드의 팔목을 움켜잡았다. 그러자 그가 화들짝 놀라 외쳤다.

"왜, 왜 이러십니까?"

누가 잡아먹냐? 칸나는 도망가려는 그를 끌어당겼다.

"말해 줘요. 그분은 지금 어디 있어요?"

"일단 이것 놔주세요, 아가씨."

그가 아픈 척 울상을 지었다.

"힘이 장사이십니다. 팔목 부러지겠어요. 이자벨 아가씨랑 막상막하인데요?"

"클로드 경."

"죄송합니다. 말씀 못 드려요."

클로드가 난감한 얼굴로 뺨을 긁적였다.

"알렉산드로 님께서 기밀을 지키라 명하셨습니다."

정말이지 충직한 기사였다. 칸나는 클로드가 조금 더 좋아졌다.

"클로드, 그분이 악령을 본다고 했죠?"

"예."

"그 저주를 깨뜨리는 연금술."

칸나는 낡은 종이 하나를 내밀었다.

"그게 이거예요."

클로드의 눈이 커졌다. 칸나는 환하게 웃었다.

"찾아냈어요. 저주를 푸는 법."

"내가 말했지?"

알렉산드로는 눈을 감았다.

"넌 결국 이렇게 될 거라고 했잖아."

쇠를 긁는 듯한 목소리들이 귓가에서 아우성쳤다. 이제는 숨 쉬듯 익숙한 일이었다. 살아생전의 원한과 악의만 남은 혼들에게 듣는 저주도, 불길한 말도.

"그러게 진작 그 여자를 내쫓았어야지. 네 꼴을 봐. 네 삶을 봐."

"너는 파멸했다. 더 큰 파멸만이 남아 있다."

"내가 예언 하나 할까?"

"네가 가장 두려워하는 일이 현실에서 벌어질 거다."

"그래, 그것 말이야. 너의 악몽, 너의 공포."

"넌 아주 큰 죄를 짓게 될 거야. 결코 용서받지 못할 죄를."

킬킬킬, 아주 오랫동안 그를 쫓아다닌 혼이 째지게 비웃었다.

"넌 타락할 거다, 알렉산드로."

chapter 25

"당신 딸이 날 죽이려고 했어요!"

주화가 울음을 토해 냈다.

"내 인생을, 내 가족을 빼앗아간 것으로 모자라서, 내 목숨까지 가져가려고 했어요!"

정말 죽을 뻔했다. 아르제니안이 그녀를 구해 주지 않았더라면 꼼짝없이 죽었을 것이다.

"진정해, 주화야."

"진정? 당신이라면 진정할 수 있어요?"

주화가 번뜩 눈을 빛냈다.

"아디스에 무기를 숨겨 놨잖아요. 그 무기를 써요. 그 무기로 칸나를 죽여요!"

칸나와 똑같은 아르제니안의 얼굴에 난감함이 서렸다.

"무기를 쓸 기회는 단 한 번뿐이야. 이렇게 쓸 수는 없어."

"그 한 번을 지금……!"

"진정하렴. 그렇게 소리를 지르면 목이 쉬어. 목소리가 쉬면 발렌티노 공작이 싫어할 거다."

그 말에 발악이 뚝 멈추었다. 아르제니안이 그녀를 살살 달랬다.

"그나저나 발렌티노 공작을 찾아가지 않아도 되겠니? 네가 무사하다고 전령을 보내긴 했지만, 그래도 직접 얼굴을 보여 주는 게 좋을 텐데."

"그…… 그래요. 맞아요."

주화는 눈물 젖은 얼굴을 닦았다. 서둘러 몸을 단장한 후 발렌티노 저택을 방문했다. 늦은 새벽이지만 개의치 않았다. 자신은 그의 약혼녀다. 그 정도 권리는 있었다.

게다가 그가 정말 칸나를 만났는지, 혹시 칸나를 침대에 끌어들이지는 않았는지 확인해야 했다.

"공작 각하는 지금 주무십니다만……."

집사의 말에 불길한 상상이 밀려왔다. 혹시 칸나와 있는 건 아니겠지?

"비켜요!"

집사의 만류를 뿌리치고 주화는 그의 침실로 향했다. 노크했다.

"실비엔. 저예요."

대답을 기다릴 여유도 없었다. 주화는 발끝이 타들어 가는 초조함을 견디지 못하고 벌컥, 문을 열고 안으로 들어갔다.

실비엔은 검은 실크 나이트가운을 입고 소파에 앉아 있었다. 그가 천천히 고개를 돌려 불청객에게 나른한 시선을 던졌다. 어둠 속에서 마주친 눈이 밤하늘의 푸른 별 같았다.

"바, 밤늦게 죄송해요."

"괜찮습니다."

그는 자리에서 일어나 그녀에게 다가왔다.

"무슨 일이 있었던 겁니까?"

위로 같은 물음에 마음이 녹아내렸다. 눈물이 찰랑 차올랐다.

"괜찮으니 말씀하십시오."

주화는 우물쭈물하다가 솔직하게 고백했다.

"······칸나가 저를 죽이려고 했어요."

"이런."

"칸나가 실비엔에게 보낸 쪽지, 그건 함정이었어요. 절 조롱하려고 한 짓이에요. 칸나가 고대 연금술로 폭탄 인형을 만들어서······."

주화는 횡설수설 오늘 있었던 모든 일을 이야기했다. 조금 각색해서.

칸나가 자신을 속여 조롱했고, 서로 몸싸움을 하는 과정에서 칸나가 혼절했다. 그런 칸나를 치료하기 위해 데려갔는데, 몸이 폭탄처럼 팡 터졌다고 말했다.

'거짓말은 아니야. 어쨌든 결과는 똑같으니까.'

실비엔에게 비밀을 하나둘씩 털어놓은 지는 얼마 되지 않았다. 아르제니안은 절대로, 누구에게도, 아무것도 말해서는 안 된다고 했지만.

'다른 걸 말하는 것도 아니고, 칸나가 한 나쁜 짓만 말한 건데.'

칸나가 자신의 인생을 가져간 것. 그녀의 불행한 인생을 저에게 대신 살게 만든 것. 그리고 연금술로 나쁜 짓을 하고 다니는 것. 그런 것들만 말하는 거니까.

그 이야기를 듣고 나서부터 실비엔은 주화에게 관심을 주기 시작했다. 동정했고, 위로해 주었다. 약혼 이야기가 오가기 시작했다.

물론 이건 아르제니안에게는 비밀이었다.

"칸나가 제 친구들을 죽였어요. 제 인생, 제 가족들까지 빼앗아 갔으면서······."

주화는 코를 훌쩍이며 중얼거렸다.

"무서워요. 언젠가는 개한테 모든 것을 빼앗길 것 같아요."

"그렇게 생각하지 마십시오. 분명 끝까지 당신의 곁에 남을 존재가 있을 겁니다."

실비엔이 부드럽게 말했다.

"당신을 그 폭발에서 구해 줬다는 사람이 있지 않습니까? 목숨을 걸고 구할 정도라면, 결코 곁을 떠나지 않을 겁니다."

그 말에 아르제니안이 떠올랐다. 물론 그는 자신을 구해 줬지만……

'그래도 칸나의 친아빠잖아.'

게다가 적극적으로 복수에 나서지 않아서인지 마음 한구석이 불안했다. 저도 모르게 그에게 아르제니안 이야기를 하려는 찰나.

'아니야, 안 돼.'

주화는 깜짝 놀라 입을 꽉 다물었다. 이건 안 된다. 다른 건 몰라도, 이건 절대 안 된다.

'그랬다가는 꼬리를 잡힐 수 있어.'

주화는 조심스럽게 실비엔의 눈치를 살폈다. 설마, 일부러 그의 이야기를 끌어낸 건 아니겠지? 그러나 괜한 염려일 뿐이었다. 실비엔의 고결한 얼굴에는 꿍꿍이 따위는 보이지 않았다.

'하긴 실비엔이 그 사람을 알아내려 할 이유가 없지.'

애초부터 자신이 검은 사도인 것을 모르고 있으니까. 지금 그는 자신을 진심으로 아껴 주고 있다. 예전과는 달리 시간을 내어주고 이야기를 들어주고 있다. 그렇게 생각하자 가슴이 떨려왔다.

"실비엔, 정말 저랑 결혼할 거예요?"

그 말에 실비엔이 은빛 물처럼 매끄럽게 미소 지었다.

"당신이 원한다면."

주화는 넋을 놓았다. 순간 그의 뒤로 달무리가 은은하게 빛나는 듯한 환각을 보았다.

"신중히 결정하시는 게 좋을 겁니다. 당신도 아시겠지만 저는 좋은 사람이 아닙니다."

주화는 고개를 저었다.

"하지만 뒤늦게 후회하셨잖아요. 그래서 칸나에게 사과하고, 이혼을 다시 고려해 보라고 제안하신 거잖아요. 혹시 거짓이었나요?"

"그럴 리가요. 칸나에게 했던 말은 모두 진심이었습니다."

실비엔이 칸나에게 했던 말. 그건 자신에게 한 말이나 다름없었다. 실비엔이 후회하는 일, 죄책감을 가진 일, 모두 다 그녀가 겪은 일이었으니까.

주화는 그렇게 믿었다.

클로드는 저주를 푸는 방법이 있다는 걸 알고 태도를 바꿨다.

"그럼 제가 알렉산드로 님께 허락을 받아오겠습니다."

그를 기다리는 동안 이틀이 지났다. 그리고 그때쯤 오르시니가 드디어 의식을 되찾았다.

"몸은 좀 어때?"

오르시니는 멍하니 침대에 앉아 있다가 칸나를 보자 미간을 좁혔다.

"네가 혼절해 있는 동안 아르곤 황자가 죽었어. 정확히 말하자면, 죽은 척을 했지."

"……."

"네 아내랑 칼렌은 아디스 가문을 대표해서 국장에 참석했고."

그 소식에도 오르시니는 딱히 놀라는 기색이 아니었다. 아예 관심이 없는 듯했다.

"야."

"응?"

"내가 꿈을……."

"꿈?"

오르시니는 마른세수를 했다. 그러고는 중얼거렸다.

"아니, 아니다."

"왜? 이상한 기억이 있어?"

"뭐?"

"네 입으로 너는 내 개라고 한 거?"

칸나는 소리 없이 웃었다. 저 커다란 녀석이 자신의 허리를 꽉 끌어안고 했던 말들이 생생했다. 문득 그가 깨물었던 어깨가 욱신거렸다.

"아니면 네가……."

더 짓궂게 까발릴까 하다가 관뒀다. 울적해서인지 그럴 기운이 없었다.

"네가 어디까지 기억하는지 모르겠지만 이거 하나는 확실히 알아 둬."

칸나는 오르시니의 옆에 걸터앉았다. 그러자 그의 온몸이 잔뜩 긴장하는 것이 생생하게 느껴졌다. 머리카락 하나까지도 바짝 곤두선 듯했다. 그러나 칸나는 별다른 감흥 없이 말했다.

"이제 넌 내 거야."

순간 오르시니의 귓불이 확 붉어졌다.

"여기 서류 받아. 그때 죽은 검은 사도들의 신원을 확보했어. 이 사람들의 접점은 네가 알아봐 줘."

"……어."

그가 딱딱하게 대꾸했다. 종이를 받아드는 그의 손끝이 미세하게 떨리고 있었다.

'왜 저렇게 떨어?'

이제 와서.

앞으로 그는 그녀의 것이라고, 그녀의 개가 되겠다고 말했으면서. 그렇게 말한 그 순간이 수치스러운 걸까, 아니면 굴욕적인 걸까.

어느 쪽이든 중요하지 않았다.

"그럼 난 가 볼게."

용건은 끝났다. 몸을 일으켜 나가려고 할 때.

'저게 뭐지?'

협탁 옆, 빈 약병이 눈에 들어왔다. 칸나는 눈살을 찌푸렸다. 그것은 거의 직감이나 다름없었다. 다가가 약병을 잡아 올리자 오르시니가 만류했다.

"야, 그건."

"뭔데?"

그는 입술을 달싹였으나 결국 아무 말도 하지 못했다.

'설마……'

칸나가 서랍을 확 열자, 그 안에 빼곡히 정렬된 약병이 드러났다.

"이거 뭐야?"

"……영양제."

칸나는 눈을 가느다랗게 떴다. 이 녀석 거짓말에는 소질이 없군.

"영양제? 그럼 내가 먹어도 되지?"

병마개를 열어 마시려 하자 그가 빠르게 약병을 후려쳤다. 쨍그랑! 유리병이 날아갔다. 날카롭게 부서지는 소리가 들렸다.

"……."

묵직한 침묵이 흘렀다. 칸나는 다시금 그의 옆에 앉았다.

"얼마나 됐어?"

오르시니는 그녀의 시선을 피하며 중얼거렸다.

"얼마 안 됐어."

"중독됐어?"

"그 정도는 아니다."

"끊어."

"……."

"끊어, 오르시니. 너까지……."

너까지 이러면 안 돼. 알렉스에 이어서 너까지.

'이런 것까지 닮을 필요는 없잖아.'

그가 이 약을 시작한 이유는 정확히 알지 못했다. 그러나 예상할 수는 있었다. 그의 고통, 그 아픔의 원인을 이제는 알고 있으니.

알렉스가 떠올라서일까. 칸나는 아주 예민하게 반응했다.

"이 약, 한 번만 더 하면 다시는 널 안 볼 거야."

어째서인지 오르시니의 귀가 점점 붉어지고 있었다. 그는 손으로 입매를 쓸며 고개를 끄덕였다. 대답을 받아내자 칸나는 한숨을 내쉬었다. 적어도 한 번 한 말은 지키는 녀석이니까.

"그럼 갈게. 쉬어."

일어나 몸을 돌렸다. 그렇게 나가려 할 때, 오르시니가 그녀의 팔목을 붙잡았다.

"……?"

칸나는 뒤를 돌아보았다. 오르시니는 손아귀에 잡힌 그녀의 손목을 바라보다가 조용히 물었다.

"이혼할까?"

그걸 왜 나한테 묻지?

칸나는 눈썹을 찌푸렸다. 그러나 곧 이성적으로 생각해 보았다. 릴리엔느는 검은 사도가 아니더라도, 그들에게 이용당하기 딱 좋은 존재였다.

'실제로도 그랬지. 나에게 이상한 약을 먹이기까지 했으니.'

그 덕분에 하마터면 일을 망칠 뻔했다.

"그러는 게 낫겠네. 아무래도 그 여자, 검은 사도와 관련될 수 있으니까."

그러고는 팔목을 비틀어 그의 손아귀에서 빠져나왔다.

"깜빡하고 말 안 했는데, 곧 신령도 방문할 예정이야."

오르시니의 얼굴이 천천히, 그러나 확실하게 구겨졌다.

"신령? 네 뒤를 졸졸 쫓아다녔던 그 음흉한 녀석?"

"음흉하다니, 말조심해."

"내가 틀린 말 했냐? 그 새끼가 왜……."

"나한테 소중한 사람이야."

오르시니의 입술이 딱 굳었다. 일순 그의 눈이 잘게 경련했다. 칸나는 그를 외면하며 몸을 일으켰다

"며칠 머물다가 갈 거니까 그렇게 알아."

그 말을 남긴 후 칸나는 방을 나섰다.

오늘 오전, 라파엘이 전령을 보내왔다.

<알렉산드로 아디스가 받은 저주와 관련해 드릴 말씀이 있습니다. 허락해 주신다면 곧 방문하겠습니다.>

악령의 저주를 푸는 법은 알아냈다. 그러나 불면의 저주, 영생의 저주는 흔적도 찾아볼 수 없었다. 어쩌면 라파엘이 그 단서를 찾은 걸지도 몰랐다.

'일단 악령을 보는 저주부터 풀어 주고 싶은데.'

갑자기 마음이 초조해졌다.

'클로드 경, 빨리 돌아와요.'

"죄송합니다. 알렉산드로 님께서 거부하셨습니다."

칸나는 귀를 의심했다. 설마설마했는데 이것조차 거부하다니!

"죄송하지만 알렉산드로 님이 계신 곳을 알려 드릴 수 없겠습니다."

칸나는 클로드를 빤히 바라보았다.

"클로드 경."

"예?"

"제 마음 알죠?"

"아뇨, 모르는데요…… 아가씨?"

치이익! 칸나는 그의 얼굴에 최면 향을 뿌렸다. 잠시 후, 초점이 몽롱해진 클로드를 보며 명령했다.

"그분이 어디 있는지 말해요."

❧

클로드에게 주소를 갈취한 칸나는 즉시 마차를 잡아탔다.

'……여기라고?'

작은 해안 마을. 알렉산드로의 집은 에메랄드색 바다가 한눈에 내려다보이는 곳에 있었다.

'이런 곳에서 지내고 있었단 말이야?'

물론, 평민 기준으로 혼자 살기에는 나쁘지 않았다. 하지만 수도에서 가장 큰 대저택의 주인이었던 알렉산드로 아디스가 이런 곳에서 지내다니.

심지어 자그마한 정원에는 해바라기를 예쁘장하게 심어 놓기까지 했는데…….

'클로드가 잘못 알려 준 거 아니야?'

의심쩍어하고 있을 때 집의 문이 벌컥 열렸다.

"그럼 전 이만 가 볼게요."

……젊은 여자가 나왔다.

칸나는 멍하니 집에서 튀어나온 여자를 바라보다가 그 뒤에 선 남자를 발견했다. 알렉산드로였다. 눈이 마주친 순간 알렉산드로의 얼굴이 굳었다. 칸나는 싸늘하게 미소 지으며 다가갔다.

"오랜만이에요."

"네가 왜 여기 있지?"

대답하는 대신 칸나는 시선을 슬쩍 내려 여자를 훑어보았다.

"당신은 누구죠?"

"네? 아, 저, 저는……."

여자는 우물거리며 알렉산드로와 칸나를 번갈아 보았다. 그 어벙한 태도에 신경질이 확 치밀었다.

"지금 내 말이 안 들려요? 누구냐고 물었잖아요."

"칸나."

그때 알렉산드로가 나직이 그녀의 이름을 불렀다. 칸나는 달아오른 눈으로 그를 쏘아보았다.

"……."

엄격한 시선. 그 눈과 마주치자 이상하게도 모든 전의가 피시식 흩어졌다. 한숨을 쉰 알렉산드로가 그녀의 팔을 붙잡고는 집 안으로 끌어당겼다. 그리고 여자에게 말했다.

"가 보십시오."

왜 존댓말이야? 저 여자 대체 누군데?

상대도 같은 의문을 느낀 듯했다.

"그, 그런데 저분은 누구……?"

"제 딸입니다."

놀란 여자를 뒤로하고 알렉산드로가 문을 닫았다.

정적이 내려왔다. 칸나는 자신의 팔목을 붙잡은 그의 손을 내려다보았다. 마지막으로 닿았을 때보다 더 거칠고, 더 단단했다.

그러나 잠시였을 뿐이다. 알렉산드로는 그녀를 놓아준 후 뒤로 물러났다.

"안으로 들어와라."

의외였다. 집 안에 들이긴커녕 문전박대할 줄 알았는데. 그는 칸나를 거실로 안내했다.

"이곳에는 왜 왔지?"

"당신을 보려고요."

"내가 일전에 경고했을 텐데. 말 똑바로 해라."

"왜요? 뭐 잘못됐어요?"

"너는 내⋯⋯."

"딸은 무슨."

칸나는 그의 말을 자르며 코웃음 쳤다.

"아까 그 여자 표정 봤어요? 당신이 날 딸이라고 소개하니까 정신 병자 보는 얼굴이던데."

칸나는 소파에 몸을 기대며 비아냥거렸다.

"하기야 장난치는 줄 알았겠죠. 딸이라니, 그 외모에 나 같은 딸이 있을 리가. 애인이라면 모를까."

그의 얼굴을 노려보던 칸나는 뒤늦게 눈치챘다.

'더 어려졌어?'

분명 몇 년 정도 나이가 든 얼굴이었는데, 다시 예전처럼 돌아갔다. 평생 같은 시간에 고정되어 있던 때로.

"아니면 애 딸린 이혼남인 거 속이고 만나는 중이었어요? 그러면 욕먹을 만한데요."

"그런 게 아니다."

알렉산드로는 머리가 지끈거리는지 관자놀이를 문질렀다.

"저 여자는 내 요리 선생이야."

뭐?

"이 마을에 단 하나 있는 요리 학원을 운영하지."

"……."

"나는 사람들과 어울리는 것이 불편하여 개별적으로 배우고 있다."

순간 할 말이 사라졌다. 알렉산드로가 요리를 배운다고? 학원 나가기는 멋쩍어서 과외를 받는다고?

"왜 요리를 배워요?"

그러자 그가 당당하게 말했다.

"못하니까."

"……."

하기야, 잘하면 배울 필요가 없겠지. 못하니까 배우는 거지…….

'아니지, 속으면 안 돼.'

칸나는 잠시 넘어갈 뻔한 정신을 바짝 붙잡았다.

"못 믿겠어요. 요리사를 고용하면 되지, 굳이 요리를 배울 이유가 있어요?"

"네가 믿든 말든 상관없다."

그러나 알렉산드로는 단칼에 그녀의 호기심을 잘랐다.

"설령 내가 저 여자를 사적으로 만난다 해도 네가 관여할 이유는 없어."

그 말에 칸나는 뺨을 맞은 기분이었다.

별거 아닌데. 정말이지 별거 아닌 말이었는데, 모든 가시가 우수수 꺾이는 듯했다. 천하의 얼간이처럼 아무 말도 하지 못하고 두 손을 움켜잡았다.

"……저주를 풀어 주려고 왔어요."

한참 후에야 간신히 말을 꺼냈다.

"악령을 본다고 했잖아요. 그 저주를 깨뜨리는 술법진을 알아냈어요.

그래서…….”

"필요 없다. 저주는 사라졌어.”

저주가 사라졌다고? 언제? 어떻게?

'아니야, 그럴 리 없어.'

믿을 수 없다. 분명히 거짓말을 하는 거다. 그녀를 밀어내려고.

'왜?'

칸나는 입술을 깨물었다.

'왜 밀어내는 거야?'

불안함, 그것과 비슷한 색채의 감정이 소용돌이쳤다. 알렉산드로의 모래 같은 눈빛, 건조한 목소리, 그 모든 것들이 그녀를 밀어내고 있었다. 그의 삶 밖으로.

"못 믿겠어요.”

그 말에 알렉산드로가 의아한 듯 고개를 기울였다.

"칸나.”

"네.”

"나에게 네 믿음이 중요할까?”

칸나의 말문이 완전히 막혔다. 혀가 잘려 나간 듯했다. 그 정도 충격이었다.

"저주는 풀렸다. 그러니 더는 내게 죄책감이나 부채감을 가질 필요 없다.”

"알렉스.”

순간 알렉산드로의 얼굴에 불쾌함이 서렸다. 그가 느릿느릿 말했다.

"그렇게 부르지 말라고 경고했을 텐데.”

순식간에 공기가 날카로워졌다. 그래서일까. 온 살갗이 욱신욱신

아팠다.

"대화는 끝이다. 더는 너와 할 이야기 없어."

알렉산드로가 소파에서 몸을 일으켰다.

"이제 날 찾아오지 마. 아예 잊고 살아 준다면 고맙겠군."

"……."

"돌아가, 칸나."

알렉산드로는 끝을 냈다. 수십 년의 고통이었을 기다림의 끝을.

"가서 네 삶을 살아라."

칸나의 눈에 열기가 몰렸다.

어떻게 이렇게 끝낼 수 있지?

아무렇지도 않게 잘라내기엔 너무나 귀중한 기억들이었다. 아직도 생생했다. 손에 잡힐 듯 가까웠다. 그 순간들. 너무나도 선명하여 아직도 화끈거리는 열기가 남은 시간을.

당연한 일이다. 그녀에게는 얼마 전의 일이었으니까.

그러나 알렉산드로에게는 아니었다. 그에게는 까마득한 과거였다. 수십 년 전에 일어난 일이었다. 게다가 그의 기다림에는 기약도 대상도 없었다. 검은 물 위에 비친 달그림자처럼, 결코 닿을 수 없는 허상을 그리워하는 시간이었다.

"나는……."

"피곤하군. 그만해라."

하지만 그가 원치 않으면, 여기서 물러나는 게 맞지 않나?

그는 정말 이제 더는 아무것도 바라는 것이 없어 보였다. 그저 모든 것이 지긋지긋한 것 같았다. 그렇다면 그를 위해서 사라져 줘야 하지 않나? 평생 그녀 때문에 괴로워했을 텐데…….

코끝이 시큰거렸다. 칸나는 불덩이 같은 그 감정을 힘겹게 삼켰다. 하지만…….

'정말 진심일까?'

이렇게 단칼에 끊어 낼 만큼 미련이 없다면, 왜 그런 고통을 감내하며 지금껏 약속을 지켰단 말인가?

"정말 저주가 풀렸어요?"

"그래."

"그래요…….."

칸나는 자리에서 일어났다. 그러고는 알렉산드로를 지나쳤다.

'침실, 침실이 어디지?'

무례하다는 것을 알지만, 칸나는 거침없이 침실로 걸어 들어갔다.

"칸나."

뒤쫓아 오는 걸음을 무시했다. 침대. 그리고 그 옆의 협탁. 칸나는 성큼성큼 다가갔다.

"칸나, 멈춰."

서랍을 열었다. 그리고 보았다. 수십 개의 약병.

칸나는 어느새 가빠진 숨을 내뱉었다. 침대 아래 휴지통으로 시선을 내렸다. 빈 약병이 여러 개 쌓여 있었다.

피식, 웃음이 흘러나왔다.

"이런데도 저주가 풀렸다고?"

몸을 돌렸다. 알렉산드로가 침실 밖에 서 있었다. 하지만 강력한 선이 그어진 것처럼 안으로 들어오지 못했다.

칸나는 약병을 들어 올리며 비웃었다.

"이렇게나 많이 쌓아 두고 있으면서, 저주가 풀렸다는 거짓말을 해요?"

다가갔다. 한 걸음, 한 걸음 가까워질수록 알렉산드로의 눈이 매섭게 굳어 가는 것이 보였다.

"뭐가 두려워서 날 피해요?"

"그런 것 없다."

"거짓말."

"나가."

"싫어요."

"내 손에 강제로 끌려 나가고 싶어?"

낮게 내뱉는 목소리가 위협적이다. 그러나 이제 더는 무섭지 않았다. 그저 아플 뿐이었다.

"기억 안 나요?"

칸나는 웃었다. 팔을 들어 올렸다. 그가 잡았던 손목이었다.

"날 이곳으로 끌고 들어온 건 당신이야."

"야, 당근!"

스무 살의 알렉산드로 아디스는 그 자리에 멈춰 섰다.

몸을 돌렸다. 여자의 눈과 마주치는 순간, 불똥이 튄 듯했다. 그만큼 뜨겁게 타오르는 눈이었다. 그는 기가 막혀서 그녀를 빤히 바라보았다. 저렇게 기세등등한 죄수라니.

"나는 네 당근의 비밀을 알고 있어!"

"……."

"그리고 내 배 안에는 네 애가 있어!"

그 말에 알렉산드로는 웃음을 참았다.

'저 미친년은 뭐지?'

그는 젊었고, 뜨거운 혈기가 흐르는 청춘이었다. 눈앞의 흥미를 무시할 수도 없고 무시하고 싶지도 않은 나이.

스무 살의 봄이었다.

"당신 정말 재수 없다."

여자가 짜증 어린 눈으로 그를 노려보았다.

"왜 머리 좋아? 왜 기억력 좋아?"

"문제 있냐?"

"재수 없잖아! 어떻게 한 번 알려 주는 건 잊지를 않아? 재수 없어."

재수 없어, 재수 없어. 여자는 그 말을 쉴 새 없이 중얼거리면서 새로운 문자를 가르쳤다.

"이건 '거짓말'이라고 읽으면 돼."

"'거짓말.'"

"잘하네. 아, 그리고 여기 당신이랑 어울리는 단어가 있네. 주황색 채소 말이야. 이건 '당근'이야."

"그런 불결한 단어는 알려 줄 필요 없다."

"불결하다니? 지금 당장 당근 농가에 사과해."

"악을 재배하는 악마들이지. 천벌 받아 마땅하다."

"……지금 농담하는 거야? 난 당신 농담이랑 진담이 구별 안 되더라."

여자는 그렇게 투덜거리며 일기장의 해석을 도왔다.

"여기, 다음 문장은 이렇게 써 놨네. '그리운 나의 사랑, 살아생전 당신을 다시 볼 수 있을까?' 이 뜻은 뭐냐면……."

알렉산드로는 턱을 괸 채 설명하는 여자를 빤히 응시했다.

이 일기는 여자가 써 놓은 기록이었다. 저 문장은 아마 다른 세계에 있다는 남편에게 하는 말이겠지. 그런데 저런 민감한 내용을, 남의 글 읽듯 아무렇지도 않게 말해 주다니.

'하긴, 본인이 아니라는 주장도 했지.'

사실은 배 속의 아이고, 미래 그의 수양딸이라는 둥 아주 허무맹랑한 이야기를 했으니까.

"자, 어때? 오류 같은 거 없지? 내가 잘못 알려 준 거 없지?"

"지금까지는 그런 것 같군."

"이제는 나에 대한 신뢰가 좀 생겨?"

"딱히."

"너무하네. 난 당신 살리려고 화살도 대신 맞았거든! 여기, 이 부분에 화살이 푹 박혔다고."

여자가 어깨를 들이대며 말하자 알렉산드로는 손등으로 툭 밀쳤다.

"다 네 업보다. 날 중독시키지 않았다면 화살 맞을 일 없었어."

으으. 여자가 할 말을 잃고는 그를 쏘아보았다. 그러고는 뭐라고 구시렁구시렁하더니 자리에서 일어났다.

"어디 가지?"

"화장실."

"기사들이랑 동행해."

"집착하는 남자 딱 질색이야."

"닥치고 동행해."

잠시 후, 하녀가 다가왔다.

"알렉산드로 님, 요청하신 당근 주스입니다."

"……뭐?"

툭. 그의 손에서 일기장이 떨어졌다. 그때 때마침 여자가 돌아왔다. 여자는 싱글싱글 웃으며 말했다.

"당신이 나한테 부탁했잖아. 가는 길에 마주쳐서 부탁했어."

"……."

"나 잘했지?"

그가 당근을 싫어하는 건 비밀이었다. 누구에게도 이 약점을 알릴 생각이 없었다.

"가 봐라."

"네."

하녀가 사라지자, 알렉산드로는 당근 주스를 여자에게 내밀었다.

"죽고 싶지 않으면 네가 처리해."

"처리해 주세요, 라고 말해 봐."

죽여 버릴까. 그는 여자를 찢어 버릴 듯이 노려보았다. 그러자 여자가 깔깔깔 웃음을 터뜨렸다.

"지금 당근 주스 마시기 싫어서 그렇게 째려보는 거야?"

여자는 아주 신이 난 얼굴로 종알종알 떠들어 댔다.

"아아, 알렉산드로 아디스가 당근 주스 먹기 싫어서 남몰래 버렸다는 사실을 남들이 알게 되면……."

"빌어먹을 계집애."

그가 욕을 중얼거렸다. 숨을 꽉 참으며 잔을 기울였다. 이렇게라도 먹을 생각이었으나.

"장난이었어."

여자가 잔을 확 빼앗았다.

"억지로 먹지 마. 내가 마실게."

순간 가슴이 찡 울렸다. 그리고 그것이 어이가 없었다.

'내가 왜 감동하고 있지?'

애초부터 이 여자가 만든 상황이잖아? 알렉산드로는 여자를 노려보았다.

정말이지 최악이다.

"잠이 안 와."

같은 침실을 쓴 지 며칠째였다. 여자가 어둠 속에서 중얼거리자 알렉산드로는 눈을 감은 채 대답했다.

"왜."

"걱정이 많아서."

"무슨 걱정."

"당신이 날 안 키워 주면 어떡하나 싶기도 하고……."

"아직도 헛소리군. 닥치고 자라."

여자는 정말 닥쳤다. 그러나 계속 뒤척인다. 한참 이리저리 몸을 비틀던 그녀는 알렉산드로의 널따란 등을 구경하기 시작했다.

알렉산드로는 그 시선의 궤적을 또렷하게 느끼고 있었다. 그녀의 눈이 자신의 어깨를 훑고, 등을 미끄러지듯 내려가 허리에 멈춘다. 그 눈길이 손길처럼 선명하여 그의 몸이 딱딱하게 경직했다.

그렇게 보지 마. 그렇게 말하고 싶었지만, 참았다. 참아야만 했다.

잠시 후 여자가 속삭였다.

"알렉스."

이번엔 대답하지 않았다. 이미 익숙해진 여자의 체취가 방 안 가득 흐르고 있었다. 숨 쉴 때마다 그녀의 살 냄새가 느껴졌다.

"자?"

"……."

"잘 자."

테오도르 아젤, 그의 오래된 친우가 그를 독살하려 했다. 여자는 직접 독을 먹음으로써 그 사실을 증명했다.

"대단한 여자네. 본인은 물론 배 속의 아이까지 죽을 수도 있는데 독을 먹다니."

라르고스가 혀를 찼다.

"그런 여자를 네가 감당할 수 있겠어, 알렉산드로?"

"……."

"나는 할 수 있을 것 같은데."

알렉산드로는 그의 형제를 매섭게 노려보았다. 그러자 라르고스가 어깨를 으쓱이며 떠났다.

"너답지 않아. 그 여자가 그렇게 중요해?"

알렉산드로는 복잡한 마음으로 사경을 헤매는 여자를 내려다보았다.

중요하냐고? 모르겠다. 중요한 사람을 가져 본 적이 없기에 알지도 못했다. 분명한 건, 이 여자는 자신을 구하기 위해 몇 번이나 목숨을 걸었다는 것. 대수롭지 않은 척했지만 그는 여자가 화살을 맞았던 순간을 똑똑히 기억하고 있었다. 그때 그녀의 비명과 고통 어린 신음까지도. 지금처럼 힘들어했지.

'땀을 흘리는군.'

그는 수건으로 식은땀을 닦아 주다가 문득 그녀가 여전히 장갑을 끼고 있는 것을 발견했다. 연금술을 쓰지 못하도록 착용을 지시한 장갑이었다. 그는 잠시 고민하다가 그녀의 손에서 장갑을 뺐다. 그러자 땀이 송골송골 맺힌 새하얀 손이 드러났다.

어째서인지 그는 그 손에서 시선을 떼지 못했다.

그저 손일 뿐인데. 그녀의 은밀한 부위를 훔쳐보는 듯한 죄책감이 밀려왔다. 그는 자신의 얼굴이 뜨겁게 달아올랐음을 눈치챘다.

'미쳤군.'

손을 상대로 긴장하다니, 얼간이도 아니고. 그는 한숨을 내쉬며 그녀의 손에 맺힌 땀을 닦아 주었다. 그때.

"으음……."

덥석. 그녀가 그의 손가락을 움켜잡았다.

알렉산드로는 그대로 얼어붙었다. 순간 심장은 물론 시간마저 멈춘 것만 같았다. 모든 것이 정지한 가운데 색색 호흡하는 그녀의 숨소리만이 또렷하게 들려왔다.

얼마나 지났을까? 그녀의 손아귀에서 스르륵 힘이 풀렸다.

그러나 이번엔 그의 손에 힘이 들어갔다. 기나긴 망설임 끝에 그녀의 손마디 사이로 제 손가락을 하나하나 밀어 넣었다. 그의 굵직한 손가락이 좁은 틈을 벌리고 들어갔다. 마침내 빈틈없이 살결이 꽉 겹쳐

지자, 그의 호흡이 잘게 부서졌다.

그는 엄지손가락을 세워 그녀의 손등을 천천히 쓸었다.

그때 알렉산드로는 예감했다. 지금 이 순간을, 아마도 평생 잊지 못할 것이라고.

⚜

그녀가 깨어나자 그는 말했다. 그녀도, 그녀의 아이도 자신이 지키겠다고. 그러자 그녀가 무척이나 좋아했다.

"푹 쉬어라. 난 이만 가 보지."

그 순간, 그녀가 그의 손목을 잡았다. 그는 하마터면 그녀의 손을 열렬하게 잡아당길 뻔했다. 그 위험한 충동을 짓누르며 태연하게 웃었다.

"같이 잘 생각이 아니라면 이제 놓는 게 좋겠군."

그러자 그녀가 그의 손을 놓았다. 그는 멀어지는 그녀의 손에 시선을 빼앗겼다. 이상했다. 기묘한 상실감에 마음이 시려 왔다.

왜일까. 왜 다시는 저 손을 잡을 수 없을 것처럼 느껴지는 걸까?

"……잘 자라."

알렉산드로는 불길함에 사로잡혀 방을 나섰다. 한 걸음 한 걸음, 멀어질 때마다 누군가가 소리치는 것 같았다. 목에 핏줄을 세우며 미친 듯이 외치는 것 같았다.

돌아가라.

붙잡아라.

놓지 마라.

'기분이 왜 이렇지?'

한참을 걷던 알렉산드로는 결국 다시 그녀의 방으로 돌아갔다.

"잠깐 들어가겠다."

노크와 함께 문을 벌컥 열었다.

"……선희?"

그녀는 책상에 힘없이 쓰러져 있었다. 순간, 코끝에 느껴지는 혈향. 그는 서둘러 그녀에게 다가갔다. 연금술을 쓴 걸까? 그녀의 손끝에서는 피가 뚝뚝 흐르고 있었다.

망연히 그 피를 보고 있던 알렉산드로의 눈에 편지가 들어왔다.

<우리가 같은 과거를 추억할 수 있는 미래에서.>

<다시 만나요.>

"……렉스?"

알렉산드로는 깨질 듯한 두통 속에서 정신을 차렸다.

"알렉스? 괜찮아요?"

"……넌."

목소리가 갈라졌다. 그는 인상을 찡그렸다.

"신령?"

아니, 아니다. 비슷했지만 아니었다. 상대는 그보다 더 고운 선을 가진 여자였다.

"넌 누구냐."

여자는 대답하지 못하고 멍하니 그를 쳐다보았다.

"여긴 어디지?"

낯선 공간. 작은 침실 앞에 그는 주저앉아 있었다. 지끈. 그는 밀려오는 두통을 이기지 못하고 이를 악물었다.

"선희는, 어디에……?"

머리가 두 쪽으로 갈라지는 통증을 견디며 손을 뻗었다. 저도 모르게 여자의 손목을 붙잡았다.

"가지 마."

기억이 뒤죽박죽 뒤섞였다. 도저히 원인을 알 수 없는 감정이 울컥 밀려왔다.

"가지 마라."

어디에도 없다.

인생에서 가장 강렬했던 여자는, 내 세상에 존재하지 않는다.

내가 사는 시간에 없는 여자.

지금 넌 어디에 있지? 너는 어느 시간에, 어느 세상에 존재하는 거지?

"가지 말고, 나랑……."

나랑 같은 시간에서. 나랑 같이…….

그러나 눈을 깜빡이는 순간, 모든 기억이 흩어졌다.

'내가 무슨 생각을 한 거지?'

마치 슬픈 꿈에서 깨어난 것처럼 아무것도 기억나지 않았다. 남은 것은 눈물이 날 것 같은 깊은 그리움뿐.

"……알렉스?"

그는 다시 고개를 들어 올렸다. 신령을 빼닮은 여자가 걱정스러운 눈으로 그를 바라보고 있었다.

"내가 누군지 모르겠어요?"

그는 그녀의 눈을 가만히 응시했다. 이상하게도 알 것 같았다. 그럴 리가 없는데도.

"……선희?"

왜 그녀 같은 걸까?

"너, 선희인가?"

그 순간 여자의 눈이 거세게 흔들렸다. 알렉산드로는 시선을 돌렸다. 연기처럼 흐릿한 형체들이 주변을 떠돌고 있었다. 그것들이 저주처럼 퍼부었다.

"두려워하던 일이 결국 일어났구나, 알렉산드로!"

"결국 이렇게 됐어, 아하하하!"

"이제 바닥까지 추락해 보자고!"

"뭐가 두려워서 날 피해요?"

"그런 것 없다."

"거짓말."

"나가."

"싫어요."

"내 손에 강제로 끌려 나가고 싶어?"

"기억 안 나요? 날 이곳으로 끌고 들어온 건 당신이야."

그렇게 말하는 순간, 알렉산드로의 눈에 서서히 열기가 몰렸다.

"지금 나랑 뭐 하자는 거냐."

"글쎄요. 깊은 대화?"

"칸나 아디스."

칸나는 입을 다물었다. 위협적일 정도로 낮은 음성이었다. 그의 눈에 시퍼런 안광이 맺혔다.

"내 일에 끼어들지 마."

순간 발끝이 저릿했다. 생리적인 반응이었다. 그에게서 흐르는 위압감은 그녀가 견딜 수 있는 것이 아니었다. 살갗 위로 소름이 돋고 다리가 떨려 왔다.

그런데도 무섭지가 않았다. 지금의 알렉산드로를 두려워하지 않을 사람은 이 세상에 아무도 없을 텐데, 조금도 두렵지 않았다.

"아니, 이건 당신 혼자만의 일이 아니야. 날 지키려다가 이렇게 된 거잖아요."

"약속했으니 지킨 것뿐이다."

그가 매섭게 잘라 냈다.

"나는 내 신념을 지킨 거다. 그러니 네가 신경 쓸 필요 없어."

"신념을 지켜?"

웃기지도 않지. 칸나는 손에 쥔 약병을 흔들어 보였다.

"독약을 먹으면서까지?"

알고 있다. 건방진 태도라는 것. 그러나 이건 절대로 물러날 수 없는 문제였다.

"이 약, 끊어요."

"……."

"상태가 계속 안 좋아지고 있잖아요. 이런 약을 수십 년간 복용해

왔으니 당연하지……."

칸나의 말끝이 흐려졌다. 알렉산드로의 안색이 점점 나빠지고 있었다. 그가 손을 내밀었다.

"넘겨."

"……뭐라고요?"

"약을 넘겨."

그의 이마에 식은땀이 맺혔다. 재촉했다.

"어서."

심상치 않은 기세였다. 그러나 칸나는 뒤로 물러났다. 약병을 등 뒤로 숨겼다. 평소 기억이 뒤엉키려고 할 때, 알렉산드로는 약을 먹어억지로 의식을 꺼뜨린다고 했다. 그래야만 혼란이 오지 않을 테니까.

"지금, 기억이 엉킬 것 같아요?"

그의 호흡이 거칠어졌다. 물러난 간격만큼 알렉산드로가 다가왔다.

"비켜."

알렉산드로는 침대 옆의 협탁으로 접근하고자 했다. 그러나 칸나가 빠르게 막아섰다.

"비켜라, 칸나."

그의 눈가가 붉게 달아올랐다. 두통이 오는 걸까. 이마에 핏줄이 곤두섰다. 칸나는 결심을 마쳤다. 더는 그가 망가지는 꼴을 두고 보지 않을 거다.

"미안. 못 비켜요."

"칸나."

"차라리 일시적으로 기억이 뒤엉키는 게 나아요. 이 약을 먹으면 상태가 더 나빠진단 말이에요."

그가 주먹을 움켜쥐었다. 굵게 돋은 힘줄이 파르르 경련했다.

"비키라고 했다."

"싫어."

그대로 밀치면 될 일이었다. 손가락 하나만으로도 제압할 수 있는 상대였다. 그러나 그는 어쩌지를 못했다. 알렉산드로는 그녀를 강제로 밀칠 수 없다. 잡아끌 수 없다. 몸에 손끝 하나 댈 수 없다. 건들면 손이 베일 것처럼, 아니, 부서질 것처럼.

그 사실에 칸나는 웃었다. 사실은 울고 싶었다.

"내가 옆에 있어 줄게요."

그녀는 손을 펼쳤다. 약병이 떨어졌다. 쨍그랑, 유리병이 날카롭게 부서졌다.

"허튼짓하지 못하도록, 다시 정신이 돌아올 때까지 옆에 있을 테니까 걱정하지 말아요."

다음 순간 그가 견디지 못하고 털썩 주저앉았다. 벽에 몸을 지탱하며 숨을 헐떡였다.

"넌, 후회할 거다."

칸나는 그의 앞에 무릎을 꿇고 앉았다. 패배자처럼, 고개를 수그린 채 거세게 호흡하는 그의 어깨에 손을 올렸다. 부드럽게 달랬다.

"후회 안 해요. 아무것도."

"너는 아무것도 몰라. 넌……."

그것이 끝이었다. 그가 괴로운 신음을 흘리며 고개를 들어 올렸다. 눈이 마주쳤다.

"……신령?"

"……."

"넌 누구냐?"

"……."

"여긴 어디지?"

그 순간, 저열한 기쁨이 칸나의 등골을 타고 올라왔다.

알렉스. 알렉스다.

"약을 오래 복용한 부작용인지, 가끔 기억이 뒤섞이십니다."

"최근의 기억을 잃고 젊은 시절로 돌아가실 때가 있습니다. 당신의 모친과 사이가 원만했던 시절로."

클로드의 말대로였다. 알렉산드로의 기억은 과거에 멈추어 있었다. 그녀가 편지를 남기고 간 순간에.

"그래서, 그 편지만 달랑 두고 떠난 거냐?"

모든 설명을 들은 그는 쉽사리 이 일을 믿지 못했다. 최근 날짜가 적혀 있는 신문들을 보고도 의심을 지우지 못했다. 그러나 칸나가 그 편지, 한국어로 쓴 그 편지를 정확히 읊자 믿는 기색이었다.

"지켜 달라고 그렇게 노래를 부르더니. 지켜야 할 몸뚱이만 내버려 두고 네 혼은 미래로 갔다고?"

어쩔 수 없었다. 라파엘이 노인이 될 때까지 기다리는 것을 본 직후 인지라 시간을 더 지체할 수 없었으니.

'그때도 이미 늦었지. 라파엘이 백골이 되어 있었으니까.'

그러나 이런 사정까지는 설명할 수 없었다. 그래 봤자 그에게는 변명에 불과할 테니까.

역시나, 알렉산드로는 그 사실에 아주 화가 난 듯했다. 그녀를 기다리며 수십 년을 살았다는 이야기. 저주를 받았다는 이야기. 그리고 그녀를 딸로 키웠다는 이야기에는 눈에 살기마저 맴돌았다.

"넌 환장할 정도로 이기적이군. 하긴, 날 중독시키고 감옥에서 꺼내 달라고 협박할 때부터 알아봤지."

"미안해."

"미안?"

그가 낮은 웃음을 뱉었다. 도저히 믿을 수가 없었다. 그야말로 인생을 통째로 바친 거나 다름없지 않은가?

'아니, 그건 괜찮다.'

어차피 그녀를 지켜야겠다고 결심한 순간 삶이 힘들어질 건 예감했다. 하지만 딸로 키우다니.

'미친놈.'

그는 미래의 자신을 욕하며 코웃음 쳤다.

대체 어떤 정신 상태기에 그녀를 딸로 들인 걸까?

'하긴, 신령과 검은 사도에게서 지키기 위해서는 어쩔 수 없었겠지. 아디스의 일원으로 만드는 게 최고의 방법이었을 테니.'

그러니까 미래의 자신은 저 여자를 온전히 지키기 위해서 감정을 포기했다. 평생 수호자로서만 살기를 택한 거다. 아마 어려운 결심이었겠지. 하지만 지금의 그에게는 일어나지 않은 일이다.

그래서일까? 따히 ㄱ 결심이 와닿지 않았다

'칸나, 라고 했던가?'

선희의 진짜 이름. 선희의 진짜 외모. 물론 선희는 굉장한 미인이었다.

하지만 솔직히 말하자면, 선희의 외모는 그의 취향이 아니었다.

'오히려 이쪽이……'

그는 주먹 위에 턱을 괸 채 그녀를 물끄러미 응시했다. 머리부터 발끝까지 마음에 안 드는 구석이 없다. 심지어 손톱의 모양까지 그의 취향이었다.

'이런 여자를 딸로 키웠다고?'

그는 자신이 선희에게 깊이 매혹되어 있음을 알고 있었다. 취향이 아닌 외모임에도 불구하고 강렬하게 이끌렸다. 혼절한 그녀의 손 틈 사이로 몰래 손가락을 밀어 넣는 순간, 온몸의 살이 떨릴 만큼 아찔했다. 발끝까지 오싹해질 만큼 좋았다.

그때 알렉산드로는 여실히 자각했다. 이 여자를 원하고 있다. 가슴이 뻐근하게 아파질 정도로 원하고 있다. 그러니까 딱히 취향이 아닌 외모임에도 불구하고 그렇게 이끌렸는데, 지금은…….

"미안해, 알렉스."

심지어 목소리마저. 알렉산드로는 튀어나오려는 욕설을 삼켰다.

아주 달게 느껴지는 음성이다. 주관적으로도, 객관적으로도 그러했다. 남자를 환장하게 하는, 그러니까 색기 같은 것이 흐르다 못해 콸콸 넘쳤다.

알렉산드로는 저도 모르게 침을 넘겼다. 목울대가 크게 흔들렸다. 지금 자신의 눈이 마치 먹잇감을 주시하는 눈빛일 것 같아서 그는 고개를 돌렸다. 눈가를 문지르며 중얼거렸다.

"미치겠군."

"괜찮아. 내가 다시 정신이 돌아올 때까지 옆에서 돌봐 줄게."

알렉산드로는 눈살을 찌푸렸다. 아니, 그것 때문에 미치겠다고 한

게 아닌데.

'내 상태를 전혀 모르는 모양인데.'

하기야 그럴 만하지. 선희와 함께했던 시절에도 감정을 드러낸 적이 없었다. 줄곧 부정하다가 몰래 손을 잡아 보고 나서야 완전히 자각했으니까. 드러낼 틈도 없었다.

게다가 미래의 자신은 그녀를 피했다고 하니.

'대충 알겠군.'

그는 미래의 자신이 겪었을 원초적인 죄책감과 혼란에 동정을 표했다. 하지만 그뿐이다.

'난 모르는 일이야.'

지금 자신은 저 여자를 딸로 키운 기억이 조금도 없는데. 그의 입술이 삐딱하게 올라갔다.

"이런, 얼굴에 흑심이 가득한데?"

"넌 반드시 후회할 거다. 정신이 돌아오면 눈물을 흘리며 땅을 칠걸. 죽고 싶어질걸."

"아하하하, 벌써 기대되는데!"

그 전에, 알렉산드로는 주위를 맴도는 악령들을 흘끗 쳐다봤다.

"너는 지옥에 떨어질 거다, 알렉산드로. 드디어 타락하는 거야."

"그 누구도 너를 용서하지 않을 거야. 죄인이 되는 거지!"

악령의 저주라고 했던가? 저것들이 저주처럼 내뱉는 말들이, 묘하게 그의 양심을 건드렸다. 마치 넘지 말아야 할 선을 상기시켜 주는 것처럼.

"내가 악령의 저주를 못 풀게 했다고 했냐?"

"응."

알 것 같군. 알렉산드로는 픽 웃었다.

'미래의 나는 아주 병신처럼 굴었군. 나답지 않게 한심해.'

악령이 퍼붓는 악담은 일종의 경고음이나 다름없었을 것이다. 결코 그녀에게 손을 뻗지 못하도록 경각심을 갖게 했겠지.

그러나.

"풀어 줘, 저주."

지금의 그에게는 그저 거슬릴 뿐이었다. 미래의 자신은 어떨지 몰라도, 지금의 그는 도 닦는 취미 따위 없었다.

"시끄럽군. 옆에서 떠들어 대는 게 아주 거슬려."

혹여나 선을 넘을까 봐 무서웠나?

'겁쟁이 자식.'

그는 젊었고, 뜨거운 혈기가 흐르는 청춘이었다. 눈앞의 흥미를 무시할 수도 없고 무시하고 싶지도 않은 나이.

스무 살의 봄이었다.

첫사랑이었다.

"어때?"

칸나는 손가락에 흐르는 피를 닦으며 물었다.

"아직도 보여?"

알렉산드로는 주위를 둘러보았다. 술법진에서 퍼진 검은 안개가 그를 뒤덮은 이후, 더는 악령이 보이지 않았다.

"후회할 거다, 넌 후회할 거야!"

그 말을 마지막으로 완전히 사라졌다. 이제야 세상이 조용해졌다.

"안 보인다."

"정말?"

"그래."

악령의 목소리는 쇠나 유리를 못으로 긁어 대는 듯한 소음인지라, 듣고 있는 것만으로도 머리가 지끈거렸다. 그런데 미래의 자신은 이걸 수십 년간 견뎠다니…….

'대체 어떻게 견딘 거지?'

의아해할 때 칸나가 희미하게 웃었다. 그를 올려다보는 검은 눈이 반짝였다.

"정말 다행이야."

"……."

"내가 다른 저주들도 꼭 풀어 줄게, 알렉스."

"그래."

알렉산드로는 낮은 한숨처럼 대답했다. 그리고 처음으로 완전하게 미래의 자신을 이해했다.

저 존재를 지킬 수 있다면 무엇이든 할 수 있다.

제물이 되어도 좋았다.

슬슬 배가 고파졌으므로 그들은 식사를 위해 부엌으로 향했다. 그리고 초토화된 주방을 목격했다.

"이게 대체……?"

사방으로 흩어진 음식 재료들과 반으로 쪼개진 도마. 깨진 접시와 어째서인지 천장에 푹 꽂혀 있는 부엌칼까지.

알렉산드로가 심각한 얼굴로 물었다.

"대체 이 부엌에서 무슨 일이 일어난 거지? 전투라도 벌인 건가?"

"내 말이……."

"요리를 왜 배워요?"

"못 하니까."

이건 아무래도 힘 조절을 못 한 사람의 결과물 같은데…….

"당신이 이렇게 만든 것 같아."

"그럴 리가."

그는 혀를 쯧 찼다. 그러고는 손을 길게 뻗어 천장에 박힌 칼을 빼내었다.

"어떤 멍청이가 요리하다가 천장에 식칼을 날리지?"

"일단 좀 치워야 할 것 같은데……."

"내가 하지. 넌 나가 있어."

알렉산드로는 부엌을 모두 치웠고, 깔끔해진 부엌에서 칸나가 요리했다.

"고기는 내가 자르지."

알렉산드로는 소매를 걷어붙이며 의기양양하게 말했다. 그러나.

캉!

"······."

이게 무슨 소리지? 칸나는 몸을 돌렸다. 그리고 깜짝 놀랐다. 고기를 썰던 그의 칼이 아래 선반까지 푹 파고 들어간 것이다. 알렉산드로는 강한 적수를 만난 얼굴로 고기를 쏘아보았다.

"만만치 않군."

대체 뭐가? 그가 식칼을 잡아 빼내어 다시 고기 썰기를 시도했다. 그러나 칸나가 재빨리 막았다.

"그만해, 가구가 다 망가지잖아! 그러다가 식칼도 망가져!"

"문제없다. 이 정도는 전장에서 아무것도 아니야."

"여긴 전장이 아니야, 부엌이라고!"

칸나는 알렉산드로의 손에서 식칼을 빼앗았다.

"당신은 여기 버섯이나 씻어 놔."

"······."

"제대로 씻어. 알겠어? 그것도 못 하면 확 당근을······."

"잘해 보겠다."

그 대신 고기를 썰고 있자니 어이가 없었다. 칼을 빼앗기고 시무룩해져서 버섯을 씻는 알렉산드로라니······. 아마 그녀는 알렉산드로의 손에서 칼을 빼앗은 최초의 사람일 것이다. 칸나는 몰래 킥킥 웃었다.

'바보 같아.'

지나치게 만능인지라 재수 없을 정도였는데 이런 어벙한 면이 있을 줄이야. 그와 함께 식사한 후 뒤처리는 알렉산드로에게 맡겼다. 다행히 그는 설거지는 제대로 할 줄 알았다.

"설거지해 본 적 있어?"

"아니, 처음이다."

"잘하네. 식칼 쓰는 능력은 거의 불능 수준이던데."

잠시 침묵하며 그릇을 닦던 그가 중얼중얼 대꾸했다.

"익숙지 않아서 그래. 배우면 잘할 수 있다."

그 말에 칸나는 웃었다. 장인은 도구 탓을 하지 않는다고 놀릴까 하다가 관뒀다. 그저 즐거운 기분으로 그의 뒷모습을 바라보았다. 넓은 등과 쫙 펼쳐진 어깨. 걷은 소매 아래로 보이는 팔 근육이 몹시 탄탄해 보였다.

그 장면을 가만히 보고 있자니, 문득 현실감이 사라졌다.

알렉산드로 아디스가 설거지를 하고 있다…….

'기분이 이상해.'

두 발이 허공에 두둥실 떠 있는 기분. 가슴에 몽글몽글한 분홍색 구름이 잔뜩 피어난 것만 같았다. 그래서일까? 지금 이 순간이 도저히 현실의 일처럼 느껴지지 않았다. 그저 꿈같았다.

눈을 뜨면 사라질 한여름 밤의 꿈.

'맞는 말이지.'

쓴웃음이 밀려왔다. 이것은 그가 기억을 되찾으면 사라질 한순간의 단꿈에 불과했으니.

"시, 실례합니다."

그때였다. 똑똑똑, 문을 두드리는 소리가 들려왔다.

"알렉 님."

순간 머리가 확 차가워졌다. 칸나의 얼굴에서 표정이 사라졌다.

"알렉 님, 안에 계신가요?"

이 목소리는…….

"저건 누구지?"

마침 설거지를 마친 알렉산드로가 의아한 얼굴로 물었다.

"누군데 날 저렇게 부르……."

그의 말끝이 흐려졌다. 마주친 칸나의 눈에 냉기가 잔뜩 서려 있었던 것이다.

"……."

그가 본능적으로 입을 닥치자, 칸나는 서늘한 얼굴로 걸어갔다. 벌컥 문을 열었다.

"아."

역시나 아까 그 요리 선생이라는 여자가 서 있었다. 칸나는 문을 닫고 아예 밖으로 나왔다.

"무슨 일이죠?"

"아, 그게……."

요리 선생은 얼굴을 붉히며 우물거리다가 용기를 낸 듯 주먹을 꽉 쥐었다.

"아, 알렉 님과 다음 수업 일정을 잡지 않아서요."

누구 눈을 속이려고?

'염탐하러 왔네.'

칸나는 여자의 위에서부터 아래까지 느릿하게 훑었다. 그사이 차려입고 왔다. 그것이 기가 막혀서 웃음이 튀어나왔다. 저 남자는 이런 작은 마을에서도 여자가 꼬이는 건가?

'하긴.'

저런 남자를 누가 내버려 두겠어? 칸나는 삐딱하게 웃었다.

"다음 수업은……."

없어요. 찾아오지 말아요.

그렇게 말하려고 했으나, 입술을 꾹 다물어 참았다.

'곧 그의 기억이 돌아올 거니까.'

그때 그녀가 멋대로 굴었다고 불쾌해할지도 모른다. 그렇게 생각하니 마음대로 자를 수 없었다.

"다음에 찾아와 줘요. 지금은 좀 바빠서."

그러나 요리 선생은 돌아가지 않았다.

"저, 실례지만 두 분 어떤 관계이신지……?"

"아까 못 들었어요?"

칸나는 닫힌 문을 가리키며 미소 지었다.

"그 사람 딸이에요."

"하, 하지만…… 비슷한 나이처럼 보이는걸요."

"……."

칸나는 여자를 물끄러미 내려다보았다.

'자세히 보니 예쁘네.'

알렉산드로가 이 여자를 마음에 들어 했는지도 모른다. 따뜻한 기운이 풍기는 여자. 이 여자의 살갗에서는 갓 구운 빵 냄새가 날 것 같았다. 어쩌면 그의 고된 삶의 휴식처였을지도 모르지.

그러니까, 잘 대해 줘야만…….

"맞아요."

칸나의 붉은 입술이 잔혹하게 일그러졌다.

"나, 그 사람 딸 아니에요."

놀란 여자의 얼굴을 똑바로 응시하며, 다시 말했다.

"딸일 리가 없죠."

"그, 그게 무슨……?"

"못 들었어요?"

이러면 안 되는데.

칸나는 허리를 숙였다. 그리고 작은 목소리로 속삭였다.

"나는 그 사람의 애인이에요."

그 문장에 여자의 눈이 커졌다.

'미친년.'

칸나는 속으로 욕설을 중얼거렸다.

미친년이지. 내가 미친 게 분명하지.

"늦었군."

알렉산드로는 소파에 가만히 앉아 있었다. 그가 문을 열고 들어오는 그녀를 바라보며 조용히 물었다.

"얘기가 길어졌나?"

"응."

사실은 아주 짧았다. 칸나의 말도 안 되는 헛소리를 끝으로 여자는 돌아갔으니까. 다만 다시 문을 열고 들어갈 수가 없었다. 엉망이 된 표정을 관리할 자신이 없어서 한참을 문 앞에 혼자 서 있다가 들어왔다.

"누구였지?"

알렉산드로가 물었다.

"나를 알렉이라고 부르던데."

"당신의 요리 선생."

"그래?"

"응. 당신은 이곳에서 알렉이라는 가명으로 지낸 모양이야."

"무슨 대화를 나눴지?"

칸나는 입술을 꾹 깨물었다.

뭐라고 대답해야 할지 모르겠다. 어차피 거짓말밖에 할 수 없을 텐데.

'뒷감당도 못 할 거면서, 대체 왜 그런 거야?'

이렇게까지 감정에 휩쓸려 본 적이 있었던가? 칸나는 자괴감에 휩싸여 대답했다.

"다음 수업 시간을 잡으려고 왔어. 지금 당신은 기억이 없으니까, 일단 돌려보냈고."

"그래?"

"응. 그럼 난 좀 쉴게."

칸나는 침실로 도망치듯 들어갔다.

'지금은 안 돼.'

조금 더 감정을 정리하고 대화하자. 그렇게 생각하며 문을 닫으려는 찰나. 불쑥, 뻗어 들어온 손이 문을 잡았다.

"……!"

그대로 강하게 밀고 들어오자 칸나의 몸이 절로 뒤로 주춤 물러났다.

"뭐, 뭐야?"

당황했으나, 알렉산드로는 태연한 얼굴로 문을 닫았다. 탁. 순간 칸나의 어깨가 떨렸다. 어째서인지 그 소리가 아주 크게 들린 것이다.

그는 그대로 문에 등을 기대었다. 팔짱을 끼고 서서 그녀를 말없이 응시했다. 그럴 리가 없는데, 이상하게도 퇴로를 차단한 것처럼 보였다.

"왜 따라 들어와?"

그러나 알렉산드로는 한동안 아무 말도 하지 않았다. 묘한 침묵이었다. 무표정한 얼굴이지만, 그의 눈만큼은 기이한 열기로 뒤엉켜 있었다. 마치 날뛰는 감정을 억지로 누르고 있는 것 같았다.

"들어오면 안 되나?"

숨 막히는 적막 끝에 마침내 그의 입술이 열렸다.

"난 너의 애인이잖아."

칸나의 얼굴이 확 붉어졌다.

설마 했는데, 역시나. 문밖의 대화를 다 들은 것이 분명했다.

"그 정도 거리에 있는 건 다 들려."

"……."

"본의 아니게 엿들어서 미안하군."

그가 조금도 미안하지 않은 표정으로 말했다.

"왜 그렇게 말했지?"

그의 목소리가 점점 낮아졌다. 눈이 아주 어두워졌다. 깊은 곳까지 떨어지는 듯했다.

"내 애인이 되고 싶어?"

그 말이 명치를 때린 듯했다. 그 감각이 아파서, 칸나는 서둘러 고개를 저었다.

"아니."

그러자 알렉산드로의 입꼬리가 올라갔다.

"난 되고 싶은데."

"······뭐?"

"네 애인."

칸나는 바로 그의 말을 알아듣지 못했다.

지금, 그가 무슨 말을······? 그 말을 끝으로 알렉산드로는 문에 기댔던 몸을 뗐다. 그리고 그녀에게 다가왔다.

"넌?"

열기 어린 눈의 남자가 가까워진다. 칸나의 손발이 바짝 굳었다. 머리부터 발끝까지 쇠사슬에 묶인 것처럼 꼼짝도 할 수 없었다.

"넌 아니야?"

다가오는 걸음만큼 칸나는 뒤로 물러났다. 그러다가 침대에 부딪쳐 멈춰 섰다. 그러자 알렉산드로도 멈췄다.

"······."

빳빳하게 얼어붙은 칸나의 얼굴. 그 표정을 보고 있자니 순간 풀릴 뻔했던 고삐가 그의 목을 낚아챘다.

'아니지.'

이러면 안 되지. 그는 한숨을 길게 내쉬며 눈가를 문질렀다. 이렇게 나가면 그녀가 부담스러워할 수도······.

하지만.

"나는 그 사람의 애인이에요."

그는 입안을 지그시 깨물었다. 그러지 않으면 이성도 자제도 잃고 용수철처럼 튀어 나갈 것 같아서. 그는 모든 인내를 긁어모아 억지로 한 걸음 뒤로 물러났다.

"나는 그 사람의, 애인이에요."

그 말을 들은 순간 당장 문을 박차고 나가고 싶은 것을 참느라 죽을 지경이었다. 요리 선생이라는 여자가 떠나고 나서, 한동안 문 앞에 멀거니 서 있던 그녀를 기다리는 시간은 더욱 괴로웠다. 머릿속으로 그녀를 당장 집 안으로 끌고 들어오는 상상만 해 댔다.

한껏 거칠게 부푼 감정을 그는 삼켜 냈다. 그리고 말했다.

"칸나."

자신의 목소리가 짐승처럼 느껴졌다. 그래서일까? 칸나의 얼굴이 점점 얼어붙는다.

"대답해."

"……."

"왜 나를 네 애인이라고……."

목소리 끝이 희미하게 떨렸다. 그는 숨을 크게 들이마신 후 다시 문장을 이었다.

"왜, 나를 네 애인이라고 말했지?"

그녀가 고개를 돌려 시선을 피했다.

"나도 몰라."

"……."

"이상한 말 해서 미안해. 사과할게."

그녀가 중얼중얼 말했다.

"내 애인이 되고 싶다니, 그런 말도 안 되는 말 하지 마. 어차피 당신, 정신 돌아오면 지금 일 후회할 거야. 그리고……."

그녀는 크게 심호흡했다.

"나는 남자가 있어."

그 말에 알렉산드로의 머리가 띵 울렸다. 그는 눈을 끔뻑였다. 방금 들은 말이 믿기지 않았다.

"남자가…… 있다고?"

한참 후에 힘겹게 되물었다. 목소리가 자신이 듣기에도 얼간이처럼 떨리고 있었다.

"그래."

알렉산드로의 온몸에 힘이 쫙 빠졌다. 하마터면 중심을 잃고 비틀거릴 뻔했다. 충격이었다. 너무나도 큰 충격이었다.

칸나에게, 남자가. 남자가…….

'그래…… 하긴.'

저런 여자를 세상이 내버려 둘 리 없지. 자신이 그러하듯, 인생을 바쳐서라도 들러붙는 남자들이 있겠지.

"……결혼할 생각인가?"

"그런 관계는 아니지만."

칸나는 벽에 의미 없는 시선을 꽂았다.

"소중한 남자야."

"……."

"당신만큼이나 날 위해 큰 희생을 했지. 내가 살아 있는 한 그 사람과 인연 끊을 생각 없어."

말을 하면 할수록 칸나의 목소리가 빨라졌다.

"솔직히 말해서 나랑 얽혀 있는 남자는 그 사람만이 아니야. 그뿐인 줄 알아? 난 당신의 두 아들이랑……."

"……."

남은 말이 입안으로 씹혀 들어갔다. 차마 마저 이을 수 없는 듯했다. 그러나 알렉산드로는 듣지 않아도 알았다. 충분히, 알아들었다.

'내 아들?'

입안이 텅 빈 기분이었다. 그는 머리가 모래처럼 버석해진 기분으로 간신히 생각을 이어 갔다. 아들이 둘 있다고 했다. 자신과 놀랍도록 비슷한 아들이. 분명 취향도 똑같을 테지…… 그렇게 생각하자 강렬한 호승심이 불처럼 피어올랐다. 그의 눈이 서서히 날카롭게 벼려졌다.

"그래서?"

"……뭐?"

"그래서 어쩌라고."

마침내 칸나의 시선이 다시 그에게 돌아왔다.

"내 말 못 들었어?"

"들었다. 그런데 그게 뭐."

"남자가 있다고 했잖아."

"그래서?"

"그리고 당신 아들 둘이 날 끔찍하게 좋아해. 난 그 녀석들이랑 지독하게 얽혔어. 끊고 싶어도 끊을 수 없을 정도로……."

"누가 그딴 게 궁금하대?"

칸나의 말문이 콱 막혔다. 지금 알렉산드로의 말을 도저히 따라갈 수 없었다. 소중한 남자가 있다고 했는데? 아들 둘이랑 얽혀 있다고 했는데?

"내가 궁금한 건 네 마음이다."

그가 그녀를 쏘아보며 공격적으로 물었다.

"네가 날 어떻게 생각하는지, 내가 궁금한 건 그게 전부야."

"……."

"내 생각을 말해 줘?"

그가 한 걸음 다시 다가왔다. 성큼 가까워진 남자의 얼굴에 칸나의 심장이 쿵 떨어져 내렸다.

"나는 널 원해."

한 치의 망설임도 갈등도 없는, 그저 순도 높은 욕망으로만 가득한 얼굴. 그 눈에 칸나는 몸서리쳤다.

알렉산드로 아디스의 눈이, 너무나도 남자의 눈이라서.

"알렉스. 당신은."

칸나의 목소리가 떨렸다. 뜨끈한 열이 차올라 얼굴이 화끈거렸다.

"나를 키운 사람이야."

그녀가 아는 알렉산드로는 그녀를 절대로 저런 눈으로 보지 않는다. 언제나 양육자의 눈이었다. 고집스러울 정도로, 단 한순간의 빈틈도 없이 그랬다.

"내가 알아. 당신은 날 그런 식으로 원하지 않아."

그 말에 알렉산드로는 코웃음을 쳤다. 정말이지 그녀는 아무것도 몰랐다. 미래의 자신은 그토록 철두철미했다. 제 세상을 온통 무기질로 만들었고, 스스로를 아무것도 느끼지 못하는 인형으로 만들고자 했다.

상상도 못 할 기쁨이 눈앞에 있는데 쥐어 보려 시도도 않고.

그렇게 한 번뿐인 인생을 버렸다.

"나는 내 삶을 아무에게나 바치는 등신이 아니야."

"⋯⋯뭐?"

"널 사랑해서 지킨 거다."

칸나의 눈이 커졌다. 입술이 벌어졌다. 알렉산드로는 그녀의 충격을 눈앞에서 똑똑히 목도했다. 그리고 그 순간, 깊숙한 곳에서 목소리를 들었다. 짙은 비탄과 함께 들려오는 신음을.

안 돼.

말하지 마.

'빌어먹을.'

알렉산드로는 주먹을 꽉 쥐었다. 그것은 미래의 자신이 창살 안에 가둔 짐승이었다. 그 우스운 꼴에 헛웃음을 흘렸다.

문득 그녀를 처음 보았을 때가 떠올랐다. 쇠사슬에 묶여 창살에 갇혀 있었지. 그는 그녀를 감옥에서 꺼내어 자유를 주었는데⋯⋯.

'그 대신, 나를 가뒀군.'

그녀를 지키기 위해 알렉산드로는 보이지 않는 감옥으로 스스로 들어갔다. 그곳엔 어떤 자유도 없었다. 누군가를 흠모할 권리조차 주어지지 않은 영원한 감옥이었다.

'남몰래 사랑할 자유조차 없다니.'

지옥 불에 타들어 가는 악마조차 신을 경애할 자유가 있는데.

'그렇게 살지 않을 거다.'

처음으로 품은 사랑을 포기하고 삶마저 체념하기엔 지금의 그는 젊었다. 찬란한 봄이었다. 어떤 난관이든 넘어서고 만인의 비난을 무시할 힘이 있었다. 오물을 뒤집어쓰는 것도 두렵지 않았다.

스무 살의 알렉산드로 아디스는 미래의 자신에게 맞섰다.

"네가 남자가 있다고? 상관없다."

안 돼.

"난 널 원해."

안 돼.

"그러니까 너도 말해."

안 돼······.

알렉산드로는 떨리는 손을 들어 올렸다. 그녀의 얼굴을 감쌌다.

"왜 날 애인이라고 말했지?"

그만해라.

칸나에게 다가가지 마.

망가진 건 나 하나로 족하다.

'싫어.'

알렉산드로는 강렬하게 부정했다.

'나도 행복해지고 싶다.'

칸나의 곁에서, 함께.

왜 그랬냐고? 칸나는 시선을 내리깔았다. 모른다. 그저 비열한 충동을 이기지 못했다.

'내가 미친년이라서.'

그거면 충분하다. 다른 이유 따위 모른다. 알고 싶지도 않았다.

"칸나, 나를 봐."

"……"

"칸나."

그의 재촉에 칸나는 천천히 눈을 들어 올렸다. 마침내 직선으로 꿰뚫고 들어오는 듯한 시선과 마주쳤다.

"대답해."

어찌나 눈부시게 찬란한지.

마주하고 있자니 가슴이 아릿하게 아려 왔다. 이것은 이미 알고 있는 고통이었다. 이미 관통당한 자리였다. 저 눈에, 저 사람에게.

"해 봐."

"그 노력이라는 거, 나에게 해 봐라."

과거의 어느 시간, 창살에 꿰뚫린 듯했던 그때처럼 속이 욱신거렸다.

'하지만 그는 과거의 사람이지.'

그 순간 허탈한 웃음이 흘러나왔다. 그래. 이건 꿈이다. 아니, 꿈이나 마찬가지다.

눈앞의 남자는 현실에 존재하지 않으니까.

자각하는 순간 발이 확 무거워졌다. 허공을 부유하던 다리가 단숨에 바닥으로 안착했다. 흐릿한 구름이 걷히고, 낭만이라고는 조금도 없는 삭막한 풍경이 드러났다. 잠시 외면했던 현실의 풍경이.

'내 시간에 이 사람은 없어.'

칸나는 쓰게 웃었다. 알고 있는데. 알고 있었는데 왜 바보처럼 굴었던 걸까.

꿈은 끝났다.

"……어떤 대답을 원해?"

아니, 끝내야 했다.

"나는 당신이 무엇을 원하든, 뭐든지 줄 수 있어."

칸나는 일찍이 정해진 대사를 읊었다.

"난 당신에게 빚이 있어. 당신이 아니었다면 지금 난 이렇게 살아 있지도 못했을 테니까."

태어나자마자 제물로 사용되어 죽었겠지. 그렇게 쓰기 위해 만들어진 생명이니까.

"그러니까 말해. 난 당신이 원하는 것이라면 뭐든……."

"그만해."

칸나는 말을 멈추었다. 알렉산드로는 그녀를 사납게 노려보았다.

"몇 번을 말하지? 내가 알고 싶은 건 네 마음이다. 다른 헛소리는 집어치워."

그의 눈에서 짜증이 진득하게 흘러나왔다.

"네가 날 어떻게 느끼는지, 그걸 말해. 다른 건 관심 없다."

순간 칸나의 입술이 움찔 떨렸다. 그러나 금세 멈추었다.

뭘 말하려 했던 걸까. 그녀조차도 알지 못했다. 알고 싶지 않았다.

그러나 이것 하나만큼은 확실히 알고 있다. 지금 알렉스가 아무렇지도 않게 말하는 감정은, 알렉산드로가 독약을 먹어가면서까지 감추고자 했던 마음이란 것을. 오랜 시간 누구도 알지 못하게 숨겨온 그 혼자만의 비밀이었다.

그리고 그의 기억은 머지않아 되돌아온다. 비밀이 발설되었으니 틀림없이 괴로워하겠지.

'나는 그의 고통을 덜어 주고 싶었어.'

그래서 자신을 피하려는 그를 억지로 붙잡고 저주를 풀고자 했다. 물론 알렉스와의 관계를 놓고 싶지 않은 마음도 컸지만, 가장 큰 목적은 그의 저주를 깨뜨리는 거였다. 그가 더는 고통받는 걸 원하지 않으니까. 그러니까 알렉산드로가 정신이 되돌아왔을 때 조금이라도 덜 힘들도록, 그녀가 할 수 있는 일을 해야 했다.

"날 거둬 주고 지켜준 사람. 그게 전부야."

그가 눈썹을 찌푸렸다. 목구멍이 욱신거리며 아파 왔다. 칸나는 통증을 참으며 조용히 대답했다.

"내가 어릴 때는 당신이 나를 거들떠보지도 않았거든. 지금이라도 독차지하고 싶었나 봐. 그래서 당신의 요리 선생을 쫓아낸 거지."

말해 놓고도 너무나 개소리라 조금 멋쩍어졌다. 과거에서 만나기 전까지 그와 구축한 관계는 너무나도 얄팍했다. 불면 날아갈 만큼 가볍고 하찮아서, 정말이지 그녀에게는 아무것도 아니었다.

'애초에 가족 같지 않았으니까.'

그녀가 클로이를 어머니로 느끼지 못하는 것과 같은 이치였다. 클로이를 어머니라고 부르며 자라긴 했지만, 단 한 번도 그녀를 모친이라 실감한 적 없는 것처럼. 알렉산드로 역시 마찬가지였다.

하지만 선희의 몸으로 만난 알렉스와의 관계는 강렬했다. 나를 구해 줄 내 운명의 구원자.

하지만 그에게 자신은 뭘까?

'글쎄. 아마도, 파괴자?'

그는 나의 인생을 구했지만 나는 그의 인생을 파괴했지.

칸나는 쓰게 웃었다. 그렇게 얽힌 인연이 너무나도 무거웠다. 가볍기 짝이 없는, 그저 허울뿐이었던 관계와 무게의 추를 재어 볼 가치조차 없으니.

그래서일까? 선희의 몸으로 만났던 알렉스와의 관계에 더 몰입하게 된다.

'그러면 안 되는데.'

자신이 어떻게 느끼든, 그건 그녀 혼자만의 마음에 불과하니까.

세상이 그렇게 보지 않는다. 그리고 현실의 알렉산드로도 그렇게 보지 않을 테지. 이런 마음으로 거짓을 말해 봤자 진심으로 느껴질 리 없다.

역시나 알렉산드로는 실소를 흘리면서 낮게 욕설을 지껄였다.

"이게 누굴 등신으로 아나."

"거짓말 아니야. 난……."

"거짓말을 할 거면 조금 더 성의 있게 해라."

그가 살벌하게 그녀를 쏘아보았다.

"너는 그런 남자랑."

그가 아주 신경질적으로 웃으며 그녀의 턱을 붙잡아 올렸다.

"이런 얼굴로 대화해?"

순간 칸나의 눈이 흔들렸다. 그러나 꿋꿋하게 말했다.

"무슨 말을 하는지 모르겠어."

알렉산드로의 입꼬리가 비스듬하게 굴곡졌다. 조롱에 가까웠다.

"아, 그래. 모른단 말이지……."

말을 잠시 멈춘 그가 그녀의 허리를 확 끌어당겼다.

아! 놀란 칸나가 파드득 떨었지만 그의 손은 단호했다. 두 사람의 몸이 빈틈없이 맞붙었다. 근육으로 꽉 짜인 가슴과 배, 심지어 그의 골반까지 얇은 옷감 너머로 고스란히 느껴지자 칸나의 얼굴이 확 달아올랐다.

그 광경을 알렉산드로가 똑똑히 목격했다. 그리고 느꼈다. 부드럽게 짓눌린 가슴 너머, 제 것처럼 빠르게 뛰는 그녀의 심장 박동을.

"몰라?"

그의 시선이 그녀를 무자비하게 내리찍었다. 난폭하게 쑤시고 들어와 심장까지 움켜쥐는 듯했다. 도망갈 수 없도록, 피할 수 없도록.

"이런데도 모른다고?"

칸나의 입술 끝자락이 미세하게 경련했다. 들켰다. 들켰다는 것을 서로가 알았다.

"알렉스……."

칸나는 크게 숨을 몰아쉬었다.

"후회할 거야, 당신. 기억이 돌아오면, 내가 장담하는데……."

……아. 소용없구나. 정말이지 눈곱만큼도 들어 먹지를 않는구나.

그저 솔직한 욕망으로만 가득 찬 알렉산드로의 눈은 일말의 타격도 없었다. 도리어 겹친 몸의 온도만이 점점 달아오를 뿐이었다.

"칸나."

알렉산드로가 짐짓 상냥한 척 말하며 그녀의 등을 쓸었다. 순간 칸나의 등줄기에 기묘한 전율이 흘렀다.

"나는, 내가 더 잘 알아."

한 번, 두 번, 위에서 아래로 부드럽게 미끄러지는 손이 짜릿하다. 칸나는 입술을 깨물었다. 온몸의 감각이 비명을 지르는 것 같았다.

"미래의 내가 널 사랑하지 않을 리 없다. 지금껏 용케 감추고 있었겠지만……."

그렇게 말한 그가 마치 악당처럼 웃었다.

"어쩐다. 이렇게 들켜 버렸으니."

그의 얼굴이 조금씩 가까워졌다. 점점 밀려오는 그의 체향에 머리가 어지러웠다.

"그러니 내 기억이 돌아오더라도 아무것도 돌이킬 수 없어."

그의 엄지손가락이 그녀의 입술을 지그시 눌렀다. 부드럽게 벌리며, 속삭였다.

"돌이킬 수 없도록 만들 거니까."

그 말을 끝으로 그가 멈추었다.

"원하지 않으면, 밀어내."

시간이 멈춘 듯했다. 입술 끝자락이 닿을 듯 말 듯 한 그 좁은 간격에서. 이성도, 사고도, 모든 것이 그 순간에 정지했다. 그저 숨결만이 한가득 밀려왔다. 그의 모든 것이 폭력적일 만큼 잔인한 자극이 되어 온몸을 두드렸다.

밀어내자. 칸나는 간신히 생각했다. 정신 똑바로 차리고 밀어내는 거다. 이러면 안 된다. 이러면…….

그러나 손아귀는 그저 무력했다. 알렉산드로는 치열하게 갈등하는 그녀를 잠시 더 기다려 주었다. 정말로, 아주 잠시만.

흐읍…… 칸나는 호흡을 멈추었다. 지금, 알렉산드로의 입술이 겹쳐졌다. 그 비현실적인 감각에, 그 사실에, 머리가 새하얘졌다. 그리고 상대는 더는 망설이지 않았다. 체온이 뭉개지듯 맞붙었다가, 확인하듯 떨어졌다가, 다시금 달려들어 겹쳤다. 그리고 격렬해졌다.

급해진 입술만큼 그의 가슴이 크게 부풀어 올랐다. 그럴 때마다 그녀의 몸을 더 강하게 짓눌렀다. 허억, 허억, 누구의 것인지 모를 숨결이 그저 갈급했다. 그것이 자극적이었다. 고통스러울 만큼 저릿하여 눈물이 고였다. 한 줌의 죄책감이 눈가에 맺힌 물방울처럼 아슬아슬 매달렸다.

안 되는데, 밀어내야 하는데. 그러나 휘감기는 살결이 달았다. 온몸이 아늑해질 만큼 그러했다. 기어코 무력하게 뺨을 타고 미끄러졌다. 산산이 부서졌다.

"괜찮아."

죄악감으로 부서지는 칸나의 눈물을 닦으며 그가 부드럽게 빨아 당겼다. 속삭였다.

"너는 아무 잘못 없다."

그녀의 손목을 잡아 넘겨 제 목을 두르게 만들었다. 그러고는 그녀의 몸을 번쩍 들어 올렸다.

"이건 다 내 탓이다."

상냥하게 눕히며 귓가에 속삭였다. 앓듯이, 울 듯이, 애원하듯이.

이건 다 내 잘못이고 내 죄다. 내가 참고 싶지 않아서 그래. 내가 돌이키고 싶지 않아서 그래. 너는 그저 휩쓸리는 거다. 아무 잘못 없다. 아무 생각 하지 마. 나만 생각하고, 나만 느껴…….

칸나.

"칸나, 느껴져?"

불덩이처럼 타오르는 손아귀가 그녀를 움켜쥐었다. 낙인처럼 파고들었다.

"이제는 돌이킬 수 없어."

그 찰나, 그의 경고가 흐릿하게 스쳤다.

"너는, 후회할 거다."

그때 알렉산드로는 알고 있었을지도 모른다. 결국 이렇게 될 것을.

안 되는데.
우리.
이러면.
안 되는데…….
몇 번이나 헐떡이며 내뱉었다. 묵직한 무게 아래서, 그 황홀한 열기에 흠뻑 젖어 가며 웅얼거렸다. 그러다가 언제부터 그 단어가 사라졌는지 모르겠다.
언제부터, 어디쯤에서부터, 이성의 벽이 완전히 무너졌는지 알 수 없었다. 파도처럼 부딪쳐 오는 그의 애정에, 조금씩 금이 가다가 기어코 완전하게 붕괴했다.
그저 밤이 길고도 길었다는 것만을 알았다. 그 밤이 전부 같았다. 영원 같았다.

"목말라……."

칸나는 잠결에 중얼거렸다. 목이 쉬었는지, 목소리가 잔뜩 갈라져 있었다. 자신의 것 같지 않았다. 그러자 줄곧 엉켜 있던 체온이 떨어졌다.

"기다려."

그렇게 얼마나 지났을까? 강한 힘이 그녀의 어깨를 휘감아 일으켰다. 칸나는 물을 받아 마시며 눈꺼풀을 들어 올렸다. 그러나 마음을 바꿔 다시 눈을 감았다.

'그냥 자자.'

괜히 정신 차린 척하다가 또…….

"그렇게 피곤한가?"

칸나는 대답하는 대신 자는 척 연기했다. 농담이 아니라, 정말 피곤해서 죽을 것 같았다.

'몰라.'

난 자는 거야. 무조건 자는 거다.

"나는 잠이 안 오는데."

"……."

"왜 잠이 안 올까."

"……."

"이상하군. 저주라도 받았나."

그 말에 칸나는 결국 슬그머니 눈을 떴다. 비겁하다. 이런 약은 수법을 쓰다니.

"대단하네. 당신, 저주받은 걸 그렇게 악용해도 되는 거야?"

"악용이라니. 너와 조금이라도 더 좋은 시간을 보내고자 노력하는 건데."

뻔뻔하게 대답한 그가 바로 허리를 끌어안고 몸을 겹쳐 온다. 알렉산드로의 입술이 뺨과 눈가와 콧등 위로 내려왔다. 쪽, 쪽. 빗방울처럼 내려오는 가벼운 입맞춤에 칸나는 인상을 찡그렸다.

"간지러워."

"난 좋은데."

"당신이야 좋겠지."

"너는 싫어?"

"싫다고는 안 했어."

지난밤, 치열한 갈등과 실랑이 끝에 그를 이길 수 없다는 사실을 깨달았다. 알렉산드로의 말, 손길, 입술, 그의 모든 것에 완전히 함락당하고 말았으니. 도저히 그를 밀어낼 수 없었다. 밀어내고 싶지 않았다.

'어떻게든 되겠지.'

그래서 이제는 반쯤 체념해 버렸다. 지금처럼.

칸나는 알렉산드로의 목을 끌어안았다. 숨결이 부드럽게 뒤섞였다. 또다시 아늑해졌다. 시야까지 흐릿하게 뭉개진다. 칸나는 몽롱함에 젖어 생각했다. 마치 아주 달콤한 사탕이 된 기분이었다. 그 사탕을, 알렉산드로가 정성스레 녹이고 또 녹이다가 기어코 송두리째 씹어 삼킨 것만 같았다.

"알렉스……."

이후 아무것도 생각할 수 없었다. 그저 아주 달달한 무언가가 된 기분에 사로잡혀 그의 머리칼을 움켜쥘 뿐. 지금도, 지금 이 순간에도…….

거의 침대를 벗어나는 일이 없었다. 며칠 내내 그러했다. 그녀가 배가 고프다고 하자, 알렉산드로가 과일을 가져왔다. 당신 때문에 손가락 움직일 힘도 없다고 하자 그가 먹여 주겠다고 선언했다.

"좋아. 그러든가."

칸나는 알렉산드로의 가슴팍에 기대어 앉았다. 그리고 그가 주는 딸기를 하나하나 받아먹었다.

"당신이 산딸기 따다 줬던 거 기억난다."

"그랬지. 그땐 네가 미친 여자인 줄 알았는데."

벌어진 입술로 그가 딸기를 하나 더 밀어 넣었다. 그러다가 예고도 없이 얼굴을 내려 그녀의 입술을 훔쳤다.

"달군."

새삼 얼굴이 붉어질 것 같았다. 칸나는 태연한 척 말을 돌렸다.

"내일도 기억이 안 돌아오면 바다 구경 가자. 마을 구경도 해 보고 싶어."

"좋지."

"당신이 이런 작은 해안 마을에 숨어 살고 있을 줄 누가 알았겠어?"

칸나는 그의 가슴팍에 뒷머리를 비비며 웃었다.

"그러고 보니 당신에게 이혼을 허락해 달라고 요청할 때 말이야, 아디스를 떠나 작은 해안 마을에서 살고 싶다고 말했었어."

"이런."

알렉산드로는 그녀의 머리칼을 가지고 손장난을 치며 탄식했다.

"내가 단칼에 거절했겠군."

"응. 지금 생각해 보니 나를 보호하려고 한 것 같아."

"아니면 널 곁에 두고 싶었겠지. 속이 훤히 들여다보이는 게 아주 귀여운걸."

"……지금 농담한 거야?"

"진담이다."

"차라리 농담이라고 해. 당신 속 들여다보는 게 제일 힘들어. 당신은 언제나 이런 표정이었는걸."

칸나는 아주 싸늘한 표정을 만들어 보이며 목소리를 내리깔았다.

"그리고 이런 목소리로, 언제나 단답형만 해 댔다고."

"널 보면 긴장해서 말을 못 했나 보군."

"긴장을 왜 해?"

"글쎄. 양심이 아파서?"

"그럼 지금은 양심 없다는 소리야?"

"찾기 힘들지."

"와. 굉장하네……."

키득거리며 웃자 알렉산드로가 다시금 고개를 내렸다. 그의 입술에서는 딸기 맛이 났다.

"더 줘, 딸기."

"네가 다 먹었다."

"맛있었는데."

그러자 알렉산드로가 과즙이 묻은 손가락을 그녀의 입술 안으로 밀어 넣었다. 과즙이 끈적하게 묻어서인지 정말 딸기 맛이 났다. 굵은 손가락을 입안에서 굴리다가 장난치듯 깨물었다. 그러다가 시선을 슬쩍 올렸다.

눈이 마주쳤다.

"……."

칸나는 씩 웃고는, 다짜고짜 알렉산드로의 가슴팍을 확 밀쳐 넘어뜨렸다. 무게를 실어 위로 내려앉자 그의 몸이 움찔 떨렸다.

"올라타려고 했지? 이제 사절할게. 당신, 정말 무겁거든."

손을 뻗었다. 빈 곳 한 틈 없이 근육으로 꽉 찬 그의 상체를 미끄러지듯 내려왔다. 그의 가슴팍을 지나 선명하게 갈라진 복근을 쓰다듬었다. 그 손길에 알렉산드로의 숨이 거칠어지자 묘한 정복감이 차오르기 시작했다. 자신의 손 아래에서 붉어지고 흐트러지는 모습이, 정말이지 아찔할 정도로 자극적이었다.

알렉산드로도 내내 이런 기분이었을까. 그렇게 생각하며 손을 움직였다.

"칸나, 잠깐……."

순간 알렉산드로가 헉 숨을 들이켰다. 위태롭게 호흡하는 그 모습을 칸나는 관찰하듯 응시했다. 두근두근. 알렉산드로의 가슴이 크게 뛰었다. 뜨겁게 펄떡이는 그의 심장을 손아귀에 넘치도록 한가득 쥔 것 같았다. 크게 부풀어서 금방이라도 터질 듯한 박동이었다.

"알렉스."

그는 대답하지 못했다. 지금까지의 모든 여유가 사라지고 조급해진 듯했다.

"알렉스."

알렉산드로의 떨리는 손이 침대 시트를 꽉 움켜쥐었다. 그의 입술에서 저도 모르게 흘러나온 듯한 낮은 욕설이 흩어졌다. 그의 더운 숨결이 점점 빨라졌다. 금방이라도 넘어갈 듯 가빠지고, 또 가빠지다가…….

어느 순간, 알렉산드로의 목이 격하게 뒤로 꺾였다. 어느덧 땀으로 젖은 탄탄한 목덜미가 파르르 경련했다. 목에 선 핏줄이 꿈틀거린다.

거칠게 울렁이는 그의 목젖에 칸나는 일순 넋을 놓았다. 도저히, 시선을 뗄 수 없었다. 날것의 본능만을 뿜어내는 알렉산드로는 머리가 멍해질 정도로 선정적이었다. 그녀의 뺨이 뜨끈하게 달아올랐다.

그리고 밀려오는 불안에 젖었다. 이런 알렉산드로를, 이토록 은밀한 모습을 목격해도 되는 걸까? 조만간 모든 기억이 돌아올 텐데. 그때의 알렉산드로는…….

"칸나, 이리로……."

그러나 다음 순간, 그가 그녀의 팔을 잡아당겨 제 위로 겹쳤다. 허겁지겁 밀려오는 체온에 칸나는 눈을 감았다.

모르겠다. 이제는 정말 아무것도 모르겠다.

그날 밤, 알렉산드로는 제 팔에 기대어 잠든 칸나를 바라보았다.

'잘도 자는군.'

자는 동안 딸기나 좀 사 올까. 하지만 지금은 문을 연 가게가 없을 것이다. 아침이 밝는 대로 일찍 다녀와야겠다, 그렇게 생각하며 시계를 흘끗 살폈다. 한참 멀었다. 잠들지 못하는 남자에게 밤은 아주 길었다.

'이 긴 시간을 악령의 목소리를 들으며 버텼다는 거지.'

알렉산드로는 미래의 자신을 조금 동정했다. 그러다 문득 한 장면이 떠올랐다. 오늘 칸나와 나눴던 대화였다. 이혼 요청을 자신이 거절했다고 투덜거렸지.

'그래…… 그랬었지.'

그때 그는 집무실에서 서류를 보고 있었다.

"괜찮으시다면 잠시 시간을 내주실 수 있을까요?"

그 말에 서류를 검토하다 말고 그녀를 올려다보았다.

칸나. 그녀의 직선으로 뻗어 오는 시선과 마주하자 속이 불편해졌다. 오랫동안 묻으려고 노력한, 그리고 결국 묻는 것에 성공했다고 생각한 추억이 떠오르는 눈이었다.

"지금 내주고 있지 않은가?"

"드릴 말씀이 있습니다."

"해라."

"발렌티노 공작과의 이혼을 허락해 주세요."

"이혼?"

"유책 사유는 발렌티노 가문에 있습니다."

그 순간에 알렉산드로는 전율했다. 벌써 몇 번째 전율인지 몰랐다.

역시 너로구나.

칸나가 아디스로 다시 돌아왔을 때, 예상은 했으나 완벽하게 확신할 수 없었다.

그러나 지금은 확실했다. 돌아왔구나, 칸나 아디스. 너는 어디까지 다녀온 거지? 네가 말했던 '선희'의 세계? 아니면 나와 함께했던 ㄱ 과거까지?

그러나 그 기대감은 빠르게 식었다. 과거까지 갔다 왔더라면 자신을 모른 척할 리가 없으니까.

"하하하, 그렇게 실망스러운가?"
"이러다가 조만간 울겠는데, 알렉산드로!"
"그러지 말고 칸나의 발에 매달려 보는 건 어때?"
"칸나, 제발 날 기억해 줘! 칸나, 제발 날 알아봐 줘! 이렇게 애원해 봐! 이렇게 빌어 봐!"

그때 그 실망감을 눈치챈 악령들이 얼마나 비웃었는지, 칸나의 말 일부가 들리지 않을 정도였다⋯⋯.
'⋯⋯뭐?'
알렉산드로는 그때의 순간을 되짚다가 경악했다. 온몸에 소름이 확 돋아 올랐다. 이건 그의 삶에 없는 기억이었다.
'이 기억은 뭐지?'
그것이 시작이었다. 스무 살의 그에게는 없는 미래의 기억이 계속해서 흘러나왔다.

"지금 발렌티노 공작 부인께서 머물고 계십니다. 칼렌 경께서 출입을 허락하신지라⋯⋯."
그 말에 심장이 미친 듯이 뛰었다.
알렉산드로는 걸었다. 어떻게 그 방까지 도달했는지 기억이 나지 않았다. 문고리를 잡으려는 찰나, 문이 벌컥 열렸다.

칸나였다.

"아."

순간 시간이 멈춘 것만 같았다.

알렉산드로는 홀린 듯 손을 뻗어 그녀의 뺨을 감쌌다. 얼굴의 절반을 가린 머리칼을 걷어 올렸다. 그렇게 눈이 마주치는 순간, 머리부터 발끝까지 전율이 흘렀다.

돌아왔다. 마침내 다시 돌아온 것이다.

이 눈에 홀려 송두리째 바친 삶이었다. 도저히 몰라볼 수가 없었다.

"칸나 아디스."

내 삶의 지배자.

"네가 돌아왔구나."

계속해서 또 다른 기억이 기어올라 왔다.

"그래. 내가 집사를 통해 서류를 준비하지."

그러자 칸나가 놀란 얼굴로 바라본다.

"철회를 원하나?"

"아뇨! 전혀요! 하게 해 주세요, 이혼!"

그러나 이어지는 말에 알렉산드로는 완전히 생각을 바꾸었다. 얄텐 왕국의 해안 마을? 그런 곳으로 떠나가 사는 것이 꿈이었다고?

'그건 안 되지.'

어떻게 거절해야 할까? 신중히 고민하고 있을 때 칸나가 쐐기를 박았다.

"그리고 다시는 돌아오지 않을게요."

"들었어? 들었어?"

"알렉산드로, 들었냐고!"

"저 여자가 하는 말 들었어?"

화를 부추기려는 악령들에게는 안 된 소리지만 그는 칸나를 원망할 생각이 조금도 없었다.

"마음이 바뀌었다. 이혼을 허락하지 않겠다."

잔뜩 화가 난 칸나가 사라지자 아까부터 줄곧 떠들어 대던 악령들이 날뛰었다.

"꼴좋구나, 알렉산드로!"

"괘씸하지 않아? 네 삶을 갈아 마셔 놓고 저 여자는 혼자 행복을 찾아 떠나겠다잖아!"

"쫓아가서 죽여 버려!"

"네 인생을 망친 여자를 죽여 버려!"

"닥쳐."

그는 악령들에게 중얼거리며 눈을 감았다.

또 다른 기억이 올라왔다.

"이봐, 아직 살아 있어?"

"명줄 한번 길구나! 하기야 괜히 영생을 사는 게 아니지!"

"아쉬워. 영생의 저주만 없었더라면, 이번에야말로 우리와 같은 꼴이 되었을 텐데! 카하하하하!"

"이쯤 되면 저주가 아니라 축복 아니야?"

그때 금발의 소년, 클로드가 따뜻한 허브차를 가져왔다.

"괜찮으십니까?"

"문제없다."

"어쩌다가 그런 함정에…… 알렉산드로 님답지 않으십니다."

검은 사도가 준비한 함정에 빠져 온갖 고생을 하고 말았다. 아마 영생의 저주가 아니었더라면 죽었을 것이다.

"그런데 정말로 팔이 자라납니까?"

클로드는 알렉산드로의 오른팔이 있었던 자리를 응시했다. 지금은 깨끗하게 잘려 나간 그 자리를.

"그래."

"어떻게 그런 일이……?"

"아무것도 묻지 마라."

"예."

영생의 저주 때문일까? 그의 몸은 성장이 멈춘 순간에 박제되어 있었다. 그렇기에 어떤 격변이 일어나도, 심지어 지금처럼 팔이 잘려 나가도 괴물처럼 저절로 자라나 회복되었다.

육체의 시간이 멈추었던 순간. 그때의 상태로 완벽하게 돌아가는 것이다.

'시간을 강제로 거스르는 것 같군.'

하긴 늙지 않는 것부터가 이미 괴물인데. 더는 놀랄 것도 없다.

"그래도 고통스러우실 텐데. 진통제라도 드시는 게……."

"필요 없어. 그보다 셀리아의 독약이 듣지 않는 것이 문제다. 내성이 생긴 모양이야."

"……."

"셀리아에게 약을 더 독하게 만들라고 전해."

순간 클로드의 눈에 반발심이 번쩍였다.

"안 됩니다. 지금 그 약도 굉장히 위험하다고요."

"상관없어."

"차라리 은퇴하십시오. 아드님께 작위를 물려주세요."

"할 거다."

"대체 언제요?"

"때가 오면."

"그러니까 그때가 언제인데요?"

클로드는 한숨을 내쉬었다.

"여생은 제가 옆에서 보필하겠습니다. 제게 알렉산드로 님은 아버지 같은 분이시니까요."

"칸나는……."

"예?"

"칸나는, 요새 어떻게 지내지?"

그 함정 때문에 집에 못 돌아간 지 반년째였다. 그는 칸나의 근황이 궁금했다.

"……."

너무 갑작스러운 화제의 전환이었을까? 침묵이 뚝 떨어졌다. 잠시 후 클로드가 태연하게 대답했다.

"믿을 만한 정보원에 따르면, 아주 잘 지내신다고 들었습니다."

"그런가."

"물론 계모와 이복동생들과 살다 보니 불편한 건 있겠지만요."

클로드가 빠르게 말을 이었다.

"그런 것까지 일일이 막고 싶으시다면 아가씨를 옆구리에 끼고 다니십시오. 저처럼 어딜 가도 데리고 다니시든가요."

"그건 위험해."

"저는요? 저는 안 위험합니까?"

"넌 기사다. 싫으면 관둬."

"제 말은, 제발 그런 일까지 신경 쓰지 마시라는 소리입니다."

클로드는 깊은 한숨을 내쉬며 그의 잘린 팔을 애처롭게 바라보았다.

"그분은 그럭저럭 잘 지내시니까 걱정하지 마시고, 제발 건강이나 좀 신경 쓰십시오. 아무리 다시 자라나도 그렇지, 팔을 잃어 놓고서 하신다는 소리가……."

"조용히 해. 시끄럽다."

기억은 계속해서 밀려왔다. 더 과거의 기억까지도.

＜같은 과거를 추억할 수 있는 미래에서.＞

＜다시 만나요.＞

"이게 대체······."

알렉산드로는 편지를 내려놓았다. 이 편지의 뜻을 알 수 없었다. 마치 작별 인사 같지 않은가? 조금 전까지만 해도 멀쩡하게 대화해 놓고는 이런 편지를 썼다고?

"선희, 일어나."

그러자 책상에 엎어져 있던 선희가 부스스 몸을 일으켰다. 눈이 마주치는 순간, 깨달았다.

그가 아는 선희의 눈이 아니다. 그렇게 생각하는 순간이었다.

"내가 이 몸 주인의 딸이고, 당신이 나를 키울 거라고 했던 말 기억해?"

불과 10여 분 전, 선희가 그의 손목을 잡고 했던 말이 스쳤다.

설마. 그럴 리가.

알렉산드로는 밀려오는 기억 속에서 눈을 질끈 감았다. 머리가 터질 것처럼 아파 왔다. 그만. 이제 그만.

그러나 기어코, 또 다른 기억이 강제로 쾅 내리쳤다.

"내 몸에 빙의했던 여자."

선희가 웃었다.

"내 딸."

이제는 아주 크게 부풀어 오른 배를 만지며, 잔인하게 미소 지었다.

"그 애가 어떻게 과거로 올 수 있었을 것 같아?"

알렉산드로는 대답하지 않았다. 이제 그는 저 여자의 말을 거의 믿지 않았다. 모든 것이 의문투성이였지만 그는 본능적으로 깨닫고 있었다.

저 여자는 그 여자가 아니다. 그를 사로잡았던 여자는 사라졌다.

어쩌면, 그녀가 여러 번 말했던 것처럼 정말 선희의 딸일지도 모르지. 그러나 완벽하게 믿는 것은 아니었다. 받아들이기엔 너무나도 터무니없는 이야기였으니.

"내가 단서로 남겨 준 술법진 덕분이야. 그리고 나 역시 그 술법진으로 미래에 다녀왔는데 말이지……."

순간 선희의 얼굴에서 웃음기가 싹 사라졌다.

"내가 미래에서 뭘 했을까?"

메마른 모래 같은 목소리로 중얼중얼 말했다.

"내가 몇 번의 미래를 반복했을 것 같아? 다시 이 순간으로 돌아오기까지 얼마의 시간을 헤맸을 것 같아?"

선희의 눈이 광기로 번들거렸다. 그러나 그것은 일전의 그 광기가 아니었다. 궁지에 몰려 미쳐버린 생쥐 같던 눈이 아니다. 오히려 신령과 비슷했다. 수백 년을 살아 미쳐 버린 신령과.

"알렉산드로, 미래에 뭐가 기다리고 있는 줄 알아?"

"……."

"네가 푹 빠져 있는 여자 말이야. 지금 내 배에서 자라고 있는 이 아이."

선희가 화사하게 웃으며 배를 쓰다듬었다.

"이 아이는 서른 해를 넘기지 못하고 죽어."

"닥쳐."

미친 여자의 헛소리다. 그는 그녀를 죽일 듯 노려보았다.

"내가 반복한 수많은 미래에서 이 아이는 단 한 번도 살아남지 못했어."

그러나 선희의 목소리는 불안할 정도로 고요했다.

"모든 미래에서, 서른 해를 넘기지 못하고 죽었지."

그것이 이상했다. 분명 어제까지만 해도 불안에 젖은 목소리로 말하던 여자였는데 고작 하루 사이에 수십 년의 시간을 겪은 것처럼, 온갖 풍파에 부스러져 강제로 해탈한 사람 같았다.

"딱 하나, 살아남을 것 같기도 했던 미래를 보기도 했지만……."

그 순간 선희의 얼굴이 노인의 것처럼 보였다.

"난 너무 지쳤어. 더는 못 하겠어. 이제는 시간을 헤매는 것도, 인생을 실험처럼 반복하는 것도 지겨워."

"대체……."

알렉산드로의 목소리가 험악해졌다.

"무슨 개소리를 하는 거냐?"

"나는 여기까지야. 너는?"

선희는 질문에 질문으로 답했다. 꿰뚫듯, 시선이 확 날아왔다.

"너는 이 아이를 위해 어디까지 할 수 있어?"

⊱✵⊰

"……그만."

알렉산드로는 밀려오는 기억을 애써 막아 냈다.

이제 그만. 더는 기억하고 싶지 않다.

그는 지끈거리는 이마를 손으로 짚었다. 언제부터인지 식은땀이 흐르고 있었다. 알렉산드로는 한동안 가쁜 숨을 내쉬었다. 간신히 진정했다.

"으음……."

그때 잠든 칸나가 몸을 뒤척였다. 그의 가슴팍에 얼굴을 묻어 온다.

"……!"

그 부드러운 체온에 알렉산드로의 몸이 경직했다.

새삼스럽게 당혹스러웠다. 며칠 밤을 내내 함께한 여자인데……. 아마도 새롭게 떠오른 몇 조각의 기억들 때문이겠지.

그러나 잠시 후, 알렉산드로는 손을 뻗어 칸나의 뺨을 쓰다듬었다.

'아니야. 아직은 나다. 아직은 괜찮다.'

그저 몇 개의 기억뿐이었다. 고작 파편에 불과한 순간이었다. 그렇기에 그는 아직 스무 살의 알렉산드로였다.

문득 기억의 파편 속에서 엿들은 선희의 목소리가 떠올랐다.

"모든 미래에서, 서른 해를 넘기지 못하고 죽었지."

알렉산드로가 이를 아득 물었다. 미친 여자, 그런 개소리를!

'내가 곁에 있는 한 칸나는 안전하다.'

이렇게 자신의 품 안에 있는 이상 그 누구도 칸나를 위협할 수 없다.

그러니 머지않은 시일 내에 칸나가 죽을 리가 없다.

그런데 왜 이렇게 초조한 걸까. 그의 심장이 불안하게 맥동했다. 희뿌연 안개 같은 것이 불길하게 스며들었다.

괜찮다. 그는 칸나를 쓰다듬으며 자신을 타일렀다. 괜찮을 거다. 내가 지킬 거니까. 내 몸과 영혼이 찢어지는 한이 있더라도, 이 여자만큼은 언제나 평온하게 잠들 수 있도록.

알렉산드로는 잠든 여자의 이마에 입술을 맞추었다.

"잘 자라."

부디 좋은 꿈 꾸길.

너의 악몽은 내가 다 가져갈 테니까.

쏴아아, 우렁찬 빗소리에 칸나는 눈을 떴다. 바로 초록색 눈과 마주쳤다. 밤 내내 자신을 바라보고 있었을 시선이었다.

"좋은 아침, 알렉스."

몽롱한 정신으로 인사하며 그의 품으로 파고들었다. 그녀의 살이 그의 가슴팍에 부드럽게 짓뭉개지는 순간, 알렉산드로가 흠칫 경직했다.

"……."

그 반응에 잠이 확 달아났다.

'뭐지?'

새삼스럽게.

며칠 내내 이렇게 실오라기 하나 안 걸치고 몸을 겹쳤으면서, 왜 놀라는 걸까.

'설마.'

기억이 돌아온 걸까?

"……알렉스?"

조심스럽게 그의 이름을 부르는 순간 알렉산드로가 칸나의 허리를 끌어안았다. 머리를 쓰다듬었다. 익숙한 손길에 칸나는 한숨을 내쉬었다. 아직이다. 아직은 알렉스였다.

"비가 많이 내린다. 바다에는 못 가겠군."

"그러게."

"다음에 가지."

"응."

"더 잘 건가?"

"더 자도 돼?"

"물론."

"하지만 당신 심심할 텐데."

"괜찮으니 자라. 기다릴 테니까."

칸나는 소리 없이 웃었다. 고요한 겨울밤이 떠오르는 목소리. 그의 차분한 저음이 좋았다. 머리를 쓰다듬는 손길도 좋았다.

하지만 알고 있다. 이럴 때가 아니라는 것.

'어서 아디스로 돌아가야 해.'

그의 기억이 돌아오길 기다리고 있지만, 생각보다 늦어지고 있다. 그러나 언제까지 이러고 있을 수는 없다. 해야 할 일이 산더미였으니까.

'이번에 자고 일어나서, 그때 얘기해 보자.'

칸나는 눈을 감았다. 곧이어 안락한 안식이 찾아왔다.

칸나가 잠들자 알렉산드로는 침대에서 몸을 일으켰다.

두통이 점점 심해지고 있었다. 더는 능숙하게 감출 수 없을 정도였다. 알렉산드로는 머리를 칼로 찌르는 듯한 통증을 인내하며 집을 나섰다.

상점에서 장을 볼 생각이었다. 그 핑계로 벗어났다. 지금, 용암 같은 것이 그의 머리에서 들끓고 있었기에. 그것이 당장 터질 것 같아서, 그때 칸나의 옆이면 안 될 것 같아서, 서둘러 우산을 펴 들고는 무작정 걸었다.

그녀가 깨어나길 기다리는 밤 내내 많은 기억이 떠올랐다. 그중에는 칸나가 자신을 양육자로 따른 순간도 있었다.

"저어, 제가, 연금술에 성공했는데요. 죽은 꽃을 살렸어요. 여기······."

검은 머리 소녀가 자그마한 화분을 내밀었다. 그를 두려워하면서도 동경하고, 내심 애정을 갈구하는 눈이었다.

'그래. 그것 역시 나다.'

하지만 자신은 그녀를 그 전부터 알았다. 그 전부터 사랑했다. 그 순간 역시 진실이었다. 그저 남자와 여자로 만나 마음을 키운 시간 역시 부정할 수 없었다.

결코 공존할 수 없는 경험이었지만 그는 극복할 자신이 있었다. 칸나만 허락해 준다면. 곁에 있어 준다면. 그러기만 한다면 지금, 가슴

속에 또렷하게 피어오른 죄책감과 자괴감도 언젠가는 이겨 낼 수 있을 것이다. 그러니까…….

"……!"

알렉산드로는 헉 숨을 들이켰다.

"당신, 정말 제 친부가 아니에요?"

그것이 시작이었다.

기어코 둑이 터졌다. 일전과는 비교할 수 없었다. 그야말로 어마어마한 양의 기억들이 모든 것을 깨부수고 밀려왔다. 도저히 막을 수 없는 해일처럼, 단숨에 그의 몸을 송두리째 집어삼켰다.

그 충격에 알렉산드로는 우산을 떨어뜨렸다. 몸이 휘청이자 서둘러 벽을 짚었다. 경련하는 몸 위로 빗줄기가 정신없이 내리꽂힌다. 머리부터 발끝까지 흠뻑 젖어 갔다. 알렉산드로는 눈을 감았다. 호흡했다. 거칠게, 넘어갈 듯, 헐떡이다가…….

모든 것을 기억해 냈다.

모든 것을.

"난 여기까지야. 너는? 알렉산드로, 너는 어디까지 할 수 있어?"

그때…… 내가 선희에게 뭐라고 대답했더라?

"내가 네 말을 어떻게 믿지?"

"너의 믿음 따위 필요 없어. 난, 그저 내 아이를 지켜 줄 사람이 필요한 거야."

"나보고 제물이라도 되라는 건가?"

"그래. 하지만 너 하나로는 부족해. 너는 아디스의 혈족을 통째로 바쳐야 해."

"그게 무슨 뜻이지?"

"네 미래의 자식들까지 내 딸을 위한 제물이 되어야 한다는 뜻이야."

그리고 선희는 손을 내밀었다.

"못 하겠으면 보여 줄게. 앞으로 다가올 미래를."

선희와 그는 시간을 거슬렀다. 수많은 시도 끝에 목적하는 시간에 도달했다. 그리고 목격했다. 칸나의 최후를.

차라리 그녀인 것을 몰라볼 수 있었더라면 좋았을 텐데.

알렉산드로는 도저히 그녀를 몰라볼 수 없었다.

왜 그녀의 죽음을, 다른 이의 죽음처럼 받아들일 수 없는 걸까. 그 것을 인정하지 못하여 여기까지 왔다.

그래. 여기까지, 왔다.

"어때? 미래를 바꿔 보고 싶어?"

"그래."

우렁차게 쏟아지는 빗소리 너머 그 여자의 목소리가 들렸다. 그의 운명을 결정지었던 그 순간의 대화가.

"그렇다면 말해 줄게. 그 아이를 살릴 유일한 길을. 하지만……."

점점 가라앉았다. 거칠었던 숨결도, 가로지른 충격도, 떨리는 손끝도.

"넌 모든 걸 잃을 거야."

"……."

"그래도 그 길을 갈 수 있겠어?"

알렉산드로는 천천히 눈을 떴다.

"갈 수 있다."

드러난 눈동자는 고요했다.

모든 것이 그러했다. 고통도, 열기도, 혼란도, 그를 지배했던 모든 것이 일말의 잔해조차 남기지 않고 사라졌다. 그저 꿈이었던 것처럼, 그렇게.

남은 것이라고는 마저 걸어가야 할 길뿐.

"알렉 님?"

알렉산드로는 몸을 돌렸다. 돌멩이 같은 눈을 움직였다.

"알렉 님, 괜찮으세요?"

한 여자가 그의 머리 위로 우산을 드리우고 있었다.

"왜 비를 맞고 계세요?"

"……."

"그러다가 감기라도 걸리시면……."

알렉산드로는 대답하는 대신 허리를 굽혀 떨어진 우산을 들어 올렸다. 그대로 지나치려 했으나 요리 선생이 붙잡았다.

"저어, 그렇지 않아도 찾아뵈려고 했어요."

"……."

"그 검은 머리 여성분, 정말 알렉 님과 그런 관계이신가요?"

빤히 바라보자 여자가 고개를 숙여 우물쭈물 변명했다.

"죄, 죄송해요. 하지만 알렉 님께 확실히 듣고 싶어서……."

"아닙니다."

알렉산드로는 비가 쏟아지는 하늘을 올려다보았다. 온통 잿빛 구름으로 가득했다. 그것이 서글펐다. 분명 어제까지만 해도 화창한 봄날이었는데…….

언제나 그러하듯 아름다운 순간은 짧았다.

"그 아이는 제 딸입니다."

칸나는 잠에서 깨어났다.

"……?"

옆자리가 텅 비어 있었다. 당혹스러웠다. 며칠 내내 눈을 뜨는 순간 가장 먼저 보였던 남자인데.

'기억이 떠올랐나?'

어쩐지 이상하더라니. 칸나는 허탈하게 웃음을 터뜨렸다.

'기억이 떠올랐나 봐.'

그렇구나. 그래서 이렇게 사라진 거구나. 모든 것을 떠올려서. 그래서 이렇게, 자신을 버려 두고……. 칸나는 새하얀 시트 위로 얼굴을 묻었다. 예쁘장한 눈썹이 일그러졌다.

'이럴 줄 알았지.'

바보. 멍청이. 나쁜 새끼…….

"일어났나?"

번쩍. 칸나는 눈을 떴다. 황급히 몸을 일으켰다. 알렉산드로가 문가에 서서 그녀를 바라보고 있었다. 눈이 마주친 순간, 머릿속이 새하얘졌다. 모든 것이 깊게 가라앉은 듯한 심해 같은 눈. 고요하다 못해 적막한 얼굴에 깨달음이 밀려왔다.

"설마, 기억이……?"

"돌아왔다."

그렇구나. 돌아왔구나.

칸나가 할 말을 찾지 못하고 멀거니 바라보기만 하자 알렉산드로가 낮은 한숨을 내쉬었다. 고개를 돌리며 나지막이 중얼거렸다.

"칸나."

"……."

"가려."

"……."

"부탁이다."

아. 칸나는 이불을 끌어 올려 훤히 드러난 몸을 가렸다. 정신이 빠져서일까. 뒤늦게 얼굴이 붉어졌다.

"준비되면 나와라. 기다리지."

알렉산드로는 그녀가 잠든 사이 장을 보고 요리까지 한 것 같았다.

'또 부엌이 난장판이…….'

기껏 청소했는데 이렇게 되다니. 이번에도 어째서인지 천장에 식칼이 꽂혀 있었고, 음식 재료들이 사방으로 날아가 있었다.

"먹어."

알렉산드로가 표정 없는 얼굴로 돼지죽 같은 걸 가리켰다.

"맛은 괜찮다."

"……."

거절하고 싶은 마음을 참으며 칸나는 스푼을 들어 올렸다. 설마 죽기야 하겠는가……?

'아?'

놀랍게도 맛은 정상이었다. 칸나는 잠시 고민하다가 참지 못하고 조심스럽게 물었다.

"혹시 그 여자…… 요리 선생 왔다가 갔어요?"

"아니."

"그럼 직접 만들었어요?"

"그래."

"맛있네요."

침묵이 흘렀다. 마침내 식사를 마치자 알렉산드로가 드디어 입을 열었다.

"칸나."

"네."

"미안하다."

순간 말문이 꽉 막혔다. 미안하다고?

그 사과가, 그 단어가, 그의 말이 모든 것을 휩쓸고 지나간 것 같았다. 잠시 후 그녀는 조용히 되물었다.

"뭐가 미안한데요?"

"내가……."

알렉산드로가 말끝을 흐렸다. 그의 눈에 진한 죄책감이 일렁였다.

"너에게 해서는 안 될 짓을 했다. 날 원망해라. 모두 내 잘못이다."

"잘못이라고?"

그렇게 묻는 자신의 목소리가 공허했다.

잘못, 잘못…… 잘못이라고. 그가 나에게 했던 모든 일들이 잘못이 된 건가?

칸나는 홀린 듯이 물었다.

"이젠 날 사랑하지 않아요?"

알렉산드로는 시선을 내리깔았다. 아래로 비껴간 그 눈에서 많은 것이 스쳐 지나간 듯했다. 어두운 장막에 가려진, 아주 거대한 이야기가. 그러나 다시 마주쳤을 때 남은 것은 마모된 감정의 껍질뿐이었다.

"사랑했었지."

"……."

"미안하다."

그 순간, 기억을 잃기 전의 그가 떠올랐다.

"넌, 후회할 거다."

아아. 이런 뜻이었나?

기억 잃은 알렉산드로가 그녀에게 구애를 할 거라서, 그런 경고를 했다고 생각했다.

그 예측은 딱 절반만 옳았다. 알렉산드로는 이런 사태가 올 것을 이미 알고 있었던 것이다. 현재의 그와 과거의 그는 다른 사람처럼 달랐으니까.

그래서 지금 자신은 후회하는가?

'아니. 후회 안 해.'

후회하지 않는다. 그저 아플 뿐이었다. 그 누구도 그녀를 이렇게 아프게 만들지 못했다. 칸나는 관계의 종말 앞에서 여실히 깨닫고 또 깨달았다.

그렇구나. 이런 게 사랑이구나.

나는 처음으로 사랑이란 것을 했구나.

깨닫는 순간, 사랑은 끝났다. 그러나 그저 아파하는 것은 적성에 맞지 않았다.

"미안하다고요?"

칸나는 의자에서 몸을 일으켰다. 그를 향해 천천히 다가갔다.

"그래서요?"

한 걸음 한 걸음 걸을 때마다 그의 온 신경이 자신에게 쏠리는 것이 느껴졌다.

"칸나, 지금 뭘……."

알렉산드로의 말이 멈추었다. 그녀가 그의 허벅지 위에 올라타 앉은 것이다.

"지금 뭘 하는 거냐?"

칸나는 대답하지 않았다. 그 대신 두 팔을 뻗었다. 그의 목을 감싸듯 둘렀다. 그 순간 알렉산드로의 전신 근육이 와락 조여드는 것이 느껴진다. 놀라울 정도의 긴장감에 칸나는 침을 꿀꺽 삼켰다. 주위를 둘러싼 공기마저 쭈뼛 날이 선 듯했다.

알렉산드로 아디스가 동요하고 있었다. 그런데도 얼굴은 어찌나 이리도 태연한지…… 얼굴과 얼굴 아래 몸뚱이의 간극이 신기할 정도였다.

칸나는 곧 잔인한 쾌감에 젖었다. 그래. 겉으로는 빈틈없는 완벽한 양육자 흉내를 내고 있지만 이렇게나 의식하고 있다. 그 빌어먹을 양심이란 것 때문에 어쩔 수 없는 거다.

"내려와."

그러나 그의 목소리는 칸나의 생각이 모두 망상이라는 걸 알려 주듯 냉엄했다. 그대로 그녀를 거칠게 밀칠 사람처럼 차가웠다.

"버릇없게 굴어서 화났어요?"

"칸나 아디스."

"나한테 미안하다고 했잖아요."

"그게 지금 무슨 상관이지?"

"죗값을 치러야죠, 알렉산드로 아디스."

칸나는 그의 반듯한 셔츠 깃을 만지작거리며 말했다.

"며칠 내내 사람을 사탕 빨듯이 녹여 놓고는 미안하다는 말 한마디로 끝낼 수 있을 것 같아요?"

그러고는 툭, 단추 하나를 풀었다.

"무슨 짓이지?"

"단추 풀고 있어요."

태연하게 말하며 빠르게 손을 움직였다. 툭, 툭, 툭. 목 끝까지 빈틈없이 채웠던 단추를 하나하나 풀어 헤쳤다.

"장난치지 마라."

"장난이 아니라 유혹인데요."

마침내 셔츠가 벌어지고 탄탄한 가슴팍이 드러나자 알렉산드로가 그녀의 손목을 콱 붙잡았다. 뜨거운 손아귀였다. 그러나 알렉산드로의 표정만큼은 기이할 정도로 태연했다.

"그만해. 끌려 나가고 싶나?"

칸나는 자신의 손목을 쥔 그의 손아귀를 바라보다가 아픈 척 울상을 지었다.

"아야, 아파요."

거의 동시에 그의 손아귀에서 힘이 풀렸다.

본능적인 반응인 듯싶었다. 그것이 우스웠다. 역시 이 사람은 나한테 약하다니까. 한때 이 남자를 두려워했다는 게 이제는 믿기지도 않았다.

칸나는 그의 손을 거칠게 뿌리치며 다시 단추를 풀기 시작했다.

"허세 부리지 말아요. 당신은 날 저 빗속으로 못 쫓아내. 내 손을 억지로 잡아떼지도 못하고."

알렉산드로는 연신 가슴팍을 스치는 손끝에 눈썹을 찡그렸다.

"그만해라."

"부탁해 봐요."

"부탁이다."

"좀 더 공손하게."

"제발."

저 고고한 얼굴로, 어울리지도 않게 제발이라니. 그것마저도 이제는 배가 욱신거릴 만큼 아찔한 걸 보니 미친 게 분명했다.

"싫어. 거절할래요."

그 순간 우드득, 무언가 부서지는 소리가 울렸다. 그가 있는 힘껏 움켜쥐고 있던 팔걸이가 손아귀에서 가루처럼 부서진 것이다.

"선 넘지 마라."

엉망이 된 팔걸이와는 달리 그는 놀라울 만큼 침착하게 말했다.

"난 더는 너와 이럴 생각 없어."

"생각은 없는데 욕망은 있나 봐요?"

칸나는 웃으며 말을 이었다.

"피는 못 속인다더니 정말이네요. 당신 첫째 아들도 몸이랑 말이 따로 놀았거든요."

조롱하자 알렉산드로의 입매가 비틀어졌다.

"네가 이렇게 요부처럼 구는데, 달리 어떤 반응을 바라지?"

와. 역시 아들보다 세네. 그 녀석도 나이가 들면 이렇게 변하려나. 그런 의미 없는 생각을 하며 칸나는 말을 이었다.

"기억해요? 안 된다고 했던 나에게, 당신이 뭘 했는지."

칸나는 몸을 앞으로 당겼다. 단단하게 굳은 그의 골반 위로 꾹 내려앉았다. 순간 알렉산드로의 턱이 팽팽하게 당겨졌다.

"당신이잖아. 그런데 이제 와서 사과 한마디로 끝내겠다고? 훌륭한 어른이라면 본인의 행동에 책임을 져야죠."

"……."

"그러니까 이제 내 차례예요. 이래야 공평한 거죠."

칸나는 그의 귓가에 입술을 바짝 가져다 댔다. 속삭였다.

"제가 가정 교육을 잘못 받아서 나쁜 건 빨리 배우거든요. 여기에는 당신 책임도……."

계속 조롱하려고 했다. 미친년처럼 패악을 부리려고 했다. 그녀의 삶에서 가장 아름다웠던 순간을, 그저 한순간의 실수 취급하는 것이 너무나 화가 나서.

그러나 더는 말을 이을 수가 없었다. 한마디 한마디 뱉을 때마다 모조리 자신의 가슴으로 날아왔다. 비수처럼 박혔다. 쑤시고 들어와 헤집었다. 그것이 너무나도 아파 더는 입꼬리가 올라가지 않았다. 도리어 파르르 경련했다.

그러나 꾹 참았다. 참다가, 참다가, 조금 더 참다가…….

"당신이 더 자라고 했잖아."

결국 참지 못했다.

"내가 잠에서 깰 때까지 기다린다고 했잖아."

이렇게 물거품처럼 사라질 줄 알았다면 절대로 잠들지 않았을 텐데.

"거짓말쟁이. 이렇게 갑자기 사라져 버리는 게 어디 있어…….''

목소리에 물기가 묻어났다. 칸나는 이를 악물며 그의 어깨에 얼굴을 파묻었다. 달아오른 숨이 씨근덕거리며 흩어졌다.

울기 싫어. 울고 싶지 않아. 절대로, 울지 않을 거다.

칸나는 고집스럽게 감정을 누르며 부득부득 말을 토했다.

"하지만 걱정 말아요. 다 잊을 수 있어요. 당신이 지난 며칠 동안 나한테 한 말들. 행동들. 다 잊고 다 지울 수 있어."

그러나 기어코 말꼬리가 울먹이고 말았다. 숨이 막혔다. 가슴이 시뻘건 용암에 타들어 가는 것처럼 괴로웠다.

그런데 이 괴로움마저 좋다니. 역시나 미친 거지.

"돌아갈게요. 다시는 이렇게 떼쓰지 않을 테니까, 마지막으로 나를…….''

칸나는 코를 훌쩍이며 눈을 감았다.

그의 목덜미에서는 알렉스의 체향이 났다. 그래서일까, 이대로 눈을 뜨면 그가 있을 것 같았다. 시간이라는 파도에 휩쓸려 다시는 만나지 못할 곳으로 떠내려간 그 남자가.

"안 된다."

"부탁이에요."

"안 돼."

"미안하다고 했잖아요. 그럼 제발 내 부탁 들어줘요. 이렇게 끝나면 너무 괴로울 것 같아……."

그렇게 얼마의 시간이 흘렀을까.

천년 같은 갈등이 있었다.

고뇌의 끝, 알렉산드로가 힘을 잃은 듯 고개를 스르륵 숙였다. 그녀의 어깨에 머리를 툭 기대 온다. 마치 체념처럼. 포기처럼. 아니면 그저 고통처럼. 그러고는 후우…… 속에서부터 나온 깊은 한숨을 뱉었다. 그리고 물었다.

"후회 안 해?"

낮게 잠긴 목소리였다.

"잘 생각하고 행동해라. 너는."

돌연 그의 말이 뚝 끊겼다. 바로 이어졌다.

"아니. 그냥 아무것도 생각하지 마."

다음 순간, 그가 그녀를 강하게 끌어당겼다. 품에 가두듯 안았다.

아. 칸나의 입에서 탄성이 터졌다. 온몸의 감각이 깨어나 환희에 젖은 듯했다. 미치게 좋았다. 이 쇠사슬처럼 단단한 구속이. 그도록 밀어냈으면서 다시는 놓아주지 않을 듯한 이 힘이. 그 착각이.

어찌나 슬프고, 어찌나 황홀한지.

"아무 생각 하지 마라. 기억하지도 마라."

칸나는 눈을 감았다. 끝내 참지 못한 한 줄기 눈물이 뺨을 타고 흘러내렸다. 턱 끝에 맺혔다가 추락했다. 스며들었다. 희고도 흰 그의 순백색 셔츠에.

"전부 잊어. 지금까지 일어났던 일들. 지금부터 일어나는 일들."

얼룩지고 구겨졌다.

"날 잊어버려."

허물처럼 버려졌다.

"모두 잊고, 너의 삶을 살아라."

chapter 26

어느 날 대신전에 한 남자가 찾아왔다.

"저는 알렉산드로 아디스가 당한 저주를 아주 잘 알고 있습니다."

"……."

"그러니 칸나 님을 만나 뵙게 주선해 주십시오. 아디스 저택의 경비가 삼엄하여 접근할 수도 없습니다."

라파엘이 아는 얼굴이었다.

며칠간의 관찰 끝에 안전하다고 판단했다. 그래서 라파엘은 그를 칸나에게 데려가기로 결정했다. 하지만 그녀를 만나러 가기 전, 끝내야 할 일이 있었다.

"라파엘, 부탁이 있어."

"무엇이든 명령하십시오."

"세계수를 없앨 수 있어?"

칸나가 그렇게 부탁했을 때 라파엘은 처음으로 그녀에게 거짓말을 했다.

"세계수를 없애는 건 저도 일전에 시도해 본 일입니다."

사실 시도한 적 없었다.

"그때는 실패했습니다만, 다시 시도해 보겠습니다."

시도하고 싶지 않았다.

그래서 실패할 수도 있다는 것을 은근히 암시했다. 세계수는 그에게 중요했으니까. 10여 년간 세계수의 안에서 온갖 연구를 당해서일까, 그는 세계수가 가진 능력 일부를 흡수한 상태였다.

그중 하나가 세계수의 눈이었다. 세계수의 눈을 통해 그는 세계 어디든 내려다볼 수 있었다.

지금껏 이 능력을 이용하여 칸나의 행방을 확인했다.

하지만 세계수가 사라진다면 더는 그 능력을 쓸 수 없겠지. 마음에 걸리는 것은 단 하나였다. 만약 칸나가 위기에 처한다면 예전처럼 구하러 갈 수 없다는 것. 오로지 그것뿐이었다.

'하지만 어쩔 수 없지.'

칸나가 없애라고 했으니. 세계수를 제거하기 전 라파엘은 눈을 감았다. 마지막으로 칸나가 어디에 있는지, 지금은 안전한지 확인할 생각이었다.

"……."

그리고 얼마 가지 않아 천천히 눈꺼풀을 들어 올렸다.

'내가 뭘 본 거지?'

방금, 아주 기괴한 것을 보았다. 칸나가 한 남자와 함께 침대에 누워 있었다. 그런데 그 남자가…….

'아니, 됐다.'

칸나의 뜻이라면 어쩔 수 없지. 그녀를 독점할 수 없다는 건 이미 알고 있었으니까. 유쾌하진 않았지만 그뿐이었다.

그는 사랑과 열정과 숭배는 알았지만 질투는 알지 못했다. 질투라든가 소유욕 따위의 감정은 아마 세계수에서 사는 동안 잃어버린 게 분명했다. 괜찮다. 잃은 것이 있듯, 얻은 것도 있으니까.

그러나 이제 이 능력도 끝이다.

라파엘은 손을 들어 올렸다. 성력을 끌어 올려 세계수를 후려쳤다. 쿵! 그 타격에 검은 나무가 부르르 진동한다. 고통을 느끼는 듯 꿈틀거렸다. 그러나 라파엘은 사정없이 후려치고, 또 후려쳤다.

그렇게 치열한 싸움이 시작되었다. 며칠이 지났을까.

우우우우웅. 기어코 그 거대한 나무가 비명을 내질렀다. 그와 함께 땅이 진동하고 공기가 비틀린다. 그리고 곧 힘을 잃고 검은 안개처럼 흩어지기 시작했다.

'이제야 끝났군.'

라파엘은 이마에 맺힌 땀을 닦았다. 그리고 뿌리까지 사라졌는지 확인하기 위하여 세계수가 존재했던 거대한 구덩이로 다가갔다. 아래를 내려다보았다.

'저건…….'

사람이 있었다. 사람들이, 세계수의 뿌리에 한 몸처럼 뒤엉켜 있었다. 벌거벗은 채로, 뿌리에 온몸이 얽힌 채로, 버러지처럼 꿈틀꿈틀 버르적거린다.

라파엘은 그 끔찍한 광경에서 익숙한 얼굴을 발견했다.

"칸……."

아니, 칸나가 아니다. 아르제니안이다.

그 순간 라파엘은 알아차렸다. 아르제니안뿐만 아니라 모두가 다 아는 얼굴이었다. 대신전의 벽에 걸린 초상화의 주인공들. 천여 년이 넘도록 대신전을 대표했던 자들. 지금껏 세계수와 결합하여 정화 의식을 진행했던 희생자들이었다.

'이건 그들의 사념인가?'

다음 순간, 뿌리에 엉킨 사념의 형체가 일제히 고개를 들었다. 수십 쌍의 눈동자가 그를 향했다. 똑같은 표정. 똑같은 눈빛. 그리고 동시에 입을 쭉 찢어 웃었다. 동시에 고개를 기울인다. 동시에 말했다.

"귀여워."

"맛있게생겼어."

"오독오독씹어먹을까?"

"귀여운아가이리오렴."

"너를주면우리를줄게."

"네가잃어버린너를."

"너의질투너의분노너의증오."

"너의추악"

쨍그랑! 릴리엔느는 와인 잔을 떨어뜨렸다.

"지금, 뭐라고 했어?"

"이혼하자."

오르시니 아디스가 태연하게 말했다. 그는 목을 죄는 크라바트가 성가신 듯 거칠게 풀어 헤치고는 탁자 위로 툭 던졌다. 그러고는 다시 말했다.

"못 들었냐? 이혼하자고."

"갑자기 무슨 소리야? 이혼이라니, 너 미쳤니? 장난치는 거야?"

"미치지도 않았고, 장난도 아니야."

"그럼 진심이야? 지금, 진심으로 나와 이혼을 하겠다고?"

"어."

"네가 그러고도 인간이야? 난 지금 장례식에서 돌아왔어!"

아르곤의 국장 때문에 줄곧 황궁에 있다가 이제야 돌아왔다. 그런데 오자마자 이혼을 하자고? 천하의 쓰레기도 아니고 이렇게 비정할 수는 없었다! 그러나 오르시니는 일말의 동정심조차 없는지 무표정한 얼굴로 말했다.

"바로 진행하지. 서류 보낼 테니 작성해."

다행히 신령이 바뀌며 성혼 파기식이라는 웃기지도 않는 제도는 사라졌다. 이제는 서류 몇 장이면 진행될 일이었다.

"웃기지 마. 누가 순순히 해 줄 것 같아? 난 이혼할 생각 없어!"

"소송에서 네가 이길 가능성도 없지."

순간 릴리엔느의 입술이 딱 굳었다. 오르시니가 빈정거렸다.

"네가 그동안 정부와 열심히 뒹군 덕에 유책 사유는 충분하거든."

"……!"

"온갖 망신 다 당하면서 이혼당하고 싶으면 그렇게 해. 하지만 얌전히 기어 나가면 위자료는 잘 챙겨 주지."

"넌…… 넌, 개자식이야."

"그걸 이제 알았냐?"

악당 같은 대사를 내뱉으며 릴리엔느를 내보냈다.

방에 홀로 남은 오르시니는 칸나를 떠올렸다. 칸나가 점령한 검은 사도의 본거지, 그리고 확보한 사도들의 신원을 통해 아주 많은 것을 알아냈다.

그런데 칸나는 어디에 있는 걸까?

'왜 이렇게 늦는 거지?'

슬슬 사람을 풀어 알아봐야겠다. 그렇게 생각할 때였다.

"공작 각하, 칸나 아디스 공작 영애께서 돌아오셨습니다."

집사의 말에 오르시니는 자리에서 벌떡 일어났다. 그러나.

"발렌티노 공작 각하께서 모셔 오셨습니다."

"……?"

그의 굵은 눈썹이 꿈틀거렸다. 왜 그 자식이랑 오지?

집사의 말대로 칸나는 돌아왔다. 완전히 취해 고주망태가 된 상태로.

'이건 대체 뭐야?'

오르시니는 침대에 누워 잠든 칸나의 얼굴을 멀거니 바라보았다. 어찌나 술을 퍼마신 건지, 그녀의 호흡에 알코올 향이 가득했다.

"발렌티노 공작은?"

"바로 돌아가셨습니다."

씨발. 오르시니는 머릿속으로 욕설을 지껄였다.

그 새끼가 왜 칸나를 데려와? 혹시 지금껏 그 자식이랑 있었나? 둘이서 지금까지 뭘 했기에?

가정하는 순간 눈앞이 아찔했다. 그는 뒤집히려는 눈을 꽉 감으며 관자놀이를 문질렀다.

설마 그 자식이랑 다시…….

그때였다. 칸나의 입술이 웅얼거렸다.

"개……."

뭐라는 거지? 오르시니는 귀를 기울였다.

"개새…… 알렉…… 미워……."

술주정인지 잠투정인지 혼잣말까지 중얼거린다.

오르시니는 어이가 없어서 헛웃음을 흘렸다. 이렇게 무방비한 칸나는 처음이었다.

언제나 고슴도치처럼 잔뜩 가시를 세우고 세상을 경계하던 여자가 이렇게 풀어져 있다니.

"나가 봐."

집사를 내보낸 후 둘만 남자, 그는 의자를 끌어와 칸나의 옆에 앉았다. 그러고는 잠든 그녀의 얼굴을 구경했다. 넋을 놓는 건 순식간이었다.

'어떻게 이렇게…….'

내 취향일 수 있을까.

심지어 그녀의 손톱 모양까지도 환장하게 좋았다. 마치 그를 사냥하기 위해 만들어진 천적처럼, 그녀의 모든 것이 치명적이었다.

어느덧 짜증은 봄눈 녹듯 사라져 버렸다. 남은 것은 조금씩 뜨겁게 끓어오르는 달콤한 열기뿐.

오르시니는 조심스럽게 손을 뻗었다. 손가락 끝이 칸나의 뺨에 닿기 직전.

번쩍. 칸나가 눈을 떴다.

"……."

오르시니는 침을 꿀꺽 삼키며 움직임을 멈추었다. 아니, 그저 뺨 한 번 만져 보려 했을 뿐인데…….

"……렉스?"

순간 심장이 덜컹 떨어졌다.

"알렉스."

칸나의 눈이 부드럽게 휘어졌다. 오르시니는 처음으로 목격하는 미소였다.

"이리 와."

저렇게 웃는다고? 칸나가 저렇게 웃을 줄도 안다고?

"어서…… 이리 와."

달콤한 부름이었다. 오르시니는 귀신에 홀린 사람처럼 몸을 일으켰다. 그녀가 자신을 부르는 게 아니란 걸 안다. 다른 사람을 찾고 있다는 것을 알았다.

알고 있지만…….

알 게 뭐야.

다가가자, 칸나가 그의 손을 잡고 끌어당긴다. 오르시니는 무력하게 침대 위로 쓰러졌다.

곧이어 칸나가 그의 품으로 파고들었다.

"가면 안 돼, 알렉스. 말없이 가면 안 돼……."

온 감각이 멀어졌다. 오르시니는 세상과 완전히 동떨어져 나간 듯한 착각 속에서 칸나를 내려다보았다. 보물을 끌어안듯 자신의 허리를 휘감은 손, 가슴팍에 묻은 얼굴, 그리고 눈가에 반짝이는 보석 같은 눈물까지.

그는 천천히 호흡했다. 뒤틀린 숨결이 불안정하게 흘러나왔다. 심장이 격렬하게 뛰었는데, 얼마간은 황홀함이었고 얼마간은 충격이었다. 칸나는 지금 자신을 누군가와 착각하고 있다. 어쩌면 자신과 닮은 사람과. 알렉스라는 이름, 혹은 애칭을 가진…….

'……설마.'

순간 떠오르는 얼굴에 오르시니는 인상을 확 구겼다.

설마. 그럴 리가.

길고 긴 하루가 지났다. 이른 오전, 칸나는 눈을 떴다.

'비…… 아직도 내리네.'

어제부터 시작된 폭우는 아직도 계속되고 있었다. 칸나는 멍하니 천장을 올려다보다가 고개를 돌렸다.

알렉산드로가 침대맡에 앉아 그녀를 바라보고 있었다.

"일어났군."

"네."

알렉산드로는 이미 단정하게 옷을 차려입은 상태였다.

칸나는 그의 몸을 감싼 새하얀 셔츠를 멀거니 응시했다. 주름 하나 잡히지 않은 정갈한 옷을 보고 있자니 전부 다 가짜 같았다.

모두 다 한바탕 격렬한 꿈속에서 벌어졌을 뿐. 어쩌면 현실에서는 아무 일도 일어나지 않은 걸지도.

"이제⋯⋯."

쏴아아, 우렁찬 빗소리에 그녀의 목소리가 묻혔다. 칸나는 조금 더
크게 말했다.

"이제 돌아가야겠어요."

"필요 없어요. 혼자 갈 수 있어요."

알렉산드로는 기분이 언짢았다. 그녀가 그의 배웅을 거절한 것이다.

"괜찮으니 걱정하지 말아요."

"걱정하지 말라고?"

그는 기어코 꾹 참고 있던 잔소리를 퍼부었다.

"난 네가 여기 혼자 온 것도 마음에 안 들었다. 적어도 호위 하나는
대동해야지."

"내 몸은 내가 지킬 수 있어요. 기억 안 나요?"

"뭐?"

"그때, 중독된 당신을 검은 사도들에게서 지킨 게 누구인지 기억 안
나냐고요."

"⋯⋯."

수십 년 전 이야기에 알렉산드로는 입을 다물었다.

"설마 잊은 건 아니죠?"

"⋯⋯아니."

그는 한숨처럼 중얼거리며 고개를 돌렸다.

"기억한다."

그렇구나. 기억하는구나.

순간 애처로운 희망이 피어올랐다. 어쩌면, 조금만 더 유혹하면 다시 예전으로 돌아갈 수 있을지도…….

'거봐. 이래서 안 된다니까.'

칸나는 쓴웃음을 지었다.

알렉산드로와 약속했다. 이곳에서 일어난 일, 어젯밤의 일까지 다 잊어버리겠다고…… 그러니까 이제 약속을 지킬 차례다.

그런데 왜 사람의 욕망이란 끝이 없는 걸까? 이젠 정말 안 된다는 걸 알면서, 그런데도 자꾸만 희망을 품게 된다. 하지만 계속 그랬다가는 알렉산드로만 힘들어질 테지.

'마차에 단둘이 있을 텐데 얌전히 있을 자신이 없어.'

여기서 끝내지 못하면 앞으로도 끝내지 못할 것이다. 그래서 칼같이 거절했다.

"이대로 당신도 아디스로 돌아갈 거면 같이 가고요. 그저 날 배웅할 목적이라면, 필요 없어요."

"……."

"곧 약을 완성해서 클로드 편으로 보낼게요. 그때까지 독약을 먹는 건 자제해요."

"……."

"그리고 저주의 단서를 찾으면 다시 찾아올게요. 만약 다른 곳으로 이동할 거면 꼭 말해 줘야 해요."

마침내 마차가 도착했다. 칸나가 마차에 오르려 할 때 알렉산드로가 그녀의 손을 잡아 부축해 주었다. 불시에 닿은 단단한 손끝에 칸나는 깜짝 놀랐다.

'아, 진짜.'

갑자기 만지지 마! 난 당신과 닿기만 해도 심장이 덜컹덜컹 떨어진다고! 그렇게 벌컥 소리치고 싶은 충동과 그 손을 와락 붙잡고 싶은 욕망을 짓누르며 태연하게 뒤를 돌아보았다.

눈이 마주쳤다.

순간 태양을 마주한 듯 눈이 부셔 칸나는 눈살을 좁혔다. 그들은 서로를 응시했다. 조금 더, 조금만 더 바라보다가…….

"잘 가라."

침묵을 깬 것은 알렉산드로였다.

"건강해라, 칸나."

왜 그것이 마지막 작별 인사처럼 들린 것인지 모르겠다.

"잘 있어요."

안녕. 나의 알렉스.

그리고 마차에서 조금 울었다. 얼뜨기처럼 혼자서 굵은 눈물을 뚝뚝 흘리고 있을 때.

"……술이네."

선반에 놓인 위스키를 발견했다.

'술 먹고 싶다.'

생각해 보면 이 세계에 온 이후 제대로 술을 마셔 본 적이 없었다. 음주를 즐기기엔 위태로운 삶이었으니.

하지만.

'술은 이럴 때 마시라고 있는 거잖아?'

어차피 지금 이곳엔 자신 혼자뿐이니까, 남에게 실수할 일도 없을 테니까, 술에 잠깐 기댈 수도 있잖아.

칸나는 그렇게 생각하며 손을 뻗었다. 딱 한 잔만 마실 요량이었으나 한 잔은 두 잔이, 두 잔은 석 잔이 되었고 결국 위스키를 한 병 통째로 비우고 말았다. 그리고 당연한 수순으로 완전히 취해 버렸다.

"알렉산드로 아디스, 이럴 거면 날 건드리지 말았어야지. 이 나쁜 자식."

말하고 나니 기분이 확 상했다.

"말이 심하네. 그 사람이야말로 누구보다 가장 괴로울 사람이야. 입 조심해."

"하지만 변하지 않을 거라고 호언장담했으면서, 이게 뭐야!"

"닥쳐. 그 사람 욕하면 가만 안 둘 거야."

두 개의 자아를 가진 사람처럼 중얼거리다가 어느 순간 완전히 곯아떨어졌다. 그렇게 얼마나 좋았을까.

"……응?"

똑똑, 마차 문을 두드리는 소리에 눈을 떴다. 마부였다.

"죄송합니다, 아가씨. 지금 마차 바퀴가 진흙에 빠져서……."

마부의 말끝이 흐려졌다. 마차 안에 진동하는 술 냄새를 맡은 것이다. 칸나는 안 취한 척 혀에 힘을 주며 말했다.

"알아서 처리해요."

"아, 예예. 알겠습니다."

다시 문이 닫혔다. 당황한 표정을 보니 귀족 아가씨가 혼자 술 퍼먹고 인사불성이 되어 있으니 놀란 모양이다. 칸나는 불만스럽게 투덜거렸다.

"왜? 나도 사람인데, 나도 못 견디게 힘들 수 있잖아."

난 울면 안 돼? 난 술 마시면 안 돼? 나도 하루쯤은 망가지고 싶은 날이 있단 말이야…….

'맙소사.'

진짜 한심하다. 칸나는 자신의 형편없는 꼴에 피식 웃어 버리고 말았다.

'바보 같아.'

누가 죽은 것도 아니고 사랑 하나 끝난 게 뭐가 그리 대수라고. 알렉산드로와의 연이 끝난 것도 아닌데, 언제든 원할 때면 다시 만날 수 있는데. 그런데 왜 이렇게까지 무너지는 건지.

'누가 옆에 없어서 다행이다. 이 꼴을 마부만 목격해서 다행이야.'

그렇게 자조적으로 웃으며 다시금 잠에 빠져들었다. 그리고 꿈속에서 무언가 들은 것 같았다.

"……마차 바퀴가 망가져서……."

"……옮기십시오. 제가 아디스 공작 영애를 아디스 저택까지…….''

어지럽다. 밀려오는 취기에 칸나는 정신을 차리지 못했다. 그러다가 문득 푸른색 눈과 마주쳐서, 이렇게 말한 것 같다.

"차였어."

"……차였다고요?"

"사랑하는 남자가 날 거절했어. 어쩔 수 없지."

훗날 이불을 걷어차며 후회할 만한 대사였다. 그리고 그 대사를 들은 남자가 웃음을 터뜨린 것 같았다. 어쩐지 화가 난 웃음 같다. 그렇게 생각하는 순간.

암전.

"으음……."

얼마나 지났을까. 다시 눈을 떴을 때 그녀는 침대 위였다.

"여긴……?"

아, 두통. 칸나는 지끈거리는 머리를 부여잡으며 눈에 힘을 주었다. 이곳은 아디스 저택이었다. 조금 전까지만 해도 마차에 있었던 것 같은데…….

"일어났냐?"

칸나는 소스라치게 놀라며 뒤를 돌았다.

"……오르시니?"

오르시니가 그녀의 바로 옆에 턱을 괸 채 누워 있었다. 칸나는 순간 할 말을 잃었다.

아주 잠깐이지만, 알렉산드로인 줄 알았다. 며칠 내내 그와 붙어서 일까. 새삼 오르시니가 정말 알렉산드로와 닮았음을 실감했다.

특히나 저 독수리처럼 형형한 눈빛은 스무 살 시절의 알렉스와 흡사했다. 그래서일까. 심장이 크게 요동쳤지만 빠르게 가라앉았다.

그저 닮았을 뿐이다. 오르시니는 알렉산드로가 아니다.

"네가 왜 여기에 있어? 왜 나랑 같은 침대에……."

쏘아붙이려다가 입을 다물었다. 두통이 심해진 것이다. 그 꼴을 지켜본 오르시니가 비웃었다.

"병신이냐. 가지가지 하는군."

"말조심해, 너."

하여간 저 성깔머리는 죽지를 않는다니까. 오르시니는 혀를 차며 몸을 일으켰다. 줄을 당겨 하녀를 불렀다.

"숙취에 좋은 것 좀 가져와."

잠시 후 칸나는 하녀가 내온 차를 마셨다. 그제야 조금 살 것 같았다.

"실비엔 발렌티노가 널 데리고 왔던데."

"그 사람이 나를?"

그녀가 영문을 모르는 표정이자 오르시니의 얼굴이 험악해졌다.

"설마 술 취해서 길에서 뻗은 걸 그 자식이 데려온 건 아니겠지?"

그럴 리가 있나. 마차 안에서 혼자 마셨는데.

'아닌가? 중간에 마차가 고장 났다는 이야기를 들은 것 같기도 하고……'

서서히 이성이 돌아오기 시작했다. 그리고 깨달았다. 자신이 아주 한심한 얼간이처럼 굴었다는 것을.

'내가 잠깐 미쳤었나 봐.'

처음 겪는 실연의 아픔에 에라 모르겠다, 될 대로 되라는 식으로 행동하다니.

"야."

그녀를 물끄러미 관찰하던 오르시니가 입을 열었다.

"너 그동안 어디에 있었냐?"

"네 아버지한테 다녀왔어."

"……."

감출 생각은 없었다. 어차피 조사하면 드러날 일이었으니까. 그런데 어째서인지 오르시니의 얼굴이 급속도로 창백해진 것 같았다.

"그렇군."

그러나 곧 그는 마른세수를 하며 표정을 수습했다.

"지금 네 손님이 와 있다."

"손님? 아, 혹시 라파엘?"

"그래."

칸나는 바로 몸을 일으켰다. 이제 됐다. 사랑놀음도 여기까지다. 궁상은 그만 떨고, 이제 다시 해야 할 일에 집중할 때였다.

"그럼 난 가 볼게."

그렇게 말하며 문고리를 잡아당기는 순간 불쑥, 오르시니가 손을 뻗었다. 칸나가 열고 있던 문을 그대로 밀어 쾅 닫았다.

"칸나, 너……."

오르시니가 말을 흐렸다.

"알렉스."

그래. 칸나는 자신을 그렇게 불렀다. 마치 연인을 부르듯, 사랑을 부르듯. 그리고 단 한 번도 본 적 없는 미소를 지었다.

"네 아버지한테 다녀왔어."

온몸의 피가 식는 것만 같았다. 알 수 없는 상대를 향한 살의에 손끝까지 얼어붙었다. 속이 울렁였다. 아주 역했다.

너. 내 아버지랑 무슨 관계야?

"왜 그래? 할 말 있으면 빨리 채."

칸나의 재촉에도 오르시니는 그저 입을 꾹 다물었다. 그럴 리가 없다. 하지만 부정하기엔 아주 이상한 걸 보지 않았던가?

"알렉스."

"이리 와."

빌어먹을. 욕지거리가 치밀었다. 당장 그녀의 어깨를 잡고 미친 듯이 캐묻고 싶었다.

대답해. 너, 내 아버지랑 무슨 관계야? 그 남자랑 뭐 했어? 왜 그의 애칭을 부르고, 침대로 끌어들이고, 그렇게…… 그렇게 웃었던 거지? 누가 봐도 사랑에 빠진 여자처럼.

목이 바짝 타들어 갔다. 오르시니는 매캐한 연기 맛이 나는 듯한 침을 삼켰다.

"너, 그동안 아버지랑 있었다고?"

자신의 목소리 같지 않았다. 너무나 미천했다. 살점 다 뜯기고 뼈다귀만 남은 자존심이었다.

"그래. 문제 있어?"

문제? 순간 그의 손아귀에 힘이 탁 풀렸다. 모든 것이 문제였다. 그러나…….

"아니."

그러나 그는 아무 말도 할 수 없었다. 오르시니는 숨을 고르게 내쉬었다. 그리고 최대한 평소와 똑같이 말했다.

"아무 문제도 없다."

아무것도 물을 수 없다. 아무 의미 없는 질문일 테니까.

만약 칸나가 아니라고 하면? 아니라는 대답을 믿을 수나 있나? 혹은, 칸나가 부정하지 않으면? 아버지와 정분이 났다고 인정한다면?

더 나아가서…….

"그러니까 나한테 이러지 마. 넌 내가 사랑하는 남자의 아들이야."

칸나가 이렇게 말한다면.

'아니지. 그건 안 돼. 그것만큼은.'

그렇기에 인내했다. 분출할 수 없는 분노만이 속에서 바글바글 끓었다. 어찌나 열불이 치솟는지 당장 피눈물이 쏟아질 것 같았다. 난리를 부리며 깽판을 치고 난장판으로 만들고 싶었으나 그는 그 모든 충동을 짓눌렀다. 그래야만 유지되는 관계였기에.

"얘기 끝났다. 나가 봐."

"물어보지 그래?"

순간 오르시니의 눈매가 굳었다. 칸나는 조용히 말을 이었다.

"궁금한 게 있는 것 같은데."

칸나는 눈치챘다. 저렇게 노골적으로 구는데, 천치도 아니고 모를 리가 있나? 아마도 자신이 술주정을 부렸나 보다. 어쩌면 닮은 얼굴을 보고 착각해서 그의 이름을 불렀을지도.

"대답해 줄게. 물어봐."

그러나 오르시니는 고집스럽게 고개를 저었다.

"아니. 물어볼 거 없다."

"네 아버지와의 관계가 궁금한 거 아니야?"

"아니라고!"

일순 오르시니가 언성을 높였으나, 이를 악물며 삼켜 냈다. 갈라진 음성으로 끝맺었다.

"궁금하지 않다. 아무것도."

칸나는 한숨을 내쉬었다.

'이 녀석도 참.'

답지 않게 참고 있다니. 칸나는 그 이유를 알고 있었다. 그래서 모처럼 진심으로 충고했다.

"오르시니, 인생은 한 번이야. 제대로 살고 싶지 않아?"

이미 알렉산드로 아디스의 인생은 자신이 망쳐 버렸다. 그런데 아들의 삶조차 점차 망가지고 있으니 안타까울 수밖에. 막을 수 있다면 막고 싶었다.

"나와 엮인 한 정상적인 관계는 못 맺어."

"……."

"널리고 널린 게 여자야. 바르고 정숙한 여자가 세상에 얼마나 많은데? 인생 제대로 살고 싶으면 나 같은 여자 말고……."

"누가."

오르시니가 그녀의 말을 끊었다. 죽일 듯이 쏘아보았다.

"누가 제대로 살고 싶대?"

순간 칸나의 숨이 멎었다. 천불이 끓는 눈이었다. 고열의 열기가 그녀의 가슴을 사정없이 짓눌렀다. 그 강렬한 격통에 칸나의 손끝이 움찔 떨렸다.

그러나 누구도 눈치채지 못한 동요였다. 그녀 자신조차도.

"난 그딴 거 관심 없다. 네가 내 아버지의 연인이어도, 설령 아버지와 재혼하더라도, 족보가 개같이 더럽게 꼬여도 상관 안 해. 그러니까."

오르시니가 말을 끊었다가, 숨을 크게 들이쉬었다가, 다시 내쉬었다. 그리고 놀라우리만큼 빠르게 침착한 얼굴로 돌아왔다.

"그러니까 입 다물어."

"……."

"나가 봐라."

칸나는 잠시 말없이 그를 응시하다가 방을 빠져나갔다. 문이 닫히는 순간 오르시니는 킬킬 웃음을 터뜨렸다. 자신을 비웃었다. 그러다 곧 힘을 잃고 문에 머리를 기대었다.

"한심한 새끼."

미친놈이지, 내가. 목에 올가미를 단단히 걸고, 생각도 없는 여자 손에 억지로 줄을 쥐어 주고, 제발 나를 목 졸라 죽여 달라고 애걸복걸 비는 병신이지, 내가.

그는 시선을 아래로 내렸다. 조금 전부터 욱신거리던 오른팔이 기괴한 각도로 꺾여 경련하고 있었다. 오래전 칸나가 망가뜨린 팔이었다.

오르시니는 눈을 감았다. 그대로 무시했다. 팔이 마음껏 발작하도록, 경련하도록, 그를 망치도록 내버려 두었다.

"오셨습니까, 누님."

문밖에서는 칼렌이 기다리고 있었다. 칸나는 놀라지 않았다. 그래, 이쯤 되면 나올 때가 됐지.

"칼렌."

그녀는 무의식적으로 손을 뻗어 그의 새하얀 머리칼을 쓰다듬었다.

"잘 지냈어?"

칼렌은 조금 놀란 듯 눈을 크게 뜨면서, 그녀가 만지기 편하게 재빨리 허리를 숙였다.

"예."

그러고는 금방 내려가는 칸나의 손을 붙잡아 손등에 키스했다.

"누님께서 제 안부를 물어 주시다니, 정말 기쁩니다."

손등의 입맞춤은 귀족 간의 흔한 예법이었다. 그래도 예전 같았으면 벌레가 닿은 듯 싫었을 텐데…….

'묘약의 부작용인가, 아니면 미운 정이 든 건가?'

이제는 딱히 거부감이 느껴지지 않았다.

"아르곤 황자의 장례식은 잘 다녀왔니?"

"그럼요. 조금 귀찮은 일이 생겼지만."

"가면서 얘기하자. 라파엘이 기다리거든."

이렇게 말한 칸나는 그의 반응을 몰래 지켜보았다. 칼렌은 라파엘을 아주 끔찍하게 싫어했다. 예전엔 라파엘이라는 이름만 들어도 치를 떨었으니까. 그런데…….

"예, 그러죠."

칼렌은 대수롭지 않게 고개를 끄덕였다.

"이번 국장에 카실 황자가 참석했습니다."

"카실 황자?"

"예. 그를 기억하십니까?"

"당연하지."

어떻게 잊겠는가? 자신을 '인간 사냥'하려고 했던 그 미치광이 황자를.

"그리고 다음 황위 계승자로 거론되고 있더군요."

그 말에는 놀라지 않을 수 없었다.

'아니, 그 쓰레기가 왜?'

그렇게 물려줄 사람이 없나?

'……없구나.'

생각해 보니 다른 황자들은 모두 죽었고 황녀들은 다 시집갔다. 남은 황제의 적손은 오로지 카실뿐. 그가 황위에 오르는 건 당연한 수순이었다.

"귀족들은 반대 안 해?"

"물론 반기지는 않습니다만…… 예전처럼 탄원서까지 제출하며 반대하기엔 상황이 달라졌죠."

하긴, 그렇긴 하지.

황가의 권위는 예전과는 달랐다. 수많은 귀족의 투자를 받아 벌인 국책 사업은 역사에 길이 남을 만큼 성공했고, 그로 인해 재산을 불린 귀족들이 한둘이 아니었다. 그 자금줄을 움켜쥔 것이 바로 황가였다.

'게다가 황제의 유일한 아들을 반대하는 건 황가를 반대하는 것과 같지. 자칫 잘못하면 반역으로 몰릴 수 있으니까.'

그래도 그렇지, 그 미친놈이 황제가 된다니…….

'조만간 제거해야겠어.'

개인적인 원한도 원한이지만, 카실은 테레사의 아들이다. 검은 사도의 허수아비가 될 것이 분명했으니 황제가 되도록 내버려 둘 수 없었다.

"걱정되십니까?"

"그야 당연하지."

"염려 마십시오, 누님."

칼렌이 그녀의 머리칼을 한 움큼 쥐어 그 끝에 입술을 맞췄다.

"제 목숨을 바쳐서라도 지켜 드리겠습니다."

백마 탄 기사 같은 대사에 칸나는 픗 웃고 말았다.

"네가? 어떻게?"

"불안의 원인을 제거해야죠."

아무렇지도 않게 굉장한 말을 하는군. 지금 그의 말은 반역이나 다름없었다.

"그러니 누님은 아무 걱정 하지 말아요."

⋆⋅☆⋅⋆

칼렌과는 문 앞에서 헤어졌다. 라파엘과 단둘이 될 것을 알면서 순순히 물러나는 것도 예전과는 달랐다.

'저 녀석, 꽤 차분해졌는데?'

역시 시간이 약인 건가? 조금씩 예전의 이성적인 칼렌으로 돌아오는 것 같아서 뿌듯했다.

"라파엘!"

소파에 앉아 있던 남자가 몸을 일으킨다. 그녀를 향해 걸어왔다.

"그동안 잘 지냈어? 기다리게 해서 미⋯⋯."

순간 칸나의 말이 멎었다. 성큼성큼 다가온 그가 곧장 그녀의 허리를 끌어당겨 입술을 맞춘 것이다.

"⋯⋯!"

밀려오는 힘을 못 이긴 몸이 뒤로 주춤주춤 물러났다. 그대로 벽에 부닥쳤다.

"자, 잠⋯⋯."

그러나 곧 이어지는 말은 그의 입술에 파묻혔다. 칸나의 손이 갈 길을 잃고 허공에서 엉거주춤 멈추었다. 이건, 너무 갑작스러운데⋯⋯.

"⋯⋯!"

그 순간, 라파엘의 손아귀가 그녀의 허리를 타고 위로 올라왔다. 그 대로 움켜쥐자 칸나의 목덜미가 뻣뻣하게 굳었다.

"칸나."

그의 입술이 칸나의 목덜미를 천천히 쓸어 올렸다. 그녀의 솜털을 적시다가, 귓가에 이르러 멈추었다.

"죄송합니다. 제가 무례를 저지르고 있습니다."

말과는 달리, 라파엘은 그녀의 살을 부드럽게 주무르고 있었다.

"제가 불쾌하십니까?"

"아니, 그게 아니라, 아……."

말이 끊겼다. 라파엘의 손가락 끝에 힘이 들어간 순간, 전류가 몸을 관통했다.

"라, 라파엘, 잠깐."

칸나는 그의 새하얀 법복을 잡아당겼다. 그제야 정신없이 밀려오던 체온이 멈춘다.

"예."

이 손의 주인이라고는 믿을 수 없을 만큼 정결한 눈빛이었다. 이대로 기도문을 읊어도 이상하지 않을 얼굴인데…….

"갑자기 왜 그래?"

"갑자기?"

라파엘의 말끝이 올라갔다. 그것이 거슬렸다.

"갑자기라고 하셨습니까?"

어쩌면 처음이었다 그녀의 말이 마땅치 않은 것은.

갑자기라니. 난 당신과 헤어진 순간 이후로 언제나 당신 생각만 했는데. 물론 당신은 아니겠지. 당신은 다른 남자와…….

라파엘은 표정 없는 얼굴로 그녀를 내려다보았다. 그러다 손을 들어 그녀의 긴 머리칼을 걷어 올렸다. 그리고 보았다. 흰 목덜미 뒤쪽에 선명하게 남은 붉은 자국을.

순간 무언가가 가슴을 도려낸 듯한 통증이 일었다.

그것이 이상했다. 왜 이런 기분이 드는 걸까? 나만의 권리가 아님을 알고 있었는데…….

흐릿한 생각은 곧 사라졌다. 남은 것은 본능뿐이었다. 라파엘은 망설임 없이 고개를 숙였다. 알렉산드로 아디스가 남긴 흔적, 붉은 자리 위로 입술을 내렸다. 강하게 빨아 당겼다.

아. 칸나의 입에서 참지 못한 탄성이 터졌다. 반쯤은 고통이고 반쯤은 쾌락이었다. 그 신음이 라파엘의 청각을 자극했다. 정염이 거세게 타올랐다. 하지만.

그 남자도 이 소리를 들었겠지? 나처럼 당신을 핥으며, 파르르 떠는 당신의 몸을 안으며……. 이 목에 키스했겠지.

보라색 눈이 추락했다. 까마득한 어둠 속으로 떨어졌다.

"더세게물어"
"살점이떨어져서피가터질때까지"
"벽을부술수있어깨뜨릴수있어"
"피를먹어피를먹어피를먹어피를먹어피를먹어"
"지금"
"당장"

라파엘은 이를 세웠다. 아득, 깨물었다.

"라파엘, 아파."

그 말에 라파엘은 눈을 번쩍 떴다. 즉시 불에 덴 사람처럼 떨어졌다. 그는 놀란 호흡을 뱉었다. 그가 물었던 그녀의 목이 시뻘겋게 달아올라 있었다.

"괜찮아."

그러나 칸나는 그저 담백한 얼굴로 손바닥으로 몇 번 문지를 뿐이었다.

"죄송합니다. 제가 잠시……."

무슨 짓을 하려고 한 거지? 하마터면 정말로, 살갗이 터질 때까지 물 뻔했다.

"라파엘."

"예."

"혹시 알고 있니?"

"무엇을……?"

"……."

"……예."

칸나는 난감해졌다. 오르시니도 그렇고 라파엘도 그렇고, 왜 다들 이렇게 빨리 눈치채 버리는 걸까?

"어떻게 알았어?"

"봤습니다."

라파엘은 뻣뻣하게 굳어 세계수의 눈에 대해 설명했다.

"그렇구나. 그래서 지금까지 내가 어디 있는지 찾아낼 수 있었던 거구나."

"죄송합니다."

"죄송하다니? 그 능력 덕에 도움 받은 적이 한두 번이 아닌데."

그 눈이 아니었더라면, 불타는 황궁의 잔해에 깔려 죽었을 것이다.

'그래, 그때 크레센트의 궁에서 화재에 휘말려 죽었겠지.'

문득 라파엘이 자신을 끌어안고 불덩이 속으로 몸을 던졌던 기억이 떠올랐다. 이후 라파엘의 몸이 화상으로 녹아내렸던 것도. 이제는 존재하지 않는 미래, 자신을 기다리느라 백골이 되었던 것도.

마음 한구석이 또다시 아파 왔다. 그렇게나 자신을 위해 주는 남자인데, 마음을 온전히 줄 수 없다는 것이 그저 미안할 뿐이었다.

"라파엘."

그 부름에 라파엘의 얼굴이 굳었다. 이어질 말을 두려워하는 기색이었다.

"저번에도 말했지? 그런 일이 또 없을 거라고 장담 못 해."

"괜찮습니다."

"하지만 넌 괜찮아 보이지 않는걸. 나는……."

"죄송합니다."

라파엘이 그녀의 말을 끊었다.

"제가 잘못했습니다."

그의 보라색 눈에 짙은 두려움이 스쳤다.

"다시는 질투하지 않겠습니다. 그러니 저를 내치지 마십시오."

그런 게 아닌데. 그의 말은 칸나를 더 아프게 만들었다. 칸나는 결국 참지 못하고 한숨을 내쉬었다.

"안 그래."

그런데…… 라파엘이 원래 이랬던가? 이렇게 감정이 드러나는 사람이었던가?

뭔가 달라졌다는 생각이 스쳤으나 잠시였을 뿐이다. 그래, 사람은 변하기 마련이니까. 그녀만 해도 그렇다. 자신이 남자한테 차여서 엉엉 울 줄 누가 알았겠는가?

"라파엘, 난 너에게 안 그래."

그제야 잔뜩 긴장한 라파엘의 근육이 빠르게 풀어졌다. 그러고는 슬그머니 다가와 그녀를 조심스럽게 끌어안았다.

"죄송합니다."

"괜찮아."

"아뇨, 목에 자국이……."

라파엘은 그녀의 목을 내려다보았다. 그가 깨문 자국이 선명했다.

다행이다. 정말 다행이다. 피가 나오지 않아서. 그녀의 피를 먹지 않아서. 그러지 못해서 정말이지, 너무나도…… 아쉽군.

"조심해야 한다, 카실."

진짜 귀찮네. 카실은 하품을 꽉 참았다. 실은 아까부터 줄곧 참고 있었다.

"카실, 듣고 있는 거니?"

"물론이죠, 어머니."

귓등으로 듣고 있지만요.

"너는 유일한 황위 계승자야."

"예, 어머니."

"조만간 있을 정화 의식 기간에 폐하께서 연설을 하실 거란다. 너도 그 자리에 참석해야 해."

"아, 그래요? 아버지께서?"

카실의 입꼬리가 비스듬하게 올라갔다.

"온종일 약에 취해 계신 분이 백성 앞에서 연설 하나 제대로 하실 수 있을까요?"

"폐하의 걱정은 하지 마라."

걱정 안 합니다. 아들을 지켜 주지 못한 나약한 아버지 따위.

'오히려 잘됐지.'

대체 어떤 수를 부린지 모르겠지만, 이제 아버지는 어머니의 손바닥 위에서 놀고 있었다. 대부분의 시간에는 약에 취해 제정신이 아니었지만, 남들 앞에 나서야 할 때가 되면 어머니가 구해 주는 약을 먹어 아주 잠깐은 정상처럼 보이기도 했다.

모두 다 어머니의 뜻이었다. 카실은 새삼 테레사의 대단함을 느끼며 그녀를 응시했다. 늘 아버지 옆에서 처연하게 웃고 있던 어머니였는데…… 대체 언제부터 이 일을 준비했던 걸까?

"다시는 예전 같은 실수 하면 안 된다."

실수? 카실은 속으로 비아냥거렸다.

'내 유일한 실수라면, 그때 그 여자를 죽이지 못한 것뿐입니다.'

그러나 카실은 속마음을 숨기며 차분하게 미소 지었다. 예전에는 못 했던 것. 그러나 이제는 할 줄 알았다.

"걱정하지 마세요, 어머니. 제가 아직도 그때의 그 어린애 같습니까?"

시간이 흐르고 젖비린내 나던 소년은 어느덧 훤칠한 청년으로 자라났다. 몇 년 사이 완연한 성인으로 성장한 그는 젊고 아름다웠으며 남성적인 매력까지 충만해졌다. 이제는 딱히 여자를 강제로 취할 필요도 없었다. 그저 달콤한 말 몇 마디와 미소만으로도 충분히 목적을 이룰 수 있었으니.

그런데 어째서인지 여자에 완전히 흥미를 잃고 말았다. 재미가 없어졌다. 예전에는 마치 놀이처럼 즐거웠는데…… 지금은 관심이 없다.

"다시는 예전처럼 일을 그르치는 일 없을 겁니다. 그러니 아무것도 걱정하지 마세요."

테레사는 마음이 놓이지 않는 기색이었으나 더는 몰아붙이지 않았다.

"요새 손은 좀 어떠니?"

"아, 이거요?"

카실은 여유롭게 웃으며 오른손을 들어 보였다.

"의수라고는 믿기지 않을 만큼 편안합니다. 제 것 같아요."

주화라고 했던가? 의원이자 연금술사인 여자가 놀라운 힘으로 그에게 손을 '붙여' 주었다.

"정말이지 처음부터 제 손이었던 것 같아요."

카실의 입꼬리가 비틀렸다. 하지만 이건 자신의 손이 아니다. 잘렸으니까. 잘려서 없어졌으니까. 카실은 손목이 잘렸을 때의 그 고통과 치욕을 생생히 기억하고 있었다.

'어머니, 저는 받은 것은 반드시 돌려줍니다.'

지난 몇 년, 카실의 머릿속엔 자신의 손을 앗아 간 그 여자 생각뿐이었다. 칸나 아디스. 백번을 죽여도 속이 시원치 않을 년.

'어떻게 해야 그년을 족칠 수 있지?'

테레사와의 만남을 마치고 복도를 걸으며 생각에 잠겼다.

언제나 그랬지만, 황실로 돌아온 이후 그녀에 대한 생각이 더더욱 커졌다. 아침에 일어나서 다시 잠들기 전까지 온통 그녀 생각뿐이었다.

아마 사랑에 빠진 남자가 이러하겠지. 이토록 사로잡혀 있는 것을 보면 어쩌면 증오와 사랑은 종이 한 장 차이일지도 몰랐다.

"저……."

부르는 목소리에 카실은 멈춰 섰다. 아는 얼굴이었다.

"아, 주화 의원님이시로군. 그동안 잘 지냈나?"

"네, 황자 전하. 저어……."

"용건이 있다면 말해 봐."

"그게, 있잖아요."

하여간 답답한 년. 뺨을 후려치며 빨리 말하라고 하고 싶었지만 꾹 참았다. 미래의 발렌티노 공작 부인이 될 몸일뿐더러, 무엇보다.

'이 여자가 내 의수를 만들어 줬으니까.'

마침내 주화가 말했다.

"손은 괜찮으신가요?"

"그래."

"하지만 본래 손보다는 못할 테지요?"

뭘 지껄이는 거야? 그의 눈이 험악해지자 주화가 갑자기 미소 지었다. 누군가를 흉내 내는 듯한 웃음이었다.

"저라면 제 손을 빼앗아 간 사람을 가만두지 않을 거예요."

"뭘 말하고 싶은 거지?"

"적의 적은 친구라는 말이 있지요. 카실 황자 전하, 저는 전하의 좋은 친구가 되어 드릴 수 있을 거예요."

카실은 대답하지 않았다. 그 대신 짐승 같은 눈으로 그녀를 빤히 응시했다. 주화가 긴장한 듯 침을 삼키는 것이 보였다.

"무슨 말을 하는지 모르겠군."

주화의 얼굴이 흐려지는 찰나, 그가 덧붙였다.

"하지만 당신은 아주 좋은 대화 상대가 될 것 같아. 조용한 곳에서 얘기 좀 할까?"

"아, 예!"

성공했다. 내심 잔뜩 겁을 먹고 있던 주화는 안도의 한숨을 내쉬었다. 그리고 카실의 뒤를 졸래졸래 쫓아갔다.

'역시 이 사람이라면 말이 통할 줄 알았어.'

다른 사람들은 도저히 말이 통하지를 않는다.

"칸나는 건들지 않는 게 좋아, 주화야. 저번에도 네가 역으로 혼쭐이 났잖니."

아르제니안. 역시 칸나의 친부여서 그런지, 칸나를 싸고도는 게 분명했다.

"좋은 생각 같지 않은데. 시기적으로도 그렇고, 지금은 얌전히 있는 게 이득이야. 적어도 카실이 황위에 오르기 전까지는 말이야."

본인은 잘만 죽은 척했으면서, 칸나를 건드리는 일에 회의적인 태도를 보이는 아르곤도 못마땅했다. 오히려 그녀를 꾸짖기까지 했다.

"일전에 네가 칸나에게 놀아난 거, 잊지 마. 그 덕에 아주 큰 피해를 입었다고."

아니야. 내버려 두어서는 안 돼. 주화는 끊임없이 되뇌었다.

'뭔가 해야 해.'

그것은 거의 강박에 가까워서 마치 머릿속에서 누가 명령을 내리는 것 같았다. 가만히 있지 말라고. 무엇이든 하라고. 그게 무엇이든……

"자, 그럼 얘기해 볼까?"

카실은 주화를 자신의 방으로 데려와 커튼을 내렸다. 주화는 옷자락을 틀어쥐었다.

"저에게 좋은 생각이 있는데요……"

⋆✦⋆

"당신을 뵙고자 하는 사람이 있습니다. 알렉산드로 아디스의 저주에 대해 안다고 하더군요."

"그런데 왜 안 데리고 왔어?"

"눈에 띄면 곤란한 자입니다. 특히나 아디스 가문의 사람들에게는."

"누군데 그래?"

라파엘은 잠시 망설였다. 설명하기가 몹시 어려웠다. 자신조차 처음엔 쉽게 믿을 수 없었으니까.

그는 '이곳'에 존재하는 것이 불가능한 사람이었다.

"만나 보시면 아실 겁니다. 함께 가시겠습니까?"

그렇게 그와 함께 저택을 나섰다. 상대는 근처의 작은 여관에서 묵고 있었다.

"이 방에 있습니다."

라파엘이 노크하는 즉시 벌컥 문이 열렸다.

'어, 크다.'

문을 연 자의 키가 몹시 큰지라 칸나는 곧장 고개를 높게 쳐들어야 했다. 상대는 검은 로브를 눌러쓰고 있었다. 로브 밖으로 드러난 것은 날카로운 턱선과 단호해 보이는 입매…….

'어?'

칸나의 눈이 커졌다. 저 얼굴은…….

그때, 남자가 손을 들어 올려 로브를 넘겼다. 천 자락이 뒤로 넘어가자 얼굴이 드러났다. 붉은 머리칼이 가볍게 흔들린다. 그리고 눈이 마주쳤다.

너무나도 익숙한 초록색 눈동자.

일순 칸나의 머릿속이 새하얀 파도에 휩쓸렸다. 이건 말도 안 돼.

"당신이 왜."

칸나는 떨리는 목소리로 물었다.

"당신이 왜 여기에 있어?"

알렉산드로 아디스였다.

어느 날 대신전에 한 남자가 찾아왔다.

"저는 알렉산드로 아디스가 당한 저주를 아주 잘 알고 있습니다."

"……."

"그러니 칸나 님을 만나 뵙게 주선해 주십시오. 아디스 저택의 경비가 삼엄하여 접근할 수도 없습니다."

무슨 꿍꿍이일까? 라파엘은 남자, 알렉산드로의 얼굴을 들여다보았다. 질문하는 대신 눈을 감았다. 그리고 다시 눈꺼풀을 들어 올렸을 때, 그의 눈은 세계수였다.

세계를 꿰뚫어 보는 거대한 눈이 오로지 한 인간만을 집요하게 들여다본다.

그리고 다시 한번 확신했다. 이 남자는 알렉산드로 아디스다.

"저는 알렉산드로 아디스가 아닙니다. 그의 인형이죠."

라파엘은 미간을 좁혔다. 인형?

"수십 년 전 선희 님이 만든 인형입니다."

"……당신은 인형이 아닌 알렉산드로 아디스 본인입니다만."

"아뇨. 본인은 지금 다른 곳에 있습니다."

이번에도 굳이 질문할 필요 없었다.

라파엘은 다시 눈을 감고 세계를 내려다보았다. 그리고 해안 마을 어딘가에 부엌을 엉망진창으로 만들고 있는 알렉산드로 아디스를 발견했다. 그는 심각한 얼굴로 요리를 배우고 있었는데, 요리 선생이 준비해 온 당근을 몰래 쓰레기통으로 밀어 넣고 있었다.

'이게 어떻게 된 거지?'

알렉산드로 아디스는 눈앞에 있다.

그리고 다른 곳에도 동시에 존재한다.

"선희 님은 연금술, 특히나 인형술의 귀재입니다. 그분이 만든 인형 중에서는 자신이 인형인 줄도 모르고 살아가는 자도 있으니."

알렉산드로는 라파엘의 의문을 짐작한다는 듯 차분하게 설명했다.

"저는 알렉산드로 아디스와 완전히 같습니다. 심지어 몸속에 흐르는 피도 똑같죠."

그는 인형에 대해서는 잘 몰랐다. 그러나 단 하나 확실한 것은.

'적의가 없다.'

며칠 더 두고 보며 세계수의 눈으로 상대의 심중을 꿰뚫어 보았다. 마음을 완전히 읽을 수는 없지만 어떤 의도를 가졌는지 정도는 파악할 수 있었다.

역시나 적의가 없다. 오히려 무서울 만큼 강렬한 호의만으로 가득했다.

'적이 아니군.'

그렇기에 안전하다고 판단했고, 칸나에게 데려갔다.

"그렇게 된 겁니다."

라파엘의 간략한 설명에도 칸나는 믿기가 힘들었다.

"당신이 엄마가 만든 인형이라고?"

"그렇습니다."

알렉산드로의 얼굴로 존댓말을 하다니…… 뭔가 기분이 아주 이상해져서, 칸나는 괜스레 헛기침했다.

"이해가 잘 안 되는데. 엄마가 왜 당신을 만들었지?"

"그 전에."

자칭 알렉산드로의 인형이 라파엘에게 시선을 주었다.

"지금부터 제가 하는 이야기는 칸나 님 외에는 누구도 들어서는 안 됩니다."

"라파엘은 괜찮아. 내가 누구보다도 믿는 사람이야."

착각일까. 순간 인형의 눈에 불쾌감이 빠르게 스쳤다. 그가 차갑게 말했다.

"그건 제 얘길 듣고 판단하십시오."

칸나는 잠시 고민했다. 적의가 없다고 라파엘이 단언했으니, 괜찮겠지.

"라파엘, 아래에서 기다릴래?"

"알겠습니다."

그가 나가자 방 안에는 침묵이 맴돌았다. 탁자 하나를 사이에 두고 칸나는 남자를 집요하게 관찰했다.

"네가 인형이라고?"

"그렇습니다."

"심지어 몸속에 흐르는 피도 똑같고? 아무리 인형이어도 그건 불가능한데."

"넌 불가능하지. 하지만 선희는 가능해. 그 여자의 연금술은 너와는 비교할 수 없을 정도로 뛰어나다."

"……"

갑자기 반말? 칸나가 노려보자 인형이 태연하게 정정했다.

"선희 님이 더 뛰어납니다. 애초부터 연금술을 연마한 시간이 당신과는 비교할 수 없을 정도로 기니까."

"아, 그래? 선희는 한 몇십 년, 몇백 년이라도 했나 보네?"

비꼬았으나, 남자는 그저 픽 웃을 뿐 대답하지 않았다.

'수상한데.'

의심쩍은 눈으로 보자 그가 한숨을 내쉬며 혼잣말했다.

"역시 안 믿는군."

"당연히 믿기 힘든 이야기지. 갑자기 그의 인형이 툭 튀어나오는 건 이상하잖아."

"그렇다면 이건 어떻습니까?"

그가 돌연 허리를 굽혀 얼굴을 바짝 가져다 댔다. 느리게 말했다.

"그래. 난 인형 같은 게 아니야."

악마처럼 입꼬리를 올렸다.

"내가 알렉산드로 아디스다."

그의 녹색 눈이 귀신불처럼 형형하게 빛났다.

"지금과는 다른 시간, 이미 사라진 과거에서 왔다. 수십 번 수백 번 시간을 오가며 단 하나의 미래를 찾아 헤매고 있지."

"……."

"이번이 몇 번째 반복인지 기억도 안 나. 본래의 내가 있던 시간대가 언제였는지도 잊었다."

그게 무슨 개소리야? 그렇게 생각했으나 단 한마디도 뱉을 수 없었다. 이글거리는 눈이 그녀의 목을 콱 조르는 것 같았다.

"어때, 어느 쪽이 더 그럴듯하지?"

인형은 다시 의자 등받이에 몸을 기댔다. 사납게 웃었다.

"마음에 드는 쪽으로 골라 믿도록 하십시오."

칸나는 간신히 침을 목 뒤로 넘기며 말했다.

"거짓말하지 마. 당신은 과거에서 온 알렉산드로가 아니야."

시간을 오갈 때는 그 시간대를 사는 사람의 몸에 빙의가 된다.

그러니 알렉산드로가 정말 과거에서 시간을 여행한 거라면, 지금의 알렉산드로 몸에 빙의했어야 한다. 그렇게 생각하면서도 완전히 확신할 수는 없었다.

'내가 모든 술법진을 알고 있는 게 아니니까.'

자신이 모르는 다른 시간 이동 술법진이 존재할 수도 있다.

'아, 몰라.'

어차피 지금 당장 답을 내릴 수 없는 문제였다. 그녀는 판단을 유보했다.

그때 그가 말했다.

"이 시기쯤에 당신은 악령의 저주를 부쉈을 텐데, 맞습니까?"

어떻게 알았지?

"거기서 멈추십시오."

그가 단호하게 말했다.

"알렉산드로의 저주는 지금 깨져서는 안 됩니다. 당신이 저주를 깨면, 죽습니다. 당신뿐만 아니라 주변의 모두가."

"그게 무슨 개 같은……."

욕을 하려다가 그의 매서운 눈길에 찔끔 입을 다물었다. 얼굴이 같아서일까? 알렉산드로에게 혼이 나는 기분이었다.

"기어코 저주를 깨겠다는 겁니까?"

"그래."

"물론 그러겠지."

그는 딱히 놀랍지도 않다는 듯 무표정하게 고개를 끄덕였다.

"미래의 당신도 그렇게 했거든. 지금으로부터 수일 내에 저주를 깨는 술법을 만들어 내지."

칸나는 미간을 좁혔다. 설마 또 시간 여행을 주장할 생각인가?

"지금으로부터 딱 일주일만 참으면 된다. 일주일 안에 모든 것이 끝나. 그러니 며칠간은 아무것도 하지 말고 놀지 그래?"

"미안한데 게으름은 이미 실컷 피워서."

"어쩔 수 없군. 역시 널 납치해서 당분간 감금해야겠어."

뭐?

"1초 후에 널 기절시키겠다. 마음의 준비를 해라."

"잠……."

다음 순간, 커다란 손바닥이 불쑥 다가와 그녀의 시야를 덮었다.

그것이 마지막이었다.

❦

저건 알렉산드로 아디스다.

이 세상에 같은 인간이 두 명 존재하고 있다. 믿기지 않지만 그러했다.

'이상하군.'

라파엘은 고개를 갸웃했다.

예전의 자신이라면 이런 감정을 느끼지 않았을 텐데. 지금의 그는 진심으로 알렉산드로를 죽이고 싶었다.

자신이 보았던 알렉산드로와 동일인이 아닌 것은 알고 있다. '그 알렉산드로'가 아니지만, 그래도 같은 남자다. 그래서 죽이고 싶었다. 그리고 칸나를……. 모르겠다. 어떻게 하고 싶은지.

'아니, 사실은 알고 있다.'

도저히 자신의 욕망이 믿기지 않을 뿐이다. 그는 자신이 무엇을 하고 싶은지 알고 있었다. 그녀를 안고 싶었다. 아니, 아니다.

안고 싶은 것이 아니다.

그가 바라는 것은 그런 로맨틱한 행위가 아니었다. 그는 칸나를 탐하고 싶었다. 뼈와 살을 씹어 먹는 육식 동물처럼 취하고 싶었다.

그러니까…… 정확히 말하자면…….

지금 당장 그녀를 꽉 짓눌러 올라타 알렉산드로 아디스가 그러했던 것처럼 허리를 잡아 올려 그 자신과 똑같이 아니 그녀의 살갗에서 피가 터질 때까지 피를 마실 때까지…….

라파엘은 마른 입술을 혀로 핥았다. 지금 당장 실행으로 옮기고 싶다. 손끝이 움찔 떨렸다. 그러나 곧 날카로운 죄책감에 찔려 한숨을 내쉬었다.

'미쳤군.'

그는 한 손으로 얼굴을 거칠게 쓸었다. 가슴이 선뜩했다. 이런 더럽고 역겨운 것이 자신의 욕망이라니, 도저히 믿을 수가 없다. 그러나 사실이다. 진실로 그렇게 하고 싶다. 사실 그녀와 재회했을 때부터 그랬다. 그리고 지금, 이 순간에도, 여전히.

이쯤 되자 이제는 인정하지 않을 수가 없었다.

'나는 변했다.'

더는 맹목적으로 칸나를 숭배하는 종이 아니다. 이제는 제 주인을 짓누르고 주인에게 목줄을 채우고 싶은 반역자에 가까웠다.

본심을 인정하자 이제는 막을 길이 없었다. 물꼬 터진 욕망과 상상력이 거침없이 달려간다. 아주 먼 곳으로, 가서는 안 될 곳까지.

그래, 대신전은 아주 좋은 장소지. 라파엘은 표정 없는 얼굴로 상상했다. 그녀의 모친처럼 더러운 지하 감옥에 가두지는 않을 것이다. 모든 것을 최고급으로 채운 황금의 방에 그녀를 가둬야겠지. 하지만 아마도 순순히 따르진 않을 테니 그녀의 모친이 그러했듯 쇠사슬로 결박해야 할지도 모른다. 아, 생각만 해도…….

'황홀하군.'

그는 지그시 이를 물었다. 턱이 바르르 떨렸다. 숨결이 뜨겁게 달아오르고 거칠어졌다. 라파엘은 깊은 숨을 내쉬었다. 그리고 눈을 감았다. 세계수의 눈으로 세계를 내려다보았다. 그들이 무엇을 하고 있는지 훔쳐보았다. 지금, 알렉산드로가 그녀에게 손을 뻗어…….

기절시킨다.

라파엘은 다시 눈꺼풀을 들어 올렸다. 차라리 잘됐다. 지금은 칸나와 떨어지는 것이 나았다. 다시 그녀를 만나면 더는 참지 못할 것 같았다. 그가 상상한 것. 그가 원하는 것. 그 모든 것이 현실로 이루어질 것을 알기에.

게다가 이 순간에도 알렉산드로에게서는 적의가 느껴지지 않는다. 그녀에게 위해를 끼칠 남자가 아니다. 그러니 라파엘은 그저 내버려 두었다. 어차피, 언제든 원할 때 그녀를 찾으러 갈 수 있으니까.

부디 저 빨간 머리 남자가 자신에게서 그녀를 지키길 바랄 뿐……

잠깐.

'……이상하군.'

그러고 보니 지금 아주 자연스럽게 세계수의 눈을 썼다.

세계수는 사라졌는데. 이 손으로 직접 파괴했는데.

어떻게 내 눈처럼 쓰고 있는 거지?

카실이 돌아온 이후 실비엔은 몹시 예민해졌다. 그는 그 이유를 절반쯤은 알고 있었다. 그저 납득하기가 어려웠을 뿐.

실비엔은 실소하며 서류를 훑었다. 최근 주화의 동향에 관한 보고서였다. 그를 더욱 예민하게 만든 것은 주화와 카실이 밀회를 갖고 있다는 사실이다.

물론 질투 따위가 아니었다. 검은 사도인 주하와 검은 사도의 아들 카실이 주기적인 교류를 갖는 것이 수상했을 뿐.

'게다가 두 사람 사이에는 칸나라는 접점이 있군.'

그동안 주화의 속을 살살 긁어 낸 결과, 그녀가 칸나에게 열등감과 분노를 가지고 있다는 것을 알아냈다. 아닌 척하지만 칸나를 제거하고 싶어 하는 듯했다.

'그리고 아마 카실의 목적도 같을 테지.'

두 사람이 만나는 이유가 뻔한지라 실비엔은 그저 코웃음을 쳤다.

'알아볼 필요가 있겠어.'

굳이 칸나와 관련되어서가 아니다. 애초부터 그는 평생을 검은 사도와 싸워 온 존재였다. 그는 주화의 정체를 대강 파악한 후 일부러 제 약혼녀로 만들어 곁에서 지켜보았다.

이후 얻어 낸 정보가 상당했다. 그녀가 은연중에 흘리는 단서 덕에 테레사가 검은 사도라는 심증까지 생겼으니.

'이쯤 되면 검은 사도 측에 첩자로 숨어든 우리 편 같군.'

한심하고 어리석은 여자. 딱 그 정도였다, 주화에 대한 감상은.

칸나와 몸이 뒤바뀐 것, 자신의 아내라는 사실을 알게 되었을 때는 조금 놀라긴 했지만…….

그저 그뿐이다. 놀랄 만큼 아무런 감흥이 없다.

분명 죄책감을 느꼈는데, 심지어 다시금 잘해 보고 싶다는 그런 미련한 생각까지 들었는데.

상대가 칸나가 아니라는 것을 깨달았을 때 모두 다 물거품처럼 사라져 버린 허상이었으니.

"차였어."

순간 속이 콱 꼬이는 듯해 짜증스러운 웃음을 뱉어 냈다.

아, 그래. 당신은 아주 재미있는 삶을 사는 모양이야. 나와 이혼을 하고, 옆 나라 왕세자의 정부가 되고, 또다시 새로운 사랑을 찾아 연애하고, 이제는 차이기까지 하셨군.

그는 고주망태가 된 칸나를 오랫동안 바라보았다. 내게 눈길 한 번 제대로 준 적 없는 여자. 하긴, 그럴 만했다. 카실 황자가 그녀를 사냥했을 때 실비엔은 그저 덮으려 했다.

아마 그 순간이었을 것이다. 실비엔과 칸나의 인연이 완전히 갈라진 분기점은.

'만약, 내가 그때……'

실비엔은 고개를 털었다. 아니. 더는 돌이킬 수 없는 과거를 되풀이하며 상상하지 않을 것이다. 변하는 건 아무것도 없을 테니.

이후 주화는 몇 번이나 카실을 만나며 은밀하게 계획을 짰다.

'됐어, 후에 문제가 생기더라도 카실 탓을 하면 돼!'

일이 실패해서 아르제니안과 아르곤이 비난을 해 와도 카실이 협박했다는 핑계를 대면 된다. 그렇기에 기분이 좋았다. 모든 것이 순조로웠다.

그런데.

"파혼합시다."

이런 말을 들을 줄이야.

주화의 안색이 새하얗게 질렸다. 덜컹, 덜컹. 마차의 흔들림조차 느껴지지 않았다. 정화 의식, 황제의 연설에 참석하러 가는 길. 실비엔은 마차에 오르자마자 차가운 얼굴로 선언했다.

"저는 당신이 검은 사도인 것을 알고 있습니다."

그 말에 주화는 완전히 할 말을 잃었다.

"그럼에도 저는 당신과 부부의 연을 맺고 싶었습니다."

뭐……?

"당신을 사랑하니까."

지금 무슨 말을 들은 거지?

"하지만 당신은 아닌가 보군요."

"그, 그게 무슨 말씀이세요!"

주화는 덜덜 떨리는 손으로 실비엔의 팔을 움켜잡았다.

"사랑해요! 실비엔, 알잖아요! 옛날부터 제게는 당신밖에……."

"카실 황자와 외도하고 있음을 알고 있습니다."

주화가 혀를 잘린 듯 말을 멈추었다.

"매번 저를 속이고 만났더군요."

변명의 여지가 없었다. 사실이니까.

"저는 당신이 검은 사도여도 좋습니다, 주화. 하지만 거짓말을 하는
건 용납할 수 없습니다."

"저, 저는 그와 외도하지 않았어요! 정말이에요!"

"그와 만났다는 것은 진실이군요."

주화의 입술이 떨렸다. 이주화, 멍청아, 생각해 내. 더 그럴듯한 말
을, 거짓말을…….

그 찰나 시선이 깊게 마주쳤다. 푸른 광채가 모인 듯한 눈동자. 그
어떤 보석보다 아름다운 그의 눈이 그녀를 들여다본다.

순간 주화는 날개 뜯긴 새가 된 기분이었다.

완전한 무력감에 사로잡혀 있을 때, 실비엔이 고요한 음성으로 말했다.

"또 거짓을 말한다면 다시는 당신을 보지 않겠습니다."

혼란 속에서 주화는 눈을 깜빡였다. 눈물이 떨어져 내렸다.

"사실은 카실 황자 전하에게 협박을 받았어요. 칸나를……."

이건 거짓말이 아니야. 그래. 자세히 생각해 보니 카실 황자가 나에게 윽박지르듯 요구했던 것 같아. 난 정말 그러고 싶지 않았다고.

"칸나를 죽이고 싶다고, 인형을……."

1년에 단 한 번 평민에게 황실을 개방한다. 대정화의 기간, 황제가 제국민 앞에서 연설하는 순간. 초대장을 받은 수천 명의 제국민이 황실에 출입할 수 있었다.

실비엔이 단상 위, 황제의 뒤에 빼곡히 놓인 의자에 앉았을 때 이미 연설은 시작되어 있었다.

"이, 인형이란 것이 있어요."

조금 전 마차 안에서 주화가 울면서 한 고백이 귓가에 울렸다.

"카실 황자 전하의 인형이에요. 그, 그분이 직접 나서다 들키면 안 되니까, 오감이 연결된 인형을 만들어서, 칸나를 대신 죽이겠다고."

"……."

"그러면, 자신이 직접 죽이지 않아도 죽인 듯한 체험을 할 수 있으니까……이, 인형의 얼굴을 망가뜨려서, 누군지 알아볼 수 없게 만들었고요."

연설하는 황제 근처, 권좌에 앉은 사내가 보인다. 단상 아래 모인 수천 명의 평민을 구경하고 있는 남자.

카실. 내 후회의 주인.

"정화 의식 연설에 참석했을 때, 그때 실행한다고 했어요. 이곳에 있다는 걸 증명할 수도 있고, 또, 오르시니랑 칼렌도 아디스에 없을 테니까."

좌석에 앉은 사람 중 붉은 머리는 단연 튀었다. 노골적으로 성가시다는 표정을 짓고 있는 오르시니와 그 옆에 앉은 백발의 청년까지.

"경비가 약해진 틈을 타서 칸나를 죽이겠다고 했어요."

아주 어설픈 계획이었다. 아디스의 경비가 그토록 허술해 보였나?

실비엔은 느긋하게 의자에 등을 기대었다. 굳이 사랑한다는 거짓말까지 해 가면서 알아낼 정도로 위험한 정보는 아니었다. 아니지만…….

모든 일에 예외는 있기 마련이다.

'만약, 카실의 인형이 아디스 저택에 운 좋게 침입한다면?'

있는 줄도 몰랐던 상상력이 피어오른다. 점점 몸집을 키웠다.

'칸나에게 접근한다면?'

그는 주먹을 쥐었다가 폈다. 아까부터 손끝이 저릿한 기분이 들었다. 아마 날씨 탓일 거다.

'칸나가 죽는다면?'

순간 눈앞에 과거의 장면이 선명히 떠올랐다.

어두운 숲, 주저앉은 칸나, 그녀를 향해 내리치던 칼날. 만약 그때 자신이 나타나지 않았더라면 그녀는 죽었다. 어쩌면 지금도 그때 같을지도 모른다. 카실의 인형이 지금 그녀의 숨통을 조르고 있을지도. 목을 향해 칼날을 뻗고 있을지도. 아니.

사실은 이미 죽었을지도.

실비엔은 크라바트를 어루만졌다. 꽉 조이지도 않았는데 왜 숨이 막혀 오는지 알 수가 없다. 왜 심장이 빠르게 뛰는 걸까.

'어쩌면, 지금 칸나를 칼로 찌르고 있을지도 모르지.'

지금쯤 절체절명의 위기일지도 모른다. 곧 죽을지도 모른다. 몇 분⋯⋯ 아니, 몇 초 후에, 어쩌면 지금, 이 순간.

"그래서, 그 인형을 죽이는 법은 뭡니까?"

"사람과 똑같아요. 그리고⋯⋯."

"그리고, 또 뭡니까?"

"보, 본체를 죽이면 인형도 죽어요. 다시 흙으로 돌아가죠."

오르시나나 칼렌에게 다가가 그들을 뒤로 불러내고 이 일을 설명해 볼까? 하지만 그때는 이미 늦었을지도 모른다. 당장 카실에게 다가가 그의 목숨을 끊는다면, 어쩌면 위기를 맞이했을 칸나를 구할 수 있겠지만⋯⋯.

'하지만 그건 바보나 하는 짓이지.'

실비엔은 피식 웃으며 자리에서 일어났다. 의자에서 몸을 일으키는 짧은 순간, 생각이 스쳐 갔다.

만약에.

만약에 그때 카실과의 일을 물으려 하지 않고 그녀를 지키고 보호했더라면. 만약 그렇게 했더라면, 칸나를 거절한 사내에게 질투할 권리가 생겼을지도 모른다.

칸나가 자신의 옛 아내가 아니란 것을 알았을 때, 당신에게 죄책감 느낄 필요 없으니 우리 제대로 한번 알아 가 보자고, 차 한잔하러 가자고 말할 권리가 생겼을지도 모른다.

그때 카실을 그냥 넘기지 않았더라면 지금 그녀가 위험에 처할 일도 없었겠지…….

이 지긋지긋한 나의 업.

"하하."

자리에서 일어선 실비엔은 웃음을 터뜨렸다. 처음엔 작은 실소였으나 곧 커다랗게 터졌다.

"하하하!"

순식간에 주변의 시선이 몰렸다. 황제조차 연설을 멈추고 뒤를 돌아보았다. 실비엔은 그 모든 시선을 느끼며 키득키득 웃음을 흘렸다.

"시, 실비엔? 갑자기 왜……?"

주화가 말을 거는 순간, 실비엔은 단상을 걷기 시작했다. 순식간에 사위가 조용해졌다. 모두가 미친 사람 보듯 그를 보기 시작했다. 좌석을 채운 귀족들도, 연설을 듣던 백성도.

"바, 발렌티노 공작?"

"갑자기 왜 저러는 거야?"

실비엔은 카실을 향해 걸어갔다. 한 걸음 한 걸음 뻗을 때마다 확실해졌다. 이건 한순간의 충동 따위가 아니다. 어쩌면 기다려 온 기회였고 되풀이되는 과거였다. 그리고 그는 같은 실수를 두 번 반복한 적이 없었다.

실비엔 발렌티노는 마침내 카실의 앞에 섰다. 아무도 그를 막지 않았다. 그 순간의 실비엔은 언제나 그러하듯 귀족의 표상처럼 우아해서 천한 일이라고는 조금도 모를 것처럼 기품이 넘쳤으니.

그렇기에 모두가 다음 순간 펼쳐지는 장면을 믿지 못했다.

우드득!

카실의 뒤에 앉은 귀족들은 눈을 휘둥그레 떴다. 저것이 무엇일까. 카실이 앉은 의자를 뚫고 나온 저것은.

붉은색 액체가 뚝뚝 떨어지는, 마치 사람의 손 같은……

주르륵, 빠져나갔다. 그제야 피가 분수처럼 터져 나갔다. 붉은 액체가 허공을 수놓는 순간, 그제야 마법이 풀렸다.

"카, 카실!"

카실이 울컥울컥 피를 토해 내더니 그대로 쓰러졌다. 옆에 앉은 테레사가 비명을 지르며 몸을 일으킨다.

"지금 뭐 하는 짓인가, 공작!"

실비엔이 미소 지으며 그녀를 바라보았다. 파티에서 그랬던 것처럼. 그리고 손에 날을 세워 그녀의 목을 후려쳤다.

툭! 바닥에 떨어진 테레사의 목이 그대로 공처럼 데구르르 구른다. 황제의 발치에 닿아 멈췄다.

"고, 공작 각하!"

"왜 이러십니까!"

뒤늦게 비명이 터졌다. 귀족들이 자지러지며 도망가기 시작한다. 기사들은 한발 늦게 검을 뽑으며 그의 주위를 둘러쌌다. 연설을 듣던 평민들도 갑작스러운 살육에 놀라 시끄럽게 웅성거렸다.

그 광기의 중심에서 실비엔은 웃었다. 피에 젖은 손을 가슴팍에 올린 채 정중히 허리를 굽혔다.

"소란을 일으켜 죄송합니다, 여러분."

그때, 멍하니 그 참극을 지켜보던 황제가 발광하듯 외쳤다.

"뭣들 하는가! 당장 발렌티노 공작을 잡아들여!"

실비엔은 순순히 손을 내렸다. 무고한 기사들까지 해치울 생각은 눈곱만큼도 없었다. 그리고 그에게는 아무런 증거가 없었다. 황궁 의원에 불과한 주화의 말도 증언이 되어 줄 수는 없을 것이다. 카실의 인형은 모래가 되어 흔적 없이 사라진다고 했으니.

이건 그냥, 미치광이 공작의 살인으로 끝날 일이었다. 알고도 그리했으니 후회는 없다.

실비엔은 손목을 휘감는 수갑을 물끄러미 바라보았다. 완벽한 삶이 무너져 내리는 굉음이 들려왔다. 그것이 우스워 웃음을 터뜨렸다.

몰락이었다.

chapter 27

칸나는 눈을 반짝 떴다.

'여긴 어디지?'

방 구조를 보아하니 호텔 방인 것 같았다. 그리고 그곳에는 그녀 혼자였다.

'그놈은?'

마지막 기억은 알렉산드로의 얼굴이었다. 1초 후에 납치할 테니 마음의 준비를 하라던 그 개소리를 마지막으로 그녀는 정신을 잃었다.

'그 자식은 어딜 간 거야?'

그는 어디에도 없었다. 쪽지 하나만을 남기고 사라진 것이다.

<깨진 접시를 붙이는 술법진.>

"이게 뭐야?"

칸나는 쪽지를 노려보다가 일단 의자에 앉았다. 종을 울려 직원을 호출했다.

"식사 좀 가져와 줘요. 아, 신문도."

잠시 후, 칸나는 신문을 손에서 떨어뜨릴 뻔했다. 설마 아직도 꿈을 꾸고 있는 건가? 뺨을 철썩 후려쳐 봤지만 아팠다. 꿈이 아니다. 진짜다.

<발렌티노 공작의 역모>

<성기사의 후손이 만백성 앞에서 유일한 황위 계승자를 살해하다.>

◦◦◦◦◦◦

그날 이후부터 모든 신문의 일면은 실비엔이 차지했다.

<황자 전하뿐만 아니라 귀비 전하까지 살해하는 잔혹성을 보이다.>

<특히나 테레사 귀비 전하께서는 황손을 잉태 중이었던 것으로 밝혀져 더 큰 충격을……>

<세 명의 생명을 살해한 살인귀, 실비엔 발렌티노 공작. 현재 구금 중인 것으로 알려져……>

……

<발렌티노 공작가, 멸문.>

<발렌티노 가문, 역사의 뒤안길로 사라지다. 가문의 재산은 국고로 환수된 것으로 알려져……>

<발렌티노 공작의 재판일이 3일 후로 다가와……>

……

<무자비한 살인을 목격한 수천 명의 제국민은 정신적인 후유증을 호소하고 있다.>

<실비엔 발렌티노를 규탄하고 사형을 요구하는 집회가 매일같이

열려……….>

……….

<법률 전문가에 따르면 이는 역사상 다시없을 흉악한 역모이므로 삼대는 물론 발렌티노의 방계 혈족 모두를 멸해 마땅한 죄지만, 그간 가문의 업적을 참작하여 실비엔 발렌티노 개인의 사형으로 끝날 가능성이 크다고 전해……….>

……….

<실비엔 발렌티노.>

<사형을 선고받다.>

이게 대체 뭐람?

칸나는 신문을 내렸다. 실비엔이 기어코 사형 선고를 받고 말았다.

'하기야 당연한 결과지만.'

아무리 발렌티노 공작이라 한들 최근처럼 황가의 권세가 강력한 시기에 황족을 죽이는 건 자살행위나 마찬가지였다. 심지어 목격자가 그렇게 많은 곳에서 살인을 벌였으니.

'아마 실비엔은 테레사가 검은 사도인 것을 알고 있었을 거야.'

그러니까 이런 식의 살인을 저질렀겠지. 그런데…….

그런데 왜 이렇게 이상한 기분이 드는 걸까?

칸나는 지난 며칠간의 신문을 모조리 긁어모아 하나하나 다시 읽어 보았다. 그리고 이상한 점을 발견했다. 물음표가 없다. 온통 비난 일색이었다. 모든 신문이 기사가, '왜 발렌티노 공작이 그런 짓을 저질렀을까?'라는 의문 따위는 표하지 않았다.

'그건 좀 이상한데.'

다른 귀족도 아니고 명색이 발렌티노다. 이자베르크 황가와 긴 역사를 같이한, 고대 남대륙 시절부터 검은 안개에서 대륙을 수호해 온 가문. 실비엔 발렌티노는 그 역할을 한평생 잘 수행해 왔다.

그런 그가 갑자기 미쳐 날뛰었는데 아무도 그 이유를 궁금해하지 않는다고? 옹호 기사가 없는 거야 당연하지만 단 한 줄 정도는 '왜 그런 짓을 했을까?' 정도는 있어야 하는 거 아닐까?

칸나는 신문을 노려보다가 한숨을 내쉬었다. 대체 상황이 어떻게 돌아가는지 알 수가 없다. 왜 실비엔이 그런 무모한 짓을 했는지, 그리고 왜 하필 그날 자신이 깨어난 것인지.

'그놈은 대체 뭐였을까?'

정말 과거에서 온 알렉산드로였을까?

'하지만 같은 시간에 두 사람이 존재하는 건 말이 안 되잖아.'

만약 두 사람이 한 공간 한자리에서 마주친다면? 서로를 타인이라고 인식하지 않을까?

'그래. 그래서 도플갱어를 만나면 한 사람은 반드시 죽는다는 말도 있잖아.'

어쩌면 인형일지도 모른다. 선희는 아주 뛰어난 연금술사라 감쪽같이 만들 수 있다고 했으니.

'아…… 모르겠다. 이렇게 갑자기 사라질 거면 나타나질 말든가.'

게다가 라파엘은 그대로 사라져서는 나타나질 않고.

혹시 몰라서 창문에 푸른 손수건을 매달아 두었다. 아주 오래전 이런 방법으로 그를 호출하고는 했으니까. 그런데도 소식이 없다.

'무슨 일 생겼나?'

그러던 중, 예상치 못한 사람이 찾아왔다.

“도와줘.”

설마 주화가 찾아올 줄이야.

“실비엔이 사형 선고를 받았어. 이대로 가면 죽을지도 몰라.”

칸나는 기가 막혀서 실소를 흘렸다. 도와 달라니, 어떻게 그런 말을
할 수 있지?

“그를 꺼내 주고 싶다면 네 동료들에게 청해야지, 주화야.”

그 말에 주화는 입술을 깨물었다. 당연히 이곳까지 오기 전 주화는
모든 곳에 도움을 청해 봤다.

그러나.

“황실을 완벽하게 장악할 좋은 기회였는데, 네가 다 망쳤어. 주화, 넌 대
체 누구 편이냐?”

“나, 나는 그럴 의도는 없었어요.”

“너 진짜 멍청하네. 핏줄이 의심스러울 정도야. 너 정말 선희 딸 맞아?”

아르곤은 노골적으로 그녀를 비난하고 모욕했으며.

“주화야, 왜 자꾸 시키지도 않은 짓을 해서 피해를 주는 거야?”

아르제니안은 눈물을 흘리기까지 했다.

"처음부터 말했지? 넌 아무것도 안 해도 된다고. 그저 실비엔의 사랑을 받으며, 그의 마음을 얻고 가정을 이루면 된다고 했잖아. 그런데 왜 자꾸 이래?"

"그, 그럼 술법진 자료들만이라도 볼 권한을 주세요!"

"돌아가라, 주화야. 더는 아무것도 하지 마."

나쁜 놈들. 주화는 결국 참지 못하고 울음을 터뜨렸다.

"그놈들은 안 도와줘! 맨날 내 피만 뽑아 가고, 연구물을 제대로 보여 주지도 않고……."

"그럼 네 힘으로 실비엔을 구하면 되잖아?"

이렇게 말했지만 아르제니안이 살상용, 공격용 연금술을 주화와 공유했을 리 없다.

'선희의 사례가 있으니까.'

저들에게 크게 위협이 되지 않는 것들만 알려 주었겠지. 역시나 그런 것인지 주화는 억울한 목소리로 말했다.

"지금 도움이 될 만한 연금술은 아무것도 몰라. 제발 그것들만이라도 나에게 공유해 줘. 응?"

칸나는 눈살을 찌푸렸다. 정말이지, 이렇게 뻔뻔할 수가 있나?

"실비엔은 널 구하려다가 그렇게 된 거란 말이야!"

그러나 이어지는 말을 듣고 놀라지 않을 수 없었다.

"실비엔이, 카실의 인형을 죽이려고……."

주화는 울면서 사건의 전말을 설명했다.

칸나는 도저히 믿을 수가 없었다.

'실비엔이 그랬다고?'

그것이 진실이든 아니든 해 줄 수 있는 답은 하나뿐이었다.

"그러니까 결국 너 때문이네."

"뭐?"

"네가 꾸민 짓을 막으려다가 그렇게 된 거잖아. 실비엔은 너 때문에 몰락한 거야."

"그…… 그래. 그렇기에 더 내버려 둘 수 없어. 이대로라면 실비엔이 죽을 테니까."

이쯤 되자 진심으로 의아해졌다. 주화는 정말 실비엔이 사형을 당할 거라고 믿는 걸까?

'그 사람이 그럴 리가 없잖아.'

예전 오르시니의 말에 따르면, 실비엔은 전장에서 저와 별반 다를 것 없다고 했다. 그 정도 무력이라면 탈옥하는 것도 어렵지 않을 터. 하지만 사형 선고를 받을 때까지 얌전히 있는 걸 보니 뭔가 꿍꿍이가 있는 모양이지.

칸나는 실비엔을 잘 몰랐지만 그가 순순히 무너지지 않을 사람이란 것 정도는 알고 있었다. 그러나 사랑에 눈이 멀어서인지 주화는 정말 실비엔이 이대로 죽을 거라고 믿는 모양이었다.

그 심리를 좀 이용해 볼까. 칸나는 모처럼 다정하게 말했다.

"널 도와줄 사람은 아무도 없어. 하지만 글쎄, 네가 직접 나서서 실비엔을 도울 수는 있겠지. 넌 검은 사도이면서도 황궁 의원이잖아?"

"……."

"너의 무언가가 실비엔을 구할 수 있을지도 몰라."

ㄱ 말에 주화의 눈이 커졌다. 무언가 떠오른 듯했다.

"나가 봐."

잠시 후 주화는 결국 아무 말도 못 하고 방을 빠져나갔다.

주화가 떠난 후 칸나는 혀를 찼다. 순순히 보내 주기가 아쉬웠다. 아디스 저택을 공식적으로 방문하지만 않았더라면 감금이라도 했을 텐데……

어쨌든, 이야기를 들은 이상 가만히 있을 수는 없다.

'실비엔을 만나러 가 봐야겠어.'

사형수에게 면회가 가능하려나? 칸나는 몸을 일으켰다.

마차를 타고 가는 길, 칸나는 소문의 그 시위대와 마주쳤다.

"실비엔 발렌티노를 당장 사형하라!"

"사지를 찢어 죽여라!"

"시체를 까마귀 먹이로 던져라!"

수많은 사람이 얼굴을 두건으로 가린 채 소리를 내지르고 있었다. 그때, 행렬의 가장 앞에 선 사내가 외쳤다.

"귀비 전하 배 속의 아이는 무슨 죄인가! 고귀한 황실의 피를 가진 아기님께서는 빛 한 번 보지 못하고 사라지셨다!"

이것 봐라. 칸나는 픽 웃으며, 마차의 벽을 두드렸다. 마부 역을 하는 클로드에게 말했다.

"클로드 경, 저 집회 주도하는 사람, 은밀하게 데려와요."

"예."

그로부터 10분 후.

"죄송합니다. 늦었습니다. 아가씨."

클로드가 집회 주도자를 마차 안으로 밀어 넣었다. 기절한 상태였다.

"평범한 사람이 아니더군요. 기사입니다. 그것도 드물 정도의 실력자예요. 그런데……."

"그런데?"

"검법이 발렌티노 가문의 기사들과 유사했습니다."

"그 말은, 이 사람이 발렌티노의 기사라는 거예요?"

"높은 확률로요."

클로드는 남자의 얼굴을 가렸던 두건을 풀어 헤쳤다. 잠시 후, 남자가 깨어났는지 꿈틀거렸다.

"너희들은 누구……!"

칸나는 그 얼굴 위로 냅다 최면 향을 뿌렸다.

"으, 잔혹하신 분."

클로드의 중얼거림을 무시하며 칸나는 5초를 세었다. 그러고는 물었다.

"당신이 집회를 주도했어?"

"예."

남자가 멍하니 대답했다.

"어떻게?"

"시위에 참석하는 평민들에게 돈을 주었습니다."

역시, 이럴 줄 알았지.

"너, 혹시 발렌티노의 기사야?"

"예."

정말이네. 칸나는 클로드와 시선을 교환했다.

"누가 시킨 일이지?"

그 질문에, 최면 향에 취한 기사가 누군가의 이름을 말했다. 도저히 믿을 수 없는 사람의 이름을.

"……맙소사."

한참 후 클로드의 입에서 신음이 흘렀다. 그러나 칸나는 딱히 놀라지 않았다. 어쩌면 그럴지도 모른다고 예상하던 참이었으니. 분명 신문사를 매수해 원하는 여론을 끌어낸 것도 그 사람일 것이다.

'하여간, 속이 여간 시커먼 게 아니라니까.'

역시 그가 이 일을 주도하고 있었다. 지금쯤 감옥에 구금되어 있을 그 남자.

실비엔 발렌티노.

"발렌티노 공작, 대체 왜 이런 짓을 저지른 건가?"

카실 황자와 테레사 귀비의 장례식이 끝난 후 메르시 후작이 귀족원의 대표로 그를 찾아왔다.

"난 자네가 어린 소년일 때부터 지켜봐 왔어. 아무 이유 없이 이럴 사람이 아니지. 대체 무슨 꿍꿍이인가?"

"글쎄요……."

실비엔은 픽 웃으며 손목을 휘감은 쇠사슬을 들어 보였다.

그들로서는 당연한 의문이었다. 가끔은 인간이 아닌가 싶을 정도로 이성적이었던 사람이 갑자기 미친 소처럼 날뛰었으니.

조금 전에도 오르시니 아디스가 와서 같은 질문을 던졌다. 그러나 실비엔은 그에게 줬던 대답과는 다른 것을 던져 주었다.

"실은 최근에 관심 가는 여자가 있었습니다."

"……뭐? 공작이?"

아주 이상한 소릴 들은 듯 미간을 좁힌다. 그 반응에 실비엔은 한쪽 눈썹을 삐딱하게 들어 올렸다.

"저도 남자입니다만."

"아, 그, 그렇지."

"카실 황자를 계속 살려 두면 그 여자가 죽을 수도 있어서 그랬습니다."

"……."

"농담입니다. 웃으십시오."

"그렇지? 자네는 참 짓궂군. 이런 순간에조차 농담이라니……."

사실은 진짠데. 실비엔은 조용히 웃었다. 이런 자신이 너무 웃겨서 견딜 수가 없었던 것이다.

"발렌티노 공작, 솔직히 이야기를 해 주게."

"후작께서는 저를 어릴 때부터 봐 오셨죠."

"그랬지."

"그럼 제가 이제 어떻게 할 것 같습니까?"

실비엔이 눈을 내리깔아 제 손목에 찬 수갑을 바라보았다. 문득 옛 기억이 스친 것인지 후작의 얼굴이 희게 질렸다.

"어린 소년이 가진 것을 빼앗으려 했던 나쁜 어른들이 한둘이 아니었는데, 지금쯤 무엇을 하고 계시려나……?"

그가 싱긋 웃었다.

"다들 무덤에서 편히 쉬고 계시겠죠?"

"……그렇지."

"그중 한 분이 후작의 형님 되시는 분이라 아쉽게 생각하고 있습니다. 아니, 축하해야 할 일인가요? 그 덕에 후작께서 작위에 오르셨으니."

"공작! 지금 날 협박하는 건가?"

메르시 후작이 버럭 소리쳤다.

"허세 부리지 말게! 자네는 몰락했어! 무기 하나 없이 수갑에 묶여 감옥에 갇혀 있는 신세……."

그 순간, 툭. 수갑이 바닥으로 떨어져 내렸다. 후작의 입술이 딱 굳었다. 실비엔은 대수롭지 않은 표정이었다. 그는 한 손으로 마저 수갑을 뜯어내어 바닥에 내려놓았다.

"무기는 본래부터 가지고 다니지 않았습니다. 제가 쓸모없는 것을 대단히 싫어하거든요. 거치적거리고, 툭하면 부러지고."

실비엔은 뻐근한 손목을 주무르며 몸을 일으켰다. 심드렁하게 덧붙였다.

"실용적이지 않다고 해야 할까요?"

길쭉한 그림자가 메르시 후작의 몸 위로 늘어졌다. 후작은 서둘러 주위를 지키는 기사들에게 외쳤다.

"지금 뭐 하는 건가! 이자가……."

후작의 말끝이 흐려졌다.

기사들은 모든 것을 보고 있었다. 듣고 있었다. 그저 조용히, 지켜보고만 있었다.

"……."

후작은 마른침을 삼켰다. 머리에 물을 끼얹은 듯 정신이 또렷해졌다.

이미 매수됐군.

"자네를 고발하겠네. 자네가 어린 소년일 때 벌인 과거의 일부터 지금 나를 협박하는 것까지, 모두……!"

"왜 그런 말씀을 하십니까? 서운하게."

실비엔이 무서울 만큼 상냥하게 투덜거렸다.

"그러시면 제가 이곳에서 탈옥하는 수밖에 없지 않겠습니까?"

"……"

"편히 못 주무실 텐데요, 후작."

메르시 후작이 이를 갈았다.

"대체 나보고 뭘 어쩌라는 건가! 사람들 앞에서, 심지어 제국민 앞에서 황족을 살해했어! 자네를 감싸는 순간 함께 반역으로 몰릴 거야!"

"압니다. 그러니 얌전히 계십시오."

"……뭐?"

"얌전히, 아무것도 하지 말고."

실비엔이 뒤로 물러났다. 다시금 어두운 감옥의 그림자 안으로 몸을 묻었다.

"가만히 계십시오."

가장 힘든 순간이 가장 강하게 만든다. 실비엔은 그 지루한 명언을 다시 한번 실감했다.

정말로 그랬다. 아마 자신이 보호자의 손 아래 곱게 큰 도련님이었더라면 이런 순간에 그저 무너질 수밖에 없었을 거라고, 그는 장담할 수 있었다.

열한 살. 발렌티노라는 거대한 공작가를 짊어진 나이였다. 그리고 발렌티노는 어린 소년이 홀로 지키기엔 너무나 휘황찬란하게 빛나는 것이었다. 그 현란한 광채에 넋을 놓은 하이에나들이 몇이었더라? 세는 것조차 무의미했다.

그 시절 실비엔은 살아남는 법을 배웠다. 딱히 어렵지는 않았다. 자신의 적보다 악랄하고 비열하고 무자비해진다면, 딱히.

고상한 귀족의 방식부터 뒷골목의 사내들이나 할 법한 천박한 방식까지, 살아남기 위해서 안 해 본 것이 없었다.

'착한 인간은 천국에 가지만 악한 인간은 어디든지 간다고 하지.'

실비엔은 한 음유 시인의 노랫가락을 흥얼거렸다. 그는 천국에는 관심이 없었다. 그러니 이번 위기는 그의 장기를 발휘하면 끝날 일이었다.

"그래서?"

오르시니가 불쾌한 눈으로 그를 노려보았다.

"나보고 그런 일을 해 달라고?"

"준비는 이미 다 되어 있습니다. 공작께서는 실행만 하시면 됩니다."

"네가 그런 계획을 세워 뒀다는 게 소름 돋는다. 너, 정말 반역을 일으킬 생각이었던 거 아니냐?"

"전혀 아닙니다."

오르시니는 대답하지 않았다. 대신 매서운 눈으로 상대를 노려보았다.

"이봐, 실비엔. 내가 그런 짓을 할 것 같나? 내가 아무리 망나니라지만 그런 짓엔 손 안 대."

신랄한 비난에 실비엔이 벽에 등을 기대었다. 그러고는 픽 웃었다.

"그럼 하지 말든가."

침묵이 흘렀다.

"……넌 진짜 재수 없는 놈이다."

오르시니가 몸을 일으켰다.

"오해하지 마라. 네가 칸나를 구하려다 그 꼴이 된 거니 협조하는 거야."

돌아서려다가 멈추고는 한마디 던졌다.

"그리고 검 좀 가지고 다녀라. 대체 언제까지 무식하게 손 쓸래?"

하여간, 저 자식이 나보다 야만적인 걸 세상 사람들이 봐서 조금은 속이 시원하군. 오르시니는 그렇게 투덜거리며 감옥을 떠났다.

오르시니뿐만 아니었다. 수많은 사람이 은밀하게 그의 감옥을 찾았다. 실비엔은 오케스트라의 마에스트로처럼 모든 수를 하나하나 지휘했다. 그러는 동안 발렌티노는 착실히 멸문했고 재산을 빼앗겼으며 사형 선고를 받았다.

만족스러웠다. 지금은 불협화음을 낼 때였으니.

"저, 주화 님이 찾아오셨습니다만."

역시나 오늘도 왔군. 실비엔은 마치 시종처럼 알려 주는 기사에게 고개를 저었다.

"내쫓으세요."

꼴 보기 싫다…… 같은 감정적 이유 때문은 아니었다. 실비엔은 주화를 궁지로 몰아붙일 생각이었다. 그로부터 잠시 후.

"칸나 아디스 영애께서 찾아오셨습니다."

실비엔은 보고 있던 책을 덮었다. 주위를 둘러보았다. 바닥을 안락하게 채운 최고급 담요, 와인 등등이 그의 눈에 들어왔다.

"실비엔."

칸나는 눈앞의 광경을 믿을 수 없었다. 분명 기사들을 매수해서 지금쯤 유유자적하게 독서나 즐기고 있을 줄 알았는데…….

"실비엔, 정신 차려요."

그는 감옥의 구석에 등을 기대고 앉아 있었다. 쇠사슬이 상체를 돌돌 휘감고 있었는데 폭행이라도 당했는지 입술에는 붉은 피가 흐르고 있었다.

"제가 안에 들어가서 치료할 수 있게 해 줘요."

기사는 대답 없이 실비엔의 얼굴을 흘끗 살폈다. 칸나는 재촉했다.

"어차피 묶여 있어서 아무 짓도 못 하잖아요. 열어 줘요."

잠시 후 굵직한 쇠창살이 열렸다.

"실비엔."

가까이 다가가자 그가 눈꺼풀을 들어 올렸다. 칸나는 조용히 속삭였다.

"정신이 들어요?"

그 콧대 높은 실비엔이 이런 꼴을 하고 있다니. 심지어 감옥에는 담요 한 장조차 없었다. 그답지 않게 처연한 모습인지라 가슴 한쪽이 찡하게 울렸다.

"혹시 몰라서 약을 챙겨 왔는데…… 잠시만 기다려요."

실비엔은 눈을 반쯤 뜬 채 그녀가 하는 일을 지켜보았다. 입가에 즐거움이 슬쩍 맺혔지만, 그녀가 고개를 드는 순간 빠르게 사라졌다.

"아……."

터진 입술에 약을 바르는 순간 그의 입에서 나직한 신음이 흘렀다.

"아픕니다."

"제가 거칠게 하는 게 아니라, 상처가 심하게 터져서 그래요. 이건……."

이건…… 칸나가 말끝을 흐렸다. 지금 막, 방금 생긴 상처 같은데. 잠시 침묵한 칸나는 그에게 속삭였다.

"실비엔."

"예."

"혹시 연기 중이에요?"

무언가 꾸미고 있는데, 의심을 사면 안 되니까. 그래서 이렇게 처연한 환자인 척 은근슬쩍 몸을 기대 오며 연기하는 걸지도 모른다.

"제 앞에서는 연기하지 않아도 돼요. 비밀 지켜 줄게요."

실비엔이 그녀를 빤히 바라보았다. 어쩐지 불유쾌해 보였다. 그러나 잠시일 뿐, 씩 웃으며 말했다.

"오르시니가 말했습니까?"

"아뇨."

그 녀석도 한통속이었나?

"그런데 어떻게 아셨습니까?"

"그건……."

당신 기사를 납치하고 면상에 최면 향을 뿌려 알아냈어요, 라고 말하려다가 삼켰다.

"비밀이에요."

뚝, 뚜둑. 실비엔의 몸을 감쌌던 쇠사슬이 엿가락처럼 끊어졌다. 그의 평온한 얼굴에 칸나는 기가 질렸다

'오르시니가 저랑 똑같다고 하더니…….'

정말이었네. 칸나는 머뭇거리다가 조용히 물었다.

"이제 어쩔 생각이에요?"

"그건……."

실비엔이 말끝을 늘이다가 눈을 가느다랗게 접었다.

"비밀입니다."

"……."

"이곳엔 왜 오셨습니까?"

"주화에게 들었어요. 일단 고맙다는 말을 하려고요. 당신이 그렇게까지 날 생각해 줄 줄은 몰랐거든요."

칸나는 또박또박 말했다.

"그런데 왜 그렇게까지 했는지 물어봐도 되나요?"

"당신을 지키고자 한 일입니다."

"괜찮으니 솔직하게 말해 봐요. 아니면, 뭔가 부탁할 일이 있나요?"

칸나로서는 당연한 질문이었다. 여태껏 실비엔이 무료로 자신을 도와준 적이 있었던가? 단 한 번도 없다. 언제나 그에 상응하는 이유가 있었다. 책임감이라든가, 혹은 요구할 것이라든가.

그런데 아무런 의무도 대가도 없는 일에 이런 위험을 감당하면서까지 자신을 구했다니…… 그걸 대체 어떻게 믿으란 말인가? 고마우면서도 한편으로는 찜찜할 수밖에.

"다른 의도 없습니다. 그냥 당신을 지키기 위해 한 일입니다, 칸나."

"그러니까 대체 왜요? 당신은 날 싫어하잖아요."

"누가 그런 소리를 합니까? 그 반대입니다."

"……반대라고요?"

"예."

그의 반박에 칸나는 황당해져서 중얼거렸다.

"뭐야…… 그럼 날 좋아한다는 거야?"

혼잣말처럼 던진 물음에 실비엔이 그녀를 물끄러미 내려다보았다.

"물론이지요. 당신처럼 아름다운 여성을 마다할 남자는 없을 겁니다."

농담이라고 생각한 걸까? 칸나는 실웃음을 흘리며 대꾸했다.

"마다했잖아요, 당신은."

예전에 주화가 옷 벗고 달려들었을 때 쫓아낸 사람이 누군데 그래? 그런 눈빛을 보내자 실비엔이 진지하게 답했다.

"그건 주화였지 않습니까. 당신이었다면 거절하지 않았을 겁니다."

"뭐라고요?"

칸나는 아주 괴상한 이야기를 들은 얼굴이었다.

"당신은 침실에서 거절하지 않는다는 게 무슨 뜻인지 몰라요?"

"글쎄요. 제가 모를 것 같습니까?"

"……"

칸나가 수상쩍은 눈으로 그를 응시했다.

상대에게 그런 욕망 자체가 존재하지 않는다고 믿어 의심치 않는 듯했다. 답지 않게 순진한 착각인지라 대단히 웃겼다. 그래서 실비엔은 웃었다.

"한번 시험해 보시든가."

칸나가 눈을 크게 뜬다. 놀란 것 같다.

그러나 실비엔은 모르는 척 스르륵 고개를 내렸다. 그녀의 귓가에 짓궂게 속삭였다.

"말했잖습니까? 그 꼬마 왕자와는 비교도 안 될 겁니다."

칸나는 미간을 좁혔다. 꼬마 왕자? 그게 무슨……?

'아, 설마 로렌초?'

순간 기억이 떠올랐다. 얄덴 왕국, 파국을 맞이했던 파티장. 그때 함께 춤을 추던 자신의 귀에 차마 말로 담을 수 없는 음담패설을 내뱉었던 그가.

'저런 얼굴로, 그런 말을.'

기억을 되살린 칸나의 얼굴이 뜨끈하게 달아올랐다. 자신도 성적인 부분에는 무던할 만큼 면역이 있었지만, 실비엔은 그보다 더 강력했다.

"실비엔, 대체 어디서 그런 천박한 말을 배웠어요?"

그러자 그가 흐트러진 은빛 머리칼을 쓸어 올리며 중얼거렸다.

"제가 보기보다는 천박합니다. 특히 침대 위에서는요."

"이제 말장난은 그만하고 진지하게 얘기해요!"

실비엔은 웃음을 흘렸다. 그녀의 말대로 진담이 반쯤은 섞인 장난이었는데, 이 농담 따먹기가 신기할 정도로 즐거웠다.

좋아하냐고? 물론, 좋아하지.

그녀는 그가 본 여성 중 가장 매력적이었다. 가장 치열했고, 가장 지독했고, 가장 강렬했다. 그리고 가장 위험한 여자였다. 자칫 방심하면 파멸을 선물할 듯한 독기조차도 그에게는 큰 매혹이었다.

그래서, 사랑하냐고? 글쎄. 그건 의문이었다.

그러나 분명한 것은 어느 날 어느 순간 칸나가 자신의 가슴에 씨앗 하나를 툭 던지고 가 버렸다는 것. 지금껏 무엇 하나 자라난 적 없는 척박한 토지였기에 처음 품어 본 그 씨앗의 정체가 궁금했을 뿐이다.

이건 무엇일까. 무엇으로 피어날까.

비와 바람과 햇살 아래 소중하게 키워 내면 아주 아름다운 것이 될 것 같기도 해서…….

잃고 싶지 않은 것은 당연한 것 아닌가.

"글쎄…… 어떨까?"

실비엔이 나른하게 미소 지으며 중얼거렸다.

"됐어요."

하여간, 이 인간이 순순히 말해 줄 리가 없지. 칸나는 그에게서 답을 듣는 걸 포기했다.

"그보다, 내가 도울 것이 있으면 말해요."

"도울 것?"

실비엔이 고개를 기울였다. 결 좋은 은빛 머리칼이 사라락 흔들리자 칸나는 잠시 시선을 빼앗겼다.

"그래요. 어쨌든 당신은 날 도우려다가 이렇게 된 거니까. 내가 할 수 있는 일이 있으면 해 줄게요."

"아하."

그가 알겠다는 듯 감탄을 내뱉었다. 그러고는 몹시 신중한 눈으로 그녀의 얼굴을 뚫어질 듯 훑어보았다.

"있을 것 같기도 하군요."

"뭔데요?"

"글쎄요…… 키스?"

"……."

뭐래. 아까부터 진짜. 칸나는 그를 노려보았다.

"장난치지 말아요."

"아닙니다, 장난."

장난이 아니라면 진짜라는 거야 뭐야? 그때, 실비엔이 손을 내밀었다. 눈을 접어 가느다랗게 웃었다. 요사스러울 정도로 매혹적인 미소였다.

"어서."

"……."

어서는 뭐가 어서야! 칸나는 그를 쏘아보다가 문득 망연해지고 말았다. 진부한 표현이지만 그의 눈은 푸른 별 같았다. 정말이지 사람을 홀릴 듯한…….

'아니지!'

칸나는 서둘러 그의 손끝을 찰싹 후려쳤다. 그러자 실비엔이 엄살을 떨어 댔다.

"난폭하시군요. 저는 환자입니다만."

"환자는 무슨. 당신 대체 아까부터 왜 그래요? 어디 아파요?"

대체 뭐가 그렇게 재미있는지, 실비엔은 그답지 않게 키득거리고 있었다. 기가 막혔다. 욕먹는 게 그렇게 재미있나? 아니, 애초에 이 인간이 저렇게 웃을 줄도 알던가?

"그런 뜻으로 말한 게 아니었어요. 당신이 이 상황을 빠져나갈 수 있도록 돕겠다는 뜻이었죠."

"그랬습니까? 몰랐습니다."

몰랐을 리가. 저 여우 같은! 어째서인지 그의 뒤로 은색 털이 달린 꼬리가 아홉 개는 보이는 것만 같았다.

"장난은 그쯤 하고 도울 게 있으면 말해요."

실비엔은 짐짓 아쉬운 듯 뒤로 물러났지만, 산뜻하게 말했다.

"마음만 감사히 받겠습니다. 굳이 당신의 손까지 더럽힐 필요는 없는 것 같군요."

손을 더럽힌다고? 그 단어에 눈살을 찌푸리는 찰나 실비엔이 부드럽게 끝맺었다.

"이미 준비는 다 끝났습니다."

⁕⁕⁕

<테레사 귀비 전하께서는 회임한 것으로 알려져.>

황제의 손아귀에서 신문이 우악스럽게 구겨졌다.

테레사. 세상을 떠난 그의 연인. 그녀가 회임했다고 한다. 황제는 그 사실을 신문을 보고 알게 되었다. 뒤늦게 그녀의 주치의를 추궁했고, 진실을 알게 됐다.

"아, 아직 초기인지라 말을 아끼셨습니다. 안정기에 돌입하면 그때 이야기할 테니, 그 누구에게도 말하지 말라고 신신당부하셨습니다."

그래서 황제는 까맣게 몰랐던 것이다. 아니, 모를 수밖에 없지.

'그건 내 아이가 아니다!'

테레사와 관계를 갖지 않은 지 오래되었다. 마약 때문일까? 영 성기능이 부실해졌던 것이다. 그런데 임신을 해?

"황제 폐하, 그녀는 검은 사도입니다."

으드득, 그는 이를 갈았다. 감옥에서 만난 실비엔이 한 말에 분노가 치솟았다.

"테레사 귀비는 검은 사도였으며, 폐하께 의도적으로 접근한 겁니다."

테레사가 검은 사도였다고?

생각해 보면…… 마약도 테레사의 권유로 시작했다.

폐하, 내 가여운 루크, 얼마나 힘들까? 가끔은 이런 식으로 기분 전환을 하는 것도 나쁘지 않아요. 그렇게 달콤한 목소리로 속살거리면서!

그래, 지금껏 자신을 속이고 다른 남자와 놀아나 결국 임신까지 한 여자인데, 검은 사도가 아니란 법도 없다.

하지만.

"헛소리 말게! 감히 내 비를 모함하는가!"

황제는 믿지 않을 생각이었다. 인정하는 순간 자신은 어리석은 황제가 되는 거다. 여색에 눈이 멀어 검은 사도에게 황실을 장악당할 뻔한 역사상 최고의 얼간이로 기록될 것이다!

"그것이 폐하의 선택이십니까?"

모든 속내를 읽은 듯 실비엔이 조용히 말했다. 그러고는 웃었다.

"부디 그 선택에 후회 없으시길."

그것이 실비엔과의 마지막 대화였다.

'그래, 차라리 잘됐어. 발렌티노는 지나치게 권세가 강한 가문이었다.'

성기사의 후손은 아디스 가문 하나로 충분할 것이다. 이 기회에 발렌티노의 땅과 재산을 취할 생각을 하니 황제의 입꼬리가 올라갔다. 그러니까 이 일은 비밀이다. 비밀. 비밀을 지켜서. 비밀을…….

'제길.'

생각이 이어지지 않는다. 묘한 초조함이 또다시 그를 휘감았다. 약. 약을 하고 싶다.

'아니야, 이젠 정말 끊어야 한다.'

그는 핏발 선 눈으로 새하얀 가루를 응시했다. 그러다가 침을 꿀꺽 삼켰다.

'그래, 천천히. 천천히 끊는 거야. 조금씩 양을 줄여 가면서.'

마지막으로. 마지막으로 한 번만 더…….

꾸꾸꾸

오르시니는 실비엔 발렌티노의 저택으로 향했다.

"빌어먹을, 내가 왜 이런 짓을…….”

텅 빈 저택으로 침입한 오르시니는 지하 감옥으로 걸어갔다. 횃불을 들이밀자, 감옥 한구석에 모여 있는 수십 명의 죄수가 보였다.

"야, 너 정체가 뭐야."

그러자 눈이 마주친 남자가 홀린 듯 말했다.

"저는…… 검은 사도입니다."

"테레사 귀비와는 어떤 사이지?"

"오래된 동료입니다."

이 녀석뿐만 아니라, 다른 놈들도 물어보면 준비된 대답을 할 것이다.

'하여간 미친놈.'

실비엔 발렌티노는 증거를 조작하고 있었다.

최근 1년, 실비엔은 사형당할 죄를 지은 자들을 찾아내어 국가에 고발하는 대신 몰래 빼돌렸다. 그들은 모두 다 지켜야 할 처나 자식이 있었으며, 신분이 등록되지 않은 천민 중의 천민이었다.

실비엔은 지난 1년간 이러한 공통점을 가진 자들을 편집증적인 수집가처럼 차곡차곡 모아 놓았다. 그리고 가족의 안위를 평생 책임져 준다는 회유, 혹은 해치우겠다는 협박으로 완전히 길들여 놨다.

"테레사를 오랫동안 조사했지만 증거를 찾지 못했습니다."

"그래서 직접 만들고 있었다?"

"증거가 나올 때까지 순순히 기다려 줄 수는 없는 거 아닙니까?"

그러고는 고상한 귀족처럼 웃는 게 어찌나 어이가 없던지.

"어차피 죄를 고발하면 사형당할 자들입니다. 다들 살인죄를 저지른 이들이고요."

"……."

"저들도 그걸 아니까 이 거래를 받아들였죠. 아무것도 얻지 못하고 사형당하느니, 적어도 가족들의 미래나마 보장하는 쪽이 낫지 않겠습니까?"

"……."

"이래 봬도 저는 꽤 자비롭습니다."

자비는 개뿔, 악당이나 생각해 낼 법한 방법을 쓰고 있으면서.

"다들 나와."

그는 쇠창살을 열었다. 한 명 한 명 걸어 나오는 것을 확인한 오르시니가 한 남자의 어깨를 잡았다. 이들 중 제일 번드르르 잘생긴 녀석이다. 오르시니가 물었다.

"너는 누구지?"

"저는 검은 사도입니다."

역시나, 숙달된 솜씨로 대본을 읊는다.

"테레사 귀비와는 무슨 사이였지?"

"저는 그녀의 정부였습니다."

"……."

"그녀는 제 아이를 임신했습니다."

물론 저건 다 실비엔이 짜 놓은 시나리오였다.

테레사는 임신하지 않았다. 그저 그놈이 테레사의 주치의를 매수했을 뿐이다. 그리고 자신은, 이 가짜 검은 사도들을 세상에 공개할 것이다. 온통 실비엔을 비난하느라 바쁜 신문도 곧 역풍을 맞은 듯 바뀌겠지.

<황실이 검은 사도에 장악당할 뻔하다.>

안 봐도 뻔했다.

<황제 폐하께서 그 검은 사도를 직접 황실로 끌어들이셨다.>
<테레사 귀비 전하의 아이는 검은 사도의 핏줄이었다. 검은 사도의 혈통이 제국을 통치할 뻔하다…….>

그리고 실비엔을 마구잡이로 욕했던 정도만큼, 마구잡이로 찬양하는 기사들이 쏟아질 게 뻔했다. 가문이 멸문당하고 사형당할 위기에 처하면서까지 제국을 지키려 한 수호자, 그런 식으로 불릴 것이다.

그리하여 발렌티노의 위상은 황가를 넘어설 것이고 하늘 끝까지 치솟게 될 거다. 바닥까지 떨어진 만큼의 추진력을 받아 위로 튕겨 오르겠지.

그래서 실비엔은 스스로 추락했다. 그 후 더 높은 곳까지 날아오를 것을 알고 있기에. 본인의 목숨마저도 수단으로 삼는 실비엔이 아주 미친놈 같았다. 그리고.

칸나와 닮은 것 같아서 불쾌했다.

'빨리, 빨리.'

주화는 자료들을 가방 안으로 쓸어 넣었다.

'들키기 전에, 빨리.'

검은 사도들의 연구물이다. 이것을 세상에 공개할 생각이었다.

'모두 다 말할 거야.'

테레사가 검은 사도라는 것, 옛 신령 아르제니안과 아르곤 역시 한통속이라는 것, 모두 다!

'그것만이 실비엔을 구할 수 있어.'

알고 있다. 자신이 바보 같다는 거. 바보처럼 굴었다는 거. 하지만 실비엔을 지키는 것만큼은 어떻게든…….

"주화야."

순간 비명을 지를 뻔했다.

"뭐 하니?"

들켰다!

아르제니안이 다가왔다. 주화의 가방을 빼앗아 뒤로 던졌다.

"뭐 해?"

주화의 입술이 벌어졌다. 이런 순간임에도 불구하고 놀라웠다. 아르제니안이 긴 머리를 아주 짧게 자른 것이다.

그래서인지 사람이 달라 보였다. 지금껏 그저 칸나의 부친처럼만 느껴졌건만, 지금은 색기가 넘치는 미소년 같았다.

"뭐 하냐고, 이주화?"

얼어붙은 그녀를 보며 아르제니안은 픽 웃었다.

하여간 이럴 줄 알았지. 피는 못 속인다는 건가? 선희가 그런 것처럼 그녀의 딸도 나를 배신하는구나.

"날 버리는 거야?"

그가 처연하게 말했다.

"내가 너에게 많은 것을 바랐니? 그저 네가 행복하길 바랐어. 네가 원하는 대로 실비엔의 사랑을 받고, 그의 아이를 가지고……."

그 아이를 나에게 줬어야지.

오로지 그것만을 바랐다. 그것만이 필요했다. 검은 사도? 그런 건 그에게는 그저 장난질에 불과했다. 궤멸하든 말든 알게 뭐람?

그가 필요한 것은 단 하나, 섞인 핏줄. 이쪽 세계의, 특히나 성력을 가진 핏줄과 '이물질'의 핏줄이 뒤섞인 아이. 그래, 칸나 같은. 그런 존재의 핏줄이 세계의 벽을 완전하게 부술 수 있었다.

그런데 실비엔은 사형을 당하기 직전이고. 주화는 배반하여 자신을 떠나려고 하지.

결국 이 수밖에 없나?

"주화야, 난 널 못 보내. 왜냐하면……."

그는 주화의 뺨을 어루만졌다. 그리고는 다정하게 웃었다.

"너를 사랑하고 있거든."

턱을 잡아당겼다. 경직된 입술을 머금었다. 놀라서 파드득 떠는 상대의 목덜미를 끌어당겨 깊숙이 파고들었다. 아르제니안은 그녀의 허리를 끌어당기며 속삭였다.

"날 떠나지 않을 거지, 응?"

모든 것은 예상대로였다. 오르시니는 보던 신문을 집어던졌다.

'왜. 그냥 가서 실비엔의 발이라도 핥지.'

하긴, 어차피 실비엔에게 매수되어 있을 게 뻔한 신문사인데. 이 일 이후 세상이 온통 실비엔이 매수해 놓은 놈들 천지처럼 보였다. 분명 아디스의 어딘가에도 실비엔의 끄나풀이 있겠지. 아무래도 언제 한번 작정하고 대청소를 해야 할 듯싶었다.

"오르시니 경, 찾아냈습니다."

기사의 부름에 오르시니는 상념에서 깨어났다.

"찾아냈어?"

"예. 그 장소가 맞습니다."

"그 장소가 맞다고?"

주화. 일전에 그 의원이 왔을 때, 오르시니는 그녀에게 미행을 붙였다.

'그 여자도 미행은 예상했겠지.'

그녀가 도착한 장소는 외곽에 위치한 저택이었다. 그곳이 검은 사도의 은둔지일 거라고는 생각하지 않았다. 그렇다기엔 너무 솔직하게 그곳으로 직행했으니까.

그래서 오르시니는 기사단을 파견하여 조사했다. 은밀하게 근방을 수색하고 파악한 사도들의 신원 자료를 토대로 조사를 했는데…….

거기가 거기라고?

"그 여자, 등신인가."

그렇지 않고서야 아디스 저택을 빠져나온 직후 검은 사도의 소굴로 갈 리가 있나. 뭔가 찜찜했지만 그는 몸을 일으켰다.

"칼렌은?"

"부재중이십니다."

대체 그 자식 요새 어딜 싸돌아다니는 걸까? 얼굴 보기가 힘들다.

'여자 생겼나?'

차라리 그랬으면 좋겠군. 어떤 여자를 데려와도 환영해 줄 텐데. 그런 실없는 생각을 하며 몸을 일으켰다.

"준비해. 바로 간다."

"기다려, 오르시니."

오르시니는 저도 모르게 멈춰 섰다. 놀란 나머지 입술이 벌어졌다. 지금 무슨 소리를 들은 거지?

"오르시니!"

오르시니는 홀린 듯한 얼굴로 몸을 돌렸다. 꿈인가? 칸나가 자신의 이름을 부르며 뛰어오고 있었다.

"다행이네. 아직 안 갔구나."

"어……."

머쓱하게 대답하고는 의미 없이 턱을 매만졌다.

"왜?"

제길, 목소리가 조금 갈라져서 나왔다.

"지금 처리 간다며?"

"어? 어."

"이거."

칸나가 그의 손목을 덥썩 잡고는 손안에 무언가를 쥐여 주었다. 오르시니는 여전히 꿈을 꾸는 기분으로 손바닥을 펼쳐 보았다.

푸른 액체가 든 유리병이었다.

"이걸 뿌리면 인형과 사람을 구분할 수 있어."

내가 오랜만에 약을 했던가? 오르시니는 멍하니 그런 생각을 했다. 그렇지 않고서야, 설마 이게 현실일 리가…….

"넌 인형에 약하잖아. 내가 어디서 들었는데, 진짜 감쪽같은 인형이 있다고 하더라고. 감정과 생각과 몸에 흐르는 피까지 똑같은 인형이 있다는데 너라면……."

칸나가 그를 흘끗 올려다보았다.

"너라면 틀림없이 속을 것 같아서."

"……."

"그러니까 나랑 완전히 똑같은 사람이 나타나도 예전처럼 무식하게 걸려들지 말고 이것부터 뿌려 봐."

"……."

"상대가 인형이면 닿은 부위가 모래로 부서질 거야. 인형의 재료가 흙이라서……."

말끝이 흐려졌다. 칸나는 오르시니의 멍한 얼굴을 보고 눈썹을 찌푸렸다.

"오르시니?"

"어."

"듣고 있니?"

"어, 말해."

못 미더웠지만 칸나는 말을 이었다.

"그리고, 이거."

오르시니의 손목에 푸른색 실 팔찌를 묶어 주었다.

"근처에 인형이 있으면 이 실의 색깔이 붉은색으로 변할 거야. 그러니까 붉은색으로 변하면 주의하도록 해."

칸나는 마저 매듭을 묶어 준 후 웃었다.

"어때? 고맙지?"

"……."

"네가 하도 속고 다니니까 불쌍해서 만든 거야."

"……."

"이제 그만 좀 속아."

오르시니는 대답하지 않았다. 그저 가만히 팔찌를 바라보다가, 고장 난 기계처럼 삐꺽삐꺽 고개를 끄덕였다.

그 모습에 칸나는 고개를 기울였다. 저 녀석 정말 괜찮은 건가?

어쩐지 완전히 넋이 나간 것 같은데…….

'뭐, 알아서 잘하겠지.'

어쨌든, 이제부터 본론이다. 일부러 이렇게 세심하게 신경을 쓴 것에는 다 이유가 있었다. 칸나는 생긋 웃으며 말했다.

"나도 데려가."

"어…… 아니, 뭐?"

오르시니가 와락 인상을 구겼다.

"그게 무슨 헛소리냐."

"나도 데려가."

이번 일에 끼고 싶었다. 오르시니 혼자만의 일이라면 멋대로 고집을 부릴 수 있을 테지만.

'다른 기사들과 함께 가는 거니까.'

"나도 데려가. 짐은 되지 않을 수 있어. 분명히 도움이…….'

"웃기지 마라."

그는 단칼에 그녀의 말을 잘랐다. 조금 전과는 완전히 다른 사람 같은 태도였다.

"네 도움 따위는 필요 없어."

"하지만……."

"솔직히 거긴 나 혼자 가도 된다. 다른 기사들도 필요 없어."

"……."

"그런데 굳이 너까지 데려가야 할 이유가 있나? 그런 위험한 곳에."

어찌나 건방지고 재수 없는 말인지. 그러나 진실이기도 했다. 무엇 하나 틀린 말이 없는지라 곧장 반박할 수 없었다. 자신도 평소 같으면 따라갈 생각은 안 했을 것이다.

하지만…….

"거기에 주화가 있잖아."

"걔가 왜."

"걔는 내가 처리하고 싶어서."

그 애의 마지막을 다른 사람에게 맡기고 싶지 않았다. 어쩌면 위선이었고 어쩌면 위악이었지만, 그게 뭐든 상관없었다.

"나도 데려가."

칸나는 그의 손을 슬그머니 잡아당겼다.

"방해는 안 될게."

오르시니의 얼굴에 짙은 갈등이 스쳐 갔다. 이성과 본능, 그 중간의 어디쯤에서 치열하게 망설이는 듯했다.

그러나.

"응? 오르시니."

칸나가 그의 손등을 슬쩍 긁는 순간, 갈등은 끝났다.

주화는 멍하니 벽에 기대어 허공을 응시했다. 그것밖에 할 수 있는 것이 없었다. 손과 다리와 목에는 쇠사슬이 채워져 있으니까.

'이제 됐어.'

이제 다 끝났다.

이상했다. 이곳에 갇히는 순간, 지금껏 그녀를 사로잡았던 모든 욕망과 생각들이 날아가 버렸다. 마치 책의 마지막 장을 넘긴 기분이었다. 더는 남은 이야기가 없다. 아무것도 없다. 머리를 지배했던 분노도,

증오도, 복수심도, 맹목적으로 돌진했던 그 광기의 질주도 모두 다 끝나버렸다.

"주화야."

그때 아르제니안이 그녀의 머리를 쓰다듬었다.

"기분이 어때?"

"……."

"나도 널 이렇게 대하고 싶지 않아."

주화는 대답하지 않았다. 그저 무기력하게 눈을 감았다.

"……."

아르제니안은 그녀를 미묘한 눈으로 응시했다.

'미친 건가?'

하기야 충격이겠지. 지금껏 공주처럼 대접해 주었는데 이제는 짐승처럼 다루고 있으니. 이곳에 갇힌 이후 주화는 완전히 변했다. 줄이 끊긴 마리오네트 인형처럼 무기력하게 굴었던 것이다.

'하긴 선희도 이쯤에서 실성했었지.'

하지만 방심할 수 없다. 선희도 이렇게 제정신이 아닌 척하다가 어느 날 갑자기 알렉산드로와 함께 탈출했으니까.

그 순간이다. 그 순간부터 그의 계획이 꼬이기 시작했다.

'알렉산드로 아디스.'

그놈이 끼어든 이후부터.

아마 천적이 존재한다면 알렉산드로의 얼굴을 하고 있겠지. 그는 전력을 다해 선희를 빼앗고 칸나를 지켰다. 그 무력한 세월을 떠올리자 헛웃음이 흘러나왔다.

지긋지긋한, 지긋지긋한 아디스!

그러나 아르제니안은 도무지 그 남자의 무엇도 꺾을 자신이 없었다. 의지도, 정신도, 육체도.

그렇기에 3년 전, 대신전에 온 칸나의 피를 얻었을 때 어찌나 기뻤던지.

칸나를 감금하는 데 성공할 수 없을 건 알고 있었다. 오르시니, 그놈의 후계자가 있는데 가능할 리가.

기쁜 이유는 따로 있었다. 드디어 칸나의 피를 얻었으니까. 이 피로 새로운 '이물질'을 불러들일 수 있으니까. 그러면 굳이 칸나를 노리지 않아도, 알렉산드로 아디스와 피곤하게 대립하지 않아도 되니까!

그리고 실제로 그렇게 되었다.

그는 칸나의 대체재ー 주화를 마련했고 그 이후 모든 관심을 주화에게 쏟았다. 다행히 주화는 말을 잘 듣는 아이였다.

하지만 칸나가 다시 돌아온 이후부터 주화가 칸나에게 집착하기 시작했고, 뭔가 비틀리기 시작했다. 계획에도 없는 일을 저지르고, 난리를 피우고, 실수하고, 멍청하게 굴고, 피해를 주고……

결국 이 지경까지 왔다. 본거지를 잃고, 연구물을 잃고, 황실을 지배할 기회를 잃고, 수많은 검은 사도를 잃고. 온통 잃기만 했다.

결과적으로 보면 주화는 지금껏 칸나에게 도움이 되는 일만 저질렀던 것이다.

"걔, 사실 첩자 아니야? 우리 편인 척하면서 저들을 돕고 있는 걸 수도 있잖아."

아르곤이 이렇게 투덜거릴 정도였으니.

'진작 가둬 둘 걸 그랬어.'

그때였다.

"아르제니안 님!"

사도가 문을 박차고 뛰어들어 왔다.

"아디스가……!"

순간 먼 곳에서 비명이 들리기 시작했다.

"아디스의 기사단입니다! 오르시니 아디스도-"

그 순간, 번쩍. 주화가 눈을 떴다.

"아아악!"

"살려줘!"

피와 비명이 난무하는 가운데, 칸나는 오르시니의 옆구리에 달라붙어 거의 안겨 가고 있었다.

'이게 뭐람!'

어이가 없지만 정말 그랬다. 이것이 오르시니의 조건이었으니까. 연금술로 싸울 생각도 하지 마라, 그냥 옆에 붙어만 있어라. 그 조건으로 데려온 것이다.

'이렇게 옆에 끼고 다닐 것까진 없잖아!'

왈칵 소리치며 그를 뿌리치고 싶은데, 오르시니는 지금 한쪽 팔로 그녀를 꽉 끌어안은 채 도륙 중이었다. 자칫 잘못 난동부리면 위험할 것 같아서 칸나는 인내했다.

그래. 좋다. 어차피 목적은 주화뿐이니까…… 잠깐.

'어?'

칸나는 눈을 깜빡였다. 자신의 어깨를 꽉 붙들고 있는 오르시니의 커다란 손. 탄력 있는 손목, 그곳에 묶인 실 팔찌가…….

'색깔이 변했어?'

그 순간이었다.

콰콰쾅- 어디선가 굉음이 울려왔다.

"헉, 허억."

이게 뭐지? 아르제니안은 숨을 거칠게 내쉬었다.

방금, 엄청난 폭발이 일어났다. 그 잔해 속에서 아르제니안은 비틀거리며 몸을 일으켰다.

'뭐지? 무슨 일이지?'

그래. 조금 전 사도가 들어왔다. 아디스의 기사들이 쳐들어왔다고 알렸고, 신령은 서둘러 주화의 수갑을 풀었다. 이 피 주머니를, 주화를 데리고 도망가야 한다. 그녀를 묶은 수갑을 푸는 순간…….

아그작. 주화가 그녀의 손가락을 거칠게 물어뜯었다. 그러고는 놀라우리만큼 빠른 속도로 허공에 술법진을 그렸다. 하하하하하하. 그렇게 웃으면서.

그리고, 폭발. 격렬한 충격에 얻어맞은 것이 마지막 기억이다.

'주화가 어떻게…….'

그런 연금술을 알고 있는 거지? 이런 식으로 위협이 될만한 건 아무것도 알려 주지 않았는데!

"일어났어?"

그때 들려오는 주화의 목소리. 순간 불길한 예감이 스쳤다.

주화가 원래 이렇게 말했던가?

아르제니안은 고개를 들었다. 주화가 저벅저벅, 흙먼지를 뚫고 다가오고 있었다. 폭발의 잔해물에 얻어맞은 걸까. 주화의 복부에는 커다란 돌이 박혀있었다. 치명상이었다.

그것이 기이했다. 주화는 지금 금방이라도 죽을 듯 피를 왈칵왈칵 흘리고 있는데……

어떻게 저렇게 태연하게 서 있을 수 있지? 저것이 정말 주화란 말인가?

"재밌었어?"

분명히 주화의 얼굴이다. 주화의 목소리다. 그러나 이 말투는…….

"말해 봐. '이것'을 괴롭히는 거, 재미있었지?"

아르제니안은 저도 모르게 고개를 저었다.

아니, 그럴 리 없다, 그럴 리가!

"재밌어 보이더라. 하여간 당신 취향은 정말 문제가 있다니까."

"너……"

아르제니안의 목소리가 떨렸다. 본능적인 공포가 밀려왔다. 저건 주화가 아니다.

누군가가, 지금 이 순간의 주화를 완전히 조종하고 있었다!

"너, 누구야."

"글쎄. 내가 누굴까?"

"넌 주화가 아니야."

"그걸 이제 알았어? 바보네."

그러고는 주화는 아주 활짝 미소 지었다.

아니. 주화의 몸을 한 인형의 눈 너머, 세계의 벽 너머, 주화의 인형을 조종하는 인형사가—

"여기까지 온 이상, 이제 네가 맞이할 결말은 하나야."

선희가 환하게 미소를 지었다.

"넌 끝났어, 아르제니안."

"아."

칸나의 입에서 탄식이 터졌다. 폭발음이 터진 곳, 그곳으로 서둘러 달려가 보니 그곳에는…… 주화가 벽에 기대어 죽어 있었다.

'정말?'

이렇게 죽었다고?

"야."

한동안 우두커니 서 있기만 하자 오르시니가 그녀의 어깨를 잡았다.

"이걸 봐라."

흘끗, 시선만 돌렸다. 그의 팔목을 휘감은 실이 피처럼 새빨갛게 물들어 있었다.

"……줘 봐."

칸나는 손을 내밀었다. 오르시니는 바로 알아들었다. 그녀가 건네준 유리병, 소중한 선물처럼 품고 있던 그것을 꺼내어 건넸다.

칸나는 유리병의 마개를 땄다. 그대로 주화의 어깨 위로 획 부었다. 그 순간, 후두둑. 주화의 어깨가 모래로 부서져 내렸다.

"뭐야, 이거?"

오르시니는 인상을 확 찌그렸다.

"이거 인형이었냐?"

칸나는 대답 없이 주화의 팔에 또다시 약물을 부었다. 이번에도 주화의 뼈와 살점은 모래로 부서졌다.

"하."

웃음이 흘러나왔다.

"아하하!"

칸나는 커다랗게 웃음을 터뜨렸다. 그러다가 뚝 정색했다.

"응. 인형이었네."

"……너 미쳤냐?"

"아니. 지극히 제정신이야."

지금껏 주화라고 믿은 존재는 인간이 아니었다. 그저 놀라울 만큼 정교한 인형이었을 뿐. 자신조차도 이토록 완벽한 인형을 만들어 낼 수 없었다. 이런 인형을 만들 수 있는 사람은 아마도…….

그때, 인형이 번쩍 눈을 떴다. 눈이 마주쳤다.

"안녕."

시간이 멈춘 것만 같았다. 그 이질감 속에서 칸나는 인형의 눈을 마주 보았다. 간신히 입술을 열었다.

"엄마?"

"그래."

순간 오르시니의 눈이 크게 흔들렸다. 엄마라고?

'지금 뭐라는 거야?'

그러나 그는 입을 다물고 두 사람의 대화에 귀를 기울였다. 칸나가 물었다.

"……주화는?"

"여기에 있어."

인형이 입술을 달싹일 때마다 모래가 부스스 떨어져 내렸다.

"마음이 많이 아파서 치료받는 중이야."

"……."

"그래도 지금은 많이 나아졌단다. 내가 보호하고 있으니 걱정하지 마."

깨달음은 밀물처럼 천천히 밀려왔다.

그렇구나. 지난 12년간 나와 몸이 뒤바뀐 주화는 그곳에 있구나.

'다행이다.'

나와 싸운 것이 그저 인형이어서, 진짜 주화가 아니라서, 진짜 주화는 엄마의 보호를 받고 있어서 다행이다. 그런데…….

'나는?'

칸나는 입술을 깨물었다.

웃기는 소리. 그딴 약한 소리 해서 뭐 하게? 게다가 지금, 인형의 몸은 점점 모래로 부서지고 있다. 쓸모없는 말로 시간을 낭비하는 건 용납 못 한다.

칸나는 냉철하게 캐물었다.

"무슨 속셈이에요, 당신?"

"연우는 아직 힘들어하고 있어. 아무래도 널 잊지 못한 모양이야."

뜬금없는 말에 기가 막혔다.

"저는 당신이 무슨 생각이냐고 물었어요."

"하지만 걱정하지 마. 시간이 모든 것을 치유할 테니까. 선홍이도, 또또도, 내 남편도, 그리고 나도 모두 잘 지내고 있단다."

"그딴 거 궁금하지 않아요!"

결국 참지 못하고 소리를 지르고 말았다.

잊고 살았다. 완전히 지우고 살았다. 이 여자가 자신을 버리고 홀로 저 세계로 떠난 것을 알게 된 직후 단 한 번도 그녀를, 저쪽 세계를 그리워한 적 없었다.

"쓸데없는 소리 하지 말고 묻는 말에 대답해요!"

칸나는 부서지는 모래를 콱 움켜쥐며 소리쳤다.

"말해요. 당신 계획이 뭐죠? 무슨 생각으로 이런 짓을 벌이는 거야? 그리고……."

마지막은 거의 비명이나 다름없었다.

"그리고 알렉산드로에게 어떤 저주를 걸었는지 말해요!"

외치면서도 알고 있다. 다 듣기엔 시간이 없다는 것. 이건 어쩌면 화풀이나 다름없다는 것.

짧은 침묵이었다. 그 정적 위로 칸나의 거친 숨결이 몰아쳤다.

"여전히 씩씩하구나. 역시 내 딸……."

마지막이었을까? 창문을 타고 바람이 흐르는 순간, 인형의 얼굴이 모래로 와르르 무너져 내렸다. 그렇게 사라졌다. 칸나는 망연히 그 모래를 바라보다가 헛웃음을 터뜨렸다.

여전히 씩씩하다고? 역시 당신 딸이라고?

"아하하!"

너무 화가 나면 웃음이 나온다. 칸나는 그 말을 실제로 경험하며, 어깨를 떨어 가며 웃었다.

"칸나."

그때, 단호한 힘이 그녀의 어깨를 콱 움켜잡았다.

"진정해라."

칸나는 천천히 고개를 들어 올렸다. 묵직한 시선과 마주쳤다. 그답지 않게 진지했고, 그답지 않게 다정했다. 그녀를 진심으로 걱정하는 사람처럼.

그 눈이 순간 칸나의 속을 긁고 지나갔다. 욱신거렸다. 그것이 당혹스러워 칸나는 충동적으로 내뱉었다.

"더러운 손 치워."

그러자 오르시니가 한쪽 눈썹을 추켜세웠다. 칸나는 어깨를 잡은 그의 손을 후려쳤다.

"만지지 마. 재수 없어."

"아, 그래?"

"그래. 하필이면 왜……."

왜 너야? 이런 최악의 순간, 왜 네가 내 곁에 있는 거야?

라파엘도, 알렉산드로도 아니고, 내가 제일 싫어하는 네가…….

칸나의 입에 차가운 웃음이 맺혔다. 그 어느 때보다도 홀로임을 실감하는 순간, 사실 혼자가 아니었다. 혼자일 수가 없었다. 오르시니 아디스. 세상 끝까지라도 쫓아올 개 같은 자식이 있으니까.

"너 같은 거 꼴도 보기 싫어."

그러자 오르시니가 코웃음을 치며 심드렁하게 대꾸했다.

"물론, 당연히 그러시겠지."

"오르시니 아디스, 난 네가 정말 싫어. 역겨워."

"계속 지껄여 봐."

"지금 내 옆에 있는 게 너만 아니었으면 누구든 좋았을 텐데. 왜 하필 너 따위가."

오르시니는 태연한 얼굴이었지만 칸나의 말이 이어질수록 입매가 굳어 갔다. 주먹을 으스러져라 쥐며 버텼다. 그러나 아무렇지 않은 척 빈정거리기 위해 입을 여는 순간.

툭. 칸나가 그의 가슴팍에 얼굴을 기대었다.

그 순간 오르시니는 모든 말을 잊었다. 칸나는 그의 경직을 고스란히 느끼며 몸을 기대었다. 완전히 미친 여자처럼 굴고 있다는 것을 알지만 개의치 않았다. 힘이 없다. 말할 힘도. 몸을 지탱할 힘도.

"……."

한참 뒤에서야 오르시니가 꿀꺽 침을 넘기는 소리가 들렸다. 이 순간이 깨질세라 아주 조심스럽게 흩어지는 호흡도. 그와는 반대로 심장은 요란하게 뛰는지라 어처구니가 없어졌다.

이 녀석 진짜 바본가. 조금 전까지 이유 없이 온갖 욕을 들은 건 까먹었나.

"오르시니."

"왜?"

"그렇게 좋니?"

"……닥쳐."

"굉장하네. 너, 이러다가 갈비뼈가 박살 날 것 같은데?"

"제길, 그럼 떨어지든가."

칸나가 즉시 몸을 일으키자 그가 황급히 그녀를 끌어당겼다.

"박살 안 난다."

칸나는 결국 웃음을 터뜨렸다. 노골적으로 비웃자 오르시니의 얼굴이 수치와 굴욕으로 시뻘겋게 달아올랐다. 그가 사납게 중얼거렸다.

"악마 같은 년."

그러면서도 미세하게 떨리는 손끝은 고집스럽게 그녀의 머리를 누르고 있었다.

'웃긴 녀석.'

이 녀석이 웃겨서인가. 신기하게도 기분이 좀 나아졌다.

❦

아르제니안은 거울 속 자신을 들여다보았다. 그러다가 손을 뻗어 짧은 머리칼을 만져 보았다.

"뭐 해?"

아르곤이 뒤에서 불쑥 나타났다.

"머리는 왜 만져?"

"그냥요."

얼빠진 대답에 아르곤은 미간을 좁혔다. 그렇게 충격이 컸나?

'하기야, 그럴 만하지.'

그 순간, 아르곤이 나타나지 않았더라면 정말 위험했을 것이다. 아르곤은 조금 전 일을 회상했다.

"안녕?"

주화, 아니, 주화 인형, 그 너머의 인형사가 미소를 짓던 그 순간 아르곤은 머리끝까지 휘몰아치는 쾌감에 전율했다

저 여자가 선희다.

라르고스 아디스가 그토록 집착했던 여자.

"둘 다 며칠 안 남은 삶, 잘 즐겨 봐."

그 말을 끝으로 인형은 수명을 다하고 무너졌다.

그것으로 끝이었다. 그들은 아디스의 추격을 간신히 따돌리고 지금 이곳, 은신처에 몸을 숨겼다.

"연구실이 그곳 하나만 있는 것도 아니고, 너무 신경 쓰지 마. 슬슬 다음 장소로 이동하자고."

아르곤은 아르제니안의 어깨를 툭툭 두드렸다.

"하지만 느긋하게 해도 좋아. 나, 미인 기다리는 거 좋아하거든."

"기다릴 필요 없습니다. 바로 다음 장소로 이동하죠."

아르제니안은 몸을 일으켰다. 그리고 아르곤과 함께 수도의 중심으로 향했다.

"황가는 물러가라!"

"이자베르크 황가는 물러가라! 검은 사도에 물든 통치자는 필요 없다!"

아르제니안은 로브를 깊숙이 누르며 사람들 틈으로 파고들었다. 고래고래 소리를 지르는 시위대의 행렬을 피해 걷던 중, 갑자기 우뚝, 멈춰 섰다.

아르곤이 그를 돌아보며 물었다.

"이봐? 왜 그래?"

만약 운명이 있다면 바로 이런 거겠지.

아르제니안은 자신의 시선 끝에 놓인 여자를 보는 순간, 태어나 처음으로 신의 손길을 느꼈다.

"엄마, 다른 쪽으로 빠져나가자. 응?"

"그래, 루시. 그러는 게 좋겠다."

보라색 머리카락의 모녀였다. 호위 기사를 대동한 모녀는 정겹게 이야기하며 걸어갔다.

아르곤이 말했다.

"루시 아디스로군."

"……뭐라고요?"

"알렉산드로 아디스의 막내딸이지."

그 순간 아르제니안은 이를 악물었다. 웃음이 터질 뻔한 것이다.

"하!"

그러나 참지 못했다. 붉은 입술이 볼을 가르고 쭉 찢어졌다. 손이 덜덜 떨렸다.

'루시 아디스라고?'

수백여 년간 '이물질'을 연구하고 집착해 온 아르제니안의 눈은 정확히 구분할 수 있었다.

루시 아디스. 저 소녀는 두 세계의 피가 섞인 아이였다. 아르제니안이 그토록 바라는, 그래, 칸나 같은 존재.

그런데 주화의 인형을 잃자마자 저런 존재를 마주쳤다고?

이렇게 우연히? 이렇게 기적처럼?

피식피식 웃음이 흘러나왔다. 충격적인 깨달음에 살갗이 저릴 정도였다. 운명일 리가 있나. 신의 손길 따위도 아니다.

'완전히 놀아나고 있었군.'

서희에게, 그리고 알렉산드로에게. 언제부터 그들의 손바닥 위에 놀아났던 걸까?

'두 사람, 서로 증오하는 게 아니었어. 내 눈을 속이고 협조하고 있

었던 거야.'

아르제니안은 줄곧 의아했다. 알렉산드로가 온 힘을 다해 칸나를 지키려 하는 이유를 도저히 알 수 없었던 것이다. 그런데…… 이제 알 것 같다.

사랑이었다. 사랑이 분명했다. 그렇지 않고서야 칸나를 지키겠답시고 이런 미친 짓을 할 리가!

'칸나 대신 저 소녀를 제물로 삼으라 이거지?'

나쁘지 않지. 저 소녀는 칸나보다 어리고, 약하고, 혈안이 되어 주위를 맴도는 미친개들도 없으니까. 아르제니안은 기꺼이 알렉산드로가 던진 미끼를 물었다. 어차피 막다른 길이었다.

"아르곤, 릴리엔느는 지금 아디스 저택에 머물고 있겠죠?"

"그렇지. 아직 이혼 전이니까."

아르제니안이 미소를 지었다. 물론 막다른 길이라고 하기엔 아직 아디스에 심어 놓은 무기가 있긴 하지만…… 그건 아주 강력한 거니까. 조금 더 아껴 뒀다가 최후의 최후에 쓸 생각이었다.

"릴리엔느가 해야 할 일이 있습니다."

3년 전.

칸나가 죽었다.

'내가 죽인 거나 다름없지.'

가지면 안 될 위험한 마음을 품어서.

칼렌 아디스는 원하는 것은 언제나 쟁취해 왔다. 무엇을 어떻게 하면 손에 넣을 수 있는지 아주 잘 알았다. 이번에도 그러했고, 역시나 성공했다.

칼렌은 그 순간의 배부른 포만감을 잊지 못했다. 칸나가 마침내 이 손아귀에 떨어진 순간. 도움을 청할 곳도 도망갈 곳도 없이, 오로지 그가 이끄는 대로 이끌렸던 그 순간을.

이제 누님은 자신의 허락 없이는 침실 밖으로 벗어나지도 못한다. 그야말로 완벽한 소유였다.

이렇게 될 줄 알고 있었다. 기어코 가질 줄 알았다.

처음 마음을 자각한 순간부터 시간문제라고 생각했다. 그의 누이는 곧 그의 여자가 될 것이다. 그런데…….

이럴 줄은 몰랐지. 죽음으로 도망갈 줄은 몰랐지. 죽음으로 벌을 내릴 줄은 몰랐지.

'차라리 실패했어야 했는데.'

그랬더라면 죽지 않았을 텐데.

칼렌은 첨탑 위에서 눈물을 흘렸다. 노을 지는 하늘 위, 칸나가 성령처럼 떠 있었다. 부드럽게 미소 지으며 손을 내민다. 칼렌은 기꺼이 다가갔다. 그녀를 향해 손을 뻗었다.

"사랑합니다."

……아파.

누님.

아, 빌어먹을. 너무 아파요.

누님도 이렇게 아팠어요?

제가 잘못했어요.

누님. 누님. 누님. 칸나. 칸나.

칸나, 지금 어디에 있어?

"살아 있나?"

"그래. 살아 있어."

"그 높이에서 떨어졌는데?"

"괴물이야, 역시 아디스의 혈족들은……."

타오르는 고통 너머로 흐릿한 목소리들이 스쳤다. 그러나 도저히 정신을 차릴 수 없었다. 그저 본능처럼 중얼거렸다.

"누님……."

그리고, 암전. 새까만 어둠이 밀려온다. 다시 의식을 되찾았을 때 그는 어딘가에 누워 있었다.

'살아 있어?'

왜 살아 있는 거지? 누님이 있는 곳으로 가려고 했는데…….

"이봐, 눈을 떴는데?"

"내버려 둬. 어차피 정신은 못 차릴 거야. 실험은 어디까지 했지?"

"이제 하나 끝났다. 성공적이야."

칼렌은 눈꺼풀을 들어 올렸다. 낯선 사내들이 그를 관상용 물고기 보듯 내려다보고 있었다.

"이봐, 정신이 들어?"

그중 한 사내가 칼렌의 뺨을 툭툭 치며 킬킬 웃었다.

"고귀하신 성기사의 후손께서 검은 사도의 실험체로 전락한 기분이 어때?"

"야, 그만둬. 그러다가 정신이 돌아오면······."

"돌아올 리 없다. 정신을 망가뜨리는 약을 이미······."

다음 순간 칼렌이 손을 쭉 뻗었다. 남자의 목을 덥석 움켜쥐었다. 우드득. 남자의 목이 기이한 각도로 비틀렸다. 그것이 끝이었다.

칼렌은 시체를 바닥에 내던지며 뜨거운 숨을 내쉬었다. 몸을 일으키려 했지만 쇠사슬이 몸통을 꽉 조이고 있다. 그는 핏줄이 험악하게 돋은 손으로 쇠사슬을 뜯어냈다.

"도, 도망가!"

"어서 나가!"

그러나 이미 때는 늦어 있었다. 칼렌은 몸을 일으켜 가까이에 있는 상대를 붙잡았다. 그대로 벽에 쾅 처박자 손아귀에서 머리가 으깨진다. 동시에 탁자 위의 촛대를 들어 획 내던졌다.

"······!"

그것은 정확히 도망가던 남자의 가슴을 꿰뚫었다. 비명조차 없이 쓰러진다. 칼렌은 그렇게 하나하나 도륙했다. 이 모든 상황을 조금도 이해하지 못했음에도 그러했다. 그저 본능이 경고했다. 도망가야 한다. 이곳에서 떠나야 한다.

"이야, 정신 차렸네, 칼렌 경."

그렇게 얼마나 걸었을까? 복도의 끝에서 칼렌은 한 남자를 발견했다. 눈부신 백금발, 자줏빛 눈동자의 아름다운 사내였다.

"와. 칼렌 경의 이런 모습은 처음이네, 원한에 찬 귀신 같아."

남자는 피 칠갑을 한 칼렌을 보며 박수를 쳤다.

"기분 끔찍하지? 나도 알아. 나도 어릴 때 실험을 당했거든."

"……."

"뭐, 칼렌 경과는 조금 다른 실험이었지만, 어쨌든 끔찍한 건 매한 가지지."

칼렌의 귀에는 아무것도 들리지 않았다. 아까부터 그의 머릿속에 는 오로지 단 하나의 문장만이 전부였다.

누님. 누님은 어디에 있지?

……그런데 누님이 누구더라?

몰라. 모르겠다. 하지만 찾아야 한다. 누님. 어디에. 누님. 용서를. 누님. 잘못했어요. 누님. 누님…….

"누님은?"

"뭐?"

"비켜. 누님은. 누님을…… 비켜."

"이런. 완전히 미쳤군. 대체 약을 얼마나…….'

순간 칼렌의 눈에 살기가 어렸다.

"어어, 그러지 마. 난 아직 더 살고 싶다고. 어서 지나가, 지나가."

칼렌은 그를 노려보다가 그대로 지나쳤다. 어디로 가는지도 모르 고, 누구를 찾는지도 모르고, 하염없이 걷고 또 걸었다.

보고 싶다. 한 번만 더.

당신과 이대로 헤어지는 건 말이 안 돼. 이것이 영원한 이별이라니 거짓말이야.

몇 번이나 입술을 달싹이며 어떤 이름을 불렀던 것 같았다. 길 잃 은 어린애처럼 울었던 것 같기도 했다.

그리고…… 쓰러졌다.

눈을 떴을 때, 그는 아무것도 기억하지 못했다.

칼렌 아디스는 거울 속 흰머리 청년을 응시했다.

칼렌이었다가, 렌이라는 용병으로 살다가, 다시 칼렌으로 돌아온 남자. 그에게는 줄곧 검게 칠해진 기억이 있었다. 누군가가 장막으로 가려 놓은 듯 떠오르지 않았다.

첨탑에서 떨어진 후. 그 후 어떻게 살아남았는가?

그 기억이 떠오르기 시작한 것은 최근 들어서였다. 그때 그 백금발의 남자는 아르곤 황자였다. 역시나 그는 일찍이 검은 사도로 활동하고 있었던 것이다.

'검은 사도들이 나를 실험했다.'

칼렌은 무표정한 얼굴로 단추를 하나하나 풀었다. 정갈한 셔츠 안에 감춰졌던 근육질의 몸이 서서히 드러났다. 지금은 없어져 버렸지만, 본래 왼쪽 가슴에 작은 점이 있었다.

'왜 없어진 거지?'

그들이 이 몸뚱이에 수작을 부린 게 분명했다. 그때, 어떤 실험 하나에 성공했다고 한 말을 칼렌은 똑똑히 기억하고 있었다.

그게 대체 뭘까? 자신에게 무슨 짓을 한 걸까? 생각할수록 가슴속에 불길함이 똬리를 틀었다. 곧 터질 시한폭탄을 심장에 묶고 있는 듯 조급했다.

'누님.'

기억이 떠오른 이후 그는 칸나를 조심스럽게 피했다. 언제 터질지 모를 이 폭탄이 그녀까지 해칠까 봐 두려웠던 것이다.

"처음 뵙겠습니다. 루스비아라고 합니다."

칸나는 여자를 물끄러미 바라보았다. 루시의 모친, 그리고 과거에서 만난 알렉산드로의 하녀였다.

'이름이 루스비아였구나.'

여전히 수수한 인상이었다. 살면서 본 적 없는 보라색 머리카락 외에는 무엇 하나 특별한 것 없는 여인.

"루시, 자리를 피해 줄래?"

"네에? 언니, 하지만⋯⋯."

"방에 돌아가 있어. 알겠지?"

"네."

루시는 시무룩하게 방을 나섰다. 그러자 루스비아가 웃으며 말했다.

"루시가 제가 아프다 하던가요?"

"예. 오랫동안 앓으셨다고 들었습니다. 제게 치료를 부탁했죠."

"죄송합니다. 제 여식이 철이 없어서⋯⋯ 그저 가벼운 몸살감기였어요. 지금은 다 나았답니다."

그래 보였다. 안색 좋은 얼굴에는 병색을 찾아볼 수 없었으니까. 게다가 윤기 흐르는 머리칼, 수수하지만 최고급임이 분명한 원단으로 만든 옷까지.

'알렉스가 지원해 주고 있었구나.'

어쩌면 지금까지 만남을 지속하고 있을지도 몰라. 그런 생각을 하자 은근한 짜증이 치밀었다. 그래서일까? 목소리가 날카로워졌다.

"그렇다면 루시가 제게 거짓말을 한 건가요?"

"아직 어린아이라 어미와 함께하고 싶었던 거지요. 대신 사과드리겠습니다. 부디 이번 한 번만 너그럽게 용서해 주세요."

그녀의 말에 칸나의 호승심이 단숨에 식었다.

'하긴, 어린애가 엄마랑 떨어져 사는 게 얼마나 힘들겠어?'

완전히 전투력을 잃은 칸나는 힘없이 질문했다.

"그동안 왜 자주 만나지 않았어요?"

"루시의 부친 되시는 분께서 바라지 않으셨습니다. 이번에는 모처럼 허락해 주셨죠."

"……."

알렉산드로가? 그 사람이 왜?

'하녀라서?'

하지만 낮은 신분 때문에 딸과의 만남을 막을 사람은 아닌데?

"그분은 제가 사람들의 눈에 띄는 것을 좋아하지 않으셨습니다. 그래서 은밀한 곳에 숨어서 살았지요."

"그래요?"

칸나는 코웃음을 쳤다. 사그라들었던 질투심이 다시금 치밀었다.

"당신이 보물이라도 되나? 누구한테 빼앗길까 봐 무섭기라도 했나 봐요? 두 사람 대체 무슨 관계죠?"

"……."

"하녀였다고 들었는데, 어쩌다가 그의 아이를 가졌어요? 숨겨진 정부라도 되나요?"

말을 끝내는 순간, 막대한 자괴감이 그녀를 후려쳤다.

'미친년.'

왜 또 질투야? 다시는 이러지 않겠다고 결심했는데. 이런 추한 꼴을 보이다니…….

그러나 루스비아는 놀라지 않았다. 그녀는 아무 대답 없이 칸나를 물끄러미 응시했다. 칸나의 얼굴에서 어떤 흔적을 찾듯이.

"선희 님의 딸이시지요?"

그리고 예상치 못한 말을 했다.

"그분은 제 정체를 아시더군요."

"……."

"언젠가는 따님이 이렇게 물어볼 거라고 말씀하셨어요."

이건 또 무슨 소리야?

칸나는 눈매가 서늘해졌다. 그렇잖아도 선희, 그 여자 때문에 잔뜩 짜증이 나 있었는데.

"무슨 말을 하는 거죠? 엄마가 이 사태를 예언했다뇨? 그리고 당신의 정체를 알아봤다니, 당신이 뭔데요?"

"저는 이 세계에서 태어난 사람이 아니랍니다."

"뭐라고요?"

칸나의 입술이 벌어졌다. 지금 저 여자가 뭐라고 한 거지?

"저는 이 세계의 사람이 아니에요."

루스비아가 희미하게 웃었다.

"당신의 모친처럼요."

세계수가 이 세계의 식물이 아닌 것을 아시지요?

저는 세계수가 속해 있는 세계의 사람입니다. 그 세계는 이곳보다 훨씬 더 잔혹하고 악랄하죠. 그래서 저는 이 세계가 더 마음에 들었어요. 이곳의 사람이 되어 잘살아 보고자 노력해서 적응했죠.

선희 님이 어떻게 그걸 눈치채셨는지는 저도 모르겠어요. 그리고…… 선희 님께서 사라지기 전에 알려 주셨어요. 미래의 어느 날 그분이 약에 취해 제정신이 아닌 순간이 올 거라고. 그때…….

그때, 알렉스라고 부르면서, 그렇게 다가가면, 그분이…….

……비난해도 좋아요. 저는 그분을 깊이 흠모했습니다. 단 하룻밤이어도 좋으니 추억을 가지고 싶었어요.

후에 알렉산드로 님은 분노하셨습니다. 그리고 선희 님은…… 그때 제가 다른 세계에서 온 사람임을 고백하라고 했어요. 그래서 그렇게 했죠.

그분은 제 정체를 듣고, 그리고 이 모든 것이 선희 님께서 알려 주신 일이라는 이야기를 듣자…… 더는 화내지 않으셨어요.

왜일까요? 선희가 알려 준 일이다. 그 말이 어떤 암호라도 됐던 걸까요?

저로서는 알 수 없는 일이에요. 하지만 그분은 그 한마디로 모든 것을 이해하신 듯했어요. 마치 절대자의 지시라도 받은 것처럼, 한순간에 모든 것을 받아들이셨죠. 모두 다 받아들이셨어요. 모든 것을.

그리고 그날의 일로 아이가 생겼다는 소식을 알렸을 때. 저는 그때 그분의 얼굴을 잊을 수 없어요. 언제나처럼 표정 없는 얼굴에 짧게 스쳐 지나간 그……

그 기꺼움.

그때만큼 그분이 무서워 보인 적이 없었어요.

왜 그분은 루시의 존재를 흡족해하셨을까요? 사랑하는 것도 아니면서. 아무것도 사랑하지 않으면서.

◦◦❖◦◦

칸나는 잠들지 못했다.

루스비아가 떠난 후에도 소파에 앉은 상태 그대로 움직일 수 없었다. 석상처럼 굳어 버렸다. 그토록 충격적인 진실이었다.

'알렉스, 이게 대체 뭐야?'

이걸로 확실해졌다. 선희와 알렉산드로는 적이 아니다. 적인 척 타인의 눈을 속이며 협조하는 관계였다.

'알렉스, 대체 이게 뭐냐고!'

루시의 존재를 흡족해한 알렉산드로. 그런 얼굴은 도저히 상상이 가질 않았다.

'어째서?'

순간 아주 무서운 가능성이 떠올랐다.

'설마, 아르제니안이 날 대신해서 루시를 노리게 만들려고?'

아니야. 그럴 리가. 칸나는 고개를 저었다. 믿고 싶지 않았다. 제정신으로 그럴 수 있을 리가. 하지만……

그가 제정신이던가?

알렉산드로는 이미 본인조차 그녀를 지키는 도구로 사용한 남자였다. 그런 사람이, 타인에게 베풀 자비가 남아 있을까?

목이 따가워졌다. 칸나는 착잡한 심정으로 루스비아가 앉았던 자리를 바라보았다.

어느새 그곳엔 상상 속의 알렉산드로가 자리하고 있었다.

"왜 그렇게까지 했어요? 당신 자식들까지 이용해 가면서……."

그러자 알렉산드로가 입꼬리를 비스듬히 올려 웃는다. 대답한다.

"네가 지켜 달라며."

눈을 감았다가 떴다.

줄곧 텅 비어 있는 그 자리. 빈 소파를 바라보며 칸나는 인정했다. 알렉산드로는 무서울 만큼 고요하게 미쳐 있었다. 그리고 사랑하고 있었다. 그녀를. 오로지 그녀만을.

그는 칸나 아디스만 사랑했다. 그녀 외에는 아무것도 사랑하지 않았다. 그리고 그는 사랑하는 유일한 하나를 구원하기 위해 다른 모든 것을 나락으로 떨어뜨릴 사람이었다.

그때였다. 똑똑, 노크 소리가 들려왔다.

"언니, 나야."

그 목소리에 칸나는 상념에서 깨어났다.

"들어가도 돼?"

이건 이자벨의 목소리다.

"들어와."

문이 열렸다. 이자벨이 빼꼼 고개를 내밀더니, 어색하게 웃으며 걸어 들어왔다.

"아, 안녕, 언니?"

"응."

"언니가 집에 돌아왔다기에 도착하자마자 인사하러 왔어. 나도 지금 막 돌아왔거든. 그동안 여행을 다녀왔는데……."

"그러니?"

"응, 이렇게 다시 보니까, 뭐, 반가운 것도 같네. 으음."

"……."

"음, 음."

대체 뭘 말하고 싶은지, 이자벨은 음음음만 반복하다가 결국 얼굴을 붉히며 방을 뛰쳐나갔다.

"앞으로 잘 지내보자!"

그런 말도 안 되는 말을 남기면서.

'왜 저래?'

칸나는 팔목의 실 팔찌를 바라보았다. 색이 그대로인 것을 보면 인형은 아닌데, 왜 저렇게 다른 사람처럼 친한 척하는 거지?

'모르겠네.'

일단 루시에게 가야겠다. 칸나는 몸을 일으켰다. 알렉산드로의 속내를 짐작한 이상 이대로 있을 수는 없었다.

'알렉스, 그건 아니야. 그래서는 안 돼.'

루시를 안전한 곳에 숨겨야만 했다.

'악! 바보 같아!'

이자벨은 새빨개진 얼굴로 자신의 머리를 쥐어박았다. 이번에야말로 반드시 사과하려고 했는데!

'다음번에는 꼭 사과해야지.'

몇 년 사이 이자벨은 아주 많이 달라졌다. 더는 힘이 황소처럼 강한 것을 부끄러워하지도 않았고 저보다 약한 사람을 괴롭히지도 않았다.

왜 그렇게 변한 건지 자신도 몰랐다. 그러나 칸나의 죽음이 큰 영향을 끼쳤음은 분명했다.

'그래, 기회가 왔을 때 사과해야 해. 저번처럼 후회하지 말고……'

그렇게 생각하며 걷던 중, 릴리엔느와 마주쳤다.

"오랜만이네요, 이자벨."

"네. 잘 지내셨어요?"

이자벨은 마지못해 인사하며 그녀를 흘겨보았다.

'또 남자 끼고 온 것 봐.'

이자벨이 여행을 떠난 이유 중 하나는 바로 릴리엔느였다. 이 새언니가 영 불편했던 것이다. 특히나 매일매일 남자가 바뀐다는 점이!

"그럼, 즐거운 시간 보내세요."

이자벨은 퉁명스럽게 한마디 건네며 걸음을 옮겼다. 지나치기 전, 릴리엔느의 정부를 흘끗 살폈다.

'또 배우야?'

언젠가 오페라에서 본 적 있는 얼굴이다. 잘생긴 배우를 좋아하는 릴리엔느의 취향은 여전했다.

그렇게 얼마나 걸었을까?

"……"

이자벨은 복도 중간에 우뚝 멈춰 섰다. 그것은 어쩌면 본능일지도 몰랐다. 아디스의 피에 흐르는 동물적인 감각이 이자벨의 목덜미를 잡아챘다.

'이상하네.'

저 사람은 유명한 배우다. 게다가 아르곤과는 조금도 닮지 않았는데…….

왜 아르곤 황자가 떠오르는 거지?

⋘✦⋙

릴리엔느의 발이 덜덜 떨렸다. 그러나 돌이킬 수 없는 걸음이었다.

'나에게는 선택지가 없어.'

죽은 줄 알았던 오라버니가 살아 돌아왔다. 그리고 모든 진실을 알려 주었다.

"릴리엔느, 우리에게는 이 길뿐이야."

알고 있다. 자신은 곧 파도에 휩쓸려 무너질 모래성이라는 것을. 무려 검은 사도의 딸이었고, 오르시니와는 이혼 직전이었으니까.

"이대로 추락할래? 아니면, 나와 함께 새 세상을 만들고 그곳에서 여왕으로 군림할래?"

그래. 오직 이 길뿐이다.

마침내 릴리엔느는 멈춰 섰다. 떨리는 손을 들어 올렸다. 노크하기 직전, 강력한 망설임이 손목을 잡아챘다. 하지만.

"어서."

뒤에서 들려온 명령에 릴리엔느는 울고 싶었다. 그러나 더는 주저하지 않았다.

똑똑.

"누구세요?"

"루시…… 나야."

그리고 몇 초 후. 벌컥, 문이 열렸다. 곰 인형을 끌어안은 루시가 빼꼼 위를 올려다본다.

아르곤은 방긋 웃었다.

"안녕, 꼬마 아가씨?"

그러고는 불쑥 손을 뻗어 루시의 목을 움켜쥐었다.

"……!"

아르곤은 그대로 루시를 방 안으로 밀고 들어갔다. 뒤따라온 릴리엔느가 서둘러 문을 닫고 걸쇠를 잠갔다.

"그쪽은 루시의 모친이군."

"당신……."

루스비아가 입술을 여는 순간, 아르곤이 말을 끊었다.

"쉿. 조용히. 입을 열거나 몸을 움직이면, 딸아이 모가지가 날아갈 줄 알아."

그 말에 루스비아가 완전히 얼어붙었다. 협박하는 것이 어색했는지 아르곤이 뺨을 긁적였다.

"미안. 좀 험악하지? 하지만 진심이라서 새겨들어 줬으면 좋겠어. 그리고……."

아르곤은 루시의 목을 주무르며 상냥하게 말했다.

"루시도 얌전히 있어. 알겠지?"

수녀가 눈물을 글썽이며 천천히 고개를 끄덕였다. 그 반응에 아르곤은 피식 웃었다. 이렇게까지 순조로울 줄이야.

'10분. 10분 후에 원래 얼굴로 돌아온다.'

타인의 얼굴로 위장하는 연금술은 아직 완벽하지 않은지라 유지 시간이 아주 짧았다. 하지만 릴리엔느가 있으니 그 시간 안에 충분히 해결할 수 있을 거다.

게다가 루시는 저항할 생각을 못 하고 있다. 어찌나 겁에 질렸는지, 지금도 곰 인형을 꽉 움켜잡고 있지 않은가? 저러다가 찢어질 정도로…….

'……정말 찢어지고 있는데?'

그렇게 생각하는 순간, 부욱. 곰 인형이 완전히 반으로 뜯어졌다.

"네 호신용품이야."

칸나의 선물. 루시는 3년 전의 그 순간을 단 한 번도 잊은 적이 없었다.

"만약 누가 널 괴롭히면 이걸 꺼내서 그 사람의 몸에 뿌려."

칸나는, "이걸 쓸 일이 일어나지 않았으면 좋겠구나."라고 말했지만…….

'언니, 그 일이 일어났어요!'

루시는 찢어진 곰돌이의 배 안으로 손을 쑤셔 넣었다. 유리병을 꺼내어 남자를 향해 냅다 집어 던졌다. 남자는 빠른 속도로 몸을 틀어 피했지만, 뒤에 선 릴리엔느는 사정이 달랐다.

"아!"

쨍그랑! 유리가 깨지고 안의 액체가 릴리엔느의 팔을 적셨다. 붉은 두드러기가 순식간에 돋아 오른다.

"오, 오라버니! 팔이!"

릴리엔느가 비명을 지르려 하자 아르곤이 그녀를 후려쳐 기절시켰다. 그리고 그 짧은 찰나, 틈을 잡은 루스비아가 달려들었다. 고철 조각상으로 아르곤의 뒤통수를 힘껏 내리쳤다.

퍽! 그 충격에 아르곤의 고개가 앞으로 튕겨 나갔다.

그러나 그뿐이었다. 아르곤이 천천히 고개를 돌렸다. 겁에 질린 루스비아와 눈이 마주쳤다.

주르륵, 아르곤의 이마로 피가 흘러내렸다.

"내가 가만히 있으라고 했잖아."

소름 끼칠 정도로 조용한 목소리였다.

"혹시 농담처럼 들렸어?"

그렇게 말한 아르곤은 여자의 복부로 검을 찔러 넣었다.

"……!"

안 돼! 루시의 눈이 커졌다. 울부짖으려 했으나 남자의 우악스러운 손이 입을 틀어막았다.

'안 돼, 안 돼, 엄마!'

다음 순간, 남자가 검을 거칠게 뽑아냈다. 동시에 엄마의 몸이 무너져 내린다.

'아, 안 돼…….'

루시의 눈에서 눈물이 샘솟았다. 그리고 끔찍하게도 남자가 그녀의 눈물을 닦아 주었다.

"루시는 착하게 굴 거지?"

그때였다.

"루시? 안에 루시 있니?"

이자벨 언니다!

'언니, 언니! 구해 줘요! 기사님들을 불러 줘요!'

"문이 잠겼네…… 아무도 없나?"

그러고는 다시 돌아가는 발걸음 소리가 들렸다.

'안 돼, 가지 마!'

루시는 남자의 손을 힘껏 깨물었다.

"……!"

아르곤의 눈앞이 번쩍였다. 예상치 못한 격통에 반사적으로 손을 떨쳐 냈다. 그 순간, 루시가 외쳤다.

"언……!"

그러나 단 한 음절뿐이었다. 아르곤은 재빨리 그녀의 목덜미를 내리쳐 기절시켰다.

"맙소사."

아르곤은 혀를 찼다. 이 꼬마는 대체 뭐란 말인가? 힘이 어찌나 강한지, 손의 살점이 완전히 떨어져 나갔다.

덕분에 일이 꼬였다. 멀어졌던 발걸음 소리가 되돌아오고 있었던 것이다. 탁탁탁탁, 점차 빨라지더니…….

쾅! 굉음과 함께 문짝이 부서졌다. 나무 파편이 사방으로 튕겨 나가며 시야를 어지럽혔다.

"야."

그리고 부서진 문으로 이자벨 아디스가 걸어 들어왔다. 짐승 같은 눈이었다.

"내 동생한테서 손 떼."

⚜

루시에게 가는 길, 칸나는 복도에서 이자벨과 마주쳤다. 그리고 그녀에게 아주 이상한 말을 들었다.

"언니. 아르곤 황자, 죽지 않았어?"

"왜?"

"릴리엔느의 정부가 아르곤 황자를 닮아서. 얼굴이 닮은 건 아닌데, 뭐랄까, 느낌이……."

아르곤이 확실하다. 칸나가 중얼거렸다.

"루시가 위험해."

"뭐?"

칸나는 즉시 루시의 방을 향해 달려갔다. 그러나 몇 걸음 가지 않아 우뚝 멈춰 섰다.

'내가 가면?'

연금술로 공격할 수는 있겠지. 하지만 틀림없이 루시를 인질로 잡고 있을 텐데.

칸나는 방 안의 모든 것을 얼리거나 불태우거나 찢어발길 수 있었지만, 그중 한 사람만 골라내어 노릴 수 있을 정도로 정교한 공격은 할 줄 몰랐다. 게다가 아르곤은 보통 상대가 아니다. 그녀가 아는 검은 사도 중 가장 위험한 남자이지 않은가?

그러니까 냉정해야 한다.

"이자벨, 넌 칼렌에게 가."

"뭐? 하지만 루시가 위험하다며! 지금 당장 가서……!"

"칼렌에게 가! 아르곤이 루시를 노린다고 말해. 나는 오르시니에게 갈 테니까!"

그 말을 끝으로 칸나는 오르시니의 방을 향해 뛰어갔다. 그러다가 문득 불길해져서 뒤를 돌았다.

'저 계집애가!'

역시나. 이자벨이 루시의 방이 있는 쪽으로 뛰어가고 있었다!

"영애? 괜찮으십니까?"

때마침 순찰하는 기사와 마주쳤다. 칸나는 서둘러 말했다.

"오르시니를 불러와요!"

"예?"

"루시의 방으로! 검은 사도가 침입했어요!"

그 말에 기사는 더는 묻지 않고 빠르게 달려갔다. 칸나는 손가락을 질끈 깨물며 루시의 방으로 달려갔다. 제발, 이자벨이 무사해야만…….

그리고 보았다. 상상도 못 했던 참상을.

"악!"

아르곤이 이자벨에게 두들겨 맞고 있었다.

"아, 아! 아파!"

"루시! 내려! 놓으! 라고!"

"악! 이자벨 양! 제발 진정! 죽기 싫으면, 악! 이것 놔!"

"루시 내놓으라고! 놓으라고!"

"악! 이 빌어먹을 아디스! 힘은 장사여서는!"

그때 이자벨이 주먹으로 아르곤의 뺨을 후려갈겼다. 그의 몸이 붕 날아가 벽에 부닥쳤다.

쾅! 벽면에 쩌적쩌적 금이 갔다. 아르곤은 그대로 주르륵 미끄러졌다. 기절한 듯 움직이지 않는다.

'미친.'

칸나는 침을 꿀꺽 삼켰다. 이건 그냥 힘이 센 정도가 아닌데……

"별것도 아닌 게 어디서."

손을 탈탈 턴 이자벨이 축 늘어진 루시를 들어 침대 위에 올려놓았다.

그때였다.

"루, 루시……"

쓰러진 루스비아가 손을 꿈틀거리며 중얼거렸다.

"루스비아!"

칸나는 서둘러 그녀에게 가까이 다가갔다.

"루스비아? 괜찮아요?"

"루, 루시는?"

"루시는 괜찮……"

말끝이 흐릿해졌다. 괜찮은가?

뒤를 도는 찰나, 아르곤과 눈이 마주쳤다. 그는 어느덧 살금살금 일어나 루시에게 접근하고 있었다.

"앗. 들켰네."

설마 기절한 척한 거였나!

"이 자식이!"

이자벨이 달려들자 아르곤이 뒤로 펄쩍 물러났다.

"이자벨 양, 제발 진정해! 이자벨 양은 황소가 아니라 인간이야! 인간의 존엄을 되찾으라고!"

"닥쳐! 네가 감히!"

또다시 이자벨의 폭행이 시작되었다. 가관이었다.

'뭐 하냐 지금?'

칸나는 한숨을 내쉬며 술법진을 그렸다. 이건 뭐 막장 활극도 아니고……. 술법진이 완성되기 직전, 크게 외쳤다.

"이자벨, 엎드려!"

"어?"

"엎드리라고!"

그러자 이자벨이 고개를 갸웃 기울였다.

"왜?"

순간 왈칵 짜증이 치밀었다. 그냥 눈치껏 엎드리면 될 것이지! 술법진이 완성되면 아주 날카로운 바람이 칼날처럼 휘몰아쳐서 서 있는 모든 것을 베고 지나갈 테니 엎드리렴, 하고 설명을 해 줘야겠냐!

그때, 아르곤의 눈에 짜증이 설핏 어렸다.

"이런, 이거 정말 곤란하네……."

아르곤은 이자벨을 뿌리쳤다. 마지막이었다. 그러나 역시나. 이번에도 이자벨은 빠른 속도로 튀어 올라 그의 허리를 와락 붙잡았다.

"어딜!"

그리고 그 순간 아르곤의 눈에서 장난기가 완전하게 사라졌다. 인내가 끝났다. 여유가 사라졌다. 짓누르던 살기가 폭발했다.

"이자벨!"

피해, 아니, 도망가! 칸나는 그렇게 말하려고 했지만 아르곤이 더 빨랐다.

뚜둑. 이자벨은 무언가 부러지는 소리를 들었다.

"……?"

이자벨의 입술이 스르륵 벌어졌다. 아르곤의 허리를 끌어안고 버티던 팔에서 저절로 힘이 빠졌다. 무엇일까? 방금 그 소리.

"어?"

고개를 숙이자, 비죽 삐져나온 검 끝이 보였다. 등을 관통해서 가슴을 뚫고 나온 검이.

이게 뭐지?

"이자벨!"

그 순간 칸나가 소리쳤다. 새하얗게 질린 얼굴이었다.

이자벨은 응, 대답하려다가 무언가 울컥 토해 내고 말았다. 비린 맛이 가득해서 인상을 찡그렸다.

이건, 피잖아? 이자벨은 울상을 지으며 고개를 들어 올렸다. 가슴이 홧홧했다. 타들어 가는 것처럼 아팠다. 또다시 왈칵, 피가 역류했다.

"언니, 아파……."

그것이 이자벨 아디스의 마지막 한마디였다. 몸이 무너졌다. 모든 것이 무너져 내려 어둠 속으로 파묻혔다.

"그러게, 적당히 했어야지."

아르곤은 그녀의 심장을 가른 검을 뽑아냈다. 피를 털어 내며 빈정거렸다.

"내가 그렇게 그만하라고 했는데 말이야. 말을……."

그 찰나, 칸나의 술법진이 완성되었다.

"……!"

아르곤이 기겁하며 몸을 납작 엎드렸다. 거의 동시에 바람의 칼날이 아슬아슬하게 그의 머리칼을 베고 지나갔다.

'맙소사.'

등골이 오싹해졌다. 조금만 더 늦었다면 몸뚱이가 잘렸을 거다!

"칸나, 동생이 죽었는데 조금이라도 당황할 것이지, 그 순간에……."

그리고 그때 이미 다음 술법진이 완성됐다. 아니, 거의 완성되기 직전이었다.

저 독한 계집애가! 아르곤은 전력을 다해 뛰어올라 루시를 끌어안았다. 그 순간 칸나의 손끝이 멎었다. 조금만, 아주 조금만 움직이면 술법진의 선이 이어졌을, 바로 직전에.

"와, 진짜 무섭네."

아르곤이 루시의 목을 틀어잡으며 천천히 일어났다.

"역시 선희 딸 아니랄까 봐, 성격이 똑같아. 인정머리도 없지. 이럴 땐 이자벨의 시제를 끌어안고 울부짖어야……."

순간 아르곤의 말이 뚝 끊겼다. 문밖. 복도의 끝에서 무시무시한 살기가 폭풍처럼 밀려오고 있었다. 진노한 용 같은 기세에 온몸이 솜털이 곤두섰다.

오르시니 아디스가 오고 있었다. 즉, 도망쳐야 할 때였다.

"그럼 안녕!"

아르곤은 서둘러 창문 아래로 몸을 던졌다.

오르시니가 방으로 뛰어들어 왔다. 그의 눈이 거세게 흔들렸다. 이자벨이…….

"칸나!"

그러나 오르시니는 이자벨의 시신을 급하게 지나쳤다.

"멈춰!"

칸나가 창밖으로 몸을 길게 빼고 있었던 것이다.

"여긴 5층이다!"

아래로 뛰어내리려는 줄 알고, 오르시니는 기겁하며 그녀의 허리를 잡아챘다.

"진정해!"

칸나의 시선은 끈질기게 창밖에 붙어 있었다. 루시를 둘러메고 도망가는 아르곤에게. 그리고 그가 하는 짓을 보았다.

루시의 손등을 칼로 긋고, 루시의 피를 손에 묻히고, 그 피로 술법진을 그리고…… 다음 순간 허공에 검은 틈이 쩌적 갈라졌다.

"미친 새끼."

"칸나? 대체 뭘……."

칸나는 뒤를 획 돌았다. 설명하는 대신, 오르시니의 멱살을 창밖으로 끌어당겼다.

"오르시니, 저걸 봐."

오르시니의 눈이 커졌다. 사태를 확인한 그의 입술에서 욕이 튀어나왔다.

"빌어먹을, 저 개자식이……."

검은 틈. 그 안에서 검은 안개가 쏟아지고 있었다.

아르곤은 안도의 한숨을 내쉬었다. 루시의 피로 검은 안개를 불러일으켰으니 이것으로 추적은 피할 수 있을 것이다.

아르곤은 안개 속을 가로지르며 도주했다. 그러다가 문득 참지 못하고 웃음을 터뜨리고 말았다.

그는 이 저택의 구조를 너무나도 잘 알았다. 정원의 길 역시도. 몇 번 와 본 적 없는 곳임에도 불구하고 그의 기억 속에는 또렷이 존재했다. 사실 아주 많은 분야에서 그러했다. 경험한 적 없어도 그는 많은 것을 할 줄 알았고 많은 것을 알고 있었다.

이게 다 테레사 덕이지. 나비처럼 아름다운 어머니 덕에.

검은 사도인 그녀가 어린 시절의 아르곤을 끌고 실험실에 데려가 실험체로 제공해서.

그곳, 실험실에는 붉은 머리 남자의 시체가 있었다. 실험은 그 사내의 일부를 아르곤에게 옮겨 왔다. 이를테면 선희라는 여자를 향한 애증부터 동생 알렉산드로의 당근 편식에 대한 기억, 그의 성력, 검술, 지식, 말버릇, 습관…….

그래서 그는 가끔 헷갈렸다. 자신이 누구인지. 이 욕망과 생각과 의지가 누구의 것인지. 이 삶이 누구의 것인지.

아르곤은 키득 웃었다.

'칼렌, 너는 나를 이해하겠지.'

너도 나처럼 실험을 당했으니까. 그러니 너도 어쩔 수 없다는 걸 증명해 줘. 내가 이러는 게 당연하다는 걸 보여 줘.

아르곤은 루시의 피가 묻은 손을 들어 올렸다. 술법진을 그렸다. 그리고 말했다.

"칼렌 아디스, 너에게 명령한다."

그 실험에서 칼렌에게 암시를 심어 놨다. 그의 정신과 몸을 통째로 지배하는 암시였다. 암시를 발동할 기회는 단 한 번.

지금 이 순간, 아르곤은 그 기회를 썼다.

"칸나를 감금해."

루시를 손에 넣었다. 그러니 이제 칸나는 필요 없다. 오히려 칸나는 목표를 이루는 데 가장 큰 방해꾼이었다.

그러니까.

"세상 밖으로 나올 수 없게 철저하게 가두고, 완벽하게 숨겨. 그리고 완전하게 굴복시켜. 네 걸로 만들어 봐."

사실 칼렌 네가 진정 원하는 게 그거잖아? 나는 그저 네 욕망의 물꼬를 터 주는 것뿐이라고. 아르곤은 킬킬 웃었다.

명령 하나에 두 사람 제거. 참으로 효율적이었다.

"이런, 제기랄!"

분노를 견디지 못하고 욕설이 튀어나왔다.

오르시니는 달려드는 마물의 목을 베어 냈다. 검은 안개에서 튀어나온 마물이 저택 곳곳을 습격하고 있었다. 그리고 검은 안개에 감염된 고용인들과 기사들이 짐승처럼 변해 달려들었다. 저택의 식솔을, 오랜 동료를 죽이는 기분은 여전히 끔찍했다.

이 안개를 끝낼 방법은 단 하나다. 갈라진 틈, 그것을 찾아내어 부수는 수밖에.

문득 다행이라는 생각이 들었다. 칼렌이 있어서, 때마침 달려온 칼렌에게 칸나를 맡기고 올 수 있어서.

정말이지 다행이었다.

칼렌은 결정했다.

'누님을 가둬야겠다.'

갑자기 그러고 싶어졌다.

아니, 아니다. 갑자기가 아니다. 실은 본래부터 그러고 싶었다. 칼렌은 알고 있었다. 그것이 자신의 본성임을. 지금까지는 그저 본능을 억눌렀을 뿐이다.

그런데 이제는 관두고 싶다. 참는 것도 배려하는 것도 지겨워졌다. 이제는 마음대로 하고 싶다. 예전처럼, 그녀를 섬에 가두었을 때처럼…….

'그래, 그때처럼 해야겠어.'

섬에 그녀를 가두고 통제했던 시간은 짧았다. 고작 며칠이었다. 그리고 그 며칠의 기억은 칼렌 아디스의 삶에서 가장 큰 후회였으며 동시에 가장 큰 기쁨이었다.

지금껏 몇 번이나 잠이 오지 않는 외로운 밤, 유독 누님이 보고픈 밤, 섬에서 보낸 며칠의 기억을 남몰래 되새김질하며 은밀한 죄책감에 젖지 않았던가?

아아, 이러면 안 돼. 죄를 지은 순간을 떠올려서는 안 돼, 안 돼, 안 돼, 안 되는데……. 그러면서, 몇 번이나, 주체할 수 없이 들끓는 그리움을 홀로 위로했었지.

칼렌 아디스는 아랫입술을 핥았다. 걷잡을 수 없는 갈증이 바짝 타올랐다.

"칼렌, 이자벨이 정말 죽었어."

누님은 지금 이자벨의 시신을 수습하는 중이다. 오르시니 형님은 내게 누님의 안전을 부탁한 후 검은 틈을 부수러 갔지. 이보다 좋은 기회는 다시 오지 않을 거다. 칼렌의 눈에서 위험한 안광이 흘러나왔다.

"이자벨이 죽었다니 믿기지 않습니다."

"내가 방에 들어가지 말고 널 불러오라고 했는데."

칸나가 중얼거렸다. 슬픔까진 아니었다. 다만 허탈한 목소리였다.

"이자벨, 얘는 평생 내 말을 한 번도 들은 적이 없어."

이런, 상심하셨군. 역시 누님은 의외로 마음이 여리다니까. 제대로 된 사과 한 번 안한 여동생이 죽은 게 무어라고. 무어라고, 이렇게 내게 등을 보이는 걸까? 무방비하게.

"누님."

나는 이전에 한 번 당신의 신변을 강제했던 놈인데.

"너무 슬퍼하지 마십시오."

그런 경험이 있다면 내게 등을 보이지 말아야지, 누님.

"일단은 나갑시다. 분명 밖에 다친 기사들이 있을 겁니다. 누님이 치료해 주시면 살 수 있을지도 모르지요."

"그래, 네 말이 맞아."

칸나가 몸을 일으킨다. 칼렌에게 다가온다.

"이리 오세요, 누님."

칼렌은 부축을 핑계로 그녀의 허리를 끌어안았다. 칸나가 순순히 따라오자 칼렌의 숨결이 거칠어졌다. 자신의 손길을 거부하지 않는다. 유순하게, 보드라운 몸을 맡겨 온다. 그 사실이 그를 미치게 만들었다. 포획 직전의 사냥꾼이 된 기분이었다.

그러나 그는 인내했다. 초인적인 통제력으로 옷을 뚫고 나올 듯한 욕망을 찍어눌렀다

아직은 아니다. 이 저택을 나서기 전까지는, 아직.

"칸나를 감금해."

빨리, 빨리, 빨리!

"아가씨!"

그때, 그들의 앞에 클로드가 불쑥 나타났다.

"여기 계셨군요!"

그 순간, 칼렌은 하마터면 클로드를 죽일 뻔했다. 그러나 클로드의 시선이 닿자 칼렌은 능숙하게 표정을 갈무리했다.

"클로드 경, 무사했군."

"혹시 지금 아래로 내려가실 생각이라면 관두십시오. 마물이 드글드글 합니다."

클로드는 피 묻은 옷을 가리키며 웃었다.

"아니면 칼렌 경 혼자 가시는 게 좋겠군요. 아가씨는 제가 지키겠습니다."

그렇게 말하는 클로드의 눈은 웃지 않았다.

"칼렌 경은 중요한 전력이지 않습니까? 그러니 아가씨는 제게 맡기십시오."

칼렌은 대답 없이 입꼬리를 올렸다. 거슬린다.

3년 전, 섬에서의 일 이후로 클로드는 자신을 경계했다. 칼렌은 그의 불신을 줄곧 느끼고 있었다. 그리고 순순히 인정하고 받아들였다. 그럴 만했으니까.

하지만 지금은 안 되지.

"그래, 칼렌. 내려가서 기사들을 도와."

칸나의 말에 클로드는 명분을 얻었다. 그녀를 잡아당겨 칼렌의 팔에서 빼 왔다.

"어서 가시죠, 아가씨."

그 순간, 그 허탈함. 안 돼. 이대로 누님을 빼앗길 수 없어.

"칸나를 감금해."

축 늘어진 손끝이 꿈틀 움직인다. 천천히 올라와 검의 손잡이를 잡았다. 그리고 다음 순간 클로드가 검을 빼내어 그의 공격을 막았다.

캉! 금속음이 귀를 찢듯 울렸다. 거세게 밀려오는 힘을 버티며 클로드가 웃었다.

"역시. 내가 이럴 줄 알았지."

아득, 검끼리 맞물리며 불꽃이 튀었다. 클로드의 눈이 싸늘했다.

"언젠가 칼렌 경이 사고 한번 칠 것 같더라니까."

말이 끝나는 즉시 또다시 검이 격돌했다. 칸나가 소리쳤다.

"칼렌, 뭐 하는 거야!"

뭐 하냐고? 그러게, 지금 내가 뭘 하는 거지? 칼렌은 순간 인상을 찌푸렸다. 난 지금 뭘 하는 걸까? 지금 나는…….

"칸나를 감금해."

그래. 그래야지. 누님을 새장에 가두고, 날개를 꺾고, 다시는 세상을 볼 수 없게 만들어야지

칼렌 아디스가 중얼거렸다.

"클로드 아젤, 방해하면 죽이겠다."

"아가씨, 도망가세요!"

클로드가 정신없이 밀려드는 검날을 막으며 소리쳤다. 그는 칼렌을 상대로 길게 버틸 수 없음을 알고 있었다.

"어서 도망가세요!"

"아니, 누님, 가지 마십시오!"

클로드에게 검을 찔러 넣으며 칼렌이 소리쳤다.

'대체 뭐 하는 거야!'

칸나는 갑작스레 시작된 두 남자의 싸움을 믿을 수가 없었다. 그녀는 빠르게 두 사람을 살폈다.

둘 중 누가 미친 거지?

"움직이지 마십시오, 누님. 클로드가 죽는 꼴을 보고 싶으십니까?"

칼렌이군. 칼렌이 미친 거였어. 칸나는 손가락을 들어 올렸다. 아직 피가 흐르고 있었다. 술법진을 그리려 했으나…… 두 사람이 정신없이 엉겨 붙고 떨어지기를 반복해서, 도저히 공격할 수 없었다.

그때, 칼렌의 검이 클로드의 어깨를 푹 파고들었다. 클로드의 어깻죽지 위로 하얀 칼날이 날개처럼 돋아 올랐다가, 빠르게 뽑혀 나갔다.

"잘 버텼어, 클로드 경."

그 말과 함께 클로드의 가슴을 크게 베었다. 아니, 베지 못했다. 클로드가 날렵하게 뒤로 피한 것이다. 그러나 얕게 스쳤는지 가슴팍에서 피가 흐르기 시작했다.

"하하, 그렇죠? 아디스를 상대로……."

울컥, 클로드가 피를 토해 냈다. 그리고 칼렌은 그 찰나를 놓치지 않았다. 빠르게 검을 치켜들어 전력으로 내리쳤다.

"칼렌!"

칸나가 들이닥친 것은 그 순간이었다. 칼렌은 황급하게 팔을 뒤로 뺐지만, 너무 늦었다.

"아!"

그것은 끔찍한 감각이었다. 검 끝이 살갗을 난폭하게 가르는 그 느낌. 평생을 휘두른 폭력이지만 이토록 선명하게 느껴 본 적이 없었다.

"아가씨!"

쨍그랑, 칼렌은 소스라치게 놀라 검을 떨어뜨렸다. 손이 경련하고 있었다. 자신이 저지른 짓을 믿을 수 없다는 듯, 용서할 수 없다는 듯 덜덜 떨린다.

"아가씨! 괜찮으십니까?"

칼렌은 다시 천천히 고개를 돌려 앞을 바라보았다. 칸나의 모습을 확인한 순간, 칼렌의 숨이 멈추었다.

온통 붉었다.

그녀의 오른팔이 용암에 타들어 가는 것처럼 벌겋다. 새빨간 혈액이 빠르게 쏟아져 내리고 있었다. 짙은 피비린내에 순간 역기가 치밀었다. 칼렌은 떨리는 손으로 입을 틀어막았다.

"아가씨!"

피가 이토록 붉었나? 이토록 끔찍한 냄새가 났었나?

"아, 으……."

사람의 신음이란 것이, 이토록 안타까운 거였나?

"맙소사, 팔이……."

칸나의 팔을 확인한 클로드가 원망 어린 눈으로 그를 쏘아보았다.

"미치셨습니까, 칼렌 경!"

"……."

"아가씨의 팔을 자를 생각이셨습니까!"

팔을 자른다고?

칼렌은 칸나의 팔, 피가 끊임없이 쏟아지는 그 상처를 바라보았다. 정말 그랬다. 조금만 더 파고들어 갔으면 틀림없이 잘렸겠지. 그 정도 치명상이었다. 그런데…….

저걸 내가 했다고? 내가?

누님의 팔을, 내가?

칼렌은 뒷걸음질 쳤다. 머리가 아팠다. 뜨거운 열기가 눈시울로 몰렸다.

"칸나를 감금해."

그 순간, 강렬한 지시가 그의 머릿속에 울렸다.

아. 그래.

칼렌은 눈을 꽉 감았다가 떴다. 피비린내 탓인지 현기증이 난다. 그러나 확실했다. 차라리 잘됐다. 어차피 누님을 감금해야 하니까. 팔뿐만 아니라 다리까지 상처를 내서, 도망가지 못하게…….

그리고 그때 깨달았다.

'이거구나.'

줄곧 마음속에 똬리를 틀었던 그 불길함. 시한폭탄의 정체를 마침내 깨달았다.

'내가 누님을 해칠 무기였다.'

깨닫는 순간 더더욱 강렬한 암시가 그의 머리를 울렸다.

"칸나를 감금해."

"감금해. 감금해. 감금해."

종이 끊임없이 울리듯 그 소리만이 가득했다. 그리고 떠올랐다. 그때 그 실험실.

"암시를 따르지 않는다면 심장을 터뜨려 죽이는 게 좋겠어."

"좋은 생각이야. 자, 칼렌 아디스의 가슴을 열어. 심장에 술법을 걸자고."

칼렌은 마른침을 삼켰다. 떨리는 손으로 왼쪽 가슴을 짚었다.

이곳. 심장에 술법이 걸려 있다. 암시를 따르지 않으면 심장이 터질 것이다.

"칼, 렌."

그때 칸나가 고개를 들어 올렸다. 과다한 출혈 탓에 창백해진 얼굴이었다.

"너, 왜 이래?"

칸나의 입술이 떨렸다.

칼렌은 바보가 아니다. 칼렌 아디스가 이런 멍청한 짓을 저지를 리가 없었다. 설령 자신을 납치하더라도 은밀하게, 모두를 속여 가며 계획적으로 진행할 녀석이다. 이렇게 무턱대고 제 음흉함을 전시할 녀석이 아니었다.

그러니까.

"너 조종당하고 있니?"

순간 칼렌은 상황도 잊고 망연해지고 말았다. 그녀의 눈은 불신이 아니었다. 경멸도 실망도 혐오도 아니었다. 도리어 확신에 가득 찬 비난이었다.

"이, 등신이."

그 순간, 칼렌은 결심했다. 여기까지.

"어서 가십시오."

여기서 끝내야 한다.

"제가 용서 못 할 짓을 저지르기 전에, 어서 가세요."

그 말을 끝내는 순간이었다. 심장에 뻐근한 고통이 몰려왔다. 칼렌은 거친 숨을 몰아쉬었다. 마치 경고하는 듯한 통증이었다. 더 반항했다가는 심장을 박살 내겠다는 듯, 그렇게 스멀스멀 갈라지기 시작한다. 그러나 칼렌은 꿋꿋하게 말했다.

"클로드 경, 어서 누님을 모시고 가서 치료해."

그러고는 뒷걸음질 쳤다. 한 걸음, 한 걸음, 멀어질 때마다 심장이 쪼개지는 통증이 밀려왔다.

"칼렌."

칼렌은 몸을 돌려 뛰었다. 뒤에서 칸나가 외쳤다.

"칼렌!"

칼렌은 빠르게 달려 칸나에게서 멀어졌다. 정신없이 계단을 오르고 또 올랐다.

그때, 또다시 거대한 명령이 그의 정신을 사로잡았다.

"칸나를 감금해."

아마도 마지막 기회겠지. 여기서 거부하면 그의 삶은 막을 내릴 것이다. 그렇기에 칼렌은 선언했다.

"싫다."

그리고 그 순간, 암시가 완전히 깨졌다. 심장에 걸린 연금술이 발동하기 시작했다.

"허억."

칼렌의 숨이 끊겼다. 그는 몸이 반으로 갈라지는 고통을 이기지 못하고 크게 휘청였다. 우당탕탕, 몸이 계단 아래로 험하게 뒹굴었다. 그러나 아픔은 느껴지지 않았다. 지금 이 순간, 심장을 파괴하는 고통이 모든 것을 압도한 것이다.

"허억, 허억……"

그는 가슴을 부여잡으며 헐떡였다. 심장이 한 조각 한 조각 결딴나는 감각이 생생했다. 그러나 두렵지 않았다.

'누님.'

두려운 것은 그녀였다.

'누님, 죄송합니다.'

칸나의 팔. 깊게 베어 버렸는데, 부디 후유증이 없기를.

'부디 용서를.'

곁에 있으면 안 되는 거였다. 그의 본능이 경고하지 않았던가? 누님에게 떨어지라고, 위험하다고.

그런데도 이 빌어먹을 고집 때문에 꿋꿋이 곁에 남았다. 도저히 그녀를 떠나고 싶지 않았다.

그녀의 사랑을 받는 것은 이제 바라지도 않았다. 그저 옆에서 지켜보고 싶었다. 칸나가 살아 있는 모습을. 살아가는 모습을.

"칼렌!"

문득 그녀의 마지막 외침이 떠올라 입꼬리가 올라갔다. 그 음성은 분명 염려였다. 칸나는 자신이 조종당하고 있음을 눈치챘고 걱정까지 해 주었다. 어째서인지 그것만으로 그는 구원받은 기분이었다.

한때는 혐오만이 전부였던 관계였는데…….

칼렌은 차가운 계단에서 생명을 잃어 가며 생각했다. 그래, 그랬다. 그랬던 시절이 있었다. 그가 칸나를 혐오하거나, 칸나가 그를 혐오했던 그 시절이.

그때 칼렌 아디스의 삶은 완벽했다. 그러나 그 완전무결함은 어느 순간부터 부서지기 시작했다. 사랑과 함께 시작된 붕괴였다. 그녀를 쫓다 보니 이렇게 되었다. 이렇게 부서지고, 이렇게 찢기고, 이렇게 엉망이 되었다. 그런데도 그녀의 흔적이 묻은 삶이었기에 사랑하지 않을 수가 없었다.

지금 이 순간, 이토록 초라한 최후조차도.

칼렌은 피를 토하며 웃었다. 그리고 직감했다. 앞으로 몇 분. 아니 몇 초 남지 않았다. 곧 자신의 삶은 끝난다.

만약 다음 생이라는 것이 있다면 버러지로 태어나고 싶다. 눈에 띄지 않을 만큼 작아서 존재를 눈치채지도 못할 정도로 하찮은 버러지로. 그렇게라도 당신의 곁을 맴돌고 싶다.

이 이야기를 들으면 누님은 어떤 표정을 지을까?

눈앞에 선명하여 칼렌은 웃었다. 분명 언제나처럼 경멸 어린 눈으로 노려보겠지. 너 미친 거 아니니, 그렇게 말하겠지.

아, 그 시리도록 찬 눈빛조차 찬란한 나의 사랑. 나의 누님. 나의…….

"칸나."

희미한 목소리가 마지막 숨결과 뒤섞여 흩어졌다.

그것으로 끝이었다. 스르륵, 그의 손이 가슴 위에서 미끄러져 내렸다. 툭 꺾였다.

그리고 다시는 움직이지 않았다.

마침내 아르곤은 목적지에 도착했다.

"성공하셨군요, 아르곤."

"그래."

아르제니안이 두 팔을 벌려 아르곤을 환영했다. 아르곤은 그의 앞에 한 소녀를 툭 내려놓았다.

"아아, 귀여워라."

이렇게 사랑스러울 수가. 주화를 잃은 후 이제 칸나를 얻기 위한 치열한 싸움을 해야 한다고 생각했는데…… 이렇게 하늘에서 선물이 뚝 떨어져 내릴 줄이야!

"고맙습니다, 알렉산드로. 이건 당신이 주는 선물입니다."

"이봐, 내가 데려왔거든?"

아르곤의 말을 무시한 아르제니안은 떨리는 손으로 루시의 뺨을 쓰다듬었다. 그리고 중얼거렸다.

"루시 아디스."

보드랍고 말랑한 피부가 사랑스러웠다. 이 안에 흐르는 피는 더 사랑스럽겠지. 알렉산드로가 칸나를 지키기 위해 던져 준 사랑스러운 미끼였다.

"그래. 당신은 칸나를 지키고, 나는 원하는 제물을 얻고……. 이건 서로에게 이득인 거잖아요, 그렇죠?"

세계의 벽을 부수고 두 세계를 하나로 합치는 거야. 새로운 세계에서 칸나와 마음껏 사랑하렴. 그곳에는 지금과 다른 규율과 도덕이 있을 테니까.

물론 실패하면 멸망이지만.

모두의 멸망일 테니, 공평하잖아?

"고마워요, 알렉산드로."

아르제니안은 혼절한 소녀의 이마에 부드럽게 입술을 맞추었다. 그리고 상체를 천천히 들어 올렸다. 부드럽기 그지없는 눈빛이었다. 다음 순간, 아르제니안은 단검을 하늘 높이 번쩍 치켜올렸다.

내리찍었다.

라파엘은 천천히 눈을 떴다.

'죽었군.'

칼렌 아디스가 죽었다.

그가 칸나의 팔을 베었을 때, 당장 그곳으로 방향을 틀려고 했다. 그러나 다행히 칼렌은 스스로를 멈추었다. 자멸을 택한 것이다. 라파엘은 그 모든 광경을 차분하게 지켜보았다.

세계수의 눈으로. 그 어떤 의문도 없이, 더없이 침착하게.

이미 사라진 식물의 능력을 어떻게 사용할 수 있는지 의아해하지 않았다. 깨달음은 물에 스며들듯 자연스럽게 찾아왔으니.

'나는 세계수를 없애지 못했다.'

세계수를 없앴다고 생각한 것은 그의 착각이었다. 아마 그렇게 믿고 싶었던 모양이다. 그래, 받아들이기 힘들겠지. 없애지 못했다는 것을.

'그날, 나는 세계수에게 졌다.'

라파엘은 천천히 걸었다. 그 발걸음의 끝은 피비린내가 진동하는 장소였다. 그곳에 아르제니안이 있었다. 아르제니안은 바닥을 기다시피 하며 땅에 무언가를 그리고 있었다. 드넓은 정원을 가득 채울 만큼 거대한 크기의 술법진이었다.

"하하."

그때, 아르제니안이 소리를 내어 웃었다.

"그래, 그동안 내가 이 세계를 위해 얼마나 희생했는데, 이제 나도 즐거울 때가 됐잖아……."

아르제니안은 은대야에 담긴 피에 손을 담갔다가 빼내었다. 뚝뚝, 흐르는 피로 선을 긋는다. 이제 얼마 남지 않았다. 아르제니안의 가슴이 빠르게 뛰었다. 이제 곧 세계의 벽을 깨뜨리는 순간이 찾아온다. 그때가 되면……!

"……!"

순간, 아르제니안은 고개를 획 돌렸다.

"……라파엘."

아르제니안은 자신의 뒤에 서 있는 사내의 모습에 신음을 삼켰다. 언제 다가온 걸까? 눈치채지두 못했다.

"이곳에서 뭘 하는 거지, 라파엘?"

"……."

"설마 방해하러 온 거니?"

라파엘은 대답 없이 그가 그린 문양을 빤히 훑어보았다.

그때 아르제니안은 눈치챘다.

"너."

아르제니안의 등골에 식은땀이 맺혔다. 그것은 본능적인 공포였다.

"세계수가 너를……."

"예."

라파엘이 조용히 그의 말을 끊었다.

"잡아먹혔습니다."

아주 느린 목소리로 천천히 말했다.

"그렇게 됐습니다."

사실은 처음부터 알고 있었다. 세계수를 없앨 수 없다는 것을.

"세계수를 없애 줄 수 있어?"

그러나 칸나가 부탁했다. 그녀의 명에 아니요, 저는 할 수 없습니다, 그렇게 말하고 싶지 않았다. 세계수의 능력을 잃고 싶지 않은 것은 부가적인 문제였다.

그동안 완벽한 종노릇을 한 덕에 곁을 허락받지 않았던가? 그렇기에 못 한다는 말을 할 수 없었다. 자신이 쓸모없다는 게 들통나면 칸나가 떠날까 봐.

'결국 잡아먹히고 말았지.'

라파엘은, 아니, 라파엘을 잡아먹은 세계수는 몸을 더듬었다. 잡아먹었으므로, 잡아먹혔으므로 그들은 하나로 합쳐졌다.

"방해할 생각 없습니다. 계속하십시오."

"……."

"어서."

세계수가 된 라파엘은 조용히 명령했다.

"어서, 세계의 벽을 부수십시오."

세계의 벽이 부서지면 온갖 이물질이 이 세계 안으로 쏟아질 것이다. 그 이계의 힘은 세계수를 더 강대하게 만들어 주는 주식이었다.

'그런데…….'

줄곧 마음 한쪽이 불편했다.

'칸나가 화를 내면 어떡하지?'

세계수를 없애는 데 실패하고 오히려 하나로 동화되어 버린 것을 알면, 그때에도 곁에 있게 해 줄까?

라파엘은 고개를 내렸다. 언제부터일까. 손끝이 미세하게 떨리고 있었다. 그는 한발 늦게 자신이 공포에 질려 있음을 깨달았다. 생전 처음 느껴 보는 감정이었다.

세계수는 이런 감정이 마음에 들지 않았다.

'겁쟁이. 뭐가 그렇게 무섭지?'

'그 여자는 날 사랑하지도 않아.'

'그저 이용하는 거야.'

'알고 있다. 이용당하고 싶다.'

'더는 나를 이용하지 않으면 어떡하나.'

'패배하여 쓸모없어진 나를.'

'세계수가 되어 버린 나를.'

라파엘은 알고 있었다. 그 여자는 언제든 자신을 끝장낼 수 있다는 것을. 구태여 손을 들어 그의 심장에 칼을 꽂을 필요도 목을 조를 필요도 없다. 그저 차가운 시선 한 자락, 냉정한 말 한마디면 그는 완전한 나락으로 떨어질 테니까.

'그녀가 나를 버리면 어떡하나.'

라파엘은 칸나가 두려웠다.

칼렌의 시체는 꼭대기 층으로 향하는 계단에서 발견되었다.

"조종당하는 것 같았어."

칸나는 창백해진 얼굴로 중얼거렸다.

"나를 납치하라는 지시를 받았던 모양이야. 칼렌은 그 지시에 저항한 것 같고, 아마도 그 대가로……."

칸나가 말끝을 흐렸다. 오르시니는 표정 없이 모든 이야기를 들었다. 검은 틈을 부수고 돌아왔을 때 그를 맞이한 것은 칼렌의 시체였다.

칼렌이 죽다니. 믿을 수가 없다.

'이 녀석이 이렇게 죽었다고?'

그 어떤 영광도 명예도 없이, 계단에서, 홀로, 초라하게?

그는 허탈함에 젖어 제 동생의 시신을 내려보았다. 그러다가 문득 기시감을 느꼈다.

'죽음이라.'

오르시니는 자신의 가슴팍에 손을 올렸다. 두근두근, 심장의 맥동이 느껴졌다.

지금껏 그의 안에는 줄곧 풀리지 않는 의문이 한가닥 꼬여 있었다.

'나도 죽음을 경험했다.'

3년 전, 칸나의 인형에 속아 온몸이 꿰뚫리지 않았던가. 오르시니는 그 찰나 자신을 덮친 아늑한 어둠을 기억하고 있었다. 그것은 분명 죽음이었을 테지.

그런데 대체 어떻게 살아난 걸까?

"미안."

그때 칸나의 말에 오르시니는 고개를 돌렸다.

"뭐?"

그는 자신의 귀를 의심했다. 지금 칸나가 뭐라고 한 거지?

"미안해."

그러나 쐐기를 박듯 다시 한번 사과가 들려온다. 칸나에게서 들을 줄 몰랐던 단어였다.

"미안?"

그가 느리게 물었다.

"네가 왜 그런 말을 하냐?"

칸나는 바로 대답하지 못했다. 이자벨이 살해당하고, 루시가 납치당하고, 칼렌마저도 조종당하다가 죽음을 택했다.

'이건 다 나 때문일지도 몰라.'

루시도. 이자벨도. 칼렌도.

어쩌면 이 모든 참사는 알렉산드로의 안배일 수도 있다. 그런 무서운 의심이 들었던 것이다. 그래서 도저히 사과하지 않고서는 견딜 수 없었다

"그냥, 다 나 때문인 것……."

순간, 오르시니가 그녀의 턱을 잡아 들어 올렸다. 아주 매서운 눈

으로 그녀를 보아보았다.

"정신 똑바로 안 차릴래?"

"……."

"등신처럼 굴지 마. 너답지 않다."

그런가? 충격을 받아서 나답지 않게 구는 건가?

'아, 나 충격받았나?'

하기야, 그렇지 않고서야 아까 저 시체를 붙잡고 칼렌의 이름을 세 번이나 불러봤을 리 없지. 칼렌은 언제나 자신의 부름에 대답했으니까, 정말이지 귀찮을 정도로 따랐으니까. 그래서 이번에도 대답할 것 같았다.

부르셨습니까, 누님, 이렇게…….

그러나 그는 대답하지 않았다.

자신을 무시하는 칼렌이라니. 그것이 어찌나 이상하던지.

대답이 없자 오르시니는 한숨을 내쉬며 그녀의 턱을 놓아주었다. 그러고는 붕대 감긴 팔을 흘끗 쳐다봤다.

"상처는 완벽하게 치료한 거냐?"

"응."

반면 오르시니는 침착해 보였다. 표정에는 한 줌 흔들림도 없었다.

"그렇다면 계속 협조해라. 아직 루시가 살아 있을 수도 있다."

그는 아디스의 가주였으므로.

"네 말대로라면 머지않아 살해당하겠지. 그러니까 한시라도 빨리 그 위치를……."

그때였다. 노크 소리와 함께 문이 벌컥 열렸다.

"공작 각하. 실례하겠습니다."

집사였다. 그가 빠르게 들어와 말했다.

"그분께서 오셨습니다."

"그분이 누군데."

"그……."

대답을 하기도 전, 곧장 발걸음 소리가 이어졌다. 그리고.

"나다."

순간, 칸나의 몸이 얼어붙었다. 이 목소리는…….

'설마.'

칸나는 천천히 고개를 움직였다. 어째서인지 몸을 돌리는 그 시간이 몹시도 길게 느껴졌다. 그리고 마침내 시선이 마주쳤다. 언제나처럼 건조한 얼굴로 그가 말했다.

"문제가 생긴 모양이군."

알렉산드로 아디스였다.

"……아버지."

오르시니가 한 박자 늦게 반응했다.

"돌아오신 겁니까?"

알렉산드로는 대답 없이 고개를 한 차례 까닥였다. 그러고는 방 안으로 걸어 들어왔다. 그가 가까워질수록 오르시니는 고슴도치처럼 바짝 가시를 세웠다. 그것은 수컷으로서의 경계였다.

알렉산드로는 아들의 경계를 무시한 채 침상 앞에 멈춰 섰다. 칼렌의 시신 앞에.

"칼렌이 죽었어요."

마침내 칸나가 말을 걸었다. 속삭이듯 자그마한 목소리였다.

"그리고 이자벨도……."

"……."

"루시는 아르곤에게 납치를 당했어요. 지금, 아디스의 기사들이 수색 중이긴 하지만……."

아르곤이 만들어 낸 검은 안개 탓에 시간이 너무 지연되었다.

"그런가."

칸나는 입술을 깨물었다. 그게 다야?

당신 아들이 죽고, 딸이 죽고, 막내딸은 납치를 당했는데, 그리고 아마도 곧 죽을 텐데…….

불길한 예감이 점점 날카롭게 굳어 간다. 칸나는 주먹을 쥐었다.

"오르시니, 자리 좀 비켜 줄래?"

그 말에 오르시니가 그녀를 획 노려보았다. 초록색 눈이 단숨에 뜨겁게 달아오른다.

"내가 왜……."

반박하려는 기색이었다. 그러나 곧 그의 혀끝에 힘이 풀렸다. 칸나의 눈이 단호했다. 차가웠다.

오르시니는 하, 짧은 웃음을 내뱉었다. 자조에 가까웠다.

"아, 그래. 물론 그래야지. 꺼지라면 꺼져 줘야지, 내가."

그가 나가자, 마침내 방 안에는 두 사람만이 남았다.

"……."

칸나는 잠시 호흡을 골랐다.

그날 이후로 처음이었다. 그녀의 삶에서 가장 아름답고 가장 아팠던, 해안 마을에서의 나날들. 불과 얼마 전의 일이었다. 그러나 자신을 바라보는 알렉산드로의 눈을 보니 마치 전생의 일처럼 까마득하게 느껴졌다.

칸나는 문득 의아해졌다. 이 남자가 정말 그 남자일까? 뜨거운 사랑에 취해 자신을 바라봤던 남자와 동일인이 맞을까?

도저히 믿기지 않았다.

"묻고 싶은 것이 있어요."

칸나는 잠시 망설였다. 묻고 싶은 것이, 궁금한 것이 너무나도 많았다.

"알렉스, 당신……."

얼마 전에 또 다른 당신을 보았어. 과거에서 온 알렉산드로라고 했지. 당신은 그 존재를 알고 있어?

"당신."

당신 선희와 협조하고 있지? 대체 어디서부터 어디까지 계획한 거야?

"루시를."

그러나 지금 이 순간, 이것보다 중요한 것은 없었다.

"루시를 이용할 생각으로 키웠어요?"

"그 기꺼움."

"그때만큼 그분이 무서운 적이 없었어요."

"내 친부가 나 대신 노리도록?"

아닐 거야. 아니라고 말해.

루시가 날 대신할 미끼가 아니라고…….

"그래."

그러나 바람이 무색하도록 알렉산드로는 순순히 인정했다.

"뭐?"

그래서일까. 칸나는 한 번에 받아들이지 못했다.

"지금 뭐라고 했어요?"

"아르제니안이 너 대신 루시를 노리도록 유도했다."

"……."

어떻게 저렇게 태연할 수 있는 거지?

현기증을 느끼는 자신이 이상한 걸까. 아니면 서로 다른 주제로 이야기하는 걸까. 그렇지 않고서야 저렇게 아무렇지 않을 리가…….

"칼렌은?"

칸나는 그의 시체를 가리켰다. 손끝이 미세하게 경련했다.

"칼렌이 이렇게 될 걸 알고 있었어요?"

그 어떤 증거도 없는 발언이었다. 그저 루스비아의 말을 듣고 난 이후 피어오른 의심이었으니까. 그러니까 아닐 거다. 그럴 리가 없다. 그럴 리가…….

"그래."

그러나 이번에도 같았다.

"알고 있었다."

칸나는 멍하니 그의 얼굴을 바라보았다. 유리알 같은 시선을 마주하던 어느 그 순간, 가슴속에서 아슬아슬하게 당겨지던 줄이 탁 끊어지는 것을 느꼈다.

아. 칸나는 탄식했다. 그리고 다시 한번 완전히 확신했다.

이 사람. 정말로 나 외에는 아무것도 신경 쓰지 않는구나.

'역시 그랬어.'

그는 칼렌이 이렇게 될 것을 알고 있었다. 그저 알고만 있었다. 경고의 말을 던지지도, 막으려고 하지도 않았다. 그저 내버려 두었다. 그렇게 흘러가도록, 그리하여 제 아들이 스스로 죽음을 택하도록.

그렇게 방관했다.

그것이 칼렌의 죽음에 일조한 것과 뭐가 다르지?

"그런데 왜 미리 경고하지 않았죠?"

그렇게 말하는 자신의 목소리가 기이할 정도로 차분했다. 너무나 끔찍한 사실이어서인지 놀랍지도 않았다. 분노조차 일지 않았다.

"대답해요, 알렉스. 왜 막지 않았냐고 물었어요."

그러자 잠시간의 침묵 끝에 알렉산드로가 대답했다.

"이 길뿐이다."

이 길뿐이라고? 무엇을 말하는지 깊게 생각할 필요도 없었다.

"날 지켜 줘, 알렉스."

결국 이번에도 그거지.

칸나는 피식피식 웃음을 흘렸다. 뻔하지. 그 말 때문이지. 자신이 그의 손을 붙잡고 애원했기 때문에. 그가 냉정하게 그 손을 뿌리치지 못해서.

결국, 이 모든 일의 원흉은 자신이었다.

'그래, 다 나 때문이야.'

나를 지켜 줘, 알렉스. 그 부탁은 그를 부수는 저주였다.

"이제 필요 없어요."

그렇기에 끝내야 했다. 그뿐만이 아니라 그의 자식들까지 망치는 저주의 말을.

"무슨 뜻이지?"

"당신의 보호가 필요 없다는 뜻이에요. 더는 날 지키려 하지 말아요."

진작 이렇게 말했어야 했는데.

"난 성인이고 이제 내 앞가림은 혼자서 할 수 있어요. 그러니까 멈춰요."

"······."

"선희와 어떤 계획을 꾸미고 있는지 모르겠지만, 그만둬요. 하지 말아요."

알렉산드로는 고개를 슬쩍 기울여 그녀를 내려다보았다. 그저 단어의 나열을 관망하는 눈동자였다. 그 미동 없는 표정에 초조함이 차올랐다.

"그러니까 더는 내게 신경 쓰지 말고 루시를 구해 줘요. 그 애는 당신의 딸이잖아."

거의 애원이었다. 칸나는 그의 팔을 붙잡았다.

"알렉스, 제발, 루시가, 아디스가 날 위해 죽도록 내버려 두지 마."

침묵이 내려앉았다. 그것은 기이한 정적이었다. 자신은 이토록 간절한데, 이토록 애가 타는데, 상대에게는 이 열기가 한 줌도 닿지 않고 있다.

마침내 알렉산드로가 입술을 열었다.

"모두가 무사한 결말은 없다."

"누가 모두를 챙기래? 당신에게 중요한 사람만이라도……!"

"칸나."

어찌나 고요한 음성인지.

"난 너만 중요해."

순간 온몸에 힘이 쭉 빠졌다. 툭, 그를 붙잡은 손아귀가 아래로 떨어졌다.

"······부탁해. 제발."

"안 돼."

서릿발처럼 차갑게 그가 끊어 냈다.

안 돼. 그 한마디에 너무나도 많은 거절이 함축되어 있었다. 그것이 허탈해서 칸나는 힘없이 중얼거렸다.

"이러면 당신은 완전히 악당이잖아."

"악당이라."

그렇게 말하는 알렉산드로의 입가에 설핏 웃음이 서렸다.

"틀린 말은 아니군."

"알렉스, 제발."

"설득하려 하지 마라. 시간 낭비다."

"아니, 해야겠어. 당신이 뭘 하려는지 모르겠지만 하지 마! 계속하면 미워할 거야, 당신을 원망할 거야!"

"그것도 나쁘지 않지."

알렉산드로가 나지막이 중얼거렸다.

"난 네 원망이 두렵지 않다. 내가 진정 두려운 것은 네가······."

그가 말끝을 흐렸다. 이내 입안으로 삼켰다.

칸나는 그다음 말을 기다렸다. 이쯤 되니 진심으로 궁금했다. 무엇이 그토록 두려워 이런 미친 짓을 자행하는 건지, 왜 그것만이 자신을 지키는 유일한 길이라고 확신하는지도 알 수 없었다.

아, 아니면 혹시······?

"당신, 선희와 함께 내가 죽는 미래라도 보고 온 거야?"

순간 알렉산드로의 턱에 힘이 들어갔다. 칸나는 지친 눈으로 물었다.

"이렇게까지 안 하면 내가 죽기라도 해?"

알렉산드로는 몸을 돌렸다. 그것은 대화의 종결이었다. 그는 더 이상의 말 없이 문을 향해 걸어갔다. 그러다가 우뚝, 문 앞에서 멈춰 섰다.

"아디스에 일어나는 모든 불행은 나의 비정함에서 비롯했다. 너와는 아무 관련 없어."

"……."

"그러니 얽매이지 말고 네 삶을 살아라."

그것이 끝이었다. 알렉산드로는 그대로 방을 빠져나갔다. 칸나는 서둘러 그를 쫓아 나갔지만.

"……알렉스?"

그러나 복도는 텅 비어 있었다.

그때였다. 쿠르르릉, 거대한 진동음이 저택을 울렸다. 마치 하늘이 갈라지는 듯한 굉음이었다.

'이 소리는…….'

칸나는 다시금 방 안으로 들어갔다. 그리고 창밖을 바라보았다.

"아."

하늘이 갈라지고 있었다.

칸나는 창틀을 부서져라 쥐었다. 쿠르릉, 소름 끼치는 굉음 속에 하늘에 금이 가듯 벌어진다. 그 시커먼 틈에서 검은 안개가 스멀스멀 흘러나오기 시작했다.

'세계의 벽이 부서졌어.'

루시. 기어코 그들이 루시를 해치고야 말았다.

그뿐만이 아니다. 칸나는 곧 어떤 일이 일어날지 알고 있었다.

과거, 시간을 오가면서 어떤 미래를 보았다. 라파엘이 백골이 되도록 자신을 기다렸던 그 끔찍한 순간. 그 시간에서 세계는 온통 새카만 검은 안개에 잠식돼 있었다.

'안 돼……'

멸망이 시작되고 있었다.

〈누군가 내 몸에 빙의했다〉 5권에서 계속